李迪文集(公安文学卷)·系列小说

凌晨探案

李迪 著

群众出版社
·北京·

图书在版编目（CIP）数据

凌晨探案／李迪著. —北京：群众出版社，2021.5

（李迪文集 . 公安文学卷）

ISBN 978-7-5014-6146-2

Ⅰ.①凌… Ⅱ.①李… Ⅲ.①短篇小说—小说集—中国—当代

Ⅳ.①I247.7

中国版本图书馆 CIP 数据核字（2021）第 046458 号

凌晨探案

李　迪　著

出版发行：群众出版社

地　　址：北京市丰台区方庄芳星园三区 15 号楼

邮政编码：100078

经　　销：新华书店

印　　刷：北京市科星印刷有限责任公司

版　　次：2021 年 6 月第 1 版

印　　次：2021 年 6 月第 1 次

印　　张：11.875

开　　本：880 毫米×1230 毫米　1/32

字　　数：342 千字

书　　号：ISBN 978-7-5014-6146-2

定　　价：48.00 元

网　　址：www.qzcbs.com

电子邮箱：qzcbs@sohu.com

营销中心电话：010-83903991

读者服务部电话（门市）：010-83903257

警官读者俱乐部电话（网购、邮购）：010-83901775

文艺分社电话：010-83901350　　010-83903973

出版说明

李迪，当代著名作家，北京人。生于 1948 年 11 月 29 日，2020 年 6 月 29 日病逝。他去世后，中国文学界给予了他很高的评价和赞誉。中国作家协会主席铁凝在纪念文章中称赞他是时代的记录者，是人民的歌者，是一位“无愧于时代和人民的作家”，并倡议全体文学工作者以李迪为榜样，“把滚烫的心放进与人民同心的作品中，让这波澜壮阔的历史、这昂扬奋进的精神成为永世流传的中国故事。”

李迪一生创作了 40 多部中长篇小说、报告文学等作品。他长期坚持深入生活、扎根人民、扎根基层，他长期坚持为人民写作的道路。他的作品结构新颖、语言简练、生动形象、脍炙人口，形成了自己独具特色的艺术风格，在中国文学的宏伟画廊里留下了属于自己更属于人民的优秀作品。李迪的创作道路，也给当代作家提供了一个现实的标杆，提供了一个值得学习的榜样。

需要特别指出的是，在李迪一生的创作之中，公安题材始终是他热衷的创作方向。公安题材的小说、报告文学，是李迪作品中最重要的一部分，也是他最主要的创作成就所在。李迪于公安文学来说，是里程碑式的重要作家。

为了展现李迪公安文学的创作轨迹和基本面貌，总结李迪对公安文学所作的独特贡献，进一步提高公安文学的创作水平，推动新时代公安文学的发展，我社特编辑出版《李迪文集》（公安文学卷）。这套文集共包括八种图书，分别是长篇报告文学《丹东看守所的故事》、《一级英模陈先岩的故事》、《徐州刑警》、《英雄时代——深圳警察故事》，系列小说《警官王快乐》、《凌晨探案》，中篇小说集《傍晚敲门的女人》，报告文学、散文随笔集《枫桥枫叶红愈红》。

《丹东看守所的故事》由群众出版社于2011年8月首次出版，本次出版以2016年10月群众出版社出版的《丹东看守所的故事（增订本）》为底本；《警官王快乐》由江苏凤凰文艺出版社于2016年2月首次出版，本次出版以2019年10月群众出版社出版的《警官王快乐》为底本；《一级英模陈先岩的故事》由群众出版社于2016年6月首次出版，原名《社区民警是怎样炼成的——陈先岩的故事》；《徐州刑警》由群众出版社于2018年3月首次出版；《英雄时代——深圳警察故事》由群众出版社于2018年11月首次出版；《凌晨探案》首次连载于《人民公安报》2017年7月29日至2018年6月1日；《傍晚敲门的女人》由《傍晚敲门的女人》、《悲怆的最后乐章》两部姊妹篇组成，其中《傍晚敲门的女人》首次发表于《啄木鸟》杂志1984年第4期，《悲怆的最后乐章》首次连载于《天津日报》1986年7月13日至9月13日，由法律出版社于1987年2月首次出版，原名《〈悲怆〉的最后一个乐章》；《枫桥枫叶红愈红》收录了散见于报刊的报告文学《你可知道，那草帽在何方》、《星星点灯——走近湖州公安“警务广场”》、《枫桥枫叶红愈红》、《走着走着花开了——社区民警郝世玲的一天》等，以及散文随笔十余篇。

李迪的公安文学作品及成就，是公安文学的宝藏，是他在公安文学领域给我们留下的一笔丰厚遗产。相信《李迪文集》（公安文学卷）的出版具有继往开来的意义。希望更多的从事公安文学创作的作家们，深入公安机关火热的斗争生活，创作出更多更优秀的公安文学作品。

群众出版社

2021年6月8日

一位无愧于时代和人民的作家（代序）

铁凝[①]

李迪去世，我感到震惊、痛惜。前一段时间，我得知他住院了，病得很重，即使在那时，我也不曾想过会有最严重的结果。李迪七十一岁了，但在我的印象里，他与迟暮衰老无关，他永远活力充沛，永远谈笑风生，永远激情澎湃。他好像永远穿着一件大红上衣，他真是一团火，跃动着、燃烧着，给这个世界送来热量和温暖。这样一个人，我想，他是累了，他需要休息、需要调整。我没有想到，最终传来的竟是这样的消息，他竟走了，那团火，熄灭了。

但是，他的作品在，他书中的火是不灭的。从《丹东看守所的故事》，到《警官王快乐》，到《加油站的故事》、《听李迪讲中国警察故事》，到刚刚印出的《永和人家的故事》、刚刚写成的《十八洞村的十八个故事》，他是多么喜欢“故事”这个词，而他正是一个讲中国故事、传中国精神的作家。从这些作品中，我们感受到的是广袤的大地与奋进的人民，

---

① 铁凝，中国作家协会主席，中国文联主席。

感受到在一个一个人物身上、一个一个平凡而伟大的战斗者、劳动者身上那推动历史发展的伟力。这样一个作家，是时代的记录者，是人民的歌者。

习近平总书记在文艺工作座谈会上的重要讲话中深刻论述了文艺与人民的关系，人民需要文艺，文艺需要人民，文艺要热爱人民。新时代广大文艺工作者的根本道路，就是深入生活、扎根人民。在这条道路上，李迪为我们做出了榜样。这些年来，从西部山区到东部沿海，从公安一线到边地加油站，从塔克拉玛干沙漠到湘西苗寨，烈日骄阳、风霜雨雪，李迪走过了很多地方，不是走马观花，不是蜻蜓点水，而是心入情入，是全身心地扑进了人民生活的海洋。时至今日，那些公安干警、那些工人农民，提起李迪，都是那么亲切，干警们叫他“老李”，村民们叫他“李老师”。我也有过下农村经历，我知道，当村里人叫你一声“老师”时，这包含着沉甸甸的信任和敬重。对李迪来说，人民不是抽象的符号，是一个一个有血有肉的具体的人，李迪和他们成为了贴心人。他的作品是质朴的，没有华丽的修辞，他努力写出人民心里的话，他的风格温暖明亮，他的态度情深意长，这在根本上源于他对人民群众深切的情感认同。

心在人民中间，李迪把书写中国人民创造新生活、创造历史的伟大实践作为自己的职责和使命。他生前的最后一次远行是去湖南的十八洞村，那是习近平总书记去过的地方，是决战脱贫攻坚的前沿。在那里，这个年过七旬的老人，这个北方汉子，在南方湿冷的天气中开始了他一生最后一次战斗。“战斗”这个词，在这里一点儿也不夸张，李迪曾经是中国人民解放军第十四军宣传队的战士，他的一生是作家，更是把祖国和人民放在心中最高位置的战士。在身体已经严重衰弱的情况下，李迪在病榻上奋力写完了他的最后一本书

《十八洞村的十八个故事》。支持着他的，是一个战士对新时代伟大斗争的澎湃激情，对中华民族伟大复兴光辉前景的信念和承担。

李迪远去，李迪的精神长存。这是一个作家、一个文艺工作者把自己的命运与祖国的命运紧密相连的精神，这种精神，体现在李迪身上、体现在广大中国作家艺术家身上。2020年，是决胜全面建成小康社会、决战脱贫攻坚之年，中国人民经受了新冠肺炎疫情的严峻考验。在这样的时刻，广大作家艺术家始终和人民在一起，奔赴脱贫攻坚的第一线、奔赴抗击疫情的第一线，记录和讴歌中国人民在以习近平同志为核心的党中央坚强领导下艰苦卓绝的奋斗和感天动地的业绩。李迪就是其中的一位杰出代表，他是习近平总书记关于文艺工作的重要论述所指明的道路的自觉、热情的践行者，他的生命和创作有力地感召和启迪着我们：无愧于时代、无愧于人民，就要把全部生命投入与时代同行的路上，把滚烫的心放进与人民同心的作品中，让这波澜壮阔的历史、这昂扬奋进的精神成为永世流传的中国故事。

（原载《人民日报》、《文艺报》2020年7月6日）

目 录

凌晨，在百度名词解释中，指从零时到天亮前的一段时间。不同人对凌晨的理解不同，也有人认为，拂晓附近的时间属于凌晨。伴随着凌晨，人们会出现一些相应的生理反应，如感觉寒冷、困倦。

而我将要讲述的系列侦破故事，还赋予“凌晨”特别的含义——

凌，凌峰，江南小城公安局刑警队队长。

晨，晨丽，江南小城公安局刑警队刑事技术人员。

一对年轻人，两位主人公。

他们的第一个侦破故事，就发生在凌晨。寒冷，困倦。

1. 黑骆驼

没有月亮，也没有星光。

在这个没有月亮也没有星光的黑暗中，一家名为福玉的小超市的值班员被杀死在店里。摸黑赶来送鲜袋奶的工人，如往常一样敲门，却不见动静。突然，他闻到了血腥，这才发现自己踩在血泊里。

门缝下淌出的血已经凝固。

作案工具就是超市里卖的菜刀。

凶手抢了现金，还卷走了好烟好酒。

小超市四面封闭，只有一道门进出。门从里面锁得好好的。

凌峰嘀咕着，是配了钥匙？还是熟人作案？

晨丽很快给出答案，都不是！周围几家店铺的监控我都看了，案发时没人从门外进去。

超市的监控呢？

作案时被关了。

那只有一种可能，嫌疑人白天进超市躲藏起来，关门后作案。

晨丽说，推理成立！

凌峰一挥手，搜索超市的所有监控，看谁进来没出去！

晨丽说，队长大人，这活儿可是海量的啊！客流这么大，你出我进的，要一对一地比对太难了。也许有人进来时有监控，出去时恰好没照到或没照清楚，你就没法儿认定。

凌峰抓抓脑壳。哎，他叫起来，先看看超市哪儿能藏人，说不定就有探头对着！

好主意！大家立刻散开，分头查找。

结果，还是凌峰先找到了。超市唯一能躲人的地方，是通向厕所的阴暗角落。他抬头一看，嘿，瞌睡来了碰着枕头，聪明的店主正好在这儿安了个探头。急忙调出监控一看，凌峰又抓起脑壳。坏了！探头角度有问题，被墙角一遮挡，只能照到脚，其他什么都照不到。

这可怎么办?

看着这些走来走去乱麻麻的脚，晨丽眼前一亮，有啦!

凌峰问，有什么啦?

晨丽说，我们能不能数脚?

数脚?

大家一听，也来了兴趣。

对，数脚!晨丽说，数数全天有多少双脚，走进去又走出来。每个人脚上穿的鞋都不一样，同样的鞋进去又出来，说明这个人正常。只进不出，那就有问题。如果能找到只进不出的脚，我们再以脚找人!

凌峰一拍巴掌，推理成立!

晨丽说，你能不能来点儿新鲜的?

凌峰笑了，那就……推理成精!

晨丽说，要死了!

在一片笑声中，全队参战，搬来十多台电脑，连接上监控，分头数脚。

一双双比对，一双双数。

进去了，出来了!

又进去了，也出来了!

目不转睛，望鞋欲穿。

终于，凌峰捕捉到一双脚——

一双穿着骆驼牌黑色皮鞋的脚。

这双脚，下午六点多进去，直到天黑也没出来。

天黑了。超市关灯了。监控模糊了。

这双脚，无声地融进黑暗中。恐怖，凶煞。

找到了脚，再以脚找人。

怎样找?把当天超市门口的监控倒回来查看。

很快，一个穿着“黑骆驼”的人进入了视线。中等个儿，小平头，黑衣黑裤，一身夜行者打扮。他骑一辆摩托车从马路远处过来，离超市还有一段路时停下来，锁好车，不慌不忙走进超市。

进去以后，再也没出来。

凌峰又回看超市里的监控，寻找他的踪影。这家伙神出鬼没，三晃两晃找不到了。好吧，我也不瞎忙了，你作案就地取材，用的是超市卖的菜刀，我就以逸待劳，固定在刀具柜台的监控上，看你什么时候来拿刀！

刀具柜台的监控显示，超市关门黑灯后，有个人影摸过来找刀。可是，监控质量太差，不容凌峰看清人影是不是小平头。令他吃惊的一幕突然出现：这个人影不但高大，穿的也不是黑衣服，而是白衣服！啊？难道躲藏作案的不止一个？

晨丽说，我只提取了一个人的鞋印。

凌峰抓抓脑壳，这就怪了！

眼看天黑了，晨丽说，我们把超市的灯关了，我穿上黑衣服摸进去，你在监控里看着，会不会有意外发现？

凌峰说，你装神弄鬼，再把自己吓着！

晨丽摸进超市，没吓着自己，倒让凌峰吸了口凉气——

在伪劣监控模糊的图像里，她的黑衣服变成了白衣服，而且个子也高了。这是怎么回事？

哈哈，走出超市，晨丽笑起来，监控再伪劣也是红外的，图像会变色。如果我从货架上拿个痰盂扣在头上，人影是不是就变高了？

凌峰一个字，服！

证据确定，小平头是犯罪嫌疑人。

接下来，追捕！

凌峰决定分两步，一是以逃跑线路追踪；二是查找摩托车。

可是，路面监控不完善，逃跑线路追踪不理想。

遂启动第二步。

凌峰把摩托车截图拿到全市所有的厂家辨认，又到大卖场找营业员辨认，最终确认是优大牌，颜色倾向蓝色或者黑色。

摩托车是要上牌照的。凌峰到车管所调出了所有优大牌摩托车上牌记录，又找出其中深颜色的，范围逐步缩小，如收网一样，慢慢拉回。在案发时间段，在那个没有月亮也没有星光的凌晨，一辆驶入喜苑社区的蓝色摩托车被网住。

车主叫刘安。案发当夜，他骑车回社区的时候，在大门口的监控里留下了影像。黑衣服，小平头，车后捆着一个包，鼓鼓囊囊。

从值班员被害的时间开始，到案犯逃离现场，骑摩托车赶回到位于市郊的喜苑社区，大约需要多少时间呢？凌峰自己试骑了两次，与刘安当夜返回社区的时间吻合。

晨丽现场提取的鞋印，与密取到的刘安的鞋印吻合。

于是，凌晨行凶的“黑骆驼”被擒。

干什么抓我？刘安挣扎着问。

这要你自己回答！凌峰说。

案发三天告破，起获了被抢现金和商品。

老百姓说，真快！

凌峰说，三天很漫长！

夫妻双双上阵，没黑没白。

所有参战的兄弟们，家扔掉，小孩生病也不管。

最让人受不了的是要面对尸体。那种熟悉又陌生的弥漫骨髓、浸透血液的味道，终生挥之不去！

老妈对凌峰说，多少天都看不见你，忙得像鬼一样！

这天，他跑回家，推门就喊，破了！

老妈吓一跳，哪儿破了？

凌峰不想再说。因为，一说起，他就想哭。他不敢面对被害人的家属。早上一家人还在一起，还在说笑，晚上人就没了，还是家里的顶梁柱……

2. 医用胶布 3M

报案人浑身发抖，头，头，头……

凌峰问，头怎么了？

……没了。

这具没头的尸体，躺在公路边的稻田里。

稻花绽放着生命，也簇拥着死亡。

晨丽放下勘查箱，打量着无头尸。这是个男人，看上去四十来岁。地上没有血，也没有厮打痕迹，应该是抛尸。抛尸案很棘手。首先要查尸源。没有尸源，就像一块儿肉放在那儿，无从下手。

她抬眼看看凌峰。

凌峰抓抓脑壳。

现场地处田野荒郊，不可能有监控。衣服翻了八遍也没找到能证明死者身份的。他是谁？又是谁把他抛到这里？为什么会抛到这里？死因是什么？直观看去，衣服完整，身上没伤，那么，死因很可能在头上。砍死、敲死还是……

不知道。

因为，头没了。

侦破工作首先从查尸源开始。网上、失踪人口、各方报道、公安信息大平台，查了个底儿朝天。报警的、失踪的、以前的、现在的，都没有符合这具无头尸特征的。再提取指纹、DNA，去库里进行比对。这个人如果有前科，有案底，信息库里就可能对上。

对来，比去。无果。

晨丽不死心。

凌峰更不死心。

要不，我帮帮你？

谢谢啦，忘了你把尿样当茶喝了？

晨丽来到停尸间，重新在赤裸的尸体上寻找线索。

她早已习惯面对，特别是浮尸或腐尸，再有就是无头尸。这些让人看见名词就毛骨悚然的恐惧，于她如风摆柳。

她翻看着尸体，突然，眼睛一亮——

尸体右手手背上，有一小块儿东西！

这是什么？

这是一小块儿膏药。

不，不是膏药，是医用胶布。

胶布上有一个数字和一个英文字母：3M。

晨丽如获至宝。

凌峰喜出望外。

这个不起眼儿的小东西，成为他们追查尸源的物证。

俩人分了工。凌峰负责走访，晨丽继续寻找新线索。

凌峰来到医院。医生说，这是3M牌留置针头专用胶布。病人来医院打点滴，今天打，明天还打，扎来扎去把血管扎成筛子，谁受得了？于是，预留一个针头在血管里，用这个专用胶布粘上，每天对接针头打就行了。

也就是说，死者生前曾在医院打过点滴。预留的针头拔了，胶布还在。

这是一条重要线索。

这种3M医用胶布，是从哪里来的？

一查，上海一家医药公司生产并经销。稍微上档次的医院都使用，很普遍。而私人诊所一般不用，因为相对来说价格比较贵。于是，凌峰的追查从全市所有上档次的医院开始，一家都不漏，看哪家医院有符合死者条件的男人来打过点滴。

与此同时，晨丽进一步检查死者衣裤时，又有新发现。

死者的裤子是“千纸鹤”牌休闲裤，看上去成色较新。裤管上有一个用白粉笔写的“4”。这是裁缝裁裤脚时留的记号。显然，这条裤子改过裤脚。晨丽走访下来，得知这种裤子在本市有总经销，来到总经销一问，大部分货都销往本市及相邻三市。她分析，抛尸嫌疑人应该就在本市及相邻三市一带。再往远，长途跑来抛尸的可能性不大。她把分析告诉凌峰，凌峰笑了，推理成立！晨丽说，这话是我的专利。

抛尸嫌疑人住地范围缩小了。在这个范围内，共有十家“千纸鹤”休闲裤专卖店。一般来说，买裤子的顾客都会在店里现裁裤脚。免费不说，店里的师傅手艺也好。

晨丽对这些专卖店挨个做了调查，将师傅画线的笔迹、缝纫机型号、针脚距离等，一一收集齐全。与死者的裤子进行比对，发现邻市三友镇的一家专卖店的师傅的笔迹及其他各项条件，都很吻合。基本可以确定，死者的裤子就是在这家店买的。那么，推断下来，买裤子的人也应该离三友镇不会太远，除非作案人有意从大老远跑到镇里来买条裤子迷惑警方。这种可能性很小。

服！凌峰再次发声。他移师北上，把排查重点放在邻市三友镇，结合3M医用胶布的线索，把镇里及周边所有的医院都查过来，不论公私，逢院必查，终于，在镇中心爱民医院有了重大发现。

首先，这家医院使用的正是3M医用胶布。再把医院最近一段时间住院的或来打过点滴的患者名单打出来，一条条过，一个个过。女的排除，男的年纪特别大的和特别小的也排除。

最后，发现有个叫崔京的男子就是死者。

崔京是因为脑溢血由家人送来的。两天前，他人不行了，要继续抢救需要大量医药费，家人付不起，就接走出院了。第三天，被发现抛尸。这与法医判断死亡时间在三天以内，时间也吻合。

凌峰立即找到崔京的住家。崔京是山东人，独自来三友镇谋生，租住在一间出租屋。进屋一看，没人，却又好像刚打扫过。再把他个人情况调出来研判，发现他有一个同居女人叫金华，也是山东人。两人的老家隔一个村。金华的丈夫死了，她有两个儿子，大儿子在老家，二儿子在三友镇。案发后，金华不见了，在厂里上班的二儿子也不见了。凌峰走访当地群众，得知这期间金华的大儿子也来过。

于是，这三个人就成为重点嫌疑人。

既然列为重点，凌峰果断出击。

凌峰者，攻势凌厉。

金华连同她的两个儿子很快被抓捕归案。真相大白。

崔京在老家有妻儿。他来三友镇打拼，形单影只，与金华相识后就同居了。两人相依为命，形同夫妻。想不到他突发脑溢血，金华叫救护车把他送到医院，抢救，打点滴，崔京手上就留下了那块儿最终成为物证的3M医用胶布。医生告诉金华，崔京很难醒过来，如果要继续抢救，医药费要几十万。金华哪儿有那么多钱，只好把人拉回家。

第二天一早，崔京死了。金华肝肠寸断又着实为难。这可怎么办？既不能在当地火化，也不能把人拉回老家。在当地火化，手续没法儿办；拉回老家，崔京的家人知道了还得了？村里人知道了还了得？找个地方埋了吧，动静太大，很可能会被人发现。

金华走投无路，就想把崔京的尸体抛到一个谁都不认识的地方。她把大儿子从老家叫过来，让他开着车，连夜把尸体运到了田野荒郊。同居两年，她对崔京有了感情，想到就这样把他丢到荒郊野外，成了孤魂野鬼，金华号啕大哭。车在暗夜里行走，她哭叫着心上人的名字，崔京啊，崔京啊，你原谅我，原谅我，我真的没钱，真的救不了你。就把你这样扔了，我也舍不得，可我实在走投无路啊……

当车停在稻田边，就要动手抛尸的时候，金华突然生出一个谁也不敢的想法。这个想法事后回想起来，连她自己都不寒而栗——

把崔京的头割下来，拿回老家，埋在丈夫的坟旁！

就这样，在两个儿子的帮助下，崔京的头被割了下来，金华用布包好，抱在怀里……

案件破了，让人心酸。

3. 你可听见阿妹叫阿哥

这个命案的嫌疑人叫张伟，湖南人。

当凌峰得到线索时，他已潜逃八年。

凌峰带队赶到他的老家张家湾，想不到面对一片凄惨。案发后，张伟的母亲天天哭，最后哭瞎了眼，倒在烤火的火盆里，被活活烧死了。父亲失去老伴儿，悲痛欲绝，一年后也抑郁而终。父母双亡，张伟都没敢露面。

尽管凌峰反复做工作，张伟的亲戚都咬死说，跟他没联系，不但没联系，提起他来还牙根儿疼，说他害死了父母。

凌峰抓抓脑壳。

晨丽端来一碗汤圆，凌峰张嘴刚要吃，被一把夺下勺，烫！

可不，汤圆才出锅，一嘴下去能把他烫成个猪。

心急吃不了热汤圆。晨丽说，你还没看出来？他们家族保护意识很强，光在面上谈不行。我昨天跟他三婶一起磨糯米、包汤圆时摸到一条线索。

什么？

看你急的，吃了再说。

晨丽的线索非常重要——

张伟的云南籍女友王萍曾在张家湾住过！

这就要从张伟犯案说起。王萍与张伟在江南小城工地上相识相爱，未婚先孕。工地上一个姓吴的工头儿欺负王萍，张伟火起，动了刀。杀人后他吓坏了，把王萍带回老家，交代给父母自己就逃了。王萍没脸回云南，只好住在张家，生下孩子。后来，张伟的父母双亡，亲戚对她没了好脸。王萍过不下去，就带孩子回了老家。

凌峰问，王萍现在云南？

晨丽答，没错！王萍应该是她的真名。如果能找到她，很可能牵出张伟。毕竟，他跟王萍相爱，孩子又是亲骨肉，他们不会断了联系。

推理成立！

你又来了！

于是，寻找王萍成为案件突破口。当然，不能惊动张伟老家的人。凌峰带人撤出张家湾，住进县城。一方面让留队的弟兄设法找当年跟张伟一起打工的人，了解王萍老家的地址，另一方面上云南公安网查找。结果，两方都不顺。打工的找到了，一问三不知；公安网上叫王萍的多如牛毛！

凌峰正郁闷，见晨丽笑眯眯地走来。他心里突然一亮，叫了起来，你先别说啊，我喊，一——二！

暂住证！

两人异口同声

王萍在张家湾住了不短的日子，应该在派出所办过暂住证，暂住证上不就有她老家的地址吗？

谢天谢地！到派出所一查，王萍果然办了暂住证，但是老家地址缺了关键的字，“云南省什么良县”，接下来是“河边乡毛竹村”。哎呀妈呀，云南叫“什么良”的县不止一个！只好求助云南警方。多亏后面有乡名村名，三个条件相加，最终锁定了“彝良县河边乡毛竹村”。

“彝”字难写，登记人就跨栏啦！

地点锁定，问题又来了。当地查不到王萍，只有黄萍。

局长对凌峰说，不管什么萍，你们飞云南！

在飞机上，晨丽说，王萍是抱着孩子回来的，孩子肯定要上户口。按一般规矩，孩子应该是随父亲姓张，母亲名字里再有个萍字，那这个母亲就是我们要找的人。像局长说的，不管什么萍，就她了！

晨丽的推论在当地派出所证实了。

黄萍，就是王萍！

云南口音“王”、“黄”不分。王萍本名黄萍，她在工地一开口，人家听成了王萍，她将错就错，后来在张家湾登记暂住证时也写的是王萍。当时管得松，没要身份证。要，也没有，早被偷了。

派出所老民警告诉凌峰，黄萍的户籍没有丈夫，只有孩子。听说她丈夫死了。

凌峰问，老黄家有没有外来人口？

老民警说，他家姑娘多，听说有一个上门女婿，还没上户口。

叫什么？哪儿的人？

叫普平，湖南人，能吃苦，会木工，在这边已经生活好几年了。

凌峰摇摇头，湖南姓普的少，倒是云南很多，怕是到这儿改的名吧！说着，拿出张伟的照片。

老民警一看，是他！长得像，牙也白！我们这儿的男人抽烟叶喝酽茶，牙都是黑的。眼下，这人正在为自己盖房子，准备从老黄家搬出来。

是时候收网了。

凌峰租了辆破面包车，拉着人朝盖房子的工地开去。工地就在路边，远远看去像停工的样子。这时，外围弟兄传来消息，说普平去一个叫石根脚的地方买木料去了。还好，车里有当地民警带路，调个头，很快开到了石根脚。远看，有几幢两层楼的房子。

车声惊动了房子里的人。

有人从二楼窗户往外探头。

凌峰一眼认出，正是张伟！

车里的人一下子冲出去，包围，敲门，守窗户。

从后门逃跑的张伟迎面碰上凌峰。

凌峰突然愣住了——

张伟怀里抱着一个不满周岁的孩子。

瘦弱的，惊恐的。

凌峰说，当心摔着孩子！

张伟站在那儿一动不动。

这是你的孩子吗？

张伟点点头。

你有几个孩子？

两个。大的那个……我们帮人家干活儿顾不过来，掉水塘里淹死了……

凌峰心里一沉。

哇！怀里的孩子哭起来。

可怜的，惊心的。

这时，屋里走出一个女人。沧桑的脸，含泪的眼。

她一声不吭，走到张伟身边，接过孩子。

张伟的双手空了，颤抖地伸向凌峰。

凌峰把手铐塞回裤兜儿。走吧！

抱着孩子的女人，腾出一只手，抹去脸上的泪。

她看着张伟说，你在里面好好的，我等你！

张伟捂着脸哭出了声。

这哭声，一直没停。他坐进车里，回头张望。

黄萍抱着孩子的单薄的身影早已看不见。

张伟说，我这辈子可能再也回不来了……

在哭声中，他断断续续讲起他跟黄萍——

我俩是打工认识的。那天，我正在楼下粉刷墙面，楼上忽然倒水下来，泼了我一头。我刚要骂，她从窗口探出头，冲我一笑。她的笑，真甜。我呢，抹抹脸，也笑了。她跑下来拿口香糖给我，说，对不起，我擦玻璃没看见你！后来，我们就爱上了。她怀了孕。我想，完了工，领了钱，就带她回老家结婚。一天中午，我俩打扫二楼，饿了，就泡方便面吃。那个姓吴的工头儿从楼下看见了，说，你们这些家伙没干完就吃上了？猪！我回了一句嘴，他就不干了，捡起一块木头从窗口扔进来，我捡起来顺手扔下去。他一下子叫起来，你还敢砸我！跑上来要打我，黄萍伸手拦他，他明知道黄萍肚子大了，上去就踹。我急眼了，桌上正好有把水果刀，我拿起来就捅。黄萍叫我放手，我没放，一口气捅了好几刀，看他不出声了，这才后悔了……唉，后悔也晚了。可怜她们娘俩儿，孩子太小了，怎么过啊……

张伟的哭诉，让车里很沉闷。

车窗外，谁家的音响放着一支凄婉的云南山歌——

哥啊，哥啊，你可听见阿妹叫阿哥……

时隔不久，彝良地震了。

刑警队的弟兄们不约而同地说，不知道黄萍娘俩儿怎么样……

4. 种瓜得豆

刑警队接线报，有贩毒嫌疑人要在高速公路加油站进行交易。凌峰遂布置队员蹲守，连晨丽都成了加油站的开票员。而凌峰自己则换上交警的行头，带着化装成协警的新队员小高，开着巡逻车在公路上巡逻观察。一小时后，又接线报，嫌疑人交易改期。

这是常有的事，就当演练吧。凌峰在巡逻车上下令收兵。

这时候，他看见一辆大众轿车停在应急车道上，车里的人好像很累，东倒西歪。曾经干过交警的凌峰眉头一皱，应急车道是不能随便停车的，除非车辆发生故障或事故。停下后，一要打双跳灯，二要在车后放置警示三角牌。可是，这辆车，双跳灯没打，三角牌也没放。啥情况？

凌峰停下巡逻车，走了过去，给驾驶员敬个礼：请出示驾驶证、行驶证！一切都那么标准。开车的小胡子把两证递出。凌峰接过一看，没毛病。再朝车里一探头，有问题！几个人好像都不大对劲儿，有的靠着，有的趴着，还有一个手上缠着纱布，很明显受了伤。

什么伤？怎么伤的？

凌峰动了心，脸上却没露。

他问，停这儿有事吗？

小胡子说，车坏了。

为什么不打双跳灯？

忘了。

三角牌呢？

丢了。

你们准备交罚款吧。我通知清障车，把车拖出去。后备厢里有什么东西，先拿出来放在车后挡一下！

凌峰说着，不等小胡子回答，上去就把后备厢掀起来。

这一掀，来情况了——

后备厢很脏，堆得破破烂烂。在这些破烂中，一个漂亮的塑料整理箱分外打眼，像乞丐群中坐个白马王子。这样好的整理箱，一般都是放在家里的，就是放在后备厢，里面也是干干净净的。

凌峰随手打开整理箱，哎哟妈呀，全是名烟名酒，还有一个装在包里的笔记本电脑。他把电脑抽出，不料跟出一本护照。凌峰眼毒，立马看到护照的主人叫孙越。按正常情况，护照放在包里，电脑就应该是这人的。凌峰没说什么，把护照塞回包，顺手打开电脑。哎哟，有密码，打不开。

兄弟，这电脑是你们谁的？打开我看看！

凌峰这样发问。

四个人都装聋作哑。

怎么啦，谁也打不开？这电脑是你们的吗？

这时，有个黑胖子急忙起身，这电脑是我一个大哥的，他拿来赌球。现在人没在，到广州玩去了。

凌峰点点头，装作认同他的瞎话，又把电脑塞回包里。

就在这时，他眼前一亮，只见整理箱后散放着一些零件。

这不是一般的零件，组装起来就是撬车工具，专门用来撬轿车后备厢。

这伙人是贼！

整理箱连同里面的东西都是他们偷的！

呵呵，我今天有意外收获啊！

怎么办？

他们四个，我们两个，小高又是新手。虽说我带了枪，也不一定能吓住他们。一旦炸了窝，他们在高速公路上乱跑，那可不好收拾。车来车往的，追都没法儿追，弄不好还会造成交通事故。

凌峰这样想着，拿眼四下一扫，发现这一地段的高速公路正在修整中，光秃秃的，没有防护网。这伙贼轻易就能跑出公路，钻进山林。

不行，先稳住他们。

凌峰脸上堆着笑，假装摆弄手机，你们等一下，我这就叫清障车来。哎哟，手机没电了，我去借协警的！

说完，他快步跑向巡逻车。来到车里，对小高说，这是一伙贼，你把手机给我，我拖住他们。你赶快呼叫增援！

交代完毕，凌峰又跑回去，当着这伙贼的面，用小高的手机叫清障车，动作不慌，话也不急。

这时，黑胖子拿出烟来，兄弟，来一支！

凌峰接过烟，点上，一抽。嗯，不错，是真的。

黑胖子说，我大哥赌球赢了大钱，抽的都是好烟。车里这些东西全是他的。你要喜欢，就来两条“中华”？

凌峰借坡下驴，那好啊，今天也不罚你们了，咱们交个朋友，以后有什么需要帮忙的，尽管找我。

黑胖子说，谢谢啦，随即打开后备厢，取出两条“中华”递给凌峰。

凌峰说，我就不客气啦！

黑胖子说，客气就不是兄弟了。

凌峰有一搭无一搭地问，你大哥贵姓啊？说不定我还认识。

黑胖子说，我大哥……姓孙！

哦，还真对上护照了。凌峰假装思索，是不是孙二爷？

黑胖子笑了，差一横，我大哥是孙越孙三爷！

凌峰心说，跟我抖这个激灵，有用吗？

就这样，一边等清障车，一边瞎聊。嘴里有一句没一句，心里那叫一个急。弟兄们，你们怎么还不来啊？

他正急得火上房，清障车来了。你猜怎么着，车里全是刑警队的便衣，一下来就亮剑，把四个家伙死死按住。紧跟着，大批警力赶到，一水儿的荷枪实弹。

四个家伙还叫呢，你们凭什么抓人？我们怎么了？

凌峰说，你们怎么了？水沟里是什么？

啊？现场的人一愣。

哪儿来的水沟啊？

在高速公路的路基下，当真有一条沟，是修整时取土留下的。沟里有水，可能是雨水，也可能是施工用水。当凌峰借故跑去跟小高借手机时，顺便把周围的地势扫了一眼，发现了路基下的这条水沟。当时，沟里的水是平静的，里面什么也没有。可是，当他借了手机跑回来时，无意中又往沟里扫了一眼，你猜怎么着，里面多了一样东西！因为水不深，这东西只露出一个小角儿。凌峰一眼就看准了，那是一个手包！好啊，我没闲着，你们也没闲着，想甩赃啊！且放他一马，好饭不怕晚！

现在，他们喊冤，凌峰就说，水沟里是什么？

他这样一说，八双眼往沟里看。

小高马上跳下去，把手包捞了上来。

当众打开一看，传奇啊，包里除了银行卡，居然还有一张身份证。谁的？孙越！

凌峰从后备厢里取出护照，展示给这些家伙，说说吧，这是怎么回事？怎么把大哥扔沟里了？

种瓜得豆。凌峰擒贼。

这些家伙流窜作案，昼伏夜出，专盗高档轿车后备厢。

他们昨夜干累了，在高速上开着开着直犯迷糊，刚停下来想打个盹儿，就被凌峰抓了个正着。

失主孙越发现轿车被盗，急忙报案，想不到已人赃俱获。

他蒙了，啊？秒杀啊！

5. 两个小时

能不能让我单独跟周新走一趟？

为什么？

因为我是女人。

有什么不同吗？

女人有女人的视角。

凌峰抓抓脑壳。

晨丽知道请求获准。

周新是报案人。他说，昨天中午，他爱人王霞开着奔驰越野车，把他送到单位，然后驱车前往上班的东方商贸公司，至今联系不上。

凌峰问，她平时上下班正常吗？

周新说，正常。因为孩子小，我俩白天各忙各的，晚上准定回家。

案情蹊跷，刑警队立即展开工作。

晨丽通过查阅公安平台，发现王霞是二婚。身为女人加上职业敏感，她马上想到，周新与王霞的关系好吗？前夫对王霞的再婚又如何？王霞的失踪，首先不能排除这两个男人。

晨丽设法找到周新的母亲，两个女人进行了一次私密谈话。老人抹着泪说，唉，可怜我孙女还小啊，他俩都忙，孩子是我跟老伴儿给带。要说他俩的感情，真没挑。王霞这姑娘人漂亮心也好，离婚是因为前边儿那个男人不安分。她跟周新谈对象，还是我的老姐妹给我介绍的。不瞒你说，是我先见的这姑娘，一见面她就把结过婚的事告诉我了，我老姐妹都没跟我说，冲这个我就喜欢上了这姑娘。我跟她说，这件事你就别跟周新说了，咱娘儿俩知道就行啦。所以，我儿子至今都不知道她还有过一次婚姻。王霞与前夫没有孩子，离婚几年后才跟我儿子谈，这里头不存在搭上这个撇那个，也没有旧情纠缠。她在马路上看到以前的婆婆，还会停下车来打个招呼，可仁义了。唉，现在忽然找不到人了，这可怎么好哟……

听老人这样说，晨丽有了几分底。她又找到王霞的前夫，通过谈话，基本可以排除他与本案有关。剩下的，就是零距离接触周新，以确认他是否既是报案人又是嫌疑人。因为她有过经历，最终落网的正是报案人。

这时，传来消息，技侦人员发现，王霞开的越野车，最终消失在云湖一带，距东方商贸公司十公里以外。

晨丽认为，这是正面接触周新的好机会，遂向凌峰提出请求。

不过，我要开车跟在你俩后面。凌峰说，你懂的。

晨丽说，我不懂。

晨丽打通周新的手机，说，我们找到了越野车最后的轨迹。你过来，咱俩一起去找。

周新来了。晨丽让他上车，开车向云湖一带驶去。

凌峰的车远远跟在后面。

一路上，晨丽跟周新聊起来，聊生活琐事，聊他跟王霞的交往，同时以女人的视角察言观色，看他对王霞的感情真不真。说起王霞，周新的眼泪直打转，说，万一出了什么事，我愿意出事的是我。孩子还小，不能没有妈。说着，眼泪就下来了，哭得像个孩子。一路聊下来，晨丽判断，周新不是嫌疑人。

这一判断，使侦破少走了弯路。

两人在湖边转来转去，没有找到越野车。

包括王霞的前夫在内，所有关系人的嫌疑都被排除了，最后只剩下一个可能：王霞被害了！

这时，技术室送来监控拍到的照片，开越野车的人已不是王霞。

晨丽对周新说，我的感觉很不好。

她一步一步释放心理暗示，让周新慢慢接受这个残酷的现实。

周新当时就哭起来。

唉，他怎么能走出这个情感的黑天啊？

晨丽的心情很沉重。越野车最后消失的地方已不属于本市管辖，她可以撒手，把案子转给属地警方。但是，她不想撒手。她两眼看着凌峰。凌峰说，看我干什么？既然上手了，就要水落石出。

很快，王霞的手机异常情况也到手了。当天，她的手机在车上一直没关。她遇害时，凶手的手机也处于开机状态。仿佛冤死的孤魂在施法，这个荒郊野外的手机持有者无疑就是犯罪嫌疑人！技侦很快查到了这个人的信息，通过比对，正是后来监控图像上开越野车那个的男人。他杀人和抛尸都在这辆车上。

当晚，锁定了这个家伙。

他叫刘安平。凌峰铐住他的时候，他还死不认账。

晨丽在他的破车上发现了一把奔驰车钥匙，马上给周新打手机。

你还有没有备用钥匙？

周新说，有。

晨丽说，你快点儿送来！

奔驰车的钥匙上有一串数码，代表身份。

两把钥匙一对，一模一样！

刘安平的脖子软了。

突审当即进行。不用拍桌子，就是跟他聊天。聊了十来分钟，刘安平吐出了第一句话——

两个小时。

跟着，他提了个要求。一般嫌疑人提要求的时候，就是准备开口的时候。凌峰说，你讲。刘安平说，我想上厕所，凌峰说，可以。就叫人陪他去。上完厕所，刘安平全招了。

原来，他老婆要生了。从杀人到被抓这两天，就是他老婆要生的日子。他需要两万块钱用于接生。这家伙吸毒、盗窃，家里人都不爱理他。他从外地开车过来，找他老爸要两万块钱。他老爸不给，他就动念去抢。抢劫杀人后回到家，正好两个小时。想不到，他老爸又同意给他了。如果早两个小时给他，也许惨案就不会发生。

所以，他开口第一句话，两个小时。

在东方商贸公司对面，有一家超市。王霞跟丈夫分手后，开车去超市买东西，之后，到地下停车场取车。在这里，她不幸遇到了抢劫，因反抗而惨死。然后，刘安平把她塞进车里，开到湖边，拖入水中，又压上石头。当他带着凌峰一行找到尸体的时候，人已经不是样儿了。黑黑的，一脸蛆。再晚几天，就剩一堆白骨了。

为了自己的老婆，杀了别人的老婆。

晨丽问，你抢到了什么？

刘安平说，一包饼干。

那是王霞给自己孩子买的。可怜的母亲！

钱在信用卡上，有几十万。刘安平没搞到。

王霞死于豪车。她如果开的是一辆破车，也可能就没事了。

刘安平把越野车藏起来，打算伺机卖掉。

但是，警方没给他机会。

死者的信用卡、手机、手表、车，全都追回来了。

可是，人没了。

晨丽打手机给周新，说王霞的父母肯定接受不了女儿这样的惨状。他们就这么一个女儿，从小养到大，谁想到会有今天。我给王霞买了一套衣服，你现在就过来吧，在火化前帮她穿好衣服，化好妆，再叫她父母见她最后一面。

王霞火化后，周新把自己锁在屋子里，不吃不喝，就是想死……

6. 如梦二十年

王娟追来的时候，血案已经发生！

早上，王楼感到鼻梁又疼起来。那是为养活娘的事让四弟王江打的。他越想心越堵，撩脚就走。小闺女王云看爹撞出门，知道他去找四叔，抄起一把刀追上去。两家住得不远，王云赶到时，爹跟四叔已打得满地打滚儿。她上去帮爹，冷不防四娘冲过来，一铁铲拍在她头上。王云急了，用刀捅了过去，四娘没出声就倒下了。这时，王娟闻讯追来，邻居叫着，还不快跑，等警察抓哪！

这一年，王云十九岁，王娟大她一岁。

姐妹俩一跑就是二十年。

凌峰接手这起旧案，说实话心里没底。

晨丽很快梳理出王家的“家底儿”：王娟姐妹的爷爷有一个姑娘五个儿子。姑娘王兰嫁到了宁夏。王楼是大儿子，王江排老四。老人早年外出讨生，落脚咸阳。案发后，王楼投奔了老人。王楼的儿子王中家在邻市，每天骑摩托来本市教书。姐妹俩有个舅舅叫吴峰，在一处工地干活儿。

凌峰琢磨着这份“家底儿”，觉得还是从王楼入手靠谱。他带人赶到咸阳，在一家仓库找到王楼。他看大门，老两口儿住半间屋子，想坐都没地方。任凌峰口水说干，王楼就一句话，不知道！

晨丽在墙上发现了一个手机号码，暗中一查，宁夏的。哦，会不会是王兰？很快，消息反馈回来，机主果然是王兰，但同样是三字经：不知道！

咸阳虽然不顺，但惊动了王楼，带来了意外收获——

技侦人员发现，吴峰给王中打了个电话。

公安局去咸阳找你爸了，回头找我们咋办？

就说不知道！

一问一答。挂了。

只有两句，但够用了。

凌峰迅速带人撤回，从外围摸这两人的情况，遂获得一个重要情报：去年4月，王中骑摩托摔断了腿，治疗期间，王楼到医院看过他。这说明他们父子保持着密切联系。那么，父女呢？兄妹呢？也一定保持着联系。

晨丽说，推理成立！又补充一句，这话可是我的专利啊。

凌峰笑了，你还有什么专利？

晨丽说，免费转让你一个，王楼为啥说不知道？是怕王江不原谅他闺女，非要让他闺女抵命。我们首先要做通王江的工作！

凌峰一伸拇指，服！

于是，凌峰找了村里的几个长辈，摆了席，把王江请来。三杯下肚后，他跟王江说，二十年了，原谅侄女吧。你大哥一家已四分五裂，你再不原谅，他这把老骨头就埋到外乡了。王江经不住劝，淌着泪说，唉，没办法，太亲啦！我原谅她们了……

接下来，远在咸阳的王楼突然被眼前的一幕惊呆：几个人迎面朝他走来，走在前面的一个小老头儿看见他，一下子站住了。

王楼也站住了，四弟！

兄弟俩，苍老的苍老，驼背的驼背，相拥着，泪往下滚。

跨越二十年的相会，是凌峰精心安排的。悲喜交加的场面让大家都动容。可是，想不到，王江当面说，原谅侄女了，王楼却说，不知道娃在哪里。

王江情绪低落，同来的人也说，王楼不通人性。凌峰笑道，事情怕调个儿。如果闺女是自己的又会怎样？王楼不是不通人性，而是很有人性。他爱孩子，死活自己扛！

晨丽说，把老人交给我吧！

凌峰说，正合朕意！

晨丽说，你算哪庙的？

这时，技侦人员再次发现吴峰与王中的通话。

吴峰：你爹说了吗？

王中：没有。

吴峰：我担心那笔钱。

王中：放心，没人问。

吧嗒，挂了。

但是，马脚露了。

顺着“那笔钱”这一线索，侦查出现重大转机。一笔八千九百元的汇款，从内蒙古赤峰汇来，用于王中治疗腿伤。

收款人：吴峰。

汇款人：王娟。

凌峰马不停蹄地赶到赤峰，顺着汇款人地址，摸到一个杂货店附近。

他走进店里。开店的是一对夫妻，样子很老。凌峰掌握的照片，是从姐妹俩小学毕业的合影截下来的，时间久了，很难辨认。

凌峰推门进去。男的问，买什么？凌峰没出声。女的说，肯定是买烟。凌峰点点头。女的问，买什么烟？凌峰趴在柜台上瞅。不要二十的，也不要二十五的，看到一盒二十三的，就是它了，找钱费事，能给辨认赢得时间。女的低头拿烟。凌峰假装摸钱，摸来摸去，摸出一张百元大票。他把零钱放在车里了，故意用大票。趁女的找钱，凌峰瞪大眼睛：颧骨，脸型，眉毛，鼻子。这时，钱找好了，凌峰顺手把烟拆开。女的说，不能假，放心！

标准的乡音！

凌峰“嗯嗯”着，出了门，来到车里。一干人瞪直了眼。

王娟！凌峰说完，想到那衰老的模样，想到那稀疏的白发，心头突然一阵难过。

傍晚，小店刚要关门，凌峰突然挤进去。

女的问，干什么？

王娟，这么多年了，想家吗？

女的一惊。

你妹妹王云呢？

……死了。

凌峰心里“咯噔”一下。

活着交人，死了交坟。说说吧，怎么回事？

……那天，她流了好多血。后来，她不行了，求我把她放下……

凌峰从口袋里掏出那盒烟，烟没有假，可你的话有假啊！王娟，你可知道，你们一跑，给你叔家，给你自家，造成多大伤害？你四娘的骨灰至今也没入土。你说王云不在了，是怕我们抓她。面对法律这堵硬墙，怎样把她的创伤减小到最低程度，这才是你当姐的应该做的！王云只要自首，百分百能得到宽大！

这时，他的手机响了。晨丽叫着，让王娟听听亲人的声音吧！

说着，手机里传来王楼的呼唤——

小娟，小娟！

惊恐，苍老，颤抖，悲凉。

王娟叫了一声，爹啊！“哇”地大哭起来。

过了好久，像是黑着脸憋了一天的雨，突然间电闪雷鸣倾盆而下，手机里爆发出令人绝望的哭声。老人积了二十年的泪，不是流出的，是大块大块掉下来的。

小娟啊，爹对不起你们！二十年，到底没跑了！你听爹的，叫王云回来。你四叔原谅她了。你娘现在一身病，我也没活路了，几次想带你娘去死，一想到你们，又放心不下。王云再不回来，就看不见娘，看不见爹了……

爹，爹啊，我这就给王云打电话……

王娟流着泪，拨通妹妹的手机，妹啊，你在哪儿啦？

我在汽车站，我要走。

妹啊，你别走，姐给你磕头了！刚才我跟爹通话了，爹叫你别跑了，四叔原谅你了。孩子还小，你跑了孩子怎么办？

姐啊，我对不起四叔，我欠的情死都抵不上……

凌峰发动越野车。

当车开到长途汽车站时，凌峰说，王娟，你别哭，走，跟我下车。

车上有人叫，给她戴上铐子！

凌峰摇摇头。他拉着王娟的手，温柔，亲切。

他相信，王云没有走，就在人群里。

突然，王娟叫起来，在那儿！

王云瘦小憔悴，一身衣裳皱巴巴的，像个老太婆。

凌峰走上去，轻拍着她的肩头，王云啊，你老喽……

话才出口，泪已难忍。

我完成了任务，她怎么办？

7. 欢乐颂

早上，一杯三聚氰胺奶，两块儿苏丹红点心。

中午，三个吊白块儿馍馍，外加一盘儿地沟油炒瘦肉精。

夜里做了个梦，一条蛇要咬我。我吼起来，我喝的是三聚氰胺，吃的是地沟油，你敢咬我，毒死你！

蛇一听，吓跑了。

出差途中，凌峰在小饭馆听了这个段子，他笑不起来。

旁桌一位说，还是把剩菜打包吧，不然炼成地沟油又卖给咱们吃了！另一位说，就差直接喂毒药了！

回到队里，凌峰接到报案，有人偷炼地沟油。他火冒三丈，立即带人前往。只见山地里支着一口大锅，火熄余温在。离锅不远处有一口缸，盛满泔水。拿棍一挑，鸡脖鸭脚。炼油人将缸里的浮油撇出入锅，把水分熬干，剩下的就是油。凌峰往锅里一看，没舀净的地沟油照出怒目金刚。

凌峰以锅找人，王贵夫妻很快落网。一脸惊惶，两身油腻。

冤枉啊，我们炼的油是开车用的！

凌峰说，好啊，我现在就把车开来试试。

王贵连连摆手，还得加工呐，有人上门来收！

收油的李军说，自己也有下家，他把散户粗炼的地沟油卖给了格林炼油厂，厂址在连云港石花镇。

可是，凌峰一踏入石花镇就傻眼了。镇里镇外，村村点火，处处冒烟，大小炼油厂林立。当地为什么会大张旗鼓？说起来，地沟油的确可以加工成柴油，还可以用于建筑工业。但是，如果炼成食用油流向百姓餐桌，那就构成了犯罪，因为里面含有多环芳烃等高致癌物，直接危害人民的生命健康。凌峰要侦查的，就是地沟油的去向。

天黑了，他佯作散步，边走边观察，不多时就发现了疑点——

格林炼油厂戒备森严，高墙两米，监控密布，外人很难进去。

晚风吹拂，厂房深处传来地沟油特有的臭味。可是，走着走着，味道突然又变了，哎哟，好像食用油的香味！

凌峰抬眼四下看，发现不远处有一间民房。他借口问路，敲响木门。开门的是一位农妇。

大妈，我是外地来打工的，这地方好找活儿吗？

农妇说，活儿有的是，不过你可别去那个厂子干缺德事！

凌峰听出她指的是格林，故意问，他们干什么缺德事？

农妇来了气，把臭油炼了给人吃！这地方没建厂的时候，空气清亮得很，一建厂就臭了，整天熏得我脑瓜疼。我进厂去找他们理论，没用！他们干的缺德事我看得一清二楚！

夜访农户，收获意外。凌峰想，如果格林确实在偷炼食用油，进出货必然诡秘。特别是成品油出厂，很可能在夜间进行。他向当地朋友借了一辆桑塔纳轿车，蹲守在出厂必经的小路边。

月亮不睡，星星不睡，风儿也不睡。

凌晨四点，一辆油罐车从厂里开出。

凌峰揉揉眼睛，一看是重车，顿时来了神儿，等的就是你！

不多时，油罐车“轰隆隆”从眼前驶过。

凌峰发动桑塔纳跟上。随行的队员立刻打开摄像机，跟踪摄像。

油罐车开出十多公里后，从小路上了国道。眼看来到县城附近，路要岔开了，一边儿通向县城，一边儿是加油站。

凌峰不远不近地跟着。突然，他感到身后似乎有车尾随，朝后视镜一扫，看见一辆奔腾轿车。

他快，奔腾也快；他慢，奔腾也慢；他点刹车，奔腾也点刹车。

啊，奔腾在跟踪我！

他正吃惊，“嘎”的一声，前面的油罐车一个左转，朝加油站驶去。这很麻烦，如果跟着它去加油站，很容易被后车发现。不跟着转就跟丢了，跟着转又太明显。没辙，凌峰只能选择县城方向，回头再来寻找目标。

他转向县城，一扫后视镜，奔腾也跟来了！

就在这时，“嘎”的一声，油罐车猛地向右一转，竟然往回开了。

凌峰措手不及，只能接着往前开。这时，尾随他的奔腾突然发疯一样从后面冲过来，在接近桑塔纳时，猛打方向，朝凌峰直直撞来。凌峰急打左转，“唰”的一声，电光石火间，奔腾擦着桑塔纳向前冲去。

好险！两车只差半拳。

动作稍迟，必撞无疑。

奔腾鱼死网破，目的非常明确：制造交通事故。

无论如何，不能撞车。

撞车就得报警，报警就难免暴露！

两车擦肩而过，地上飞起碎石——

凌峰急刹车。

奔腾也急刹车。

先后停车，交锋一触即发。

身处异地，一旦暴露，侦查就会陷入困境。

但是，对方似已察觉，暴露在所难免。

这时，凌峰忽然发现右侧有一辆摩托车也惊悚急停。从现场看，奔腾像是因为避让摩托车而失准，并非有意与他相撞。

果真如此，神马都是浮云。

凌峰抱定主意：守口如瓶，以静制动。

他没下车。

奔腾也没下人。

双方在沉默中僵持。

看谁先下车！

如果放在平时，依凌峰的脾气，加上他的警察身份，对这样的恶意违章绝对不会容忍。

可是，现在，空气凝固，大地如死——

凌峰听见了自己的心跳，扑通！扑通！

突然，“哐当”一声，奔腾车的门开了。

一秒，两秒，三秒……

没人下车。

等待令人喘不过气。

“哐当！”车门又关上了。紧跟着，呜——

奔腾开走了。

凌峰长出一口气。他没有再开车，定定地坐在车里。

不能再跟踪了。

从车窗向外望去，只见油罐车又调头回来，沿国道一直向前开去。奔腾有意放慢速度，让油罐车超过，不紧不慢跟在后面。渐渐地，两车一前一后，挤进渐行渐多的车流里，消失。

凌峰自语，我大意了，螳螂捕蝉，黄雀在后！

这时，手机响了，是晨丽打来的——

局长让你立即返回！

局长是本次行动的总指挥。凌峰只有服从。

返程路上，车里沉闷得令人窒息。

凌峰伸手去按车载音响，那里有他最喜欢的 CD。

顷刻，激情四射的交响乐气势磅礴的乐章如江河奔腾，汇成作曲家凝聚一生信念的音乐高峰。

这是贝多芬的《欢乐颂》！

凌峰没有想到，归来后，局长握着他的手说，辛苦了，侦查很成功！我们截获了情报，他们就是要制造事故摸清你的身份。关键时刻，你没有暴露，解除了他们的怀疑。这伙人动用反侦查手段，足以证明车里拉的就是食用油！下一步，我们准备通过调查资金往来，摸清他们的销售渠道，一网打尽这伙制售地沟油的害人虫！

凌峰领受任务，率领弟兄们北上南下，闪电般出现在犯罪嫌疑人面前：不许动，举起手来！

战车里，再次奏响胜利乐章——

欢乐女神
圣洁美丽，
灿烂光芒照大地……

8. 狭路相逢

对凌峰来说，化装成老板零距离接触贩毒人员还是第一次。

此前，本市极少发生毒品案，刑警队缺乏实战训练。

得，现在机会来了！

一个刚刚落网的马仔，愿意配合捉拿其上家，条件是要有人化装成老板一同前往。凌峰说，你看我像不像？马仔上下一打量，比像还像！凌峰抓抓脑壳，我长得这么阶级敌人吗？马仔说，不瞒您说，我的老板看上去比好人还好！

说笑归说笑，准备上阵是真的。

交易地点在人民医院急诊大厅。要领是，凌峰必须拿到上家的毒品才能发信号，埋伏的弟兄们见到信号才能动手，因为毒品是贩毒案件的关键证据，没有拿到毒品，抓了人也没用。同时，还要带上密拍设备取证。零距离接触贩毒人员绝对不能紧张，一紧张，容易被对方识破，不但会前功尽弃，且危机四伏。

行动开始了。凌峰跟随马仔来到急诊大厅。一看，弟兄们早已埋伏好了，挂号的挂号，排队的排队。约定的暗号是，凌峰一拿到毒品，就发信号。什么信号？把一支香烟夹在左耳朵上。只要看见他这个动作，弟兄们就一拥而上。把香烟往耳朵上夹，动作看似简单，其实夹不好就掉啦。凌峰不会抽烟，为了练习这个动作，耳朵都夹肿了。

凌峰来到急诊大厅不多时，上家就来了。这东西生得又矮又胖，外号“大冬瓜”。

凌峰问，带来了吗？

他说，带了。

说完，把毒品掏了出来。

凌峰一看，毒品装在一个金属烟盒里，纯正的海洛因。他接过烟盒，又看又闻，之后就塞口袋里了，接着，掏出一包香烟，笑眯眯地给“大冬瓜”发烟，辛苦了，来一支！同时往自己左耳朵上夹了一支，告诉弟兄们已经拿到东西，可以动手了。

可是，信号发出后，哎呀，没动静！

你猜怎么的？他动作太小了，谁也没看见！

凌峰一看没动静，又拿出一支香烟，夹在右耳朵上。

哎呀，还是没人看见。

这时，“大冬瓜”急了，你干吗呢？我把东西都给你了，你不给我钱，来回夹香烟干吗？你有毛病怎么的？快拿钱来！

凌峰一看，烟没法儿再夹了，两个耳朵都没地方了，只好去怀里掏钱。心想，弟兄们看不见我夹烟，还看不见我给钱吗？

想不到，“大冬瓜”一见钱，不容凌峰再数，一把抢走，扭头就跑。

凌峰什么也顾不上了，冲上去拽住他，来人啊！

弟兄们这才呼啦啦围上来，把“大冬瓜”按住。

人抓住了，凌峰也暴露了。下回再化装不好使了。

按计划，原本弟兄们要把凌峰和“大冬瓜”一起抓起来，然后再捉放曹。唉，谁叫咱缺乏实战训练呢。一回生，二回熟。

还好，“大冬瓜”为了立功，主动提供一条线索，说给他供货的上家是个女的，人称“小鸽子”。她最近新到一批货，条件是必须去邻省交易。凌峰心想，如果到邻省交易，会给抓捕带来不少变数。他说服“大冬瓜”，设法把“小鸽子”骗过来。经过一个多月的周旋，“小鸽子”松口了，说可以过来送货。凌峰遂布置抓捕。

可是，送货当天，“小鸽子”突然变卦，说要先打一半儿钱过去。晨丽说，这不行，打过去很可能“人财两空”！凌峰说，小样儿的，我还没脑残呢！他让“大冬瓜”在电话里跟“小鸽子”磨。磨着，磨着，忽听对方有个男人说，别烦了，送就送一趟吧！但是，“小鸽子”紧跟着提出一个要求：我们现在就关机，到了以后再指定交易地点，你们二十分钟内必须赶到，不到我们就走了。说完，就关机了。

好狡猾的对手！

凌峰带人从早上一直等到下午五点多，“小鸽子”突然用一个新的手机号打过来，我到了，你们马上来人民公园东门！

凌峰立刻开车前往。他安排了两辆车，做好前后夹击的准备。他在前，另一车随后。

开到一半，“小鸽子”又打手机，说不去人民公园了，去家乐福停车场！家乐福跟人民公园完全是两个相反方向，凌峰急忙调头。

家乐福停车场车多，地形复杂。开到后，只见路边停了一辆黑色捷达轿车，邻省牌照，没有熄火。一个光头男人在前面，后座上坐了个女人。

就是她了！

这时，对方打手机过来，你们的车是什么颜色？

凌峰看见旁边有辆白色的大众车，随口就说是白色大众。

“小鸽子”说，骗人，你们的车是银灰的！

坏了，对方发觉了！

怎么办？

凌峰对后车的弟兄说，他们发觉了。干！不能让他们跑了，我冲前，你堵后！说完，一脚油门轰上去，猛撞捷达车。捷达旁边是铁栅栏，车头一下子被凌峰的车夹住。后面弟兄们的车也跟上来，直接堵住了捷达的后路。光头男人急了，加大油门想撞开凌峰的车，前后撞，左右撞。他撞，凌峰也撞！今天就是粉身碎骨，也不放过你！光头男人左撞右撞，撞不开凌峰的车。突然，他摇下车窗，伸出一把枪！

凌峰一愣。

这时，街上的人都围上来看热闹，事发突然，来不及疏散。光头一旦开枪，后果不堪设想。

危急时刻，前后两车的人都冲下车，直扑向光头。

光头举起枪，对着凌峰就是一枪——

砰！

慌乱中没击中。

紧跟着，又是一枪！

该他完蛋，子弹卡壳了！

不容他再动，凌峰冲上去用警棍猛砸车窗玻璃。玻璃碎了，玻璃碴儿乱飞，光头慌忙用手挡。凌峰把警棍捅进车里，朝光头的脸上猛打。光头疼得乱叫，伸手夺警棍。凌峰顺势把警棍一松，反手抓住他的枪。光头一张嘴，咬住凌峰的手腕。凌峰叫了一声，硬是把枪夺了下来。

这时，弟兄们一拥而上，合力制伏了光头。

狭路相逢勇者胜。

凌峰长出一口气，冷汗湿透全身。

围观的人群中爆发出一阵掌声。

清点战果，收获真不小。枪，毒品，“小鸽子”。出乎意料的是，光头竟是这个贩毒团伙的头目！

事后，凌峰把枪里的子弹退下来，一看，底火已经击发，只是没响。可怕的是，枪里还有子弹。如果第二枪不卡壳——

那我就光荣了！

晨丽说，还笑呢？多危险！

9. 水落尸出

徐周落网后，要求见凌峰，说要检举立功。

凌峰以为他要检举盗窃案同伙。好啊，你说吧！

想不到他一开口，吓凌峰一跳。

刘祥杀人了！

啊？刘祥是谁？

是我认识的一个人。

杀谁了？

他女朋友。

什么时候杀的？

……有七八年了。

他女朋友叫什么？

好像叫萌萌。

他为什么要杀她？

不知道。

你怎么知道他杀了人？

他喝醉了告诉我的。他女朋友我见过，后来不见了。我问，哪儿去了？他说，被他杀了，还说，埋到他家井里了。好像女孩儿家的人，不是妈妈就是姐姐，还在电视里寻过人，具体哪一年播的记不清了。

你说的是真话吗？

骗你马上把我枪毙！

徐周的检举就这么简单。再问，还有什么？没了。

晨丽一查，本市确有刘祥这个人。

凌峰说，有的嫌疑人为了逃避打击，说要立功，会编一些假情况让我们去查，查到查不到跟他没有一毛钱关系。徐周盗窃的东西不多，判刑也不会重，吃饱了撑的骗我们？他的检举很可能是真的。马上开展工作！

侦查员先去电视台查。电视台说，你们提供的情况太少了，寻人启事又太多太多，哪儿能对得上呢？没法儿查！

凌峰抓抓脑壳，毕竟时间长了，外围很难突破。干脆！

他把刘祥请到了所属派出所。这个阶段，对刘祥来说，只是询问，从法律上讲叫询问证人。人家的举报涉及你了，公安找你了解一下情况，很正常。

你现在做什么？家庭情况怎么样？什么时候结的婚？

凌峰的提问很简单。

刘祥的回答很自然。

在结婚之前，你谈了几个女朋友？

回答也很自然，一二三四。

凌峰说，你要如实回答，想瞒也瞒不了。

刘祥说，我没隐瞒。

刘祥家现在住的地方跟城市没什么差距了，全是高楼大厦。而七八年前，这里还是农村，大家好像一家人，不分彼此，吃晚饭都要走几家，到隔壁看看。你家吃的什么菜？哎哟喂，红烧肉啊！就夹一大块儿。农村有农村的特点。第一家是谁？张三家。第五家是谁？李四家。大家都很清楚。问起来，可以把门牌号从第一个报到最后一个，哪家哪家。不像现在，住在高楼里，门一关，老死不相往来。

凌峰说，不错，你现在住进了高楼，可你别忘了，很多邻居都是原来村里的人。你谈过几个女朋友，他们都知道。

刘祥只好说，还谈过一个，叫孙毛毛。

凌峰的心猛一跳，哎哟，这不就是徐周说的萌萌吗？

那你为什么没跟孙毛毛结婚？

她跟我闹矛盾，离家出走了。

到哪里去了？

不知道。

调查很快有了结果：孙毛毛是安徽人，有一个姐姐，现住邻市。事不宜迟，连夜派人去寻找。同时，让晨丽去找刘祥的母亲，重点了解他家里那口井。因为拆迁，井早没了。要通过了解，掌握更多有关井的线索。

去邻市的人很快找到了毛毛的姐姐。她说，我妹妹突然失踪，一直到现在杳无音信。她失踪前跟刘祥处过朋友，刘祥还跟她回过一次老家，为我老父亲祝寿。应该说，他们的关系已经处到一定程度了，不然不会在这种场合出现。后来突然就没了！妹妹失踪后，我去找过，刘祥家的房子已经拆了，变成一个商业区。我找不到妹妹，也找不到刘祥，就在电视台发了寻人启事，也没结果。

再说说晨丽。她找到刘祥的母亲，老人很不配合。晨丽反而不急了，心想，她越不配合，越说明她心里有鬼。晨丽又找到村里的老邻居，他们都说，刘祥家的确曾有口井，一直使用着。后来井里突然流出黑水，一下子就臭了，他家就把井封掉了。晨丽心中有数了。井水变异是可能的，但不会突然变异。刘祥家的井封得不正常。

两方面情况到手后，凌峰马上提审刘祥。

刘祥还以为要放他回家呢。

你别想回家了。说吧，毛毛失踪是怎么回事？

刘祥一下子愣住了，我不知道。说完，闭了嘴。

凌峰不再追问，突然改了个话题，你家不是有口井吗？

……是啊，有口井。

干什么用的？

煮饭，洗衣服。

后来为什么不使了？

拆迁啦。

是吗？

是。

要不要听听你母亲的录音？

凌峰从抽屉里取出录音机，放在桌子上。

你跟你母亲，到底是谁在说谎？

凌峰伸手要按开关。

别……别听了，我说……

凌峰把录音机收起来。其实，让他放他也不会放，里头录的是马三立的相声《逗你玩》。他喜欢这段相声，百听不厌。明明知道马三立说到最后，解痒痒的秘方就是“挠挠”二字，他还是会哈哈大笑。一听见他傻笑，弟兄们就说，队长又挠挠了。

好，你说吧，井为什么后来不使了？

后来……臭了，就封掉了。

凌峰突然一拍桌子，为什么突然臭了？啊？你把什么扔里头了？

刘祥没了退路。

原来，刘祥的父母不喜欢毛毛。为什么？嫌她没有正当职业。毛毛确实没有正当职业，就是在歌厅里陪客人喝酒唱歌。父母不喜欢，刘祥却喜欢，就跟毛毛到外面租房子住。日子一长，毛毛跟他说，你不跟我结婚，就给我补偿费，要么你就跟我结婚，老这样算什么事儿啊？为此，两人吵过、闹过、打过。甚至，毛毛还叫了社会上的人到刘祥家里去要补偿，把刘祥的父母吓得到处躲。终于，刘祥起了杀心。这天，他跟毛毛说，我爸妈同意咱俩好了。毛毛听了很高兴，两人滚作一团。刘祥趁机掐死了她。尸体在床下放了两天，实在想不出好办法。一天晚上，刘祥把尸体拖出来，用塑料布包好，扛起来扔进井里。那“扑通”一声水响，多少次出现在噩梦里，惊出他一身冷汗。没过两天，井水就臭了，井被刘祥封死。

按照刘祥的指认，凌峰带人找到了这口井的准确位置。

撬开，把水抽干，井底惊现一具尸体。

尸体包在塑料布里，只剩一堆骨头了。

DNA 一检测，正是孙毛毛。

沉尸井底八年，害她的人最终被送上法庭。

检举者徐周获得宽大。

10. 死无对证

晨练的金大爷来到河边，闭紧双眼长吸一口气，然后，睁开眼，准备徐徐吐出。可是，他吐不出了。他吓呆了。

河里忽然漂起一具女尸！

晨丽很快查出，死者是国企上班族王青，21 岁。

法医认定：溺水死亡。

凌峰抓抓脑壳。溺水死亡有多种情况：一种是失足掉河里了；二是想不通跳河了；三是被击打后扔河里了。在第三种情况中，还存在两种可能，一是还没被打死就扔进河里了，叫生前落水，有呼吸症状，有窒息症状。再有，被打死后扔进水里，就没有上述症状了。

他问法医，王青是什么情况？

法医回答，生前落水。

凌峰点点头，就是说，她在落水之前是有呼吸的。她的衣服完好，身上也没有明显外伤。如果简单一点儿推断，王青属于失足落水或想不通跳河了。大家谁有疑问？

晨丽说，我有疑问！

凌峰说，看你眉头拧麻花，我就知道。请说！

晨丽说，我在查找尸源的时候，一个叫刘燕的女孩跟我说，她跟王青住在一起，是同事。她们俩一个白班，一个夜班。昨天，她上夜班时忘带钥匙了，跟王青说好了，下班回来后帮她开门。可是，她下班回来后，敲不开门。屋里好像没人，打王青的手机也没人接。她急了，跑出来到处找，结果听说王青掉河里淹死了。她吓坏了，觉得这不可能！我问，为什么不可能？她说，本来说好了她在屋里等着给我开门啊，怎么会跑出来呢？再说，每天上下班，路很熟的，怎么会失足落水呢？我的疑问跟刘燕一样。

凌峰说，如果感情方面出了问题，突然想不通了呢？

晨丽说，那当然，什么意外都可能发生。

凌峰说，事情看来没那么简单。这样吧，我们围绕王青为什么突然落水展开调查，一方面是不是自杀，再一方面是不是失足落水。

外围、内围、亲朋、好友、同事，方方面面，查了个底儿掉。

结论：一，没有自杀理由，也没有碰到想不通的感情纠纷。一切都很正常，可以排除自杀；二，她上班要不要经过河边？不要。出社区走走要不要经过河边？也不要。除非有特殊原因，那天她突发奇想，要到河边看看，要捞条小鱼？这种可能性不是没有。但是正常情况下，也不会落水而亡。可以排除失足落水。

自杀，失足落水，都不是。而且，她的手机还在房间里，她事先与同住人刘燕有约，人却突然死在河里了。

凌峰说，王青死因可疑，请法医解剖。

尸体已经冰冻三天。解冻。解剖。

问题马上出来了——

舌骨骨折！

这是被掐死的症状。

这个症状从外表很难看出来，特别是尸体还新鲜的时候。冰冻三天后，皮肤受过外力压迫就显现出来了。

法医说，他杀！

找到死因，是不幸中的万幸。

如果当初简单地认定她是落水而死，不解剖尸体，一旦火化，案件就石沉水底。

这天，是3月8日，本应是女孩快乐的节日。

可怜的女孩！

凌峰打开命案笔记，立案，侦查。

王青住的是一个群租房，七八家租住在里面。因为春节刚过，大多回乡探亲的还没回来。眼下，只有两家有人。除去被害人，另一家是夫妻俩带一个十岁的女儿。房间不大。夫妻俩睡一张大床，女儿睡小床，中间隔个布帘。男主人叫董飞。案发当晚，董飞的老婆上夜班去了，家里只有他跟女儿佳佳。

于是，父女俩成为凌峰最早的询问对象。

凌峰给董飞倒了一杯茶，昨晚，你听到隔壁有响动吗？

董飞说，有的。那个女孩房间里好像有男人跟她吵架。

大约几点？

十二点左右。

你起来看了吗？

没有。

在另一个房间，晨丽问佳佳同样的问题。

佳佳说，有的。我听到了吵架声。

是吗？

是的，我被吵醒了。我掀开布帘看了看，我爸睡在那里，我就没叫他。过了一会儿，我又睡着了。

大概什么时间？

不知道。反正我睡着了，又被吵醒了。

你几点睡的？

十点多。写完作业就睡了。

询问结束，凌晨核对笔记。

凌峰说，父女俩所说相同。也许，半夜吵架正是王青死亡的原因。

晨丽说，从询问结果看，好像吵架跟他们没什么关系。可案发现场只有这父女俩，说没关系我也不全信。

凌峰说，没错，起码他们是知情人。一次询问肯定不行，咱们继续。要彻底弄清案件跟他们到底有没有关系。这是对被害人负责，也是对他们负责。你有嫌疑，我不会放过；你没嫌疑，我也不冤枉你。

可是，当刑警队再次来到出租房时，董家已人去屋空。

房东说，他们说，这里死了人，住着害怕，搬走了。

凌峰抓抓脑壳，理由说得过去。

他看着空空的屋子，发了三分零五秒呆，然后说，给我彻底搜查！一条地缝儿也不放过！

彻查没有让凌峰失望。晨丽在墙角儿发现了指甲盖儿大小的东西。当然，不是指甲盖儿，而是一张手机内存卡。

打开一看，所有人大吃一惊——

死去的王青活了，正在浴室里洗澡。

偷拍洗澡视频的，只能是董飞！

对王青的死，他有重大嫌疑。

侦查员很快找到了董飞。凌峰再次对他进行询问。

询问前，公开提取了他的血样、指纹、衣服。之所以这样做，一方面是侦查需要，另一方面也是给他施加压力，先从精神上击垮他。

检验结果出来了：在董飞的外衣上，发现了王青的DNA。

询问立刻改为审讯。

董飞交代，人是他杀的。

因为疼爱自己的女儿，董飞带家人蜗居在这个“学区房”。

他却下手杀了别人的女儿。

所谓吵架的声音，正是他在杀害王青。

董飞说，他半夜到女孩房间，本想偷点儿她的衣服，他有这种恋物癖。起身的时候，他把枕头塞进被子里，伪装成在床上睡觉的样子，所以，佳佳睡眼惺忪中产生了误会。他用偷配的钥匙打开房门，刚一摸进去，女孩就醒了，一醒了就大声叫。他赶紧掐她脖子，担心女儿被吵醒自己没面子。想不到，女孩一下就被掐死了。情急之下，他把女孩抱起来，走出门，扔进了河里。

其实，女孩当时还没有死。

董飞没想到，就是这样一抱，女孩的唾液、毛发连同冤魂，一起附着在他的身上……

11. 空调包装箱

这起案件，被害的也是一个女人。

为什么被害的尽是女人？

晨丽这样发问。

这个女人蜷曲双腿，可怜地缩在一个空调室外机的包装箱里，被发现时已经僵硬了。生前所有的追求与爱恨，骤然石化。

包装箱被抛弃在郊外的一条小河边。野草丛生，蛇鼠出没。

一个捡垃圾的人偶然路过，兴奋地跑过去，一拖箱子，死沉。莫非连室外机一起扔了？他打开一看，魂飞魄散，“嗷”的一声，蹿出二里地。真是，人死如虎。

凌峰接警后赶到。现场惨不忍睹。女人的脸上爬满了蛆。

很明显，这里不是第一现场，而是抛尸地。她是哪里人？叫什么名字？在哪儿被害的？为什么被害？害她的是谁？问题多如山，凌峰抓脑壳。

晨丽在这个女人的身上翻遍了，能确认身份的一样也没有。尸体被装上了车。泥地上只剩下空调包装箱。

把这个包装箱装上，回去我再细看！她说。

回到队里，晨丽与包装箱对视良久。这是格力空调的纸质包装箱，很新，很完整。想象得出，是机主在安装后有意留下来，以备万一有毛病返修或退换时好用。同时，也说明空调安装时间不长。如果时间长了，纸壳暴露于空气和光照中，就会起变化。

晨丽仔细翻看着，眼睛突然一亮——

包装箱上有一个条形码！

晨丽的叔叔恰好在格力空调厂工作。她马上拨通手机，请教条形码的用途。

哦，是这样的，叔叔说，每台空调都有一个专用条形码，通过它可以查找到这台空调的安装地点。同样的条形码要贴在保修卡上，由安装人员带回厂里备案，留做售后服务。

啊，太好了！晨丽叫起来，我去厂里能查到吗？

当然能！

可是，她来到厂里，把本市和外地录入的资料通过电脑查了一遍，没有查到这台空调！叔叔在电话里说，这不可能，凡出厂安装的空调都有回执！

这时，有个工作人员说，会不会是刚安装的，还没录入？从全国各地寄回的资料，有些还没来得及拆呢！

晨丽忙问，没拆的在哪儿？

工作人员领她去看，哎呀妈呀，小山似的堆了一地！

凌峰闻讯赶到，拆，再多也拆！

大海捞针，真的捞到了。通过包装箱上的条形码，他们查到了这台空调的装机地点。

在哪儿？邻市一幢居民楼。犯罪嫌疑人如果是就地取材，被害人无疑就在此居住。当然，也不排除犯罪嫌疑人从另外的地方找来包装箱。凌峰当即带人赶赴邻市，一查，装机地点是出租房，租住的女人失踪了。晨丽拿出照片让房东辨认，房东差点儿没吓死，就是她，赵欣！

赵欣是歌厅小姐。歌厅经理提供了重要线索，犯罪嫌疑人黄欢和顾明很快落网了。他们借唱歌寻找目标，尾随下班的赵欣来到出租房。当房门打开后，两人一拥而上，把赵欣推进屋里，抢了项链、钱和手机，为灭口，又掐死了她。作案后，他们顺手用屋里的空调包装箱装上尸体，叫了一辆出租车，谎称给朋友送空调，出了城。天黑，也不知道开到了什么地方，他们认为很远了，就让出租车停下来，说到了。司机感到不对，荒郊野外的哪儿有人家？但是他没有出声，拿了车钱，开车就跑。

两个犯罪嫌疑人中，顾明没前科，当场就交代了犯罪经过。从作案到被抓，前后只有五天。

但是，命案光有口供还不行，凌峰手上没有直接证据，如死者被抢的东西。一审，钱挥霍了。项链和手机都卖了。项链卖给了一个小金店。凌峰找到金店，金店老板说，项链已经卖了，什么人买的记不清了。我怎么知道是赃物？老板说完，打了个喷嚏。这喷嚏也太大了，都能浇花了。喷嚏往往是连串的，不等他再打第二个，凌峰抽身就走。其实，就算找到了，又有谁能证明这项链是赵欣的？相同款式的太多了，证明的过程肯定很痛苦。

剩下的，只有手机了。卖给了一家二手店。

华为的，黄色的，新款的。歌厅经理和几个小姐都写了证明，与犯罪嫌疑人的交代相吻合。

现在，关键在于找到它！

凌峰追到手机二手店，老板说出了同样的话：我怎么知道是赃物？昨天让人买走了。

谁买走的？

是个男的，我没登记。

凌峰一听，抓抓脑壳。

他正急，店里进来一位买主儿，扒着柜台挑来挑去，挑上一款后，拿在手里问，这机子是好的吗？老板说，不好我摆这儿？你现在就打我手机试试。买主儿把自己手机里的卡抽出来，插进选好的二手机，老板，你手机多少号？老板说了。买主儿一拨，“你是我的玫瑰，你是我的花”！嘿，唱上了。是好的！老板当然没接，直接给按了。买主儿交钱走人，嘴里还唱着呢，“你是我的爱人，是我的牵挂……”

晨丽在旁边看得一清二楚。

她问老板，昨天来买华为的人也试打了？

老板说，对啊，谁买二手机不试啊？

晨丽说，麻烦把您的手机借我看看。

得，给你！老板把手机递过来。

晨丽打开手机，抄下了昨天所有的未接来电。哎呀妈呀，真不少！

回到队里，她挨个儿打——

喂，您好，我是华为售后服务。请问您昨天买了一款华为手机吗？使用情况怎么样？

一连打了二十个，对方都说没买。还有一个人叫起来，有病啊！

打到第二十一个时，接电话的人很爽快，哈哈，是的，我昨天刚买的，很好使啊！

哦，谢谢您支持国产手机！您这款是最新产品，黄色机身。

对，对，是黄的！

得，买主就是他了！

当他试机时，把自己的卡插入赵欣的手机，拨打店老板的手机时，就在店老板的手机里留下了自己的手机号。

对刑警队来说，通过手机号找到买主，如猫拿鼠。

很快，赵欣的手机找到了，成为本案的证据。

晨丽来到看守所，让顾明辨认。顾明说，就是这个手机，又说，知道自己必死无疑，有些后事想求晨丽帮助。

晨丽答应了。

她帮助顾明安排了后事，并且一直跟踪到他被执行死刑，通知他弟弟前来领取骨灰。

12. 彩票之谜

月黑夜。十点半多了，开体彩店的孙惠还没回家。

老公打她手机。手机是通的，接连响了几声，没人接。没听见？忘店里了？也许快到家了？老公等了一阵，见人还没回来，再打，哎哟，关机了。他觉得不对，跑到店里一看，满地血！

孙惠死得很惨，头被打烂了，身上还被扎了几刀。她当天卖彩票的钱被洗劫一空，手机也没了。奇怪的是，店里还少了十几本没卖出的彩票。

店门完好。窗户也没有撬痕。作案工具留在了现场：一把刀和一把榔头。流淌的血覆盖了一切。

晨丽忙活半天，也没提取到有价值的材料。

凌峰抓抓脑壳，分头走访吧。

与体彩店相邻的，还有几家小买卖。凌峰挨家打听。因为买卖小，谁家都没安监控，只能凭嘴说了。

卖烟的黄大爷说，彩票店每天晚上九点半，人走灯灭。出事这晚，好像都快关门了，还有人进去买彩票。

凌峰问，几个人？男的女的？

黄大爷说，就一个，男的。

卖水果的老金夫妻也说，是有个男人进去了。

凌峰再问其他，男人什么时候出来的？有没有听到什么响声？他们都说不知道。

晨丽来到体彩中心。办公室康主任说，作案人抢了彩票，说明他懂彩票，说不定还是个老彩民。彩票就是钱！一整本价值5000块的彩票，国家规定其中60%要返给彩民。也就是说，5000块里有

3000 块要中奖。可能买 20 块中 20 块，也可能买 20 块会中 100 块。运气好的，能中几十万大奖！

依据到手的线索，凌峰判断：一，犯罪嫌疑人是个爱买彩票的人，甚至可能因此欠了债；二，彩票店地处市郊，位置偏远，别处的人不太可能跑到这儿来买。嫌疑人可能就住在附近；三，嫌疑人抢了孙惠的手机后，一段时间没有关机。后来孙惠的老公来电，他才关了。经侦查，关机地点就在附近。这也从侧面证明，嫌疑人在此地有落脚点，不是流窜作案。

刑警队立即行动起来，以彩票店为中心，在半径两公里以内进行排查。海量的工作，没黑没白，但是，效果并不好。为什么？因为这一片是工业开发区，外来户很多，住的都是出租房。白天去，人不在，上班了；晚上去，人也不在，出去玩了。刑警队的弟兄们每天都搞到夜里一两点，很伤脑筋，但几天下来，没有进展。

凌峰再次翻看现场勘查记录，心想，嫌疑人抢走彩票，无非想中奖兑现，这里头是不是有文章可做？应该再次走访体彩中心。

他打电话找晨丽，想不到她已在体彩中心了。

好啊，捷足先登！

哪里，笨鸟回头！

康主任对匆匆赶到的凌峰说，你别急，我刚要跟晨丽说呢，每张彩票都有不同的号码，这个号码如果对上开奖号码，就中奖了。在全市各个彩票店都可以兑奖。我们中心有号码底单，也就是说，作案人抢走的彩票号码我们都掌握，可以提供给你们。只要他去兑奖，当场就能抓住他。不过，谁也不知道他在哪个店兑，除非你们守住所有的店。

说到这儿，她笑了，全市有三百多个店，你们守得过来吗？

凌峰说，你等我消息。

回队后，他马上报告局长。局长说，谁说我们守不过来？

于是，在三百多个彩票店很快都布置了警力。

几天过去了，守株待兔无果。

凌峰正心急，案情突然出现转机——

案发地附近有个弱智的孩子，整天没事到处游荡，东张西望。这天，他来到河边，那儿有一堵围墙，墙下有个洞。大人钻不过去，他能钻过去。钻过去后，他看到河堤上有一堆新土，就去扒，扒出来一个蓝布包，打开一看，哎呀妈呀，全是钱！他提到一家食品店，咿咿呀呀，要买东西吃。店主一看，差点儿疯了，这哪儿是钱啊！连忙打电话给凌峰，傻子，彩票……

凌峰一听也傻了，我们没找到，弱智找到了！

彩票被发现，坚定了最初的判断，嫌疑人就在附近。估计是他怕这几天去兑奖有风险，便先把彩票埋了起来。

技侦人员在蓝布包上，发现了嫌疑人的DNA。

凌峰说，重新排查，一个也别漏了！

结果，在第二次排查中，有个叫吴城的进入了视线。他被叫到派出所采集DNA后，人就不见了。跟踪侦查，发现他上网成瘾，每天晚上都上，但恰恰案发这天晚上没上。

很快，DNA比对出来了。没错，就是他！

可是，人已经跑了。

哪儿跑！凌峰立即布置追捕，先从其社会关系开始。吴城有两个姐姐，大姐在福州，二姐在徐州。于是，兵分两路。

凌峰带人刚到福州，就接到情报，说吴城的大姐接了一个电话，通话人让她打一笔钱，到湖北恩施的一个银行卡上。凌峰判断，要钱的人很可能就是吴城，遂决定去恩施。说走，开车就走，一千多公里，换着开，人歇车不歇。赶到目的地后，他们一查银行卡，是火车站旁一家小旅馆老板娘的。吃不准她跟吴城是什么关系，不能贸然惊动，凌峰就在周边布控守候，一守就是三天，同时在外围展开工作，发现附近有一个网吧。凌峰把吴城的照片拿给网吧老板看，老板说，这人来我这里上过网。凌峰又向他打听小旅馆的老板娘。老板笑了，那是我婆娘，我去喊她过来！老板娘过来一看照片，他就在我这儿住！他跟我要了银行卡号，说要让家里给我打房费来。

晚上，外出游荡的吴城回来了。

一进门，傻了。

房间里有两个陌生人。

他扭头想跑，正碰上凌峰的枪口。

他交代，因为买彩票欠了钱，就抢店杀了人，还卷走了一包彩票。他本来想去兑奖，又怕被抓住，就先把彩票埋了，想等风头过了再说。后来，派出所叫他去采集 DNA，他感到不妙，便连夜逃跑了，到处躲，到处藏。抢来的钱花光了想跟姐姐要，没料到……

历时三十天，案件告破。

没有惊心动魄，只有千辛万苦。

局长问，有什么收获？

凌峰说，学会了彩票。

局长说，学费太贵了！但是，值！

13. 老贼难斗

这几天，人民医院扒窃案突然高发，被偷的都是救命钱，几千，上万。社会影响很坏，看病的人心惶惶。凌峰去医院保卫科调出监控录像一看，气得发抖。有个被偷的农村妇女，跪在电梯门口哭得死去活来，说，救命钱没了，拿什么救孩子的命啊！哭着哭着，她要撞墙寻死，好多人上去拦她。就在这时候，凌峰看见人群中就有贼，贼又趁乱下手了。这也太猖狂了，凌峰恨不得冲进监控里去！

他从监控入手，很快锁定了嫌疑人，一男一女夫妻俩。他们不是本地人，是邻市的。作案日子没准，时间却很固定。一早开车长途奔袭而来，7 点钟到达医院，一到就开偷，得手就撤。凌峰发现，这男人竟然是他一直没抓到的一个老贼。据说他偷钱低于 3000 块都不下手，嫌少。他会摸，一摸，就知道人家大概有多少钱，值不值得下手。他十二岁做贼，现在五十多了，每次被抓，都会有各种办法逃脱，所以，公安平台上能查到他在多地被抓的记录，却没有他被处理的记录。

晨丽说，你遇到对手了。

凌峰说，这次我绝不放过他！

晨丽说，算你狠！

凌峰说，就冲你这句话！

老贼的规律是早上7点钟来，凌峰5点就出门，先到早点摊儿买好油条、豆浆，赶到队里分给兄弟们。兄弟们早已化好装，大家边吃边领受任务。

6点35分，一行人先后来到医院，跟看病的老百姓一样，拿着病历卡，背个小腰包，分布在院里院外、楼上楼下。

一连蹲守三天，累得皮塌嘴歪。也别说，其间当真发现了老贼一次，可他转眼就消失了。凌峰气得直往天上看！

第四天早上，7点刚过，蹲守在外围的晨丽就报告，老贼的车开过来了！凌峰说，好，今天非要抓他个现行！

人赃俱获，这是抓贼的规矩。说是这样说，实际有难度。更何况老贼行踪诡秘，跟变魔术一样。

果然，晨丽又报告说，老贼的车停下了，人没了！

凌峰抓抓脑壳，这回不能再让他溜了，大家分头找！

想到老贼惯于在电梯里作案，凌峰就在电梯附近死等。

半个多小时后，他发现一个戴鸭舌帽的人很像老贼。为什么说很像？因为监控里的影像多少会有些失真，要近距离观察本人才能确定。此刻，大厅里人来人往，“鸭舌帽”趁乱挤进了人群。凌峰发现，他不是盯人家衣兜，就是故意往人家身上贴。没错，是他！

眼看“鸭舌帽”走向电梯，凌峰紧跟上去。

突然，“鸭舌帽”停下来——

你跟我干吗？

谁跟你了？

谁跟谁知道。

话音未落，“鸭舌帽”突然冲进电梯。火候把握得真好啊，人一进去，咣当，门就关了。紧跟着，电梯呼呼上行了。凌峰急忙通知各层的弟兄们。这时，只见电梯停在了五层，他飞身冲进楼梯间，噔噔噔！拼命往楼上跑。一口气跑到五楼，一看，没动静。只见电梯又停在七楼了。凌峰布置在五楼蹲守的弟兄按灯等候，自己又爬到了七楼。一到七楼，他发现情况不对，蹲守的弟兄不在！

医院一共有八层。第八层是后接的，不但没电梯，而且废弃不用。

不好，老贼跑上去了，可别跳了楼！凌峰赶紧跑上八楼，一开楼门，只见桌子椅子打翻一地，两个队员已经摁住了人，正挣巴呢。凌峰冲上前拿手铐去铐老贼，不料老贼突然发力，用头一顶，正顶在他的心窝上，疼得他一蒙，想不到老家伙劲儿这么大。他上去再铐，老贼拼命挣扎，就是不给铐。凌峰掏出辣椒水一喷，这才下了老贼的劲儿，好歹给铐上了。

按照以往习惯，人铐住了，把他揪起来让他坐在地上就完事了。没想到，老贼抽冷子突然从地上蹿起来，又拿头一顶，撞倒一个队员，就要跳楼。三个人慌乱了一阵，才结束了他的反抗。

老贼趴在地上不动了。凌峰说，怎么回事？练过啊？也用不着这样玩命啊！你都奔六了，哪儿来的这么大劲儿？老贼闭着眼不出声。凌峰以为没事了，就让他坐起来。谁知，刚把他从地上拉起来，他低头就往墙上撞。幸亏凌峰的手劲儿大，再加上一个队员用身子挡住了墙，否则，他这一撞非同小可！

好啊，这是看我没抓着现行，想撞伤了逃脱啊！跟我玩这套，没门儿！

三个人死死扭住老贼，把他带到医院保卫科进行突审。为什么不带回队里？他老婆还没抓到，抓到了一起带走。

可是，整个医院都找遍了，也没找到人。

眼看快到中午了，这怎么办？难道她看到抓捕被吓跑了？如果找不到他老婆，又没抓住老贼的现行，审问起来会很困难。

一搜，老贼身上没有车钥匙。晨丽说，车是他老婆开的。

凌峰说，跑了驴子跑不了桩，死守那辆车！

下午1点多，一个女人四下张望着来到车前，看看没动静，径直朝车走去。她刚掏出钥匙开车，埋伏的队员突然冲出来，一把拽住她。女人叫起来，你们干吗？晨丽说，你说干吗？盗亦有道，死人家不盗，生病人家不盗！你们专门偷病人，还有脸问啊？

女人叫，谁偷啦？我是来看病的！你们乱抓人！

晨丽不理她，一翻她的提包，好家伙，里头有好几种样式的男帽。

怪不得前次让老贼闪了，跟着化装师呐！

晨丽说，你不是来看病的，你是来卖帽子的。走！

在医院保卫科，老贼鸭子死了嘴壳硬。

我没偷东西，我是来看病的！

那你跟我们挣巴什么？

谁知道你们是干什么的？我还以为是抢劫呢！

这时，凌峰听到楼道里有动静，就开门出去，过了一会儿又回来了，有意半开着门。

老贼一抬眼，只见晨丽拽着他老婆从门前走过。

凌峰抓抓脑壳说，这女人是卖帽子的，我们叫她上来挑几顶！

老贼叫起来，你们！你们抓我老婆……你们这么搞，我吃不消……

凌峰一瞪眼，你专偷人家救命钱，我们也吃不消！你不要跟我说你没偷，也不要说只偷过一次。我马上拿监控录像来，让你俩在这儿看个够！

老贼耷拉下脑袋，这跟我老婆不搭界。你们把她放了，我，我认栽……

14. 西藏密码

抢劫杀人案主犯陶力，下手凶残，连夺两命，一逃八年。

案发的时候，凌峰刚从警校来到刑警队，跟着老队长多次去过陶力的老家徐州。他老家的人都说，他没回来过，连他父亲去世都没见到他。因为缺少线索，案子就搁下来，却没有从凌峰心里抹掉。

现在，他当队长了。每天看到网上挂着这个逃犯，说他食寝难安有些夸大，吃没少吃，觉也还行，但他心里老惦记着这件事是真的。老队长说，我没完成，看你的了！凌峰忘记自己当时是怎么回答的了，可老队长的话却一直响在他耳朵里。

这天，徐州方面忽然传来消息说，有一辆西藏牌照的汽车到陶力家来过，晃了晃，又没啦。车牌号多少？不知道。监控呢？没安呢！再问沿途的监控，人家说，工作海量，谁来查？再说，查到哪儿算一站？遮挡了怎么办？套牌又如何？得，讨巧，没戏。

西藏车牌？难道陶力逃到西藏去了？

茫茫西藏，何处寻觅？

但，这是一条重要消息。

还是笨鸟先飞吧。凌峰立即带人赶往徐州。

怎样下手呢？他反复琢磨。动员陶力家人劝他自首，这招已用过多次，不好使了。毕竟是命案逃犯，他有畏罪心理，家人也清楚。思来想去，他决定，还是先通过外围摸摸情况，重新梳理陶力的社会关系，重点是他家人。

陶家有兄弟姊妹五人，两个哥哥在江西打工，姐姐在老家伺候母亲，妹妹嫁到了河南洛阳。凌峰说，先近后远。

几天辛苦下来，确认人没在老家。

又转战江西，看他是否跟两个哥哥混在一起打工。

说起来简单，做起来不易。重点是不能惊动他哥哥。

你弟弟在哪儿？他们不但不会说，还会打草惊蛇。

陶力的两个哥哥，一个泥水匠，一个木匠，同在一个工地。凌峰找到工头，巧啦，是老乡。凌峰借口推销劳保用品跟他套话，想了解陶家两兄弟是否还带了家乡的人一起干。工头说，没有。与此同时，晨丽找到当地警方，对工地打工人员的暂住证进行梳理，一是看有没有没身份证的，二是看身份证是不是伪造的，三是把所有办了暂住证的人的照片拍下来，进行比对。

费尽移山填海之力，结果一无所获！

说实话，打击不小。老家没有，两个哥哥这儿没有。陶力家人这条线索，就剩下洛阳他妹妹陶娜那儿了。

一干人星夜奔赴洛阳。

到达后，他们首先了解陶娜的通信状况，发现陶娜跟她姐姐保持着不同寻常的联系。凌峰说，这不是家长里短，背后一定有陶力的影子！

他安排晨丽化装前往陶娜家。要是有人问起来，就说找错地方了。女人不容易引起对方怀疑。然而，万万想不到——

人去屋空！

一把将军锁，锁着满院荒芜。

邻居说，三年前他们全家就搬到日喀则去了！

晨丽装傻，日喀则是洛阳啥地方？

邻居笑了，哪儿是洛阳啊，西藏！

晨丽两眼发直，俺的那个妈呀，去那么远做啥？

心里却高兴得发疯，西藏，西藏！

她又问邻居，俺老表在这里还有亲戚吗？

邻居说，好像有个表妹。

晨丽心想，她一个外来人，哪儿来的表妹？

晨丽又摸到居委会。居委会干部说，陶娜的确跟当地一个叫冯秋的女人有来往，两家好像是表亲。冯秋有两个小孩儿，都上了户口。

晨丽到当地派出所一查，户籍里没有反映冯秋的丈夫，但两个小孩儿姓陶。

凌峰一听，什么，姓陶？

晨丽说，对，姓陶。

凌峰说，冯秋的丈夫会不会是陶力？

晨丽笑了，推理成立！

凌峰抓抓脑壳，笑话我？

想想，又说，沉住气，再去摸摸冯秋的情况。

冯秋家住在一栋老宿舍楼里。晨丽找到居民小组长。

小组长说，这人平常不跟大家联系，我都好多天没见到她了。

夜晚，晨丽从楼下往上看，冯秋家没亮灯。

她的两个孩子都大了，应该读书了。晨丽这样想着，第二天，又到学校里去了解。老师说，请假了，没来上学。原来说请一天，结果五天都没来。

晨丽又设法找到她丈夫打工的工厂。

厂长说，请假了，没见到人。

他叫什么？

陶解放。

陶解放？

对！

晨丽回过头再查冯秋的电话。电话不通了。调查发现，她最近跟日喀则那边联系比较多。

会不会全家跑到西藏去了？

到西藏去肯定要乘交通工具。查！

火车、飞机、大巴车、出租车，都查了。都没有。

凌峰说，怪了！

又带人去他哥哥那儿找，去他徐州老家那儿找，也都没有。

一家人突然失踪了。

最后，思路还是回到西藏。

综合到手的情况分析，全家只有陶娜混得好，在日喀则做蔬菜生意，有房，有车。陶力要想混下去，很可能去投奔他妹妹。

局长当即拍板，飞西藏！

千万里，千万里，我追寻着你！

一下飞机，直奔日喀则。

陶力用的是假名假身份证。可是，他妹妹、妹夫以及他爱人，用的都是真名真身份证。这给侦查带来了极大方便。

陶娜在日喀则不但做蔬菜生意，还有三个网吧、两个超市，店面房都是她自己买的。凌峰首先来到菜市场。办公室主任说，陶娜家刚来了亲戚，是坐送菜卡车来的。一家四口，一个男人带着老婆和俩孩子。男人来了以后，就帮着卖菜。她家的菜摊儿守门口，二号。

难道，这个男人就是苦苦寻找的陶力？

一夜未眠，枕戈待旦。

西藏的早晨，八点多了，天还黑咕隆咚。

十点半，菜市场开始营业。

一干人化装而入。只见二号摊边有一个男人正在上土豆。

陶力逃出多年了，跟凌峰他们带来的照片出入很大，由于晃眼，看不清那个男人是不是他。

几个人分散开，不动声色地围过去。

眼看接近了，凌峰冷不丁喊了一声——

陶力!

男人下意识地一抬头。

是他!

队员们蜂拥而上。

男人还没明白是怎么回事，就被摁倒在地。

咔嚓嚓！铐上了。

他大声叫着，干什么，干什么？

凌峰说，八年前你干了什么？

男人的脸唰地白了。

这时，陶娜从门口冲进来，怎么回事，怎么回事？

凌峰说，你哥怎么回事，你还不清楚？

立刻没声音了。

15. 烟盒

案件告破，晨丽在日记本上写下这样的话——

机会是留给有准备的人的。

这句话好像是在哪本书里看到的，又好像是在哪次英模报告会上听说的，她记不清了。但是，现在，她写下来，就成了她自己的心得。这一心得来自她参与的N多案件。尽管在这些案件中，绝大多数时间她都是以刑事技术人员身份出现场。

刚刚告破的案件，再次让这句话从她心里流出。

这是一起女出租车司机被害案。

很多出租车司机以车为家，没黑没白，风里雨里，客人上车安全行驶，客人下车去向不明。三块，五块，挣的都是辛苦钱。特别是女司机就更加不易，无冬历夏，起早摸黑，家不顾，孩子不顾，身子也不顾，谁知道她们的酸甜苦辣？抢劫杀害这样一个奔波在社会最底层的苦命人，还是人吗？

警方接到报案的时候，这个可怜的女人已被扔在了山里，像一堆柴草。身上被洗劫一空，脖子上套的铁丝勒进肉里，勒出了血。她大睁着双眼，死不瞑目，吓得进山捡柴的老人从山坡上滚下来，磕掉了门牙。他嘴里淌着血来报案。派出所警员问，大爷，您怎么啦？老人说，我没事儿，你们快进山看看吧！

女司机被害，山里不是第一现场。草地上留下很长一段拖拉的痕迹，很明显是被抛尸在此。晨丽提取了嫌疑人脚印等有价值的材料。凌峰抓抓脑壳，人扔山里了，出租车呢？遂调取相关监控。山里没有监控，费老劲了，才在出城的一段土路上的监控中看到这辆出租车。车里除被害人外，还有一个男人，从案发时间分析，很可能就是犯罪嫌疑人。可是，车在行驶中，图像模糊得一塌糊涂，除了能证明被害人是在载客途中遇害，没有其他价值。

怎么办？

先找车。

车很可能被嫌疑人开走了。

找到车也许能使侦破有突破。

找车的大网一撒开，动员了十里八乡。

很快事情就有了进展，出租车在一个水塘边被发现。仍然是在山里，离抛尸地点不算太远。车在，人不在。晨丽将在水塘边提取的脚印，与抛尸地发现的脚印比对，为同一人所留，可以判断是一个人作案。独狼！

在这荒郊野外没有监控的山区，寻找嫌疑人只能靠老传统了，有直接关系的找直接关系，没直接关系的大量工作就放在排查上。排查范围以现场为主，向四周扩散。凌峰说，与被害人有矛盾有交往的先查，重点查有犯罪前科或案发时间段行为异常的。

现场地处偏僻，连吃饭的地方都难找。凌峰带队员早上赶到，各自为战，分散工作，中午各自摸到附近一个警务站凑合吃了点儿，一直干到天黑才收队。

几天下来，毫无进展。

这天中午，晨丽在工作间隙摸到警务站，刚要准备吃饭，一中年男子进来了，说要找站长。晨丽帮忙一问，站长外出还没回来。

男子说，哦，那我等一会儿再来。

过了一会儿，他又来了。站长还没回来。

他扭头要走，晨丽起身拦住，你有什么事吗？

男子欲言又止。

晨丽打通站长的手机，有人来找你两次了。

站长说，嗨，山里人闲得没事就爱往我这儿跑。我还回不去呢，让他明天再来吧。没大事儿，都是鸡毛蒜皮的！

晨丽放下手机。第六感告诉她，不能这样回答人家，没事儿人家干吗跑来跑去的？她说，站长这会儿正忙着呢，他让我先接待你。有什么事你先跟我说说，我记录下来转告他。你看，这是我的工作证和警号。

男子挠挠腮帮，还看什么工作证啊，一看你就是警察！其实，也没什么，就是我老母亲捡到了一个烟盒，里面有个号码，不知道是谁的，有没有用。

晨丽瞪大了眼睛，啊？在哪里捡到的？你带来了吗？

男子说，前两天我出差不在家，我母亲到池塘打水，塘里有个烟盒在漂。老太太就用桶打上来。她眼睛不好，看见上面有字，就拿回家。我回来后，她拿给了我。我一看，不是字，是几个数。我听说这边儿出了人命，就把它带来了。

说着，从口袋里掏出烟盒，递给晨丽。

晨丽接过来一看，这不是随意写的，而是手机号码。

后来，她才了解到，这个中年男子是村支书，做过治保主任，警惕性很高。母亲受他影响，人老警惕性不老。

站长回来后，晨丽把这件事告诉他。

他说，一个烂烟盒！

晨丽没说什么，把这个手机号报给了凌峰。

凌峰通过调查，找到了手机的主人，发现他是个毒贩子，与命案有没有关系都要抓。毒贩子被抓后，供出了经常向他买毒品的一些嫌疑人。这些人都有他的手机号，方便联系。凌峰从最近跟他联系过的人开始梳理，想不到，第一个落网的就出乎意料——

知道为什么抓你吗？

我杀人了。

凌峰一下子愣了。本以为他会说买毒吸毒的事，没想到他说杀人了。

杀谁了？

开出租的。

男的女的？

女的。

人呢？

扔山里了。

车呢？

扔池塘边了。

走，带我们去指认！

这个丧尽天良的家伙就这样被抓到了。

以前，他也开过出租车，知道驾驶员身上总有几百块零钱。为了抢钱买毒品，他向同行下手了，以乘客身份上了车，勒死了女司机，抢了钱，把车开进山里，把尸体扔了。做完这一切，他已经变成了魔鬼。他开车下山，路过池塘的时候，停下车去洗手，一弯腰，口袋里的烟盒掉到水里了。起初，他没在意，继续洗手。突然，他想起烟盒上有他记的手机号，吓得头发都立起来。他想去捞，烟盒已被水冲走。他心想，没事儿，冲哪儿去谁知道呢，说不定一会儿就沉下去了。他起身去开车，却怎么也打不着火，没辙，只好打消了把车卖到外地的念头，丢下车，逃离池塘。

人在做，天在看。

他没想到，烟盒没沉下去。

池塘是封闭的，水流转来转去，又把烟盒推到了岸边。

这时，村长的警惕性很高的老母亲，正提着水桶朝岸边走来……案件告破，晨丽在日记本上写下这样的话——

机会是留给有准备的人的。

16. 马尼拉的下午

这个任务对凌峰来说，是大姑娘上轿头一遭——

带队出国，去马尼拉抓捕经济犯罪逃犯余飞。

余飞住在马尼拉一处高档住宅区。物业保安荷枪实弹。外人想进去，必须有业主同意，并且由保安陪同，否则根本没法儿进入。要确认余飞是否如线索所说住在其中的19号别墅，必须要先进去落实。这怎么办？

晨丽说，我们假装要租房子！

凌峰说，高！

他通过翻译跟保安说，这个社区环境不错，我们想在这里租房子，能不能让我们进去看看？

这一招果然灵。保安马上通知了物业，管理人员很快赶来，把人领了进去。进去以后，他们假装看房子，东看西看，趁机摸到了19号别墅附近，发现里面有人，院内还停了一辆宝马。晨丽把车牌偷拍下来，事后请菲方移民局探员进行调查。车主正是余飞！

接下来，开始研究抓捕方案。最初的方案是，埋伏在住宅区周边，瞅准余飞出来的机会，直接抓捕，然后扭送移民局协助办理出境。

可是，蹲守了三天，不见余飞出来。

正着急，晨丽在菲律宾最大的飞龙网上，发现了一条线索：余飞登记了一个有闲置房子要出租的信息，而且，所留的QQ号也是以他本人名义登记的。但是，不能确定QQ号是不是他本人在使用。

凌峰说，有枣没枣三竿子，先聊起来再说！

于是，晨丽就在电脑上跟他聊天：您好！您贵姓？怎么称呼您？您是有房要出租吗？我是来菲的华人，很想租您的房子，等等。

双方聊天都是用中文打字。晨丽很快确认，正是余飞本人在聊。

凌峰说，不能马上约他见面，过分冒进容易引起他猜疑。就像钓鱼一样，线不能绷得太紧。太紧，线断了，鱼就跑了。

晨丽说，这是谁在低估我的智商呀？

就这样，聊来聊去。晨丽吴侬软语，余飞渐渐上套儿。他留了一个菲律宾的手机号，晨丽也把在菲律宾买的手机号告诉了他。

可是，过了两天，约他出来见面看房时，问题来了。聊天，他不回；手机，打不通。这是怎么回事？难道他察觉了？

大家都很着急。凌峰说，沉住气，反正他是瓮中之鳖。

其实，他比谁都急。

在焦急中，又过了两天。

晨丽再次在QQ上留言：余先生，我这次来马尼拉度蜜月，时间不长，还要回美国去，希望您有空的话尽快回复我。我想近一两天，能够有机会跟您去看房。

可是，余飞还是没有回复。

凌峰说，如果钓不出来，还是回到预案上，蹲守伏击。我去跟移民局协商，请他们配合行动，争取能进屋抓捕。

协商后，移民局的命令签署下来，同意进屋抓捕。只是要求动静不能大，要绝对保证社区平静。同时提醒，余飞可能有枪。

命令争取下来了，凌峰却犹豫了——

能智取不强攻，强攻有风险。

万一，他开枪拒捕或自杀，前功尽弃。

他说，再打他手机试试？

晨丽一打，哎哟，通了！

余飞的手机不但通了，而且他还接了——

我发短信约了你们见面的日子呀！

啊？晨丽莺声燕语，哎呀，我没收到耶！

噢，噢，对不起，我手机欠费了，短信没发出去。我刚刚交了费。

这可真是歪打正着。

凌峰使了个眼色。晨丽说，余先生，我新婚随夫来到马尼拉，很想租您的房子度蜜月。上午您有没有空？我们见面看房行吗？

我上午没空，有点儿事情要处理。下午见吧！

好啊！您说在哪儿见？几点钟？

下午两点，在我要出租的房子附近，紫玫瑰咖啡厅。

好啊，好啊，下午见，请您喝咖啡！

哪里，哪里，我当尽地主之谊！

通话结束，凌峰冲晨丽伸出大拇指。

虽说约好另地见面，凌峰仍留下人蹲守 19 号别墅。其余队员随他提前赶到见面地点。

紫玫瑰咖啡厅，豪华典雅，情调浪漫。

凌峰问晨丽，你选谁当新郎？

晨丽说，还有别人吗？

凌峰回头一看，队员们早闪了，各自选好了埋伏位置。这帮臭小子！

他抓抓脑壳，那就委屈您啦，晨小姐！

讨厌！

凌峰笑了。还有什么比她说讨厌更动听的？没有。

尽管是瓮中捉鳖，凌峰还是准备了几套方案，比如，余飞本人没来，而是派马仔来怎么办？再比如，他带了驾驶员，他不下车，让驾驶员领着去看房怎么办？

各种怎么办都设计了应对方案。

可是，两点钟到了，余飞没来。

沉住气，再等。

又过了半点钟，还没来。

每个人的心都提到了嗓子眼儿。

又过了二十分钟，仍然没来。

难道情况有变？他发现了？

凌峰使个眼色，晨丽就拨通余飞的手机，还是莺声燕语：余先生，我跟老公已经到了紫玫瑰咖啡厅，在进门右侧第一桌恭候。

通话合情合理。因为双方都没见过面，一是告诉对方自己到了，二是告诉对方自己坐在哪个位置。

当然，醉翁之意在试探他，看他有没有变化。

结果——

噢，噢，对不起，临时给朋友订新婚礼物。我马上就到！

他的回答，真比咖啡厅里的音乐还动听。

马尼拉时间下午三点，余飞一个人匆匆赶来了。他个子不高，从地下商场的电梯上来以后，直奔咖啡厅。凌峰一眼就认出来，正是追逃照片上的人。他跟晨丽起身迎接，客气地握了手。

握手之后，简单对话，实际是双方再确认。

请坐，余先生！这是我太太！

啊，通过话，年轻，漂亮！

谢谢余先生！我们想租您的房子，给您添麻烦了。

哪里，哪里，不好意思，来晚了。朋友忽然说要结婚，我去给他订礼物。

您说您的房子就在附近？

对，对，就在……

余先生，您请坐，坐下说。

凌峰伸手请他坐下，手一伸，按在余飞的肩膀上，使上了劲儿，实际上是拽住他，把他按在了座位上。

这是向队员们发出暗号。

呼啦！

四下埋伏的人一拥而上。

余飞一下子傻了。

凌峰说，您没听出乡音吗，余先生？我们是公安局的，老实跟我们走！

紧跟着，夺下他的手机，搜他的身。

突如其来的“猎狐行动”，让余飞成了木头人。

17. 鹰眼

凌峰的眼睛紧盯着监控画面。

这是服装城的监控回放。一天之中，这里发生了三起盗窃案，受害人进货后去交钱，一转身，货就被贼给“进”了！

凌峰很快在三楼搜到目标：一个四十多岁的女人！一包货绑在行李车上，货主刚一扭脸，她连车带货拉起来就跑！选择下手的摊位紧挨楼梯口，瞬间消失。货主发现后，顺楼梯往下狂追，追到一楼南门，哪有踪影？凌峰心说，不对啊，玩穿越啦？服装城共五层，女贼会不会扛着货往楼上爬？他把监控调到四楼，没有。再调到五楼，哎呀妈呀，女贼当真扛着货爬上了五楼，以这种不合常理的方式甩掉追兵后，坐电梯从北门出去了。

北门外有一条小巷，女贼拉着货进去了，再出来时，手里空啦，把货藏小巷里啦！紧跟着，她来到服装城二楼，眨眼工夫又“进”了一包货。就这样，一上午“进”了三次货，比谁都忙！然后，叫上一辆“摩的”（装了车厢的电动车），在小巷里装上货，开出来直奔大道。凌峰紧追画面，追着追着，大道上的监控没了，画面断了。

凌峰抓抓脑壳，调出服装城近期所有的监控，跟弟兄们一起连看了三天，终于又发现了女贼。她常常穿不同的衣服前来行窃，特别喜欢周五来。周五进货的人多，好下手。只要你来就行！凌峰心里有了数，回过头又研究拉货的“摩的”，发现有两处与众不同：一是车上有个小红牌，二是倒车镜很新。晨丽前往服装城一打听，小红牌是市场管理处核发的准入标识，这就区别了满大街跑的“摩的”，把范围缩小了。晨丽从监控上把车翻拍下来，拿着照片去问同样有小红牌的师傅：这辆车您认识吗？不认识！我提示一下，它的倒车镜很新。啊，这个吗？让我看看，噢，是老张的，他新买了倒车镜！就这样，晨丽找到了老张，一看倒车镜就是。晨丽向他问起了那个女人。

噢，记得记得，前几天我帮她拉过货。货放在巷口自行车棚里，她给了看车老头儿五块钱，把货装上就走了。

去哪儿啦？

嗨，可不近，一直拉到河边。她自己有一辆三轮车停在那儿，把货拿下来放三轮上，就付我车钱了。

您拉过她几回？

算这次两回了，回回都拉到河边，换上她自己的车。

河边没监控，女贼去向不明。

凌峰说，好啊，跟我玩这套！

于是，他布置蹲守河边及车棚。一连三天无果。

第四天是周五，天下起了雨。一起蹲守车棚的队员问，她还能来吗？凌峰说，你看，打伞的、穿雨衣的、喊的、叫的，要多乱有多乱，她不会放过这个机会！

话音刚落，女贼拉着货过来了。

凌峰迎上去问，姐，进的什么？

几件冬装。

哪儿进的？多少钱？

女贼支吾了，问这个干什么？

凌峰笑了，你说得出来吗？一亮证件，走！

这时，一个失主报警，说货丢了。凌峰说，你来刑警队吧，看看这些是不是你的货？报警人差点儿乐疯了，啊？你们抓到啦！

第二天，雨过天晴。失主来送感谢信，凌峰不在。去哪儿了？

猫在监控室，瞪着大眼一双。

一个小时前，一位中年男子冲进队里就要跪下。凌峰急忙扶起，快起来，什么事？

大哥啊，救命！

男子的母亲得了癌症，他托人从上海买了人血红蛋白，快递到本市，用以缓解病情。快递员在送货途中接了个电话，让他查找一个快件。他停下车翻找时，随手把碍事的药箱放在了车厢顶上。当他赶到医院时才猛然想起，一看，车厢上早已光光。他惊叫一声，掉转车往回找，半路问了一个扫垃圾的，对方说，见着了，被两个骑电动车的人捡走了。快递员当时就坐地上了，妈呀！

这种药又贵又娇气，必须低温保管，一旦置于高温，三个小时就会失效。现在，别说找不到，就算找到了，这大太阳的，超过时间也失效了。男子急得走投无路，撞进了刑警队。

凌峰说，人命关天，这事就当案子办！

他一头扎进监控室，看看表，已经过去一个多小时。他速倒画面搜寻，看见装药的小箱在中大路拐弯时，从车顶掉了下来。随后，两辆电动车驶来，其中一人捡起小箱丢进车筐，两人继续往前骑，骑到一个巷口，拐了进去。巷子里没监控，等了好久也不见出来。巷子里都有什么？凌峰歪着脑袋苦想，忽然想起来，巷子里有好几家饭馆。正是饭点儿，他们是去吃饭吗？巷子里还有什么？噢，还有一家私人浴池。他们不会是去洗澡吧？哎呀，凌峰叫起来，浴池老板在门前安了监控！他疯了一样冲出去，开车直奔浴池。浴室老板以为他来洗澡，里边请，放热水啊！凌峰一亮证件，看监控！老板还是叫，里边请，看监控啊！

监控像是一部纪录片，拍下了浴池外的一切。

凌峰居高临下，看见这两人从巷口进来，把电动车停在一家饭馆门前，抱着药箱进去吃饭了，吃完出来，骑车往南去了。连过三个路口后，监控找不到了。哎哟，急死人，时间只剩半小时了！

怎么办？凌峰把画面再往回放，看还能找到什么线索。画面又回到饭馆，两人吃完出来骑上了车……

哎，慢着！怎么饭馆里又出来一个，骑上一辆红色摩托车跟上了他们？凌峰心里突然划过一道闪电：他们仨会不会是一块儿的？约好一起吃饭，骑摩托车的先到了一步？凌峰被自己的推理激动得眼冒五朵金花。快，快，跟上摩托车！

果然，摩托车也往南去了。凌峰把画面往前速进，突然，在接下来的路段，他惊喜地发现，三个人一起停下来等红灯。他们是一块儿的！凌峰叫起来，恨不得让全世界都听见！

他为什么这样激动？难道是胜利了吗？

是的，凌峰胜利了。

因为，摩托车有牌照！

几乎是一分钟，车管所就把车主的手机号发过来了。

喂，喂，我是刑警队队长凌峰，请立即把你朋友车筐里的药箱送到我指定的医院，那是救命药！谢谢！

差五分钟三个小时，摩托车开到了医院。

凌峰已等在门前。

18. 将错就错

凌峰的手机里全是逃犯的头像照片，时时翻看，烂熟于心：鼻子有挺有塌，耳朵有后背有前扇；头发无所谓，关键看多年后是否会秃顶。人来人往的，他就能认出来，没错，就是他！

诈骗案嫌疑人黄梅，以谈对象为名，收完彩礼就跑路。凌峰一直没放过她。这天，他得到了她妹妹手机号，直接打过去，我是你姐的同学，你能把你姐手机号给我吗？要不把我手机号告诉她，行不？她妹妹问，你是哪儿的？我是石岭的，一说你姐就知道。好吧，对方撂了。凌峰自黑道，你这纯粹是瞎猫碰……哎，“死耗子”还没说出口，黄梅居然回话了。凌峰马上加了她的 QQ，说这样聊天省钱。当然，他是想看照片。一看，妥啦！聊得风生水起。你过得好吗？几个孩子了？听说你嫁外地去啦？黄梅说，她在安徽无为。这样聊了两个星期，快到清明了。黄梅说，她要回来给老妈上坟。凌峰说，我请你吃饭，这边有朋友开旅馆，你随便住就是啦！

转眼到了清明，联系突然中断。咋回事？

凌峰开车来到她父亲所在的村子，离老远看见屋里有个女人。是她吗？他正犹豫，老人放鸭子回来了。凌峰拿个空杯子下了车，大爷，能给点儿水吗？来吧！

凌峰跟老人进了屋，一看那女人不是黄梅，便借倒水工夫跟老人闲聊：大爷，您有几个孩子啊？

就俩闺女，这是二的。大的清早来了就走了，回无为了。

啊？闪啦！凌峰心里咯噔一下。眼前无疑是她妹妹。当初跟她通过话。得，别聊了，再露了馅儿。

人虽然闪了，可是 QQ 里的聊天闪不了。黄梅说，她在无为发电厂附近开美容店，如果她没瞎说，应该有把握抓住她。

晨丽说，我家有个亲戚在无为，能帮上你忙不？

凌峰眼睛一亮，啊哈，瞌睡来了碰到枕头！让你亲戚用他手机给黄梅打一个，看看通不？

一打，通了。黄梅一看是无为的号码，还以为是熟客。晨丽的亲戚按晨丽编好的话说，我是你的老客人。明天我有几个朋友去做足疗，能优惠吗？黄梅说，必须的！

凌峰冲晨丽笑了，就凭这条内线，你也要跟我们一起去！

第二天，凌峰带人赶到无为发电厂，离老远观察，共有三家美容店，最终选择窗上贴着“火疗”的先去看看，因为黄梅聊天时说过拔火罐什么的。

得，我花钱请你们奢侈一把，进去做个足疗。看我眼色行事。

晨丽说，好啊，也走累了，疗个足先！

凌峰说，先疗个足好不好？

店里有两个女的，凌峰一看都不是黄梅，正想换地方，从里屋又走出一位，很像黄梅，就是超胖。凌峰使个眼色，晨丽就说，你们先做着，我去超市买瓶水！说完出了门，来到超市，拨通亲戚手机，小声说，第二方案！

亲戚马上给黄梅打手机，我朋友来了吗？

胖女人说，来了几个人，不知道是不是。

凌峰一听，确认！

他一亮证件，黄梅！

哎，胖女人一应，手铐就跟上了。

回到队里，把黄梅一交，凌峰又摸进了花鸟市场。在这里，他找到了马林的母亲王婶。王婶在市场卖鸟食，以前曾因为卖假发票被处罚过。

凌峰凑近摊位，一脸真诚：大妈，您还认得我吗？

王婶说：虎子，一年多没见你了，你干吗去了？

凌峰一听，嘿，她认错人了，将错就错，借坡下驴。

嗨，还能干吗，离不开吃穿二字！说着，他压低声音，发票还有吗？

王婶四下瞅瞅：不是熟人打死也不卖。要几张？

五张。

就剩三张了。

三张就三张！

给别人一张二十，给你十块。

凌峰掏出百元大票，您不易，别找了。

王婶推了几回，收下了，那就谢谢啦！

咱俩谁跟谁啊。

于是，两人皮裤套棉裤，别提多热乎。

凌峰有一搭无一搭地问，哎，您儿子张鹏现在在哪儿干呢？王婶立刻关了闸。凌峰见好就收，大妈，我有事先走了，回见！

回什么见啊！他根本就没走，躲一边儿不错眼珠儿地盯着，一盯就是一天。市场关门了，王婶收摊了。凌峰尾随其后，认准了她的住处。

接下来，盯梢，蹲守。终于在一天傍晚，发现张鹏回来看老妈，遂跟踪这个潜逃三年的贩毒人员，摸到一家进口轿车4S店。一打探，张鹏改邪归正，由于工作出色，已经是这个店的经理了，眼下正准备结婚呢。其实，他是从犯，不跑也就判个两三年。这一跑，本来有病的父亲撒手归西，母亲也为他一夜白了头。

这天中午，凌峰走进4S店。

张鹏一脸灿烂，您看什么车？

凌峰掏出警官证，张鹏直了眼。

知道为什么吗？

知道。

那就好，咱俩还是有说有笑。

张鹏问，现在就走吗？

凌峰说，不急，打电话叫你老妈过来见个面，她老人家不易！

王婶来到经理室，虎子，咋回事？

凌峰关上门，亮明身份。

王婶当时就哭起来，他早收手了，现在干得好好的，求求你放过他！

凌峰说，放是放不过，他要为过去的事受法律制裁。您放心，他事不大，有从轻的可能，能为他说话我一定说。现在跟我走，总比哪天正结婚呢，被人当场带走好！我知道您疼他，所以叫您过来说说话。往后，您生活上有什么困难就找我，千万别再卖假发票了。这是我的手机号，您可以随时打给我……

转天，凌峰又找到张鹏的女友，小妹啊，张鹏人不错，以前不懂事，做错了，请你原谅他。你们相处两年多了，不易啊！他进去时间不会长，你等等他好吗？千万别分手。他出来后，我当你们的证婚人！张鹏女友听着直掉泪。

凌峰又找到4S店主管，请求给张鹏留一份工作。主管被打动了，来到店里宣布，公司送张鹏出国去进修……

这一切，换来了张鹏在狱中的积极改造。两年后，他提前释放了，在铁门外抱着女友大哭一场。王婶更是哭得没了样儿。

这时候，远远的，一辆轿车驶过。深棕色的车窗后闪动着温情的目光。开车人点了下刹车，跟着又是一脚油。

19. 月黑夜

有这样一句老话，月黑杀人夜，风高放火天，用来形容盗匪趁风大放火、趁黑夜杀人的罪恶行径。

此句出自元朝元怀的《拊掌录》：“欧阳公与人行令，各作诗两句，须犯徒以上罪者……一云，月黑杀人夜，风高放火天。”

很不幸，在这个没有星月的黑夜，茶叶店的女主人王凤来被杀死在店里。凶手残忍，连捅十八刀。刀刀致命，血流满地。

案发地的监控虽然模糊，但还是能看到，犯罪嫌疑人作案后从店里仓皇出逃，甚至被地上的石头绊倒，爬起来接着跑。往前搜索，黑暗一片，嫌疑人似化作鬼魂飘散。

在另外一个监控区，图像显示，案发前有个人站在路口拐角处，朝茶叶店方向探头探脑。凌峰判断，这个探头探脑的人，与案发后仓皇逃跑的，应该是同一个人，身高和动作都很像。

在案情分析会上，凌峰提出自己的想法，王凤来的死因，有两种情况：一种是抢劫杀人，没有因果关系；另一种可能是情杀或因财务纠纷报复，所以捅了这么多刀。凌峰说，我个人倾向第二种原因。为什么这样说？王凤来，年轻，未婚，人长得很漂亮。据了解，主动追求和前来介绍的人不少，都被她拒绝了，肯定得罪了人。其中会不会有人因此动杀机？另外一点，她人虽然年轻，可开店时间有好几年了，人员交往复杂，听说因为租金跟房东关系紧张，跟一些债权人也有过纠纷，会不会因财务起矛盾被杀？

晨丽说，我有不同意见。通过现场勘查，店里的现金被盗，钱柜上下被翻动，都是在找钱。另外，高档茶也发现被盗。我觉得更像是抢劫杀人。

凌峰说，有些嫌疑人作案，明明是仇杀或情杀，却故意制造抢劫假象，转移我们的视线。本案被害人王凤来身中十八刀，法医鉴定说，捅入前胸的第一刀，就已经致人死命了。嫌疑人为什么还要捅那么多刀？很明显是报复杀人。这样吧，我们先从报复杀人入手开展工作。

晨丽说，我服从指挥，保留意见。

于是，侦破工作一开始就侧重于报复杀人，抓住情、财，全面梳理王凤来的社会关系、她的人脉圈子、与什么人来往，等等。

结果，用尽洪荒力，走了大弯路。

调查又转向抢劫杀人。以监控为基础，查找嫌疑人从哪里来，案发后又跑哪里去。思路是对的，可是，当地的监控条件实在太差，因为修路把治安监控线都挖断了。没辙，只能整合资源，利用社会监控以及各个店面的监控，查找嫌疑人的踪迹，同时对附近的旅馆、网吧进行摸底排查。

凌峰来到一家叫鸿运的私人旅馆，离案发地只有几十米远。老板娘是上海人，胖嘟嘟的。

凌峰问她，有住宿时没登记案发后又不见了的客人吗？

她口音很重，侬问的事体哈撒宁，阿拉勿晓得。

凌峰说，你讲普通话。

老板娘改了口，你问的这些事吓死人，我不知道。

又说，入住的客人我都登记了。

后来，事实说明，她骗了凌峰。嫌疑人就住在她的旅馆里，而且没有登记。作案后，他跑了一圈儿又回来了，还住在这里。老板娘怕挨处罚，就说不知道。其实，她不但知道，还看见了这个人是脱掉血衣后光着身子跑回来的。

旅馆摸底漏了网，道路监控不完整，嫌疑人去向不明。

凌峰很郁闷。晨丽说，我的队长大人，你有没有想到，嫌疑人既然针对茶叶店下手，事先有可能进店踩过点儿？

啊？对，对！回看店里几天前的监控！

这一回看，发现了情况：案发三天前，有个男人来店里两次，也没买茶叶，四下看看就走了。

一个男人，又不买茶叶，为什么反复进店？

拿他的身型跟从店里跑出来的嫌疑人一比对，就是他！

凌峰截取了监控的人像，布置队员去旅店、网吧“杀回马枪”。

这下，问题来了——

鸿运旅馆关门大吉。再找那个上海胖女人，家门同样紧锁着。

邻居说，她生孩子去了。

她多大了还生孩子？

嗨，是她女儿生孩子，她回上海照顾去了！

凌峰抓抓脑壳，她跟我说瞎话了。

好吧，亡羊补牢，把嫌疑人图像发过去，请上海警方帮忙。

同时，在附近抓紧摸底。

终于，一家网吧的老板说，这人来上过网。

凌峰问，案发后还来过吗？

老板摇摇头。

随后，他找出那人上网时留的身份证复印件。

将那人的身份证照片与监控图像一对，不是他是谁？

此人叫何军，安徽铜陵人。

经侦查，发现他正在铜陵郊区上网。

凌峰立即带人赶到。这里是个外来人口集中的小镇，社情复杂。楼房密密麻麻，都是私人盖了出租的。一栋楼里租住着上百人，贸然进去，很容易惊动对方。凌峰请铜陵电信的师傅查了 IP 地址，确认何军正在此通过无线上网，但具体在哪个房间不清楚。

凌峰决定，以电信局查线的名义，挨户查看。电信局派了一个师傅，铜陵公安局也派了一个便衣。两位都是当地人，敲门问话更方便。

凌峰嘱咐他们，千万注意安全，发现了就给个信号，我们去抓！

没想到，铜陵的便衣眼毒，对照片过目不忘。他刚敲开一户人家，一眼就发现了何军，扑上去就摁。

何军猝不及防，咔嚓！铐上了。

这时，上海警方也来了消息，女老板承认了一切。

事后查明，何军是个流窜作案累犯，一来就住进了胖女人开的旅馆。这地方靠火车站近，很热闹。他白天寻找目标，晚上进网吧。他发现，旅馆附近的茶叶店只有一个女人，遂两次进店踩点儿。月黑夜，王凤来吃完夜宵后回店，正要拉下卷帘门，守候已久的何军走了过来。王凤来见过他，也没在意。不料，何军上去把她往店里一推，随手拉下卷帘门，二话不说拔刀就捅，捅完了，搜钱走人，顺带抄走一些好茶。

破案用了半个月，开头走了弯路。

凌峰说，让弟兄们跟着吃了苦，我不能原谅自己！

晨丽问，我也算弟兄？

20. 临危受命

这个钉子户是电工，因为拆迁补偿与拆迁人员发生了冲突。他做了三个土炸弹，走进拆迁办，进屋就引爆一个。当场两死一伤。他的右手也被炸断了，赶到的刑警把他死死按住。

一看，他腰里还有两个炸弹，必须马上处置！

队里的“拆弹专家”进京集训了，凌峰临危受命。

虽说他学过拆弹，可这不是演练，是动真格的！

工作犯了错误，说下回注意是可以的。排爆必须百分百成功，一旦失手，没有下回。尸体碎块满地、肠子挂在树上的惨烈现场凌峰见过，说不害怕是假。但是，只能上！

犯罪嫌疑人被按在地上，模样很恐怖，手断肢残，一脸血污，问什么他都不说。两个炸弹，像两个魔鬼附在他腰上，又像两只邪恶的眼睛盯着凌峰。

闻讯赶到的局长问，你判断炸弹是什么结构？

凌峰说，从外观上看，这个土炸弹是拉发式的，跟手榴弹一样，用拉引线的方式引爆。装置内的两个铜片之间用塑料片阻隔，塑料片一旦被拉开，电源就接通了，炸弹立刻就会爆炸。

局长说，为了给犯罪嫌疑人定性，需要拆弹。你有没有把握？

凌峰说，有！

领导看了他一眼。这一眼，让他永生难忘。

凌峰穿好排爆服上阵了。玻璃面罩拉下来，嘴里一呼出热气，眼前就模糊不清。他感到很不方便，又把面罩推上去。一戴手套，根本没法儿操作，他只好又摘下来。

这样，脸和手，都没有保护了。这是玩命的节奏啊！

凌峰先把嫌疑人皮带剪断，把两个炸弹取下来，分开放置，防止一个炸了，再引爆了另一个。好，成功了，两个魔鬼落了地。

嫌疑人被拽起来带走。

凌峰在地上摆好工具，剪刀、钳子、刀片、螺丝刀。他借这个动作，平静了一下自己，然后，拿起一个炸弹，开始拆解。

这是什么结构呢？从外观上看，像个茶杯，杯子外套着塑料绳编织的套儿。在这个塑料套儿上，钩着几十个鱼钩。这些鱼钩有两个作用，一个是炸弹往人身上扔的时候，会钩在衣服上，掉不下来。再一个，一旦爆炸，鱼钩等于弹片，飞起来杀伤力很大。被害人的伤口如果被钩上鱼钩，摘都摘不下来。真狠毒！

凌峰在心里说，老天，你帮帮我吧！

仿佛，听到了回答。

他把“茶杯”慢慢拆开，发现里面由两个部分构成，上部是一个旺仔牛奶的易拉罐，底座被抠通，一根绳从底座伸到易拉罐里。这个易拉罐跟一个同样抠通底部的塑料药瓶，底对底地套在一起，外面再用一个金属抱箍箍住，用螺丝拧紧，药瓶与易拉罐就连接在一起了。

药瓶里是火药。易拉罐里是激发装置。

凌峰决定先把火药拆走。火药拆走了，引爆装置再激发，也没东西可炸了。这个关键是，要先把药瓶与易拉罐从金属抱箍联结部拆开。

成败在此一举！

凌峰再次念叨，老天，你帮帮我吧！

仿佛，又听到了回答。

小心，再小心！慢点儿，再慢点儿！

终于，金属抱箍被拆开了。

接下来，分离药瓶与易拉罐，像摆弄两个套在一起的蛋卷儿。手一抖，就会破碎。

凌峰的汗下来了，滚进眼睛里。他不能眨眼，更不能抹。

他的心分成两瓣儿，一瓣儿是药瓶，一瓣儿是易拉罐。

憋住呼吸，瞪大眼睛。

药瓶与易拉罐终于分开了。他长出一口气，谢谢你，老天！

从瓶口看进去，里面装的是火药，烈性的黑火药，见火就炸。

凌峰把事先准备好的脸盆拽过来，里面已经盛满了水。他把药瓶里的东西往水里一倒，好家伙，不光是黑火药，还掺着螺丝钉、螺丝帽、大头针。这些东西与鱼钩混在一起，炸起来能要人命啊。

现在好了，火药浸水后就报废了。接着，他又打开那个易拉罐，一看，里面是一套激发装置，由电池、小灯珠组合而成的一个串联结构。其中有两个铜片，由一个塑料片隔开。一旦引线把塑料片拉开，铜片接触，小灯珠内的钨丝点亮发热，引燃导火索，药瓶内的火药就会爆炸，螺丝钉、螺丝帽、大头针、鱼钩就会四射而出。

现在，一切都成了过去时。

鸦雀无声的现场突然惊叫起来，啊，拆了！拆了！

紧跟着，又静下来，如死一般。

因为，还有一个！

大家的心，再次提到嗓子眼儿。

凌峰呢，早已浑身大汗，衬衫拧得出水，一是紧张，二是累。拆第一个炸弹用了将近一个小时，在这段时间里，不能蹲在地上操作，那样操作万一发生爆炸，对人体伤害面太大，只能趴在地上。人趴在地上，头还要抬起来，死盯着炸弹。头上还顶着十几斤重的头盔，那叫什么姿势！

这些，都没吓住凌峰。可是，当他拿起第二个炸弹时却吓坏了，可以说魂飞魄散。

炸弹的拉绳没了！

也就是说，拉绳已经被嫌疑人拉过了，炸弹已处于激发状态。

因为铜片接触不良，所以没炸。

但是，它随时都可能爆炸。

凌峰大叫一声，闪开！

人们惊慌四散。

这个炸弹不能再拆了。

第一个拆开的炸弹，足以说明嫌疑人的恶意犯罪，据此已经可以定性了。

队员们立即用排爆围栏把它围起来，用专业水泡枪当场将它摧毁。

危机过去，像雨过天晴。

凌峰在鬼门关里走了一回。

这件事，他一直瞒着老爸老妈。后来，老妈偶然看见一张报纸，上面报道了这件事。她问，你是拆过一个炸弹吗？凌峰装傻，什么时候啊？她说，什么时候？报纸上都说了，你还什么时候？凌峰说，没什么，你不说我早忘了。老妈说，你少来！

老爸也问，你妈说你拆炸弹了？凌峰只好点点头。老爸问，跟电影里演的一样吗？他说，没那么好看。

再后来，队里过节会餐。晨丽悄悄夹了一块儿肉给他，小声问，你当时害不害怕？

凌峰抓抓脑壳，我心理素质还行。

晨丽说，还行什么，没把我吓死！

凌峰又抓抓脑壳，对不起啊！其实呢，我就是反应慢，知道害怕时，事情已经过去了。

21. 跟踪卷毛儿

这段时间，家乐福商场外经常丢电动车。顾客骑着车高高兴兴来买东西，车停在门外广场，一锁，进去了，买完东西出来一看，车没了。购物的喜悦烟消云散，只剩下着急了。群众反映强烈，家乐福也跑来求援。

凌峰在会上说，报名吧！

晨丽说，我能去吗？

凌峰说，你怎么知道我想让你去？

晨丽笑了，真的？

凌峰说，男女搭配，贼不防备。

就这样，晨丽跟两个队员换上便衣，带上枪，来到家乐福商场外。

的确，这里停了不少电动车，新的，旧的。广场太大，监控安装不到位，留下很多死角。抓贼全靠本事了。

蹲守可是个苦差事。有的时候一蹲一守，就是好几天。还有的时候，你明明知道他就是贼，可他转来转去，光抹桌子不上菜，不动真格的。他不下手，你就没辙。自古至今，捉贼捉赃。这活儿的规矩是人赃俱获。也只有被抓现行，贼才会服软。否则，很难治他的罪。

这不，说来就来。晨丽一眼就发现了这个嫌疑人。他个儿不高，大脑袋，卷毛儿。一看他那四处偷窥的眼神儿，就知道是个贼。

卷毛儿走进车堆里，转来转去，东张西望，一直没动手。

这时候，同来的队员又发现两个贼。于是，三个人分开了。晨丽跟踪卷毛儿。大家说好了，只跟踪，不动手，摸到老窝，叫增援一网打尽。

说话到中午了，晨丽的肚子咕咕叫。她饿了，卷毛儿也饿了，只见他离开广场，进了一家面馆。晨丽紧走两步，也进去了。

好家伙，面馆不大，吃面的不少。卷毛儿买了面，在刚空出来的一张桌子前坐下，拿筷子挑着面，热气腾腾。晨丽也买了面，端着碗回头一看，只有卷毛儿这张桌子还有空儿，得，没办法，由不得挑啦，总不能站着吃，只好硬着头皮过去，坐在卷毛儿对面。

抓贼的跟贼来了个面对面！

两个人，相对坐，各吃各的面。这家伙不能吃烫的，挑起面来吹好几口才吃。好在他是先吃上的，尽管吃得慢，还是先吃完了。他抬脚走了，晨丽放下碗也跟了出去。吃面时见过了，跟紧了就容易暴露，只能拉大距离。拉多远呢？一是他要在自己的视线里，再一个他回过头来基本上看不到自己。晨丽受过训练，在行进中回头往后看，大约三十米往后就看不清什么了。于是，她就拉开这样一段距离，远远地跟着。

卷毛儿也真能走，走了差不多一个小时，从家乐福转到另外一个繁华街区。这里也有一个大百货商场。

这时候，突然，天公不作美，哗哗哗，下起雨来。大家都跑到商场门口躲雨。卷毛儿也跟着过去。晨丽呢，也不能淋在雨里啊，没办法，也只好跟过去。得，又凑到一块儿了。她心想，今天真绝了，两次跟他碰在一起。如果遇到上心一点儿的贼，自己早就暴露了。还好，卷毛儿似乎并没有发现她。晨丽赶紧把脸贴墙。不一会儿，她从眼角儿余光看到卷毛儿动起来了，进了百货商场的地下超市。难道他发现我了？不行，不能让他溜了，得跟上去。万一他真的发现了，撞上了，就亮明身份盘查他。他身上一定带着作案工具。只不过，因为没抓到现行，就算查到作案工具，他也会狡赖，弄得不好会前功尽弃。

顾不得了，先跟下去吧。

来到地下超市，晨丽很快就发现了卷毛儿。只见他在里边儿瞎转悠，好像在消磨时间等雨停，并没有打算溜掉。为了确认自己的判断，晨丽假装挑选商品，故意走过去，与他擦身而过。

哎哟，一点儿反应都没有。

得，今天一定要跟到底，抓他个现行！

她忽然想到凌峰的话，不由得心里反驳，女将出马，一个顶俩！

一个小时后，雨停了。卷毛儿走出超市，晨丽又开始了跟踪。

走到一条宽马路时，大家都从斑马线走，卷毛儿突然跑到隔离栏前，伸脚跨了过去，扭身朝反方向走。在他跳过隔离栏的时候，还特意回头看看后面有没有人跟踪。晨丽呢，再急也不能去跳隔离栏，只能加快脚步沿斑马线继续往前走。等她走到头儿，赶紧兜回去，再一看，卷毛儿消失在马路对面的一个楼群里。

坏了，被他给甩了！

从早上跟到下午，还让他跑了。

晨丽很沮丧，真想打自己一巴掌。

沮丧过后，她又冷静分析：一个，没有迹象显示卷毛儿发现了自己；再一个，他钻进楼群也许是临时起意，不知哪根筋抽了。按他行走的方式看，他居住楼群里的可能性不大，说不定还会出来。就算他住在里面，早晚也会出来。再说，跟物业打听，也能寻找到他。

什么也别说了，一个字，等！

晨丽观察了整个楼群，确认只有一个进出口，就隐蔽起来死守。

大约过了四十多分钟，卷毛儿果然出来了。好，继续跟！

就这样，一直跟到天擦黑，卷毛儿终于在一家超市门前决定下手了。他看中了一辆电动车，蹲下来不动了。这辆车很新，只锁了龙头锁。晨丽心想，他真的要动手吗？如果他真要动手，我怎么办？

她摸摸腰里的枪。他真要动手，我就上！不然，他骑上车跑了，我就瞎菜了。

她正在琢磨，卷毛儿突然站起来，迅速走到电动车前，几乎眨眼工夫，就打开了龙头锁，骗腿儿骑上就溜。该着瞎猫碰上死耗子，这家伙没有掉头，直接朝晨丽这边儿骑过来。晨丽低下头，假装开身边的一辆自行车锁，眼看卷毛儿过来了，她双手猛然抓起自行车，朝电动车横抡过去，砰！连人带车砸了个满地滚。

卷毛儿爬起来朝晨丽扑过来，嘴里叫着，你疯啦！

他叫完了，嘴也闭不上了，大张着，面对枪口。

晨丽说，不想死就老实点儿！蹲下，双手抱头！

说完，打手机叫增援。警车远远地响起来。

蹲在地上的卷毛儿，忽然想起什么，抬起头说，我，我好像见过你。

在哪儿？

在，在，面馆……

你记性真好！

22. 抓捕瞬间

这天，凌峰要带弟兄们完成三个抓捕任务。

侦查，取证，蹲守，跟踪，最后关头就是抓捕。

一大早，接到情报，刑满释放回来的刘三要报复举报人。据说他有枪，有炸药，今天就要行动。

情报确切，事不宜迟。

凌峰带着弟兄们赶到刘三的暂住地，守株待兔。一个多小时后，他回来了，开了一辆商务车。他把车停在院子里，然后进屋了。弟兄们问，要不要上？凌峰说，沉住气。搞不清他有什么枪，什么炸药，贸然冲进去很危险，还是守在外面等机会。

就这样，一等就是两个小时，屋里一点儿动静都没有。

这是怎么回事？他在睡觉吗？昨晚没睡好？前后左右都布控了，他不可能出去。莫非屋里有暗道？

正在疑惑，突然，屋里有了响动，好像是他在起床、穿鞋。弟兄们又问，要不要上？凌峰说，不要上，就在外面等。这家伙就一个人住，不可能开火做饭。也许他会出来找饭吃。等！

等待中，凌峰看了看，此地前不着村后不着店，刘三如果出来找饭吃，肯定要开车。好，我让你开！

他隐蔽前行，摸到车前，用刀把前后轮胎都扎漏了。

车一旦开不动，刘三就会下来，注意力集中在车轱辘上。那将是最佳抓捕时机。

做完这一切，继续等。

十多分钟后，刘三果然出来了。他手里拎了一个小包，直接朝车走去，来到车前，没有上车，先把尾厢打开了。这时候，他背对着凌峰他们。弟兄们说，上吧？凌峰说，别急，当心他从尾厢里拿出什么东西！

果然，刘三打开尾厢后，从里面拿了一样什么东西，然后又关上门，这才钻进驾驶室。

轰！汽车发动了。可是，开不动。车胎有问题，他又下来了。

这时，凌峰清楚地看到，刘三是空着两手下来的。他弯腰看看前胎，没气了，又转过去看后胎，也没气了。这是怎么回事？

不等他明白，弟兄们一拥而上！

将其拿下后，打开小包一看，惊出一身冷汗。包里有两根雷管，已经装好引线，随时可以引爆。再到他家搜查，床下有一大包炸药，也是随时可以引爆的！

错走一步，后果难料。

第二个要抓捕的是嫌疑人吴天。他一刀两命，为抢劫捅死了孕妇，抢了她的钱包、手机和蓝色电动车。案发地监控很给力，拍下他空手进巷却推车出来，步行姿态很独特，一扭一扭的。他骗腿儿上车消失在一片自然村。村里住了几十户人家，家家都有房租给外来人，一个大房间隔成几个小房间。这样一来，住的人几乎难以说清。

贸然进去，容易打草惊蛇。

这时，天下雨了。梅雨季节，梅子成熟，雨水不断。

凌峰计上心来，化装成街道干部，跟村治保主任一起，挨家挨户查看房子漏不漏。

两人撑伞进村，挨家问询雨情，特别是外来人租住的房子。

正走着，凌峰忽然发现，前面有个家伙走路一扭一扭的。是吴天！两人紧走几步，吴天却一下消失在雨中。凌峰马上联系弟兄们，刚刚有人出村吗？回答说没有。奇怪，人到哪里去了？正纳闷儿，忽然又看见他了，一扭一扭的，朝一间屋子走去。后来才知道，他钻进一户人家去了，想跟人家交换什么东西，可一摸口袋，自己忘带东西了，又出来回家拿。他开门回家，凌峰和治保主任随后跟进去，进去以后，还是聊雨看房。凌峰看到他脖子上的抓痕还在，遂发信号给弟兄们。

这时，房屋查完了，不漏。凌峰假装要走，吴天还客气地在前面引路，刚一出门，就被守在门外的弟兄按住。他回头想跑，正对上凌峰的枪口。

傍黑，实施第三起抓捕。

这是一起绑架案。本市一个商人被嫌疑人赵刚绑架了，准确情报是，赵刚正带着人质坐大众轿车转移。凌峰马上带弟兄们出发。他们开了三辆地方车，很快在路上发现了大众车。

凌峰说，逼停它！

他在最前面的一辆车上，加大油门冲过去，一别，大众车速度慢下来，靠左边停了。另一辆车逆向行驶，从对面开过来把大众车堵住，可是，并没把路完全堵死。事后，开车的弟兄说，因为爱惜车，怕大众车冲撞。这时，第三辆从后面跟进，堵住了大众车后路。

凌峰立即开门下车，扑过去救人质。之前，分好了工，由队员用警棍把大众车的车窗玻璃击破，往车里喷辣椒水，迫使赵刚放出人质。可没想到，队员第一时间没把玻璃打碎。咋回事？玻璃是后配的，轻易打不碎。

这工夫，凌峰已来到大众车前，正要拉车门救人，赵刚突然叫驾驶员发动车子撞，“呜”的一声，差点儿撞上凌峰。紧跟着，趁车外人慌乱，驾驶员加大油门，从前车没堵死的空隙中冲了出去。

凌峰大喊一声，追！

三辆车在后面紧追。

从一个村追到另一个村。因为路况复杂，大众车不是始终在视线之内，有一段时间是脱离的。而就在这段时间，赵刚把人质推下车，自己也跳车逃跑，同时，指使驾驶员接着往前开迷惑追兵。后来，驾驶员被追得无路可逃，只好停车自首。

赵刚呢，也没跑了，跳车摔伤了腿，趴在地上，束手就擒。

倒是人质命大，只是受了表皮伤。钱真害人啊，他说。

有惊无险，抓捕成功。

回程路上，凌峰开车。副驾上坐着一个队员，后面是两个队员夹着赵刚。车进高速公路，疾驶。前遇一辆大卡车，凌峰正要超车，突然，有个农民竟然横穿高速，真可谓中国式过马路之最。大卡车为了躲他，方向猛地朝左一打，凌峰一下子没了退路。要么撞护栏，要么被卡车撞。情急时刻，他想，不能撞护栏，撞了后果难料。不如冲过去，被卡车扫一下车屁股。对，就这样了！

凌峰一踩油门，朝前冲去，“嘭”的一声，车尾被卡车狠狠撞了一下。

车开不了了。

但是，一车人没事！

23. 金杞胶囊

凌峰便装办案路过广场时，有人发给他一张小广告：“糖友俱乐部新药，金杞胶囊。”落款：“金龙食品商行”。

职业敏感马上让他起疑，食品商行卖药本身就违法，如果再卖假药，那罪过就大了。回队后，他上药监网一查，根本没这药！

凌峰看晨丽一眼。

晨丽说，别看啦，让我装病进俱乐部，对吧？

凌峰笑了，推理成立！

晨丽说，少来，我吃错了药找你！

晨丽打进俱乐部，很快买到胶囊，一盒 398 元。一检验，里面除添加剂外，就是降血糖的药——盐酸苯乙双胍。这种药非常便宜，每盒成本不到 10 元！俱乐部让老客户发展新客户，组织他们前来开会，一来就是上百人。销售人员在会上说，这种新药是法国秘方，吃了能断根儿。听会的人个个都买。

但是，降糖药是不能乱吃的，病人要经过检查，由医生按剂量开方。商行把这些来历不明的药卖给客户瞎吃，如果吃过量变成低血糖就更可怕了。这哪儿是治病，是害命！

这天下午，晨丽送出情报，商行正在组织开会。凌峰立即带人前往，把总经理高标一伙堵在屋里。

高标说，我们没卖，就是替药厂做做宣传。

凌峰说，你把保险柜打开！

打开就打开，高标说着打开了保险柜，看吧，里边装的是样品。

凌峰上前一步，猛地把保险柜挪开。哗啦啦！

柜后墙上，惊现暗箱！

高老板，不用我们拆墙了吧？

高标的脑袋一下子耷拉下来。

暗箱里，登记簿一大摞。销售明细一目了然。

说吧，高老板，谁供的货？

高标交代，供货的叫黄石，要货就给他打手机，货到就往一个农行卡里打款。除此之外，他什么都不知道了。

晨丽马上查到，黄石确有其人，工作单位在郑州天业大厦，其名下注册了两家公司。农行卡的户主叫苏敏，也在郑州。凌峰判断，黄石的两家公司，很可能就是制假窝点。

凌峰遂带人赶到郑州。

跟踪黄石两天，发现他每天都是两点一线，从家到单位，再从单位回家。天业大厦是办公楼，没有制假条件。凌峰装成发小广告的，敲门进去一看，办公室里就黄石一个光杆司令。那两家注册的公司，早已成碎砖烂瓦的拆迁工地。再查苏敏，是一家房地产公司会计，也与药无关。

侦查陷入僵局。

凌峰说，弟兄们别泄气，我们的目标没错。既然找到了黄石，就盯死他，同时监视苏敏，不信他们不露头！

一周过去了。就在大家备受煎熬疲惫不堪的时候，拐点突然出现——

一天，一辆面包车开到天业大厦，下来一个员工，从车上搬下一箱东西，送到黄石的办公室，不一会儿，又从办公室出来，搬走一箱东西。这是什么勾当？凌峰开着租来的车跟上面包车，一直跟到光明大厦。这是个写字楼。他悄悄跟上楼去，只见搬箱子的员工进了一间办公室，里面有几个女员工，有的在操作电脑，有的在打电话，很是忙碌。他贴门一听，听到熟悉的字眼：金杞胶囊！这里是销售点儿！假药就是从这里销往全国各地的。

凌峰退出大厦，盯着面包车。不多时，那个员工也出来了，上了面包车。凌峰继续跟车。面包车如向导，最终把他带到了生产车间所在的高科技工业园和成品仓库。黄石狡兔三窟，把公司分了这么多点儿，就是为了防打。你打掉我的生产点儿，生产的东西只有这么多；你打掉我的销售点儿，点儿里没有货；而他的办公室又是空的。

偶有样品开车送来，恰巧被凌峰发现。

与此同时，晨丽对苏敏的监视也有了眉目。苏敏白天在房地产公司上班，晚上吃过饭就出来跳广场舞。晨丽也混在里面跟着跳。舞跳完了，天黑透了，苏敏就转弯抹角溜到黄石家，帮助他理账。她的农行卡专供买货的客户打款，款一到就转给黄石。

好，收网！局里派来二十多名特警参战，兵强马壮。

这天，黄石从家里出来，把车开进光明大厦地下车库。他刚一下车，迎面走来了凌峰，黄老板！黄石一答应，埋伏的特警豹子般扑上来，一捂嘴，咔嚓！铐上了。

紧跟着，销售点儿，仓库，连窝端——

都别动！蹲下，两手抱头！

对生产点儿的抓捕有些麻烦。前期侦查害怕暴露，没敢跟进去。而且也跟不进去，进楼要刷卡。

楼很大，出出进进的，单位不止一家。

凌峰说，我先去试试！

他拿着事先准备好的快件下了车，看到正有人要刷卡进楼，紧走两步上去，师傅，麻烦您，我是送快递的，单子上的地址模糊了，就看得出是生产药的企业，不知道在几层？

哦，三层！

好的，谢谢！

谢完了，人家的卡也刷好了。

门一开，人家进去了，凌峰也跟着进去了。

就这样，其他人照此办理，一个接一个尾随而入，聚齐在三楼。

三楼有三扇封闭的防盗门，没有窗户，从外边什么也看不见。凌峰用耳朵挨门听，只有靠北的门里有声音。好，就这家了！

咚咚咚！

谁啊？屋里有人问，但是不开门。

凌峰说，送快递的！

你搞错了吧？这儿不会来快递！

没错，三楼三门。你出来看一下！

门刚一开，别动！警察！

十几个工人都愣住了。屋里乱糟糟的，地上散落着包装盒、胶囊、说明书。

这不是生产车间，是包装车间。

凌峰问，生产车间在哪儿？

没人回答。

谁说了我给记一功！

马上有人说，五楼！

来到五楼，所有人都惊呆了——

全套的制药设备旁，堆着几大口袋添加剂，上面赫然印着：猪饲料！

猪饲料加降血糖药，这就是销售人员吹的法国秘方。

黄石交代时说，没人吃过猪饲料，吃起来不容易被识破。再说也吃不死人。说完了，他还加上一句，猪饲料比粮食还贵呢！

凌峰火起，我真想一脚踢死你！

24. 不翼而飞

什么东西没长翅膀飞了？

刚买的摄像机，还有两块儿电池。

你放哪儿啦？

放汽车里啦！

车锁了吗？

锁啦！

事发高速公路西村服务区。这已经是第 N 起报案了。

车内财物被盗，车里的后备厢的贵重物品不翼而飞。事主加完油，将车子停在停车场，按一下遥控器，去上洗手间，回来一看，哎哟喂，车里的包儿丢了，手机没了。再看后备厢，除了擦车布，值钱的全没了，就差把车开走了。车门好好的，车窗好好的，没砸没撬，放在里边的东西却没了。怪了！这多糟心啊，去个洗手间，两三分钟，东西拎来拎去的嫌麻烦，想不到回来就没了。事主差点儿疯了。

你怕麻烦，贼不怕麻烦。

奥迪，奔驰，宝马，专偷这些高档车。一个 LV 包儿就值几万，包里塞个两三万很正常，说没就没了。最大的一起，丢了六十万。

这到底是怎么回事呢？

还原一下——

嘟嘟！事主一捏遥控器，很潇洒，走啦。他以为锁上了，可就在这一瞬间，躲在一边的窃贼，手里也一捏。什么呀？干扰器。没有嘟嘟，也不潇洒，可是，管大用，把遥控器干扰了！

事主听着锁上了，其实没锁上。他一走，贼来了，叫一声“芝麻开门”，啊哈，车门就开了，想拿什么，随便，跟自己的一样。再一看，事主出了洗手间又进餐厅啦。来吧，后备厢也扫一回，什么好拿什么。这是什么？擦车布？不要！

这些窃贼，江湖人称飞虎队，沿高速公路作案，专偷服务区里的高档车，干一票就跑。来有影，去无踪，影响恶劣，闹得人心惶惶。

凌峰接手案件后，首先从视频监控入手。一调监控，哎哟喂，西村服务区的监控盲区也太多啦，远没达到全面覆盖。窃贼专选没探头的地方下手。哪儿有监控，哪儿没监控，贼眼比汽车导航仪还贼！这给侦破带来了困难。

凌峰找到服务区经理，您别光顾着赚钱，吐点儿血吧。

经理说，知道，知道，我也受不了啦，连我的手机都丢了！

凌峰说，改造监控要保密，对外就说换灯泡！

监控改造在更换灯泡的同时秘密进行。窃贼还真以为是在换灯泡呢，照样选老地方下手。于是，监控就留下了他们的影像，特别是作案车辆。通过作案车辆的牌照，追寻轨迹，很快锁定了犯罪嫌疑人。

这是一个以张广为首的盗窃团伙。张广是河南方山人，村里人都知道，他这些年在外打工，干得风生水起，大把地寄回钱来，家里起了楼。他还在城里买了铺面，干得红红火火。张广很少回来，总说活儿多离不开。他去年春节回来了，摆了席款待发小，其中也有真的在外面打工回来的，跟他相比，像是天上地下。酒桌上，推杯换盏，吆五喝六，有人憋不住，就问，张哥，你出去干的什么活儿呀？怎么赚这么多钱？没干什么，小手艺。一开始他还嘴严，又灌了烧酒，把不住了，露了，干什么？干扰器！啥叫干扰器？就是上桌直接拿馍！老乡一听，这个活儿好啊，带上我吧。行，走！老乡就跟着张广出去了。没多长时间，这伙人就成了“老干扰”。他们行走江湖，流窜作案，打一枪换一个地方。来到西村服务站，他们发现这里监控不到位，下手几次都得了便宜，就吃定了这里，隔三岔五光顾一回，回回不空。

张广的照片被从监控调出来，比较清晰，他的团伙成员也都一一记录在案。凌峰决定收网。

正在布置行动方案，忽然获得一个意外情报，线人说，张广的车出了毛病，送厂修理了，他跟人借了一辆车开。昨天，他因开车违章逃逸，车被交警扣了。凌峰得到情报后，又通过其他途径核实，不但有此事，而且现在车主急用车，正催他快还。张广正到处托人找关系，想把车从交警手里要回来。

这可是千载难逢的好机会！

凌峰立即与交警取得联系，制订了抓捕方案。

受托人很快得到交警答复，让张广晚上六点到交警中队接受处理，交押金5000块，先把车开走，其他事以后再办。

张广很狡猾，接到受托人回话还不放心，再托人打听。他害怕交警设套儿抓他，毕竟违章逃逸不是小事。也该着他倒霉，托来托去，正好托到我们的熟人。

熟人说，没事，都打点到了，你就带着押金来领车吧！

张广问，真的？

不信你别来！

我信，我信。

晚上六点。交警中队。

天已经开始黑了，张广还没有来。

远远看去，路上也没人影儿。

凌峰带人躲在一辆面包车里，大气不敢出。

看看时间过了，路上还没人，车里的兄弟直犯嘀咕，怎么还没来？会不会有什么变化？

凌峰说，沉住气。

又过了半点钟，还是没动静。凌峰也有点儿着急了。可别傻老婆等梁子啊！

就在这时，路上走来两个人，黑乎乎的，看不清。等走近一些，原来是两个拾荒的，蓬头垢面，破衣烂衫，手里还拎了破编织袋。

不对，不是。兄弟们又嘀咕起来。

凌峰两眼瞪出了血。

难道张广听到了什么，不来了？

大家正焦虑，只见两个拾荒人拎着破编织袋进了交警中队。

很快，交警发来信号——

来人是张广！

好啊，这鬼东西还化了装！

凌峰两眼一瞪，上！

兄弟们一窝蜂冲下车。

随张广同来的人是谁？管它三七二十一，一起拿下再说。

想不到，同来的是张广的表哥，这家伙是武警出身，两三个人摁不住他。他连打带咬，又踢又踹，弟兄们使出洪荒之力，总算拿下。

张广呢，差远了。三下五除二，铐了起来。

他还叫呢，是我撞的人，我赔还不行？

凌峰说，你江湖上混这么久，连我们是谁都弄不清？

张广一听，口气不对，这才傻了眼。

其他抓捕现场也陆续传来捷报。弟兄们蹲守一晚上，盗窃团伙无一漏网。只听见手机那头还直喘气，老实点儿，都蹲下！

西村服务区自此平静。

25. 按摩女杏花

她一直不开口。

凭直觉，凌峰感到她心里隐瞒着重大案情。

她低着头。披肩长发瀑布似的垂落下来，掩住她如花的面颊。

她的名字就叫杏花。

这个有着杏花的模样、叫杏花的女孩儿，涉嫌在发廊卖淫。

凌峰倒了一杯水，轻轻地放在她面前。

杏花，今天是你的生日，对吗?

仿佛没听见凌峰的话，她仍旧沉默着，头垂得更低。

不管怎么样，生日总还是要过的。我已经给你准备了生日蛋糕，一会儿就送来。

杏花咬紧下唇，两手绞在一起，没有抬头，也没有出声。

好，眼前的事你不想说，这我理解。那……咱们就说说过去，说从前，说说你童年的时候，说说你上学的时候……

凌峰有意停下话，把空间留给她。

杏花的头垂得更低了，瀑布似的黑发间掉出两滴泪。

泪，落在水泥地上，慢慢浸开，仿佛地上生了一双眼睛。

小时候，我就命苦……

终于，她开口了——

我家在贵州大山里，除了山还是山。一想到那些山，我就想掉泪。山里有一种杏，皮儿薄核儿大，就是熟了，也是苦的。山里人就叫它苦杏。娘说，我就是在苦杏树下生的。苦杏苦，比不上我命苦。爹长啥模样我都不知道。娘告诉我，爹是害病没钱医，就那么干挨着死的。我十多岁了，还穿着露肉的衣裳。那一年，上边来了指示，没上学的孩子都要上学，有困难大家互相帮助，学校也给减费用。山子家出面为我交了学费。山子比我大两岁，他爹在外面跑运输，经济上宽裕。就这样，我上了学，每天跟山子结伴儿，爬过大山去乡里读书。村里人都说，山子家看上了我，长大了让我给山子当媳妇。娘说，姑娘大了总要嫁人，山子知根知底，只要他将来有出息，真对你好，给他当媳妇就当媳妇。听娘这样说，我就留了心。

想不到，美好的愿望断送在胡四手里!

胡四比我大好几岁，在乡里开了一个工厂。他几次在学校门口堵住我，说，你都这么大了，还读什么书啊，到我的工厂里去干，有的是钱花!我把这事告诉了山子，山子很生气，随时随地跟着我。

有一天，山子碰上了胡四。胡四说，好个护花使者，你爹买车的钱还是朝我借的呢，到现在都没还清。你再坏我的事，我先砸了你爹的饭碗！胡四他爹是乡长，叔叔是县法院院长，谁都怕他。可山子却不怕，瞪起眼跟他顶。胡四动起手来，山子也不示弱，噼里啪啦，打了他个满脸花。

一天，山子去山里捡柴，天黑了也没回来，我们都急了。全村人打起火把找，找来找去，在一处悬崖下找到了他。可怜他已被豺狗吃掉了半边儿。村里人说，山子是失足摔死的。我不信，我怀疑他是被胡四害死的，就写信到法院告他。

谁知道，过了几天，胡四突然像个鬼闯进我家，那天家里就我一个人。他说，你不是告我吗？我自己送上门来啦！你诬陷我，我今天跟你没完！说完，一拳头打在我脸上，我当时就迷糊了。等我睁开眼时，也不知道自己躺在了什么地方，身上光光的。胡四像头死猪一样睡在我身边，身上也是光光的。我知道他害了我。我拿眼睛四下瞅，看见柜上有一把剪子。我什么也不顾了，拿起剪子，揪起他那个害人的东西，就是一剪子！

至今，我也忘不了那一声鬼叫！

仇报了。冤申了。家也不能回了。

我逃出大山，扒汽车，又扒火车，因为没票，半路上被列车员抓住。我说没钱，列车员说，下站让我下去。我一听，哭了，求他放了我。他不干。这时，有个人挤过来说，你放了她，我给她补票。列车员问我，你认识他吗？我连想都没想，就说认识。列车员这才放了我。这个为我补车票的人叫刘瑞。他问我打算去哪儿，我说没准地方，娘生病没钱治，我出来打工挣钱。他说，你要是相信我，就跟我走。我就是出来招工的。我听了很高兴，就答应了。

就这样，我来到了这里。刘瑞为我租了房，又为我买了新衣裳。他告诉我，他是开发廊的。我说，我不会理发。他说，没关系，慢慢学。又说，有些人不是来理发的，有要按摩的，还有……

我一听就傻眼了。他问我，你愿意吗？我使劲儿摇头。他没生气，说，你不愿意就算了。本来我想让你多挣点儿钱，给你娘治病。你不愿意我也不勉强，你自己去闯吧。房子你先住着。如果实在找不到工作，你再回来，我随时等着你！

听他这样讲，我心里难过极了。

可是，一想起要干见不得人的事，我还是走了。我说，对不起，我今后一定要报答你！

我在街上走着走着，天黑了，又下起了雨。我正想躲雨，胡同里忽然冲出一个人，抓住我就往地上按。这时候，只听有人大叫一声，干什么的？抓我的人吓得撒腿就跑。我一看，救了我的是刘瑞！他一直在暗中跟着我，保护我。看他淋成了落汤鸡，我不知道说什么好。他说，你要多加小心！说完，扭头走了。

我愣在那儿，望着他走进雨里。

当天晚上，我一夜没睡。第二天一早，我就敲开了他的门。

我说，我愿意……

说到这儿，杏花痛哭失声。走到今天这一步，我谁也不怨，只怨我自己。你们怎么处罚都行，千万别把我送回老家！

凌峰没说话，叫人先把她带下去。

没想到，第二天，局里交办一件涉枪案，让他立即飞往南昌。

临走前，凌峰在杏花的预审卷里写下一段话——

请考虑本案嫌疑人的具体情况，不要做遣送原籍的简单处理。

调查涉枪案一去半个月，凌峰完成任务匆匆归来。

晨丽告诉他，杏花移交给民政部门了，你的意见也转过去了。

凌峰急忙跑去打听消息，看门的老王头儿说，遣送原籍了！唉，你现在问什么都晚喽，她半路上跳车寻死，正赶上对面来车……

老王头儿的嘴还在动。

凌峰却什么也听不见了。

26. 两遇生死

这是凌峰上任队长以来最惊险的一天。

这一天，市区发生了两起劫持人质案。

下午三点半，董虎和杜梅来到交警中队调解交通事故。事由：杜梅开车撞了董虎，伤势不重，两人愿意协调解决。双方进门坐下，交警给他们倒了茶。董虎把茶杯一推，开口就要五万。杜梅马上拉下脸来说，你想钱想疯了？董虎突然吼起来，五万不给，就给十万！吼声未落，他一把揪住杜梅，从兜里掏出一把裁纸刀，不给，今天就让你死在这儿！

杜梅花容失色，一屋人目瞪口呆。

事发突然，局长亲率凌峰等队员赶到。

方案：一，谈判营救；二，抵近制伏。

案发现场，董虎情绪激动，用利刃抵着杜梅喉头。

这样又薄又快的刀，被害人连叫都叫不出来就会毙命。

生死关头，局长从杀机中看出转机——

董虎由调解变为劫持，尽管事先准备了刀，其主观意愿并非杀人害命，只是因为索要高额赔偿不成而恼羞成怒。种种迹象表明，董虎显然是初犯。比如，身着便衣的凌峰等人从两侧接近时，他毫无戒备，眼神中也没有流露对警方的极度仇恨。

对这样的人，谈话，诱导，应该有效。

小伙子，不就是十万块钱吗？不多。这位女同胞可能一下子拿不出来，你别生气。她给不了，我给！你别急，好不好？

董虎没有吭声，拿刀的手一动不动。只是，眼神儿闪了一下。

这一闪，让局长捕捉到了他想捕捉的。

小伙子，你相信我。我说话算数。你还年轻，往后日子还长着呢。为这点儿钱，不值得发这么大火，更没必要动刀。来，把刀放下，先喝口水，钱一会儿就送来……

说着，递给凌峰一个眼神。

凌峰领会。

瞬间把握战机是制胜关键。

此刻，他跟两名队员已从两侧靠近了董虎。

凌峰在董虎的右侧。他清楚地看到，董虎对局长的话有点儿动心，而杜梅一直僵在那儿，人早傻了。刀就横在她的咽喉上。凌峰盯着这把刀，仔细观察刀刃跟杜梅咽喉之间的距离，同时观察董虎的手有没有松动。一旦松动，就要立即控制住他的手。这是定点定位，不能冲得太过，也不能冲得不到位。

在观察中，凌峰忽然发现了董虎一个极其细微的动作，他的右手捏着刀一直不动，而空着的左手却捏捏，放放，又捏捏，又放放。凌峰眼睛一亮，董虎是个左撇子！他左手有力，也在用刀，而右手是发虚的。左实，右虚，也就是说，他握刀的手是虚的，使不上劲儿。

好，机会来了！

凌峰忽地一个跨步上前，抓住董虎的左手，同时把他虚力的右手向外一推，刀就离开了杜梅的脖子。董虎一愣，队员冲上来就把杜梅拽走了。凌峰顺势抓紧董虎的右手腕，像老虎钳子一样钳住，然后往下一发力，刀就下来了。毕竟，他是受过专业训练的，董虎根本无法招架。

队员们一齐扑上去。

董虎束手就擒。

整个过程，定点，定位，速度快，力量足，瞬间发力，一举成功。

凌峰长出了一口气。这时，他才感到前心、后背都是汗。

有人递上手绢。谁呀？晨丽。

凌峰笑了。

想不到，当晚，他再遇生死瞬间。

晚上八点，锦绣花园社区又发生一起劫持人质案件。当凌峰闻讯带队赶到时，因吸毒产生幻觉的歹徒已冲进居民家，劫持了一个老太太。老太太手里还抱着小孙子。

这户居民家住在楼上，客厅的一个窗户临街，屋里没开灯，只能看到两个模糊的影子靠在窗前。当时，制订的方案是强攻进去，后来情况变了，小孩儿可能肚子饿了，又哭又闹要吃奶。坐镇指挥的局长临时改变方案，由凌峰化装成小孩儿的爸爸，进屋去送奶粉，伺机制伏歹徒。

凌峰化装完毕，正要准备上楼，突然，情况再次发生变化，歹徒因为吸毒变得很狂躁，又把老太太从客厅拖进了里屋。

这样一来，强攻只好作罢。

过了一会儿，歹徒揪着老太太又回到客厅，而且还把灯打开了。这时，他好像已经疯了，大喊大叫，手舞足蹈，根本不听劝了。他提出要求，要见女朋友。晨丽把女朋友给他找来了，他又不理了。

局长当场下令：击毙歹徒，解救人质！

可是，两个狙击手都感冒了，重任落在凌峰的肩上。

局长问，优秀射手，怎么样？

凌峰说，行！

他来到对面二楼，选好一个狙击位。客厅亮灯了，这给了狙击一个好条件。但是，条件又不是很好，两楼之间隔着一条街，有十五六米，角度偏，光线暗。要命的是还隔了一层玻璃窗。子弹远距离打在玻璃上，弹道会发生偏移，弹着点一旦偏差，后果难料。

楼下同时在紧张准备，突击队员在门口待命，枪声一响，他们就冲进去。如果歹徒没有被击毙，他们再补枪。

八点四十分，凌峰在瞄准。

他用的是79式轻冲，可以单发，也可以点射。

瞄准以后，静下心来等待。

歹徒坐在窗口，一只手抓着老太太。老太太怀里抱着小孩儿。她是竖着抱的，凌峰看不见小孩儿。

歹徒和人质靠得很近，头挨着头。

子弹飞，玻璃溅，很可能伤到老人和孩子。

必须等待最佳时机，绝不能误伤人质。

等待，再等待。握枪的手出了汗。

胜败就一枪！

凌峰心里默念着，分开，分开，你们的头快分开！

八点五十五分，机会来了。小孩儿可能哭了一会儿，睡着了。老太太把他横着放下来。她的身体动了一下，与歹徒的头分开了。

在这一瞬间，凌峰扣动了扳机——

砰！

枪响了。

从一幢楼到另一幢楼，子弹穿过一条街。

歹徒中枪了。

突击队员冲了进去。

凌峰冲对讲机拼命喊，歹徒死没死？

没人理他。

事后，法医说，子弹击中了歹徒的头部，是从耳根儿射进去的。

这是要害部位，歹徒必死无疑。

27. 老式剃刀

这起凶杀案发生在一年前。一个二十岁的女孩儿，晚上十点多，沿河边步行回家时被人杀死在路边。晨丽勘查现场，发现嫌疑人不但强奸了女孩儿，还有变态恶行，在女孩儿阴部划了几刀。有一刀已经划进耻骨，刀断在骨头里一块儿。现场提取了嫌疑人的鞋印，类型为皮尔卡丹皮鞋。另外，女孩儿的手机和松下牌随身听也没了。

案发地没有监控。凌峰抓抓脑壳。

怎么办？先理个发吧。

遇难题，不是抓脑壳，就是去理发，这成了他的习惯。

抓脑壳和理发，都是整理思路的过程。特别是头发长了，一理，好像思路就清晰了。

理发师傅对他了如指掌，小凌啊，最近你头发掉了不少，是不是压力太大？

凌峰说，压力山大。

头发理好了，师傅又用刀为他修面。

刹那间，思路像被闪电照亮——

刀！

犯罪嫌疑人的凶器是刀，被害者身上留有刀的断片，侦破就从这儿入手！

回到队里，凌峰仔细研究刀的断片。断片宽约 1 厘米，长约 1.5 厘米，形状为刀的头部。刃面很薄，很锋利，但刃面上去不到 1 厘米，突然增厚，不像平常用的刀。这是什么刀呢？研究来研究去，结论：是理发店以前修面用的老式剃刀。

嫌疑人以前很可能干过理发，所以才会有这种老式剃刀。

接下来，围绕干过理发行业的符合条件的男性展开排查梳理。凌峰分析，嫌疑人所住的地方离案发现场不会太远，所以他把现场周边社区作为重点排查。干过理发的，有前科的，有流氓行为的，劳改释放的，案发后突然离开的，等等。同时，发出悬赏通告，扩大线索来源。

通告发出不久，就有人来举报说，有一个叫钱卓的从前开过理发店，案发后下落不明。

钱卓租住在案发现场附近的一个小区里。凌峰带人蹲守两天无果，遂决定进屋搜查。进屋第一眼，就看见窗台上放着一个皮尔卡丹鞋盒。再拉开抽屉，里面有一个松下牌随身听。让死者母亲辨认，老人泪流满面，说这是我女儿的。

由此判断，女孩儿是被钱卓所害。

可是，物证有了，人没了。

凌峰带领弟兄们费尽心力，钱卓仍无影无踪。

事后才知道，这家伙既凶残又狡猾。案发后，晨丽在勘查现场时，他就躲在围观的人群里，看动向，听消息。他以前开过理发店，留下一把老式剃刀。这种刀锋利，但又很脆。他残害女孩儿时，手一扭，刀头就断了。他舍不得这把刀，断了头也不妨碍用，所以他又把刀装起来了。他一看现场来了这么多警察，感到风声吃紧，第二天脚底抹油，溜了！

案件过去一年了，钱卓仍没有下落，凌峰心里像坠了块石头。

这天，租住在邻市郊区的外来户刘畅夫妻来报案，说他们二十多岁的女儿刘云失踪了。刘云没跟他们住一起，租住在本市一个叫柳芳的小区车库里。平时，夫妻俩都是用手机跟她联系，这几天忽然联系不上了，去找过也没找到。他们很着急，就跑来报案。

凌峰接案后，立刻赶到刘云租住的车库，勘查现场，调看社区监控。结果发现，在失联的日子里，有一天的监控录像显示刘云回来了，她进入小区后，没有再出小区。车库门前没监控，她是不是进去了无从知晓。按理来说，进入小区，就应该回车库，那是她的家啊。

可是，车库里很整齐，不像发案现场。

晨丽在马桶边儿上取到了一点儿血迹，经化验是刘云的。

凌峰说，再查！

又查个底儿朝天，再没发现其他地方有血迹。

凌峰抓抓脑壳，这就怪了！车库地方不大，如是第一现场，首先应该很乱。不管犯罪嫌疑人如何清理，总会留下蛛丝马迹。但是，除了马桶边儿上取到一点儿血迹外，再没找到什么，更不要说尸体。

事情蹊跷。明明监控显示刘云回社区了，怎么说没就没了呢？

凌峰心想，女人独自离家在外打工，跟某个男人好上了出走的情况很多。下一步，先查找刘云的社会关系，看她都跟什么人来往，从中发现线索。

工作布置下去后，果然有收获。刘云有一个情夫，叫黄庄。在刘云的手机通话记录中，很多都是打给黄庄的。

只有最后一个通话，是广西北海的号码。

晨丽说，我调查，刘云跟北海没有什么关系，怎么会有一个北海的电话号码跟她通话呢？

凌峰说，会不会是诈骗电话呢？那边儿出这东西！

晨丽说，当然也不排除。我再深入查查！

深入一查，问题来了，黄庄的老婆是广西北海人！

凌峰说，自古奸情出人命。会不会是黄庄的老婆发觉了刘云与老公的奸情，害怕老公甩掉她而下的手呢？刘云最后一次通话的那个晚上，我们暂时认定为她失踪的日子。如果遇害，也肯定是在这个晚上，因为后面再没有通话记录了。

晨丽说，推理成立！

于是，广西北海的电话成为侦破的关键。

凌峰带人立即赶到北海，通过电信部门帮助，把这个号码的通话记录全都拿了回来。一研究，发现了重大线索——

这个号码的机主是黄庄的小舅子！

可以说，本案中有用的条件太少了。如果稍微有一点儿疏忽，这条重大线索就丢了。

最终，案件告破。正是黄庄的老婆出钱，买通他小舅子杀害了刘云。他小舅子怕干不了，又买通刚认识不久的一个自称宋力的人。他俩开了一辆面包车从北海过来，进入小区后，打电话给刘云，说黄庄有事找她，然后就在大门不远处守着。刘云一进大门，两个男人就把她拉上车，立刻开出小区，所以，监控上只有刘云进来而没出去的图像。马桶边儿的血迹，也与她被害无关。

这是一个非常残忍的案件。两个男人把刘云拉上车后，用胶带封住她的嘴，一直开到荒郊野外，把她拉下车来轮奸了。然后，宋力不顾刘云的苦苦哀求，下手杀了她。

用什么？

断了头的老式剃刀！

28. 遭遇尴尬

不许动，警察！

随着吼声，凌峰一脚踹开门，弟兄们举枪一拥而入。

屋里没人动。

不是没人动，屋子里根本就没人！

凌峰一下子傻眼了。

这是他当刑警以来最尴尬的局面。

这怎么回事？

事情要由本市幸福社区居民阎老太说起——

早上，阎老太接了一个电话，是邮局的，说她有一封加急信投递好几次都没人收。阎老太说，我在家呀，哪儿来的？邮局的人说，干脆我拆开给您念念吧。阎老太说，好，好！

一听，她大吃一惊！

信上说，她在招商银行办的信用卡欠费三万多，银行要从她的存款里强制划款。阎老太急了，说，我连招商银行的庙门儿朝哪儿开都不知道！

邮局的人说，哎呀，可能是您的身份证被盗用了，您赶紧向公安局报案吧！说着，给了她一个电话号码。

阎老太急啊，咔咔咔，拨通了。一个叫张山的警官说，有人用您的身份证办了十张信用卡，参与贩毒洗钱！

阎老太吓得眼珠儿都麻了，这咋办啊？

张山说，您现在是嫌疑人，所有的存款都要被冻结一年，而且不能出国。

阎老太一听叫起来，孩子刚为我办了新马泰五日游，机票都出了。

张山问，您什么时候走？

哎哟，没几天啦！

您别急，我向检察院申请优先清查您的资金，您看好吗？

好，好，好！

过了一会儿，张山说，申请成功啦，您打这个电话联系吧。说完，又给了一个号码。

阎老太拨通电话，嗬，里边真热闹，乱哄哄的，全是检察院办案的动静。接电话的叫黄涛，亲得就差叫妈了，您放心，我两天就给您办好。您有多少钱？存哪儿了？

阎老太一哆嗦。黄涛马上说，您不用说密码，没事儿！

阎老太这才踏实，说，我有一笔拆迁款，还没来得及存死期呢。

哎呀，太危险了！您赶快去银行，从机器上把钱打到检察院的保险账号上。千万别跟人说啊，一旦泄密，您就犯法了！

阎老太跪在佛龛前，冲菩萨磕了三个头，踩着锣鼓点儿直奔银行，按对方指点把钱都打了，一颗奔腾的老心这才回了窝儿。

可是，一回社区，她差点儿疯了。咋啦？片儿警王快乐正在院子里宣讲预防电信诈骗呢，第一条就是邮局电话诈骗。

阎老太惨叫一声，我中枪了！

一个电话，让阎老太被骗走一大笔拆迁款，险些要了老人的命。

紧跟着，又有十几起同样的诈骗案发生。凌峰接案后，让网警一查，线索直接到了东莞，所有的电话都是从那边打出来的。他立即带人飞往东莞。

到了东莞，通过侦查，发现了一个专业化的 VOIP 平台。这是一个群拨打电话的语音平台，通过网络电话拨打，最终连接到被害人的固定电话上。这个平台需要电信部门开一个端口，提供转化服务。而电信运营商有奶便是娘，不管你干什么用，只要付钱，就提供服务。

这是一种新型的高科技犯罪，就连东莞警方都说，这帮家伙不好收拾。你想破案，必须要懂，否则狗咬刺猬无从下嘴。

凌峰硬着头皮上，边学边干边摸索，眨眼二十天过去了，累得脱了相。

功夫到底没白下，最终锁定了一个电信诈骗犯罪团伙，团伙头子叫陈东平。窝点儿在麻麻村三组六楼 808 室。

麻麻村，房子密密麻麻如村名，而且都是小高楼，楼里住满出租户。村民全靠收租金过日子。

动手这天，凌峰带弟兄们摸到楼上。楼道里没灯。黑暗，幽深。

来到 808 室前，凌峰一脚踹开门，弟兄们举枪一拥而入——

不许动，警察！

屋里没人动。

不是没人动，屋子里根本就没人！

冲进来的人一下子全傻了。

屋内空空荡荡，只有一张桌子。

桌子上，一个无线路由器在闪烁。

幽绿的微光，忽明忽暗，像嘲笑的眼睛。

这就是高科技作案，虚拟得连个人影儿都没有。

不容凌峰回过神，突然间警报大作，呜哇！呜哇！要掀房顶。

这是对手事先安置的，通知他们有人闯入。

凌峰当即判断，嫌疑人就在附近！

一，警报是为他们而响的；二，无线路由器覆盖范围有限。

可是，判断出来又能怎么样？

封锁全部楼群吗？挨家挨户搜查吗？

不可能！麻麻村，密密麻麻。

豆腐掉在灰堆里，吹也吹不得，打也打不得。

事后才知道，这帮家伙就在对面楼的一间屋里，凌峰他们的一举一动，被他们看得清清楚楚。就在警报大作时，他们仍在进行诈骗通话。分分钟都有老百姓跟他们通话，秒秒钟都有受害者往他们账号里打款。正所谓：时间就是生命，效率就是金钱！

虽然抓捕扑空，跑了驴子桩还在。路由器被截获了，这个窝点儿也就报废了。

这帮家伙没有收手，重新启用了新的窝点儿。

诈骗在继续，追踪的机会又来了。

很快，凌峰发现，他们转移到一家宾馆去了。好啊，这下范围缩小了，正好瓮中捉鳖！

一切准备就绪。凌峰带弟兄们直扑宾馆，东莞公安局便衣队也赶来增援。大队人马到达宾馆后，叫服务员帮忙开门。门一开，呼啦啦，一下子全冲进去。屋里有人！大家都兴奋了，高喊着：不许动，警察！上去就摁，就铐，咔嚓！咔嚓！

弟兄们与东莞便衣临时组合，相互还不大熟悉。

只听见有人叫，别铐，别铐，自己人！

对不起！对不起！

哈哈哈！哈哈哈！

紧张又快乐，一网打尽害人虫，查获了作案工具和账本、资料。

凌峰拿起资料一翻，哎哟喂，是事先编好的通话用语，如何问，怎样答。受害人就是这样被套住，一步步走向惊恐，跑进银行。

说吧，谁是陈东平？

凌峰话音刚落，这帮家伙纷纷把头扭向缩在墙角儿的一个胖子。

一审，胖子姓黄不姓陈，竟然是菲律宾人。他入境后把护照丢了，就通过关系在东莞落了户，起假名陈东平。

凌峰说，好吧，我们现在就当你是东莞人，省了多少麻烦。带走！

29. 邻家闺女

晨丽住在光华社区。社区里的大爷大妈都把她当亲闺女。哎，也有当亲孙女的。那天，黄奶奶走迷糊了，正急成个老窝瓜，来了一巡警，问她家里有什么人，她赶紧掏出一张纸条，这是我孙女！巡警接过一看，笑了，闹半天您是警属啊！遂拨通纸条上的电话，晨丽警官，快来接你奶奶回家！晨丽笑成了牡丹花，哎，我这就坐火箭来！

黄奶奶是晨丽的邻居，出来进去常见面。晨丽把自己的手机号给了老人，说，奶奶，您有什么事需要我帮忙，就给我打电话。这不，用上啦！

这天，晨丽刚下班，就被黄奶奶拽住，孙女，我有话跟你说，不知该不该说。您说吧，什么话都可以说。你进屋来，奶奶跟你说！进了屋，老人才说了一句，我们老两口活不下去啦，眼泪就哗哗哗。晨丽一看眼圈儿也红了，奶奶，您别难过，您说说。黄奶奶说，我儿子赌钱上了瘾，赌得我跟你大爷死的心都有了。他开火车，工作好，媳妇好，孩子也好。这么好的家庭，他不争气，媳妇早晚得离开这个家……

晨丽心里一沉，这可不是小事，别说败家，还有一车老百姓呢！奶奶，您别急，这事交给我，我一定做好！

第二天，她找到黄奶奶的儿子周力。周力明镜似的，姐，我知道你为什么找我。晨丽说，知道就好。你既然叫我姐，我就认你这个弟弟。我不能眼看你往火坑里跳。你赌来赌去，什么都能赌没了，工作没了，家庭没了，弄不好还会坐牢。父母养你容易吗？到老了让你气得不想活了，你过意得去吗？你再想想老婆孩子，再想想一车的人！周力说，姐，我不赌了。晨丽说，你今天就是跪下说不赌了我也不信，我要看你的行动！既然姐下了决心，就要缠住你。我会随时问你在哪儿干什么，你要如实回答，不许骗姐！你能做到吗？周力说，能！晨丽吼起来，大点儿声！周力音高八度，能！

就是高过帕瓦罗蒂也没用。他赌钱不是一天两天了，脑子里的弦很难调，必须盯紧他，敲打他，像铁匠打铁一样叮当响。

转天，晨丽摸到铁路机务段。段长说，我们正打算开除他，省得哪天出了事，连累单位评先进。晨丽一听就急了，可别啊，我都认他弟弟了！咱们拧成一股劲儿，他就是块儿石头，也揣怀里焐热了！

就这样，晨丽跟周力较上劲儿了——

弟，你在哪儿呢？姐，我正开车呢！段长，周力是在开车吗？是，他今天当班！

弟，你干吗呢？姐，我睡了！奶奶，周力是睡了吗？孙女，他是睡了，让你操心了！

弟，你怎么没在家？……我跟朋友吃饭呢。骗人！你明天到刑警队来！

第二天，周力来到刑警队，迎面碰上怒目金刚，你以为我不知道？昨天你肯定去赌了！你太让我失望了。再碰上我绝不饶你！你走吧，我不想再看见你！姐，我错了。我知道你为我好，可我有时候控制不了自己……控制不了？那是因为你没脱离那个圈子！你把那些赌徒从手机里删了！快点儿，现在就删，全删！

晨丽说完，心里自黑道：你真二啊，你也不清楚他圈子里都有谁，怎么知道他是不是全删了？

周力果然没全删。这天下班后，他给晨丽发个短信，说手机没电了，发完就关了机。他溜进赌窝，刚下了注，衣领就被人一把揪住。好啊你，跑这儿充电来了！赌场一下炸了窝，你是什么人？凭什么抓周哥？便装的晨丽断喝一声，我是他姐！走，回家去！拽着周力就往外拖。那帮人扑上来，掰开她的手，死命把周力往里拉。晨丽说，周力，你今天不走，我也不走了，就在这儿看你赌！周力服了。

出了赌窝，天已大黑。晨丽的手被抓破了，她真想踹周力一脚。可是，她没踹。她没劲儿了。她蹲在地上，管不住委屈的泪……

就这样，反反复复，白天晚上。有时睡到半夜猛然惊醒，她抓起手机就问，弟，你在干什么？

最终，周力回头了。赌窝也被凌峰带人查抄了。

黄奶奶这回可高兴了，早上去菜市买菜，嘴里还哼着小调儿。

想不到，这天，她买菜的时候，一扭脸，篮子里刚买的一块儿肉被人偷了！有人看见是一个黑脸贼偷的。这贼不偷钱，就偷好菜，鱼啊，肉啊，而且，专拣周末偷，人多好下手。黄奶奶很生气，忍不住就跟晨丽说了。晨丽一听，偷菜真人版啊，他别让我撞见！

星期日，晨丽便装来到菜市，转了两圈儿，果然发现了目标，只见这黑脸贼把一大叔车筐里的排骨抽出来，转身就藏在了货柜下。晨丽冲过去，一把揪住他，把东西拿出来！贼还嘴硬，什么东西？晨丽一瞪眼，你别跟我装啊，老实拿出来没事！这时，大叔惊叫起来，我的排骨呢？晨丽指着贼，快还给人家，听见没有？贼只好认栽。大叔抬手要打，被晨丽拦住。她把贼带到一边儿，听着，你不是一回两回了。前两天是不是偷了老太太一块肉？是。承认就好。你打算怎么办？买了还给她，以后不偷了。好，这可是你说的，下次再让我逮着，绝不放过你！这回给你个机会。去吧，去给老太太买肉，二斤高高的，买完送社区居委会！贼点点头，用死羊眼盯着晨丽。

晨丽离开菜市，一个人往回走，走着走着，忽然发觉有人尾随。

她猛一回头，愣住了。你猜是谁？

楼下邻居，八十多岁的刘大爷！

大爷，您找我有事吗？

闺女，我没事，我不放心，怕那贼害你，我就跟着你。

晨丽叫了一声大爷，眼前就模糊了。

可是，万万没想到，三天后，当她再次见到刘大爷时，刘大爷已经说不出话。他歪坐在轮椅上，被女儿推着。大爷，您这是怎么啦？晨丽扑过去。女儿眼里滚着泪，我爸，脑溢血……

大爷！

刘大爷想拉拉晨丽，却抬不起胳膊。

30. 雨夜惊魂

高蓉怎么也没想到，自己会在家门口被抢。

夜里十点多，天上下着雨。高蓉在公司加班后回家。家离公司很近，步行也就二十分钟。她正往前走着，身后突然冲来两个男人，一个用胳膊勒住她脖子，另外一个就抢包儿。得手后，勒脖子的男人脚下一绊，高蓉就摔倒在泥水里。

六万块年终奖金，一部手机，就这样被抢了。

公司保卫科在安全课上提醒过职工，特别是女职工，遇到这样的情况，如果周围环境不好，没人，最好不要叫，省得把命再搭进去。记住对方的身高、长相，抓紧时间报案。

高蓉也叫不出来，吓都快吓死了。

她从泥水里爬起来，眼睁睁看着两个家伙在路口上了一辆车。

什么车？

嗨，经过改装的电瓶车，当地叫小飞龙，很多地方叫摩的。

案发地点监控不到位。因为下雨，图像也模糊不清。

凌峰抓抓脑壳。他问高蓉，如果抓住人，你能认出来吗？

不能。但是……

什么？

勒我的人，胳膊上有一大块儿白。

是白癜风吗？

对。

左手右手？

……右手。

小飞龙是什么颜色？

红的。

有车牌吗？

没有。

车上有什么？

……车后有个广告，荔枝营养液。

高蓉能提供的线索就这么多，不多，也不少。

凌峰来到案发现场观察，路口两边有监控，中间没有。来来往往的小飞龙，有带荔枝营养液广告的，也有其他广告。凌峰叫了一辆小飞龙，在路口进出两次，正常行驶要两分钟。

好了，排查方案有了——

从监控录像中，排查所有在抢劫时间段出入这条路的小飞龙，条件是红色的，有荔枝营养液广告的，出入时间超过两分钟的。

超过两分钟，中途一定是上下人了，停留了。

海量排查后，找出一辆符合条件的小飞龙。再以车找人，很快找到驾驶人员马洪。他说，下雨那天，是有两个年轻人上了我的车，一上车后就说，快走！我问，去哪儿？他们说，去黄村。我就给他们拉去了。

凌峰把沿途监控都调出来，带着马洪一起看。看一段，拐大弯儿了。这个车是不是你的？是的。再往下看，过桥了。这个车是不是你的？是的。就这样，一直跟踪到黄村。

但是，两个家伙并没有进黄村，在路边站了一会儿，又叫了另一辆小飞龙，坐到上河村，下车后进了村。

村里没有监控了。有些店铺在自家门口装了探头。收集起这些探头录下的录像，发现这两个家伙进网吧了，但是监控质量低劣，图像不清楚。

上网是要登记身份证的。凌峰立即带人赶到网吧，调取身份证。结果，一个叫邓树的身份证复印了，另一个人的身份证没有复印。

把身份证上的照片放大，拿给高蓉看，她摇摇头。再给马洪看，马洪说，像！

第二天，邓树落网了。凌峰一扒他衣袖，右胳膊是光滑的，左胳臂也是光滑的。邓树说，老白跑了！

老白，是同伙杨波的外号，因胳膊上有白而起。

杨波用的是假身份证，一跑两年。

这天，盛天科技公司来人报案说，仓库被盗，电子模块失窃，价值两百多万。

凌峰一听，案件大了。盛天公司有三万多员工，是本市高新区最大的科技企业龙头。如果案子不及时侦破，会影响到整个投资环境。局长说，小凌，别说你了，连我都压力山大！

勘查现场发现，仓库大门完好，很可能是熟人作案。再调看监控，令人失望：由于分布不专业，很多角度反映不出来。

凌峰走出仓库四下看，发现对面格力公司的库房有一个探头，正好对着盛天公司的仓库门。他把格力公司的监控录像借过来，跟盛天公司管理人员一起查看，哪些人应该进仓库，哪些人不应该进。比如，公司安排他到仓库领货，那他就应该进。如果公司没安排，他进去了，这个人就可疑。一一查看下来，发现了一个人：进厂一年多的职工王宾。

当天上午，公司安排他进去领货。他进去了，也出来了。可是，下午公司没安排他去，他又进去了。这个人很可疑，但是又没证据，随便把他拎过来问，容易打草惊蛇。于是，凌峰跟公司保卫科商量，不要惊动他，先在外围侦查。

想不到，公司没听他的。丢了这么贵重的东西，他们着急，瞒着凌峰私下把王宾叫来问话：你下午为什么进仓库？王宾坦然到家了：我上午进去领货，出来后发现手机没了，下午就进去看看有没有掉里头。有没有？有啊！这不，找到了！

公司保卫科问完了，就跑来告诉凌峰，王宾没事。凌峰一听，啊？你们惊动他了？是啊，我们问他，他说，进仓库找手机去了。凌峰抓抓脑壳，得，计划全打乱了！

凌峰正郁闷，晨丽走了过来。她说，我在互联网上输入“电子模块”，一搜索，第一个栏目就跳出“收购二手电子元件”，里面留了一个尾号是3768的联系电话。技侦调取王宾的手机通话记录，也发现了这个3768。可以推断，王宾在联系出手电子模块，说不定已经成交了！

凌峰一拍巴掌，好啊！监视王宾，同时调查网上收赃人员！

一调查，收赃人叫胡昆，人在邻省安徽。事不宜迟，发兵安徽，抓捕收赃人。胡昆到案后交代，他的确从王宾手里买了电子模块，东西他还没出手，正找下家呢！

这时，队员报告说，王宾潜逃回河南老家了。

想跑？没门！凌峰立刻带人前往河南。

别动，警察！

干吗抓我？

你自己明白！

咔嚓！凌峰给王宾铐上铐子。

眼前瞬间一亮！

王宾还叫呢，我不明白！

凌峰说，我把胡昆喊来，你俩聊聊？

王宾的脖子一下子软了。

凌峰一拍桌子，两年前下雨那天晚上，你干什么了？

王宾脖子又硬了，我不知道你在说什么。

老白，你不知道，他知道！

说着，一亮邓树的照片。

31. 黑虎庙

毕美丽要喊，但喊不出来，脖子被从身后猛扑上来的人用胳膊夹住。她后悔一个人出来参加朋友的聚会，约个伴儿多好。

这个夜间作案的家伙，一身黑衣裤。当毕美丽走到黑虎庙附近，他狼扑过来，把她拽进麦田，满足兽欲后仍不放手，把毕美丽的背心向上翻起，用软电线隔着背心勒住眼，继续往北拖。忽然，前方有了人声，他才丢下被害人跑了。

两天后的晚上，黑虎庙附近水坑村的侯洁，也在回家路上被黑衣人扑倒，用一根球鞋带捆住双手往南拽：老实跟我走，吱声宰了你！

往南拖了一段后，正遇上下夜班的锅炉工王铁。

救命啊！侯洁叫起来。

王铁大吼，什么人？

黑衣人鼠窜。

侯洁脚下一软，瘫倒地上。王铁以为她受伤了，赶紧过来扶。侯洁哭着说，快帮我报案啊！

案发地是本市最边远的山村，没有监控。现场除遗留一根球鞋带，就是泥地上的脚印。鞋底花纹经比对是京字牌胶底网球鞋。

据此，晨丽画了像：

男，身高一米六二左右，年龄二十三岁左右，体态较胖，走路左脚外展，右脚直行，步幅较大，足穿胶底网球鞋。

凌峰问侯洁，他逃跑时是什么样？

侯洁一愣。

他的手！凌峰提醒，他跑的时候两手什么样？

侯洁说，握成拳头。

凌峰又问，你累吗？

侯洁摇摇头。

凌峰说，趁你记性还好，麻烦带我们顺着坏人拖你的路线走一趟，行吗?

行!

晨丽问，还想找找可能遗失的物证?

凌峰笑了，让你说着了。

一路走去，晨丽火眼金睛。可惜，白瞪了半天，什么也没找着。

再看凌峰，怪了，这东东一脸旗开得胜!

回队后，凌峰说，嫌疑人作案时用胳膊锁喉，逃跑时双拳紧握，说明他受过军事训练。再有，我们刚才跟侯洁走了一趟，不知大家发现没有，所走路线都很隐蔽，不是在树底下，就是穿玉米地。嫌疑人的目的是不被别人发现，却暴露出他对这一带地形地势很熟悉。由此判断，他不是流窜犯，而是家住黑虎庙附近的复转军人!

晨丽眼睛一亮，服!

黑虎庙，实为黑虎庙乡。不见庙，见人。全乡有几十个村子，两千多户人家，再加上租住的外来户，说茫茫人海也不过分。虽说凌峰的推断排除了流窜作案，锁定了黑虎庙，但要在全乡查找嫌疑人也非易事。重点对象：复转军人找不到对象的；有前科或有流氓行为的；经常传看色情书刊的；虽有家庭却符合画像条件的。

排查工作是大量的，琐碎的。稍有差错，就会给破案带来不可弥补的损失。对排查出的可疑对象，凌峰逐一从因素、时间和作案条件等方面进行核查。

对象一个个报来，又一个个被否定。

凌峰打开侯洁的谈话录音，听了一遍又遍，听着听着，忽然生出一个念头：嫌疑人深夜拦人，胆大妄为，动作又如此熟练，拖着侯洁一走就是几里，说明他不是第一次作案。可以前为什么没人报案呢?

晨丽说，女人重名声。特别是已婚妇女，为保全家庭，受了害也不愿意报案。还有些人害怕报复，不敢报案。

凌峰说，唉，我真脑残啊!

晨丽说，你少来！想让我做什么明说，小心把自己绕进螺蛳壳儿！

接下来，按照凌峰的安排，晨丽召集妇女干部开了一次秘密会，让她们深入到全乡妇女特别是女青年中，私下向她们了解，说服她们揭发坏人的犯罪行为，并严格保密。

结果，在会上，四大队的青年女干部高萍说：去年4月的一天晚上，九点多钟，我在回家的路上，被坏人用胳膊夹住脖子，我大声呼喊，才把他吓跑。说到这儿，她不好意思地笑笑：嗨，事后怪我爱面子，没敢言语。心想，也没成事，说出来反而弄得不清不白的。

有人说，你怕往后不好找对象？包我身上了，我这儿帅哥大把，要小鲜肉也有！

大家都乐了。

一深入，女干部们很快摸到情况：

毕美丽哭诉了被强奸的经过；陈庄大队刘媛媛说：自己被坏人强奸后，又被往东拖出七八十米，幸亏碰上人，坏人才放了手。

三起案件中的作案手法相同。凌峰展开地图，用红笔一画，差点儿叫出声——

在案发地，嫌疑人把毕美丽向北拖，前面是黑虎庙村北；把侯洁向南拽，前面是黑虎庙村南；把刘媛媛往东拖，前面是黑虎庙村东；而高萍被截的地方，距黑虎庙村西仅半里之遥。

啊，北、南、东，西，都指向黑虎庙村！

难道嫌疑人就住在黑虎庙村？

他为什么要把受害人往自己村拖呢？难道不怕暴露老窝？

范围再次缩小，撒到全乡的大网很快收到黑虎庙村。凌峰说，这回，我们换一种思路，大张旗鼓地开进村里住下，并且挑明我们是为抓强奸犯而来！

晨丽问，就不怕打草惊蛇？

凌峰答，对付农村的犯罪分子，可以跟城市的不同，他们沉不住气。草动蛇惊，自然会有动静。我们要注意收集各类人物对我们进村的反映，从中发现线索。同时警惕他们狗急跳墙，或畏罪自杀。

警车轰轰烈烈进村，凌峰带队公开住下。没两天，村干部报告，村民高尚神情慌张，四处打听。

高尚，复员军人，二十五岁，身高一米六四，体态稍胖，因找不到对象经常与父母吵架，去年初搬出来自己独居。以上特点，都说明他有重大嫌疑。可是，密取到他的网球鞋底花纹，却与现场所留鞋底的花纹不符。

凌峰抓抓脑壳。他让村支书挨个通知村里的复转军人，明早九点到村委会开会。通知到高尚时故意“透露”，听说强奸犯查到了，就在复员军人里，明天要当场逮捕，教育大家！高尚问，谁啊？村长说，不知道，怪吓人的！

三更夜，静悄悄。高尚溜出家门刚要跑，迎面碰上凌峰的枪口。

怎么，不想开会了？

身后的队员一拥而入，进屋里一搜，惊叫出声，天啊，高尚在床下挖了一个地洞，企图把被害人关进去长期奸淫！

32. 路边花店

本来这是一次例行盘查，想不到在拦下的轿车里，发现了一套自制的吸毒工具，里面还残留一些白色粉末。不用化验，也知道是毒品。坐在主副驾上的两个人被叫下车来。

王坚，又是你！

被凌峰认出来的人低下头，凌队长，对不起。一年多都没吸了，今天看朋友车里有，没忍住。我错了！

凌峰说，知错就好。这是我两年中第三次抓到你吸毒了。前两次拘留没管用，这次要依法送你去戒毒所强制戒毒，你要配合！

王坚说，我配合，我配合。

在戒毒所强制戒毒最少要两年，入所前王坚要进行体检。

体检后，医生把凌峰叫到办公室，关上门说，还送什么戒毒所啊，送了人家也不收。如果你是病人家属，我要说服你马上让他住院。但你这是执行公务，我都不知道该怎么办。王坚的心脏病很危险，专业一点儿叫心肌扩张二尖瓣反流，说白了，已经有一半儿不工作了。再有，他的心脏比正常人薄很多，最薄的地方只有五毫米，随时可能爆裂。如果住院，发生情况医院还能跟上措施，在外面就不好说了。

凌峰的心仿佛一下子掉进井里，仿佛医生说的是他自己。

从办公室出来，他不知道该跟王坚说什么，就想瞎聊点儿别的。不料，王坚冲他一笑，医生说我心脏不好吧？

凌峰一愣，你知道了？

王坚说，知道！市医院说我活不过半年。我一天要吃六顿饭，每次只能吃一点儿，吃多了胃能把心给挤炸了。饿也没办法，就当减肥了。谁不想吃一顿饱饭？谁不想身体好好的？可我现在已经这样了，没办法，过一天高兴一天吧，把我的小花店开好，把花送给爱美的人！

哦，你的花店在哪儿？

就在民生路上。我媳妇秀秀守店，我进花送花。有急用花的，打个电话就行。凌队长，你有时间路过来坐坐吧，店里的花可香呢。你放心，就是不进戒毒所，我也不会再吸了，事不过三！我王坚说话算话，你看我行动吧！

王坚的病情不但不能进戒毒所，连拘留都不行了，只能办个社区帮扶戒毒手续，放人。走出好远，他还回过头大声说，凌队长，谢谢你！事不过三，你相信我！

凌峰摆摆手，我相信你！

看着穿得像民工一样的王坚消失在人群里，凌峰忽然难过起来，想起自己两年前第一次查获他的时候，看他头发染得黄黄的，穿着红袜子绿皮鞋，很不顺眼，铐他的时候还狠狠推了他一把。唉，王坚，我要去你的花店买花！

买花的事，一个多星期后才得以实现，他真的太忙了。

凌峰便装来到民生路，远远地就看见路边的花店。花店很小，也就七八平方米。但，姹紫嫣红，生机盎然。一个像花儿一样漂亮的姑娘坐在花丛中。这是王坚的媳妇吗？看上去比他要小十几岁啊。听熟客喊，秀秀，给我拿几枝百合！姑娘应声起身，凌峰这才信了。

他上前一步，姑娘，王坚在吗？

你是谁？找他干吗？

我是他朋友，找他问点儿事。

不知道！我跟他没联系了。

啊？凌峰吃了一惊。

姑娘又补充一句，他也早就不联系我了。

得，画蛇添足。凌峰看买花的客人走了，掏出警官证：秀秀，你看，我是公安局的，是王坚的老熟人。

姑娘一看，哎呀，是凌队长，快请坐！王坚给客人送花去了。他要跟以前吸毒的朋友一刀两断，所以让我这样说的，真对不起您！

在这花香四溢的小屋，秀秀的谈话，让凌峰重新认识了王坚——

我从小从东北被拐卖到这里，后来被解救出来，也找不到老家，找不到亲人，就一个人留在这里，打零工过日子。好不容易在一家小饭馆落下脚，老板娘心疼我，管我住，管我吃。我端盘子洗碗，有什么干什么。有一天，我上菜，碰上了一伙流氓，他们上来拽我，非要让我陪酒，还管我叫鸡。这时候，来了救命恩人，就是王坚！他一来，从厨房抄了两把菜刀，说，放开她！老子蹲过大狱，要命的闪开，不要命的把脑袋伸过来！说着，砰的一下，把饭桌砍掉一个角儿。这伙流氓吓坏了，说，大哥，我们跟她闹着玩。王坚说，要玩回家玩去！流氓都吓跑了。他上去揪住一个，说，把饭钱给了再走！后来，老板娘告诉我，王坚因为吸毒刚从拘留所放回来，这要是动刀伤了人，他还得进去，他都不怕，他是个好人。又说，他得知我是从东北被拐来的，自己花钱偷着往我老家跑了两趟，帮我找亲人，但没找着。听老板娘这样说，我就喜欢上他，觉得他靠得住。老板娘说，我给你俩做个媒吧。想不到，她跟王坚一说，王坚不干，说自己吸过毒，不配我。我说，不怕的，就鼓起勇气自己跟他去说。结果，他这才说，他有心脏病，不能害了我。我说，你有病还拿刀救我，不怕犯了？他笑了，说，我就是受不了人家欺负你，反正我也是半条命了，能帮助你，死也值了。我说，就凭这句话，我也要嫁给你，照顾你。他经不住我磨，就同意了。他提出来，先不办结婚证，也不能要孩子。我知道他这是为我好，就答应了。他知道我想开个花店，就东借西借，让我把店开起来……

正说着，"哇"的一声，一大盆绿植后突然传出孩子的哭声。

凌峰这才看到，绿植后面有一辆旧婴儿车。

秀秀转身抱起孩子，我没听王坚的，非要给他生个孩子。你看，快满周岁了，是儿子！

凌峰没能等到送花的王坚回来，队里有急事找他。他随便拿了两枝花，丢下一百块钱跑了。秀秀在身后一个劲儿叫，凌队长，哪儿能要您的钱！

这以后，凌峰不但常常来买花，还发微信，让需要买花的朋友们都到路边花店来买。

两个月后，因为侦破一起命案，他跑了大半个中国，回来后，从机场直接来到花店。想不到，花店关门了。

这时，晨丽发来短信：王坚病逝了，今天火化。我陪着秀秀和孩子……

33. 水鬼

半夜，两名歹徒从窗户翻进来，把老太太用胶带绑在床上，抢了钱和手机，还绑走了小孙子。告诉你家老头子，准备500万，报警孙子就没了！

老头子叫周百顺，开工厂挣了钱。他听说孙子被绑架，立马报了警。不靠警察靠谁？

绑架案肯定有车。凌峰调出公路监控。既没嫌疑人车辆驶入，也没驶出。他抓抓脑壳。

晨丽说，你看，附近有条大通河，嫌疑人会不会走水路？

水路没有监控。凌峰遂带人沿河岸搜索，果然，在泥地上发现一些杂乱的鞋印。晨丽提取后进行比对，其中有的与攀爬周家的鞋印一致。

船来船去无踪影，周百顺急得要撞墙。凌峰劝他，别急，他们肯定要联系你，到时候你听我们安排。

其实，凌峰心里更急。绑架案的关键是人质的安全。本案被绑的是个五岁的孩子，如果哭闹，很容易被撕票。时间越久，危险越大。但是，急不得。绑架案的特点，也是嫌疑人的难点，就是他必然要联系人质家属。

等待！同时让周百顺回忆，熟人中有谁可能参与。

一天，两天，三天，没有消息，大家都如坐针毡。

周百顺所说可能参与的人，通过排查，也一一否定了。

真急人啊！

第四天，上午十点，周百顺突然收到一条短信：把钱准备好，今晚十二点，送到长途汽车站。只许你一人来，有人跟着马上撕票！

周百顺惊出一身冷汗。

紧跟着，手机响了，是嫌疑人打来的——

收到短信了吧？听听你孙子叫你！

手机里马上传来孩子稚嫩的声音：爷爷！

不容回答，对方就关了机。周百顺的眼泪当时就下来了。

凌峰一看，手机号是老太太的。后台技侦人员同时查明，手机发送位置不在本市。但是，通话传递了一个重要信息，也是凌峰日夜揪心的：孩子平安无事！

怎么办？

周百顺前往，跟还是不跟？案件瞬息万变，跟吧，一旦被发现，对方就会撕票，责任谁也负不起。不跟吧，机会难得，已经等了四天！凌峰抓抓脑壳，拿眼看看大家。弟兄们七嘴八舌，跟！不跟！

晨丽说，凌队，我们跟你经历过几次绑架案了，理论上钱到手之前，嫌疑人轻易不会撕票。他们知道家属要听小孩的声音，听不见就不会给钱。只要按照他们的要求去做，人质在前期基本没有危险。我的意见是，不跟，也许周厂长一出发，身后就有眼睛！

周百顺也说，你们别跟了，我也不让家里人跟，就我一人去。你们再想想其他办法。

凌峰说，我同意！这样吧，我们在车站设伏，见机行事。我现在就请示市局领导准备钱。

周百顺说，谢谢，不用了，我有。

凌峰说，也好。不能都带去，先带一百万。路上不管发生什么，都要沉住气。你只要带着手机，我们就能找到你！

当晚，周百顺开着奥迪车去了。

开到半路，嫌疑人突然来电说，地方变了，不在车站了，改在哪儿哪儿。一连改了几次，每次所说的地方，路面都空空荡荡，一辆车也没有。一直遛到天快亮了，嫌疑人说，今天就到这儿吧，改日再联系。拜拜！

事实证明，不跟是对的。

嫌疑人根本没打算交易，遛来遛去，就为试探有没有人跟踪。

隔了一天，大家盼望的短信又来了。嫌疑人说，交易地点在大通河的桥上，只许周一人来。时间：晚上八点。方式：把钱放在桥中间的竹篮里，放了马上就走，不准停留。金额：先付三百万，下次付清余款再放人。

多么阴险狡诈，又多么古怪离奇。

分两次？桥中间？竹篮里？

晨丽奉命去实地观察地形。你是女的，没人注意。凌峰说。

我穿什么好？

呵呵，小媳妇回娘家穿什么？

你少来！

哎哟喂，不看不知道，一看真险恶。桥头两侧相当空旷，几乎无法藏人。要设伏，只能在七八百米以外的树林里，远水难解近渴。交易在大桥中间，更是一目了然，谁也别想跟随。可是，钱放在大桥中间，嫌疑人怎么取走呢？难道不怕两头堵？

凌峰听完晨丽的描述，拿定了主意，让周厂长去吧！

周百顺真不含糊，又加了两百万，开车上了桥。

开到桥中间，他停下来，开门下车，果然看见一个大竹篮！

这个大竹篮，没有放在地上，而是吊在桥栏杆上。怎么吊的？钩在了一个临时固定的滑轮吊上。

滑轮吊上的绳子一直垂进水里。

河里漆黑一片，一条小船就隐藏在桥下！

周百顺刚把钱放进竹篮里，嫌疑人就发话了：快走，不走撕票！

周百顺吓得钻进车里，开起就跑。

绳子松动了，滑轮吊上的竹篮很快沉下去，落进船里。

船随即启动，瞬间快如飞箭。

马达是特制的，几乎没有声音。

埋伏在树林里的弟兄们急眼了，拔枪就要往外冲，被凌峰一把按住。谁也别动！

事后才知道，这一按多么关键！

河对岸，五百米开外，有一个工地，工地上立了一根大铁柱子，柱子上架了个铁皮小屋，用于高空观察防火防盗。

此刻，一个嫌疑人正趴在小屋里，居高临下四处观看。桥上桥下的动静，他看得一清二楚。一旦发现异常，一个手机打出去，侦破方案就前功尽弃。要知道，眼前看得见的，是凌峰带着刑警队十几个弟兄在玩命；看不见的，是后台上百位各警种的精兵强将，在局长的率领下为解救人质而没日没夜地工作。

凌峰看看表，钱到手了，一切平安，船上的人该通知同伙了。

就在他嘀咕的时候，船上的人向看守人质的同伙发出了得手的信息。而这一关键信息的暴露，让后台密切关注的眼睛瞬间锁定了藏匿人质的地方，蹲守的特警一举拿下歹徒，解救了险些被他们撕票的孩子。

与此同时，潜伏在夜色中的水警巡逻艇，突然打开大灯，照亮河面，让小船里的水鬼原形毕露！

34. 头盔男

他对金店的售货小姐大声说，抢劫！

小姐们都笑起来，别闹了，大家挺忙的！

他恼了，突然从袖口里掏出一把锤子，砰！砸烂了玻璃柜台。

小姐们这才意识到，世界末日来了。

在一片夸张的尖叫声中，他抓了一大把金项链，从容地走出店门，骑上摩托。呜！

这是闹市中心，又是大白天，街上人来人往，这家伙如此大胆！

当然，他做了伪装：戴着头盔，把头整个包起来；又戴了超级大墨镜，像个外星人。

前后两分钟，金项链价值20万。影响恶劣，挑战治安。

长什么样？不知道。

哪儿的口音？不知道。

落下什么东西没有？不知道。

小姐们一问三不知，就知道说，好好害怕耶！

凌峰抓抓脑壳，决定还是先从现代化入手，倒查监控。

沿途追监控，头盔男逃的路和来的路基本一致，消失的地点也差不多。哪儿啊？城郊农村一带。监控没有覆盖。

晨丽说，干得利索，干了就走，还骑摩托钻小巷，一个说明他是本地人，再一个说明他动手前应该有充分的踩点。他瞄准的是金店，踩点的肯定就不光是闹市区这一家了。全市几家金店，我们都应该调监控倒查！

凌峰说，有道理，遂安排拷贝全市金店的近期监控录像，从各个派出所抽调干警，仔细倒查。同时，把头盔男作案及逃跑过程的监控录像拷贝下来，组织城郊农村的治保委员和村干部反复看。甚至将他戴的头盔、穿的衣服，都进行市场调查，穷尽各种侦查手段。

晨丽又提醒，别忘记控赃！

对啊，头盔男抢了这么多金项链，又不能吃，肯定要销赃换成钱。于是，紧急向全市及周边省市金店金铺发出协查通知，简要说明案情和被抢金饰的种类。

好了，万事俱备。

很快，城郊黄村传来消息，治保主任说，看了监控录像，觉得作案人很像村里的黄伟。

黄伟有命案案底。他 13 岁时入室盗窃转为抢劫，杀了受害人，作案后非常从容，把衣物、刀都扔到河里去了。年纪不大，犯罪智商高。侦破后，因为年龄小不够追究刑事责任，他被收容教育三年，释放至今，没有再犯过什么事。

治保主任说，图像看着像他，又吃不准。个头儿不对，比他高。摩托车也不对，他的车是红色的。

他人呢？凌峰问。

在家呢。

案发后没走？

没走！

他多高？

也就一米六五。

好，先别惊动他，我们会安排。

治保主任走后，凌峰把金店现场的监控调出来，看了又看。

他问晨丽，你看头盔男有多高？

晨丽说，从图像上看，应该有一米七，甚至超过。我们可以到现场去比对。因为角度不同，位置不同，反映在图像中有时会有偏差。

凌峰抓抓脑壳，现场怎么比对啊？

晨丽说，你少来，我要答不出来，你会说，连曹冲称象都不知道，小学毕业了吗？

凌峰笑了，我没上过小学，直接上的初中！

晨丽说，你就大喘气吧，肺活量按吨算，是吗？

凌峰带了几个身高不同的兄弟来到金店，戴上头盔，从头盔男进店、出店、行走方位及抢锤时所站的位置，让售货小姐挨个比量，最终排除了高的、矮的，确认头盔男身高为一米七。

这跟治保主任所说黄伟的实际身高就有差距。

至于摩托车不同可以忽略，他可以现偷一辆用于作案。

怎么办？

正面接触！

凌峰拿定主意后，立即通知城郊各村治保主任，让之前有盗窃、抢劫前科的人，来刑警队接受问询谈话。黄伟自然在其中。

这些人既然都来了，也不放过，把身高一米七左右的都一一仔细排查。当然，重点是黄伟。

打眼一看，黄伟个子就是不高，与图像上的头盔男确有差距。而且，有问有答，从容镇定。说话，聊天，没事人儿一样。问他案发那天在哪儿，他就说在哪儿，在干什么，谁谁能证明，说得头头是道。

凌峰说，好了，没你事了，回去吧。

他临走还说，你们需要我做什么，我随叫随到。

从各方面看，黄伟都不像刚抢了金店的。

凌峰抓抓脑壳。

晨丽说，是他！

何以结论？

身体形态，走路姿态。

凌峰决定上手段，全面监控黄伟。

很快，技侦人员发现，黄伟最近的手机通话中，有一个叫顾钢的河南人很可疑。而且，通话中显示黄伟案发后去过河南。凌峰马上赶到河南，找到了旅店的住宿记录，调取入住登记时的柜台监控一看，没错，正是他。顾钢随后被按住。

凌峰问，黄伟找你干什么？

顾钢说，没干什么，找我来玩。

跑这么老远来玩什么？

玩……

玩金子！是吗？

你们都知道了？

不知道找你？他全都讲清楚了，现在就看你是不是想为难自己了。

顾钢软下来：他来找我熔金子，把项链熔成金块好卖。

他为什么找你？

他炒股欠了我钱，我追着他要，他就带着金项链过来了。

在哪儿熔的？熔完怎么分的？

我们这边儿随便哪个金店都可以熔。我还说，这链子多漂亮啊，熔了多可惜，干脆你给我几条算了。他说，你想死我就给你。我一听，就知道他不是偷的，可能是抢的，就没说话了。我们跑了好几家熔的，每家熔一条。熔成金块后，他按金价称重量给了我两块儿，剩下三块儿他带回去了。

得，这才是全讲清楚了。

凌峰在当地警方办了手续，连人带赃打道回府。

这边儿蹲守的弟兄得信儿后把黄伟拿下。

黄伟淡淡地说，你们再不来抓我，今晚我就走了。

就地突审，他又不开口了。

怎么啦？刚才不是挺痛快的吗？

我想见你们凌队长。

为什么？

我很佩服他。

哦？那你等会儿，他马上就来。

凌峰把顾钢放在看守所，急匆匆赶来。

你想见我？

黄伟抬头一看，哎哟，咱们见过！

是啊，很普通，对吧？

是很普通。

本来就没有江湖上传的那么神！说说吧，身高到底是怎么回事？

我穿了最新款的内增高鞋……

35. 因果

郑军原是黑社会组织里的一个马仔，被打击处理了，刑满后，靠放高利贷谋生，背地里还搞个小赌场。

来赌钱的有个包工头叫王柱。

王柱以前是国营化肥厂驾驶员，三年前，因为交通事故碰伤了眼。其实，他还能看到，就是看不清，弱视。厂里给他赔偿，他心生邪念，说自己瞎了，要厂里赔五十万。厂里不同意，说事故由他引起，最多给二十万。王柱拐弯抹角找到郑军。郑军不认识他，就当成买卖，说，成了事要五万。王柱说，行。当天晚上，郑军就提着一只活鸡，敲响了厂长家的门。厂长刚一出来，郑军就猛地揪断鸡头，血呼呼地往他身上一扔，厂长当时就吓抽抽了。郑军说，钱又不是你家的，手那么紧干吗？听着，要不把王柱的钱给了；要不，你整天扛个脑袋怪累的，我给你拧下来轻松轻松！第二天，厂长就叫会计把五十万给了王柱。王柱拿五万给了郑军。郑军说，你有这么多钱，还不到我那儿玩玩去？手气好的话，说不定能翻倍。王柱一贪就去了，赌了几把，输了，脸都白了，便拿着剩下的钱去工地包活儿，当上了包工头。

事情本来到这儿就完了，郑王之间也算两清。

可是，完不了，没那么简单。

郑军听人说，王柱干得不错，就盯上了他。

为什么？因为赌场被抄了，还被罚了钱，他手头吃紧了，就跑去找王柱借钱。只借不还。又借，还借。王柱不愿意了，郑军脸一黑：你明明没瞎，你说瞎了，讹工厂的钱。工厂是国营的，钱就是国家的。我告你诈骗国家的钱，你就得蹲大牢！十年还是八年，要看法官当天喝没喝酒高不高兴了！判是一定要判的！王柱的脸又吓白了。事情真要败露了，自己真的被抓了怎么办？家里还有老婆孩子。没办法，他只好又给郑军取钱。一来二去，无底洞没填满，他自己的钱袋子却见了底儿。资金链说话要断，他又转过去向郑军借钱。郑军说，兄弟一场没问题，就是利息高点儿。哪儿是高点儿啊，恨不得打两个滚儿。王柱没辙，再高也咬牙借。可是，借钱容易还钱难，时间长了，他还不起了。郑军就天天逼，天天逼。其实，王柱给他结的利息，加在一起早超过本金了，但他仍旧不依不饶，而且三天两头拿诈骗的事吓唬王柱：你不还钱，就等着蹲大牢吧！

王柱很恼火，就跟包工队里的好友佳亮诉苦。佳亮说，这样可不行，他总压着你，到哪儿算一站？不如你约他出来，咱俩打他一顿，打服了他，看他还敢不敢！佳亮这样一说，王柱也动心了：好，你再找两个人来。郑军人高马大，咱俩别打不过他，别再让他给打了。佳亮说，行，又找了两个人，张强，王祥。

这天，准备好了，王柱就打电话约郑军，说，你来我家拿钱吧，先还你一点儿。郑军骑着摩托车来了，一进屋就问，你打算还多少？王柱说，你打算要多少？郑军说，怎么也得五万！王柱说，给你五万大嘴巴！说完，抬手就是一嘴巴。郑军说，好啊，你敢打爷，活够了！上去要还手。这时，埋伏在里屋的三个人冲出来，噼里啪啦，一顿闷揍。郑军毕竟是在社会上混的，死要面子，说，你们几个今天不把我打死，我出去你们谁也别想活！他一放狠话，几个人抄家伙打得更狠，木板、棍子满屋飞，当时就把郑军打趴下了，一身的血。

张强说，别打了，家里到处都是血，再打就打死了，把他装上车拉走扔了吧！王柱想想也对，把家里的血简单处理一下，又把郑军拽上面包车。张强和王祥借故闪了。

王柱、佳亮两人把郑军拉到荒郊野外时，天都黑了。郑军都半死不活了，还鸭子死了嘴壳硬，说，小王八羔子，反了你们啦！佳亮说，你还不服气，再打！王柱说，算了，扔这儿得了。佳亮说，你把他打成这样了，就是没打死，抓到你也判得不轻。如果他伤养好了，能饶得了你吗？王柱说，有道理，干脆让他彻底踏实！

两人三下五去二，要了郑军的命。

人打死了怎么办？总不能放在树林里。他俩拉上尸体到处找地方，转了好长时间，转到了河边，天都快亮了，实在找不到地方了。佳亮说，就扔河里吧！王柱说，行，喂鱼！

两人把尸体拖到河边扔进去，找些水草盖上，完事后，开上车慌忙往回走。

结果，巧了。河边儿住着一家人，老太太起得早，提着木桶出来倒尿，见车过来一躲，木桶掉了，车轱辘刚好就把桶轧了。老太太叫起来，嘿，轧我桶了！王柱装没听见，开车疯跑。老头儿出来了，说，这两个人干吗来了，这一大早的？边说边往河里看。尸体被水草盖着，他没看见。佳亮从后车窗看见了，说，不行，不能扔在那儿，早晚会被老头儿发现。王柱也急了，那怎么办？佳亮说，晚上咱们再过来，带上汽油，捞出来弄山沟里烧了！

当天晚上，两人又跑到河边，把尸体捞上来，拉到山沟里，浇上汽油烧了。火一起，他们就赶紧跑了。

汽油着得快，烧不透。

这具被烧得黑不溜秋的尸体，很快被人发现，报了警。

凌峰带人赶到现场。

晨丽提取了没有烧坏的指纹，在指纹库里进行比对，对出死者是郑军。为什么指纹库里有呢？因为他参加黑社会组织被处理过，留下了案底。

尸源找到了。警方顺藤摸瓜，四名犯罪嫌疑人悉数落网。

法院一审没判王柱死刑，认为死者也有过错。结果，检察院抗诉，认为情节太恶劣。虽说对方有过错，但是，嫌疑人在家里打，拉出去又打，又抛尸、焚尸，法理难容。

最终，王柱被判死刑，佳亮被判死缓，另外两人被判有期徒刑。

王柱拿到判决后号啕大哭，说，当初要是不占便宜，该赔多少我拿多少就好了。

凌峰说，这就叫因果。人首先自己不要干坏事！

36. 古墓难安

城郊赵村附近的庄稼地里，有一个大山包，被老百姓称为老古堆，传说是汉王墓，属于重点保护文物。

正值盛夏，地里的玉米长势喜人。当然，山包上也是一片碧绿摇曳。可是，过了些日子，山包顶上的玉米有一小片儿慢慢变黄了，再过几天，干脆枯死了。万绿丛中一点儿秃，好像鬼剃头。老百姓的说法多了，最玄的是汉王爬出来偷吃老玉米。村治保主任多了个心眼儿：会不会有人盗墓？就报了警。

凌峰带人来到山包上一看，叫一声，绝了！

你猜怎么着？有一小片儿玉米，像栽花一样，连土带根都被挖出来，放在一个大木盆里养着。在很长一段时间里，甭管天上看地上看，怎么看山包都是一片绿油油。可是，木盆里的土少，玉米扎不下根，得不到地力，慢慢地叶子就黄了，玉米就死了。

凌峰跟弟兄们合力掀开木盆，哎哟喂，盆下惊现一个盗洞！

好家伙，果然有人盗墓，掩护手法出奇。

用强光手电往下一照，盗洞不太深，好像打到了石头，盗贼就放弃了。

晨丽在现场提取了一些有价值的材料。凌峰说，收工。

说收工，没收工，又派人蹲守了几天，但没发现什么动静。

又过了几天，局里转来一封匿名举报信，说老古堆西南有一户人家，好像有什么异常，怀疑其跟盗老古堆有关。具体是哪家没说。

古墓难安啊！

不管举报信是真是假，有枣没枣三竿子！

可是，老古堆西南有上百户人家，此事毕竟没有立案，也不能挨家搜啊。

晨丽说，我们不能编个理由吗？

凌峰笑了，谁说不能？

于是，晨丽摇身一变，成了文物局的工作人员，凌峰带两个弟兄给她拎包。一行人在村干部的带领下，挨家串户扯个谎，说上面下了文件，要进一步保护老古堆，可能要拆迁建围墙。先对各家房屋结构、面积进行勘察测量，一旦要拆迁，好按合理价格赔偿。

这一招真好使！期盼拆迁致富的村民，个个把晨丽当成财神奶奶，敞开大门，高接远迎，就差杀鸡宰羊了。

勘察测量工作进行得很顺利。可怜凌峰记了一大本没用的数字，张家几间房子，李家多少平方米。

当然，几个人的眼都没闲着。眼后还有眼，耳外还有耳。

可是，累没少受，没见收获。

凌峰正郁闷，有情况了。

他们来到村民赵存家，其他房间他都给看，都给量，表情也不紧张，就是东屋不给看。

唉，我老婆就是在这个房间里病死的。算命的让锁上门，不让进外人。如果进了外人，冲撞了，病灾就会害自家人随她去。

凌峰假装吓一跳，又问，屋里是空的？

赵存说，装着粮食。

噢，凌峰点点头。毕竟是冒文物局之名，强求就露馅儿了。他装作下意识地推了一下窗户。窗户没有玻璃，用竹帘子挡着。他一推，明显感觉帘子里面用木板钉死了。门呢，也紧闭着。他偷偷推了一下，底下有条小缝儿。

这时，晨丽说，走吧，怪吓人的！高估点儿，算六十平方米吧。

赵存说，谢谢啦，真关照！

回到队里，晨丽说，他两眼灯泡似的，你还没完没了。

凌峰抓抓脑壳，你猜我看见了什么？屋里的地是潮湿的！正常情况下，储存粮食要通风透气，清爽干燥。他可好，封窗户封门。还有更蹊跷的，门缝儿下的地不但潮湿，还是黄泥的！现在农村条件再差的，也要打个水泥地面，谁家还是泥地呢？没有！

你没觉得那不是地面，是新土吗？

啊，你也看见了？

就你知道吃饱了不饿？

服！

还能多个字吗？

服了！

跟没多一样。

举报信不是空穴来风，我们要给赵存立个户头。

赵存的户头刚立，里头就多了一个内容，晨丽查到，他的电费惊人，一个月几百块。在农村，像他这样一个孤老头子，点个灯，看个电视，一个月三四十块就算高的了。他好几百！

他开工厂了？

凌峰话音刚落，蹲守的兄弟来电话，赵存收拾行李走了！

凌峰说，先别惊动他，看他去哪儿！

晨丽说，别说人家了，我们已经惊动了。

这时候，天都黑透了。凌峰说，走，先到他家去看看！

来到赵存家，把东屋门锁小心弄开，一推门，一亮手电，所有人都震惊了——

一个一米见方的盗洞赫然在目！

阴森森，黑沉沉，像巨兽张大了嘴。

满屋子都是用编织袋装的泥土，一袋一袋码到了房顶，像防洪堤坝。

凌峰用电筒往洞里一照，好家伙，深透了！

方向：老古堆。

这还有什么说的，盗掘古墓案成立。

潜逃的赵存很快落网。

晨丽在玉米地里提取的鞋印有他的，当然还有别人的。

这么大的工程，肯定不是你一个人干的，说吧！怎么回事？还有谁参与？凌峰的问话像聊天。

赵存很快交代，勾结在一起对老古堆下手的，还有本村的王伟、朱林。他们在山包上整不成，又进屋里打盗洞，每天晚上干，白天睡觉。挖出来的土先装编织袋码起来，半夜再一点点运出去。懂机械的朱林还做了个电动传送带，把洞里的土传出来，搞得非常专业。再加上抽地下水，用电量相当大。

盗洞打了100多米，接近了墓室。

结果，再次遇到麻烦。怎么回事？墓室外面有一圈黄肠石，就是一种很坚硬的石头。在汉墓中，规格比较高的墓室外围要有黄肠题凑。黄肠题凑最早是用柏木的木心，木心为黄色，所以得名。后期因为木头越来越少，到了东汉时期改用石头代替，目的就是为了防盗。黄肠石很坚硬，冲击钻都打不动，只能用炸药炸。炸药剂量再小，动静也大。第一次炸，不但山摇地动，还差点儿要了王伟的命。也正是这一声爆炸，引来了举报信。

几个家伙知难而退。随后，凌峰就带人进村了。赵存一看大势不好，顾不得封洞，脚底板抹油开溜。

他想得太简单了。

37. 小耗子，上灯台

小耗子，上灯台，
偷油吃，下不来，
叫爷爷，叫奶奶……

这是凌峰小时候就会的儿歌。如今，像这样童趣横生的儿歌早已没了。不管多大年龄的小屁孩儿，唱的都是，你是我的小呀小苹果儿，怎么爱你都不嫌多！没辙。

不过，眼下这只偷油的耗子，可没有儿歌里那么可爱。

不但不可爱，而且，可恨！

这家伙开的是一辆五菱之光面包车，车厢经过改造，把座椅全都清空，焊上铁架子，固定了几个油桶。半夜，他从邻省把车开过来，专找有大货车停靠的地方下手。大货车的油箱盖很简陋，经不住硬撬。一拧、一撬，开了。然后，拿出一个鱼缸里养鱼换水用的电动泵，把泵管往货车油箱里一插，电门一开，咕嘟嘟，咕嘟嘟，两三分钟，就把几百升柴油抽到了他的油桶里。大货车油箱加满，大概要 2000 块。他一分不花，抽走啦！第二天，车主豆腐脑油条外加一个茶叶蛋，打着饱嗝儿进了驾驶室，一打火，哎哟嗬，油表指针大头朝下。没油啦！不可能啊，昨天傍黑才加满的，准备今天跑长途呢！下来一看，傻了，连油箱盖都没了，就别说油了。差点儿气疯了！

快报警啊！有用吗？油没了是真的，找谁要去？

偷油贼很嚣张，不慌不忙，偷完一辆又一辆，一晚上能偷五六辆，直到他拉的几个油桶都装满了，这才打道回府。多少？两吨！

有时候，碰上大货车停的多，他就豁出累了，偷满了开回去，卸掉了再来。一趟又一趟，跑得不亦乐乎，直到鸡叫头遍。

大货车停靠的地方，多是乡镇，监控没有覆盖。有一两家商店自己安了监控，好歹拍下了嫌疑人的车，但因为是夜间，图像模糊，看不清车牌号。后来知道，他用的都是假牌子，家里藏了一大摞，照下来也白费精神。综合几处被偷的情况，凌峰发现，偷油贼总是在相对固定的几个地方下手，一是大货车爱停的地方，二是没监控的地方，第三个原因，他路熟，便于进退。

没有更好的办法，只能蹲守。三人一组，分守几处。

蹲守是个苦差事，又是夜里，整宿整宿的。

晨丽说，算我一个。

凌峰说，还不够保护你的呢！省省吧！

晨丽说，我要不省呢？

凌峰说，服你了行不？

晨丽到底跟着蹲守了两宿，小脸儿累成了白纸。

可是，偷油贼没来。

第三天，她还要跟着，凌峰说什么也不同意。

晨丽说，事不过三，说不定今晚能堵上！

结果，偷油贼当真来了，先在晨丽他们蹲守的地方停了一下，跟着又朝凌峰藏身的地方开去。

一停，一开，晨丽看出端倪。她马上报告——

凌队，注意，是重车！已经偷满了！

没错。偷油贼在来的路上，突发意外之财，本来可以直接打道回府了，偏又生贪心，想到老地方再转转，看有没有停货车。如有，他还想杀个回马枪。

既来之，则捕之，不冤枉几夜空守！

凌峰一挥手，几个人从暗处冲出来，停车，警察！

想不到，偷油贼不怕，给了一脚油，“嗖”地开了过去。

凌峰带人跳上车就追。

轻车追重车，当然没话说。

追上以后，凌峰本想超过去别停面包车，侧目一看，不行，面包车另一边儿是深沟。如果一把轮往右打过去，面包车连人带油就栽进沟里去了。车翻了不要紧，油爆炸了事就大了。只能先超过去，然后放慢车速，逼他刹车。

停车，警察！

凌峰一面要超车，一面按喇叭，喊话。

偷油贼来回转着方向盘，左拐右拐，在前面“画龙”，就是不让凌峰。突然，他来个急刹车，凌峰也急刹车。

就在这时，偷油贼打死方向盘来个大转弯，跑到凌峰后面去，朝相反方向跑起来。

好小子，凌峰叫起来，后面还有一辆车堵着呢，看你往哪儿跑！

偷油贼这时也看到了，迎面又来一辆车。啊，两面夹击！

他急眼了，猛地一打方向盘，360度调头，又朝凌峰开回去。

凌峰慌忙躲闪，可是，来不及了——

咣！

面包车撞上了凌峰的车。

哎呀妈呀，这可不是闹着玩儿的，车里装着满满几大桶柴油！

虽说柴油不如汽油那样容易爆炸，可一旦产生明火，照样！

还好，两车只擦了个边儿，面包车又冲到凌峰前面去了。

凌峰急调车头，再追！追上以后，瞅准一个空档，猛地加速要超面包车。谁知，面包车死活不让。于是，两个车就贴在一起亲嘴了。偷油贼不顾死活，拼命往左打轮，两车的前轮钣金就撞在一起，磨着走，车里车外满全是焦煳味。橡胶车轮高速运转，两个车轮蹭到了一起，车轮毂在拼命摩擦，嘎嘎嘎！几次闪出火星子。

但是，凌峰没停。

他也停不下来。

说不定他一刹车，真的会刹出明火！

就在这时，道路发生了变化，好像多出了一条小岔路。偷油贼慌不择路，往右一拐，上了小岔路。其实，这不是小岔路，而是道路突然加宽了，像高速公路旁边儿多了应急车道。而突然宽出的这个路面上，一长溜停着四辆私家车。车主都回家睡大觉去了，想不到会有惨案发生。面包车一拐过来，劲儿大了，噼里啪啦，稀里哗啦，接连撞上这四辆车，每辆都被撞得变了形。万幸的是，没有着火。当然，也就没有爆炸。

事后看现场，惊呆了所有人。如果发生爆炸，谁也逃不掉！

我命真大，又捡着了！凌峰抓抓脑壳。

晨丽说，你是命大了，还让别人活不？

凌峰笑了，别人是谁？

晨丽瞪他一眼。

偷油贼连撞四车，面包车也开不动了。他跳下车就跑。

哪儿跑得了啊。三下五去二，拿下！

将他铐起来带到他家里一看，众人再次吃惊——

好家伙，院子里有个特制的大油罐，能装几十吨。

凌峰说，能开个加油站了！

听到偷油贼被抓，丢油的全来了。

凌峰说，大家别急，等法院判了，开仓放油，人人有份！

38. 一把钥匙

一般情况下，人的尸体是很难烧焦的。

而山沟里的这具尸体，乌漆抹黑，已经炭化。

显然是有人守着烧的。

凌峰说，这个人不好对付！

将尸体挪开后，晨丽在草灰中扒出了一把钥匙。确切地说，是一片钥匙。把儿是塑料的，烧化了。谁的？不知道。装袋取走先！

又找到一个被烧焦的耳机。是蓝牙吗？谁的？不知道。装袋取走先！

晨丽不死心，还在现场到处搜寻。谁也没想到，她在五六十米开外，找到一块三角形的大石头，上面有血迹，还有毛发。后经DNA比对，毛发是死者的。血迹却不完全是，还有另外一个人的。把这人的DNA放进库里比对，没有结果，说明他没有前科。

但是，毕竟有这个人！认定为他杀。

寻找尸源是破案关键。除去炭化的尸体及DNA检测结果，晨丽找到的钥匙和耳机，成了最直接的线索。

检验结果，钥匙是电动车锁的。耳机呢，不是蓝牙，是助听器。

如果这两样东西都是死者的，一个，说明他听力有问题；再一个，他有电动车。这辆车如果不在他家，就在现场周边。凌峰决定沿这个思路走出第一步。同时发布相关信息，以求得到更多失踪人口的线索。

钥匙被配成十多把，刑警队的弟兄们换上便衣，分头行动，对周边集中和零散停放的电动车，逐一试开。有的正试着，车主来了。干什么？对不起，看错车了。二货，当心我喊警察来抓你！小声点儿，我就是。一亮证。噢嗬！

开一辆不是，再开一辆还不是。正当弟兄们郁闷，就听“咔吧”一声，晨丽打开了一辆。红色的！

这辆车停在一家超市附近，离案发现场不远。

是死者的车？还是犯罪嫌疑人的车？或是锁芯碰巧重了？

万幸，不但超市有监控，这一带都有。调出监控进行倒查，很快发现，这辆车是一个五十来岁的男子骑来停放在这里的。与他同时来的，还有一个岁数与他相仿的男子，骑的是一辆蓝色电动车。两车停在了一起。

两个人的图像很清晰。找来当地治保主任辨认，咳！他叫起来，都是我们镇上的！骑蓝车的叫何坤，骑红车的叫刘保，他耳背！

凌峰马上问，平时戴助听器吗？

戴！

死者正是刘保。

因为，红车旁已不见了蓝车。

对尸体 DNA 进行比对，也最终确认了。

治保主任挠挠后背，会是何坤干的吗？不能啊，两个人很好啊！他们在一起干活儿，买人家的树，伐树，卖木材，关系非常好！

治保主任想想，又说，刘保的老婆几年前去世了，他一直单身，后来，在窦山认识了一个叫吴霞的，两人也没办手续就住在一起了，有时候在刘保家，有时候到吴霞家，就这样来回住。吴霞的男人离家出走了，生死不明。她一直跟着儿子过。儿子刚满二十，在工地干活儿。

凌峰问，你说吴霞是哪儿的？

窦山的。

窦山！凌峰心里“咯噔”一下，正是刘保被烧的地方。

会不会是这两口子产生了矛盾？或者说吴霞的儿子对刘保有什么不满？还有，会不会吴霞离家出走的男人回来了？

毕竟，现场就在窦山。

于是，刘保的死，除去意外，比如遭遇抢劫杀人或其他，目前直接涉及的有以下几人：何坤、吴霞、吴霞的儿子及丈夫。

其中，从时间点上看，何坤是与刘保生前最后接触的人，最可疑，应作为工作重点。

在同一天晚上，凌峰把上述怀疑对象全部叫到队里，分别问询。当然，没有吴霞的丈夫。与他们有关系的人死了，依法问询。

案发后，没人离开，个个都在。

说来公安问话，也都很乖很平静。

平静得很不正常。

凌峰当然先问何坤。一看，哎哟，脸上有伤！

脸上怎么啦？

让人打啦。

谁打的？为什么？

那天我在路上骑车，撞了人家骑摩托的，人家把我打了一顿。

凌峰叫队医给他上了药，接着问，这两天你有没有见过刘保？

没有，没见过。

凌峰没露声色，心说，监控里不是你是鬼啊？

这时，队医给他的手机发来一条短信——

将何坤的血样与现场采集的血样比对，认定同一。

凌峰说，何坤，你没讲实话。性质变了，你不能回家了！

何坤两眼瞪着凌峰。

凌峰问，你还有什么要说的？

何坤不说话。

凌峰叫人把他带下去。

也不急着问了。再问，他也不一定马上会讲真话。

放一放，吐真言。先办拘留再说。

跟吴霞的谈话，凌峰安排了晨丽。女人跟女人更方便沟通。

晨丽给她倒了一杯水。

吴霞不说话，只是哭，哭得很伤心。

晨丽安慰她，也跟着掉了泪。

我命好苦啊……

终于，吴霞开口了。

丈夫离家出走以后，吴霞到处打听，后来听人说他跟一个做生意的山东女人跑了。几年没音信，她也死心了，就跟儿子过。后来儿子谈上了对象，女方家里条件不错，房子多，儿子就很少回来了。独守空房的她，在一次偶然的机会，认识了刘保。她觉得刘保人不错，就跟上他。因为刘保与何坤一起做木材生意，一来二去，吴霞也认识了何坤。有一次，何坤趁刘保外出，在饮料里下了药，迷倒吴霞，趁机强奸了她。事后，他吓唬说，敢告诉刘保，就要了他俩的命。吴霞忍了。想不到，篱笆一开管不住狗。这以后，只要刘保不在，何坤就来事，一次两次，再三再四。何坤有家有老婆，他说，老婆有病不能同房，就让吴霞“可怜可怜他”。终于有一天，被刘保撞上了。刘保上去就打了何坤。何坤说，你犯得上吗？不想跟我做生意了？刘保说，朋友妻不可欺，生意我不跟你做了，你把欠我的钱还我，咱俩两断！何坤说，她又不是你老婆，至于吗？刘保说，至于！你把钱还给我！何坤说，行，我手头现在紧，等过两天有了，我就还你！

案情至此，已经明了。

但是，接下来，凌峰再怎么审，何坤就是不开口。

零口供。

39. 野人岭

就在凌峰来到野人岭派出所的第二天，山里的电缆被割，通讯中断了，交通信号灭了，一损失就是十几万。犯罪嫌疑人却把电缆当废铜丝卖。

这是要考验我的智商啊！凌峰抓抓脑壳。

所长说，不是考你的，是考我们的。

这话怎么讲？

这一带的电缆被割断好几回了，刚接好了又被割断，一直也没抓到人。山里没有监控，全靠肉眼，靠蹲守。人手太少，守不过来。再有，就是走访老乡。老乡说……

说什么?

是野人干的。

没听说过！哪儿来的野人？这儿又不是神农架！这儿是……

凌峰结巴了，这儿是……

野人岭。所长接上话。

凌峰哭笑不得。

可是，真正让他哭笑不得的是到了现场以后。一看，原本悬在半空的电缆不是被割断的，而是从中间坠断的。一头被坠断，另一头竟然是用石头砸断。可以想得出，盗贼是先爬上电杆，像玩单杠一样，凭两只手攀到电缆中间，以身体自重坠断电缆，人也随之坠地。然后，再用石头砸断电缆的另一头。全程如一万年前猿人所为。

野人岭真出野人啦?

怪异的盗窃手法让凌峰再抓脑壳。

通过周边走访没得到有价值的信息，嫌疑人不明确，怎么办?

嫌疑人的盗窃手法又原始又笨拙，凌峰说，我们呢，在这大山沟里，也没有更现代更灵巧的方法，只能以笨对笨，死蹲死守!

研判了前几次的盗窃手法及作案地点后，凌峰断定，几起案件是一人所为，重灾区是进山以后，沿山沟往西，往北，人迹罕至处。

蹲守任务布置下去，警力全部到位。一切妥当，静候佳音。

然而，等来的不是佳音。

凌晨三点，电缆再次被盗。

作案地点是山沟以东，没在蹲守视线内。

凌峰随即召集所有的辅警队员、联防队员一起搜山，也没找到嫌疑人。周围全是山，全是树，嫌疑人相对来说比较熟悉地形，瞬间消失得无影无踪。有个联防队员说，好像看到一个人蹿进树丛里跑了。凌峰问，什么样的人？联防队员说，手比身子长，是野人!

哎呀妈呀，又是野人!

得，也别问了，黑灯瞎火的，看没看见谁知道!

天太黑了，林子又深，连现场都没找到，就知道电缆是在这一带断的。要找，要接，只好等天亮了。

人撤回以后，凌峰瞪着两眼寻思，不行，不能光这样死蹲死守，还要主动出击，摸排走访。警力有限，民力无穷。要广泛发动村民，一是查找人，二是查找赃物。刚盗窃的电缆不可能马上出手，肯定会藏在什么地方。

天刚见亮，凌峰又钻进山里，在电缆工程人员的配合下，很快找到了现场。一看，电缆还是一头坠断，另一头用石头砸断，中间的没了。

行走在山间，凌峰碰到一个采草药的老头儿。

他问，老人家，您看没看见有人偷电缆？

老头儿说，巧了，我进山的时候，看见有一卷电缆藏在草里。

凌峰立刻来了精神，在哪儿？能带我们去找吗？

老头儿乐了，咋不能？

结果，到了地方一看，没了。

草丛里留下的痕迹，说明这里的确藏过一卷电缆。

凌峰抓抓脑壳，蹲下身查看地上的脚印。

老头儿说，你别急，去问问看山的闫老太太。

闫老太太？

对啊，她家承包了一片山地种果树，她早上晚上都进山，说不定能见到。

凌峰提着水果来到闫老太太家。

闫老太太笑了，我家就是种果子的。

凌峰也笑了，您种的果子还挂在树上青着呢！

闫老太太个儿不高，又黑又瘦，说话时还不闲着，走来转去的，一看就是个腿脚利索的人。

两人说笑一阵就奔了主题。

偷电缆的？没看见，没看见！

凌峰说，您再想想？

不用想，都在脑子里，真真的，没有偷电缆的。说完了，眼珠儿一转，倒是山洞里住着一个，是不是你们要找的？

啊，什么人？

野人！

凌峰两眼瞪成了牛蛋。

闫老太太笑得咯咯咯，是我乱叫的。他住山洞，我就叫他野人。

什么山洞？在哪儿？

嗨，也不是山洞，是早年“备战备荒”挖的防空洞，就在……

闫老太太连说带比画，指点得很详细。

凌峰说声谢谢，抬脚要走，老太太突然又喊，回来！还是我带你们去吧。那个地方不好找，我不带你们去，怕你们找不到！

凌峰感动得都傻了，大嘴张着，什么话也说不出来。

又上又下，七拐八弯。野树丛生，荆棘遍地。

亏了闫老太太带路！

这是一个废弃的防空洞，洞很长，有好几百米，里边黑黑的，潮潮的。以前，当地村民用作培养蘑菇，地上到处是烂木头，乱七八糟。有的地方还有积水。洞是东西贯通的。凌峰带人从西边摸进去，摸到东边见了亮儿，就放慢了速度，一点儿点儿地往前挪，挪到出口附近，发现地上有空瓶子、烂衣服、破褥子，没人。

凌峰当时想，如果有人，就例行盘问。是他，就带走；不是，也要问他为什么住这里。也许，种瓜得豆，说不定会抓住一个逃犯。

可是，这时候，地上的一样东西让他眼睛一亮。你猜是什么？

一块儿边角锋利的石头。

没错，正如旧时器时代猿人打磨的石斧！

“石斧”的边缘，明显粘有铜渣儿。

就是他！凌峰说，注意，所有的东西都不要翻动！

防空洞的东出口，被用各种各样的树枝子穿插拦挡。凌峰一行人出去以后，又把树枝精心复原，再细心检查一遍，确认没有破绽了，这才撤离。

当晚十一点，抓捕开始。洞口东西两侧各有一组，同时开始行动。

事先埋伏的便衣，已发现嫌疑人天黑前从东口进了洞。凌峰所以安排夜间抓捕，是分析他白天外出，晚上回来一定困倦不堪。在他入睡时抓捕，可防止他自杀或自残。

果然，两组合围时，盗贼还在睡梦中。

让凌峰没想到的是，这个二十多岁的嫌疑人竟然又聋又哑。

而且，他胃里吞有铜丝，看守所拒收。

问他话，摇头。

写字让他认，摇头。

接下来，聋哑学校、救助站、医院、看守所、失踪人口平台……

凌峰疯跑成了“野人”。

40. 我想有个家

潘塘开发区又发生入室盗窃案了。晨丽勘查完现场，碰上了管片儿民警徐周。晨丽警校毕业后在潘塘实习过一年多，俩人很熟。

徐周一脸苦瓜，美女，不好意思，劳您大驾了。

晨丽说，别客气，这是我的工作啊。哎哟，到饭口了，走，吃去！

徐周说，你先去吧，我……

怎么啦，没胃口？

一个月，四起案子，真让人心堵。

这也不能怪你，外来民工太多，犯罪分子也趁机混进来！

可不是，这里一开发，各地民工都来了。他们住没地方住，吃没地方吃。工地说要给盖活动房，光打雷不下雨。没辙，有的投靠老乡，有的合租房子打地铺。一间小屋挤一堆，就差挂墙上啦。晚上起夜，你踩我嘴我踢你头。吃呢，瞎凑合。饥一顿，饱一顿，喝点儿凉水算一顿。工钱要么被拖欠，要么发了就买醉。喝着喝着打起来，啤酒瓶子满天飞。这都不说，调戏妇女，偷人东西，也被人偷。急眼了，拿手巴掌当猪蹄啃，偷起自己干活儿的工地。搭架子用的铁箍儿，往裤兜一塞，谁也不知道。一个能卖五六块，带出两个够吃一顿了。工地天天报警，居民怨声载道。可也不能赶他们走啊，招都招不够！这可真是，豆腐掉进灰堆里，吹也吹不得，打也打不得，真让我头疼！

这的确是个大问题。不过，你也别太着急，办法总会有的。该吃饭吃饭，走吧！

晨丽的勘查结果，与凌峰的研判吻合：这起盗窃案与周边发生的几起是一人所为，方法都是夜间从外墙爬上楼，再从厨房或者是卫生间钻进屋去。因为是老楼，可钻的空间很小，一般人很难做到。只有四川美姑一带的嫌疑人，才有这个本事。他们身材瘦小，攀爬能力强。有多起类似案件告破，嫌疑人都来自美姑。夜间入室盗窃很危险，如果受害人惊醒，与嫌疑人遭遇了，就有可能由盗变抢。再激烈一点儿，会演变成故意杀人案。

通过监控追踪，凌峰发现了一个留着小平头的嫌疑人。他在一个小宾馆住过。因为监控有时间限制，今天只能回放到昨天，所以当凌峰赶到的时候，嫌疑人已经退房了。一查入住登记，名字与身份证号码都是假的。服务员说，工地里有小平头的老乡，把他接走了。凌峰问，知道他老乡是哪儿的人吗？服务员说，好像是四川什么姑的。凌峰说，美姑，对不对？服务员说，对，对，四川美姑！

凌峰抓抓脑壳，事先的推测得到了印证。

紧跟着，从调查工地的美姑籍民工入手，小平头很快浮出水面。

想不到在抓捕他的瞬间，他突然叫起来，别碰我，我吸毒！我有艾滋病！

抓捕队员一愣，小平头扭脸就跑。

吸毒的人如果瘾大了，吸食往往已经满足不了，就扎针。针头你扎我扎，很可能交叉感染艾滋病。小平头这样一叫，当然吓人一跳，他趁机逃跑。

凌峰一看，好小子，跟我玩这套！你有艾滋病，就更不能放你去祸害人！他抬脚就追。

小平头可算碰上了对手。凌峰连续超过两个抓捕队员，一个冲刺把小平头冲倒在地。小平头的两条胳膊在水泥地上蹭出了血。凌峰当然知道艾滋病是通过血液传染的，可他顾不得了，扑上去就把人铐住，又掰开他的嘴，检查里面有没有刀片。这些家伙，常常会含一块刀片在嘴里，自残或伤人。

小平头被拿下。

凌峰身上全是血。

晨丽迎上去问，你受伤了吗？

凌峰吼起来，快躲开我！

晨丽的眼泪唰地冲了出来。

局长也吼起来，快去医院检测！

血液检测结果，小平头没有艾滋病。

晨丽的眼泪又出来了。笑的。

案件告破，凌峰无恙。

晨丽这边心事放下，那边心事又起。

这天，她下班回来，看见两个孩子在小区门口争吵。上前一看，原来是为一本漫画书。书里说，远古时候，有个叫诺亚的人，在洪水来到之前，造了一个大方船，让全村人都进去，躲过了洪水。两个孩子吵什么呢？大的说，船是方的划不动，小的说，只要劲大就划得动。他们看见晨丽来了，就让她给评理。晨丽接过漫画书，心里忽然一亮！她顾不上评理，骑上车就往开发区跑。

她找到徐周，又拽着他去找当地学校的王校长。

还是晨丽在潘塘实习期间，这所学校就搬迁了，可是老校址的一大片房子还在。干什么用？拆不拆？谁也不知道。空在哪儿，由几个老师守着。

为什么不能把它打造成“方舟”，让民工暂时住进去呢？

这样，民工好生活，徐周也好管理。工地省下盖活动房的钱，给学校交点儿房租就行。互利，四赢！

王校长说，好事！学校不光有收入，还能把留守的老师给解放了。我去请示教育局，不管能住多长时间，且行且珍惜。

两个人转身去又找工头。工头说，好事！盖房不如租房。

晨丽不放心，第二天，又约上徐周去教育局。正好，王校长和工头都在。“一国四方”，当场签了合同，落实了各自责任。

作为片儿警，徐周的责任是管好治安，防火防盗防诈骗。

社区“方舟”建成，民工欢喜入住，幸福来得没准备！

然而，晨丽还没闲着，好事要做就做到底——

请来厨师办食堂，荤素搭配，菜美价廉，卫生有保证；

请来电工装热水器，民工累一天，回来能洗个澡；

请来医生开诊所，头疼脑热，磕磕碰碰，少了去医院的麻烦；

请来专家安监控，既保护了民工财产，也约束了他们的行为。

民工管理好了，潘塘的社会治安好了，徐周的胃口也好了。

晨丽对他说，吃饱喝足了，下一步，你还可以把司法人员请来，给民工讲法维权；把报社请来，写好人好事；把红娘请来，牵线搭桥；把文化娱乐也搞起来！

徐周说，多谢美女指点，您就等着看好吧！

这时，“方舟”里传来民工的歌声——

我想有个家，一个不需要多大的地方……

41. 非常送行

王善的落网跟一次代号为“霹雳”的行动有关。

那是三年前的一个冬夜。街东北角的“蓝调酒吧”霓虹闪烁。在三楼一个灯光幽暗的雅间里，坐着人称金胖子的金林。他对服务员端来的美酒似乎并不感兴趣。他在等人。此刻，他要等的人已按时到了楼下，一高一矮。高的叫王善，矮的叫吴余。王善抬头往楼上看了看，对吴余说，你在这儿等着，说完就一个人上去了。不一会儿，他提着一个黑塑料袋下来，递给吴余，你先拿走，我随后就到。吴余一掂，不轻！赶紧开车送回家。他进家还没喘口气，王善就来了。他利索地剪开塑料袋，里面是一袋袋小包装的冰毒。他拿出四小包藏在身上，然后对吴余说，东西放家里不行，赶快换地方！说完推门出屋，消失在夜色中。都说无利不起早，其实无利也不贪黑。更何况冰天雪地的。这一塑料袋冰毒要全卖出去能挣50万！王善急着赶往火车站附近的一家鸡毛小店，同伙张先正在那里等他。两人见面，已是凌晨两点。张先藏好货，上了开往南京的动车。动车开走了，王善接到吴余电话，说要把剩下的货藏到前进村他弟弟家。家里没人住，安全。王善又急忙赶回余家，两人一同把货送到了前进村。再说张先到南京后，马不停蹄直奔跟买家约好的宾馆。双方见面，正在手钱手货，突听一声惊吼，不许动！一干便衣扑将上来，将买的卖的一网打尽。紧接着，王善和吴余也被抓获。当然，大毒枭金林更不会漏网。“霹雳”行动就是为他量身定做的。在“蓝调酒吧”里端酒的服务员正是凌峰！

案件告破，凌峰心里却像压了块石头。

他没想到，落网的王善竟然是他高中的语文老师。他一直以为那不过是重名。可是，他错了。这个苍老的人正是当年最关爱他的王老师。凌峰清楚地记得，在一次全校作文比赛中自己获得一等奖，王老师亲自上台念这篇作文。当时，在一片热烈的掌声中，王老师掉了泪。

现在，在审讯室里，当年的老师坐在了自己的面前——

低着头，一言不发。

凌峰不知道他认没认出自己。

因为，当他们偶然对视，他看到对方的目光是迷离的，没有聚焦。

凌峰不知道自己该不该问，你认识我吗？

也不知道自己还能不能叫王老师。

王善被关进了看守所。

后来，看守所管教告诉凌峰，王善进来以后，没有人表示要见他或给他送生活用品。家里是什么情况，有没有老婆，有没有孩子，他不说，谁也不知道。他对自己的罪行深感后悔，多次要求政府判他死刑，并立下了自愿捐献遗体赎罪的字据。

凌峰听了很难过。他一直关注着这宗案件的审理。

终于有一天，判决下来了：金林、王善判处死刑；张先、吴余判处有期徒刑。

凌峰赶到服装店。

女售货员特别热心：是你穿，还是给别人买？要多大号的？

当凌峰把买好的衣服送到看守所时，管教说，你来得正好，王善今天要执行！

凌峰一愣。

管教来到监室，从小窗看进去，王善正在漱口。他没急着进去，静静地站在门口看着。这是他最后一次洗漱了！王善洗漱得很认真，之后坐下来，等着送早饭。管教这才开锁进去。他走到王善面前，两眼看着他。王善不明白，也两眼看着他。停了好一会儿，管教终于说出了这一句——

王善，换上这套新衣服吧，今天……

王善明白了。他问，这是谁给的？

管教说，别问了，你就换上吧！

王善换上衣服，随管教来到交接室。在这里，看守所要把他交给法院来的法警。而法警，要把他押上刑场。

也是在这里，凌峰要最后看一眼曾经那样关爱他的老师。

王善低着头走进来，谁也没看。

一大碗鸡蛋西红柿面摆在桌子上，热腾腾的，上面全是鸡蛋。旁边还放着香烟、糖果、点心。在大家的劝说下，王善吃了两口面。管教说，你看，大家都来送你了。你来所里三年，各方面表现都很好，就是不爱说话。今天要走了，有什么话就说说，好不好？

王善沉默了一会儿，说，张先他孩子小，爱人没工作，可怜！我进来的时候，兜里还有三百多块钱，你们一直帮我保管着。现在，我用不着了，就替我转给张先，给他孩子当学费吧……

听他这样说，凌峰的眼窝一阵发热。

管教说，好，你的心意我们一定办到！

王善的脸上露出察觉不到的笑。

管教小声问，王善，你老婆呢？孩子呢？

王善看了他一眼，唉，不说了，让我都带走吧……

一屋子的人都沉默了。

这时，法院的人到了。三个彪形大汉，脸色铁青。

管教说，王善，请你理解我们，现在要给你绑上，你配合一下。

王善马上站起来，双手放到背后。

尼龙绳是白色的，绑在深蓝色的新衣服上。

在凌峰的记忆中，他的王老师最爱穿深蓝色。

尼龙绳连手带脚绑好了。两脚间留了一尺多长，正好走路。

屋里的人一齐上来，把桌上的香烟、糖果、点心，抓起来往王善的两个衣兜里塞，边塞边说，王善，你走好！

两个衣兜塞得满满的。

管教问，你还有什么要说的？

王善说，让我抽一支烟吧！

管教急忙拿出一支烟，往他嘴里插。

接着，取出打火机。

凌峰上前一步，要过打火机。

啪！

打火机着了，照亮两张汉子的脸。

人生，最后一口。

王善徐徐吐出青烟。在袅袅烟雾中，他眯缝着眼睛，看着凌峰。

突然，他说话了——

你是个好学生，谢谢你的衣服！我错了，我对不起你……

说着，泪流满面。

凌峰再也忍不住泪，王老师，您走好！

王善走出了监所，就算交给法院了。三个法警押着他走向大门，一个在前，两个一左一右。

王善反剪双手，走进阳光。

初升的太阳照在他的脸上，身影在地上拖得很长，很长。

安静的院子。安静的阳光。安静的人。

42. 有多少爱可以重来

张虎是凌峰的邻居，脾气大，心眼好，可就有一样，让媳妇王萍受不了：爱喝酒，酒后爱打架。为朋友不平，为自己不平。王萍说他两句，他还辣手摧花。

王萍受够了，我下辈子当牛做马，也不跟你！

张虎眼一瞪，你下辈子当牛，我就当个宰牛的！

王萍快气死了，跟你离婚！

张虎鸭子闭眼嘴壳硬，离就离！

俩人就这么离了。有个小女儿，判给了王萍。

好好一个家没了，像暖暖的鸟窝被一竹竿捅翻。

没过半年，张虎就后悔了，想孩子，想复婚。他求凌峰帮忙说和，希望王萍原谅他。凌峰抓抓脑壳，女人的事，我还是找个人吧。

找谁？当然是晨丽。

又不是勘查现场，找我干吗？

求你啦，你成人之美，赶明儿我也成你……

讨厌！

晨丽嘴上小刀子，实际真上心。王萍听她一劝，答应见面谈谈。

张虎高兴得如同回到初恋，我请客！

两人在饭馆见了面。王萍说，你还打架吗？张虎说，不打了。王萍说，我不信！狗改……张虎接过话茬儿，狗改吃狗粮啦！王萍笑了。张虎以为她同意复婚了，不料王萍又沉下脸，狗改了，你难改！

话才落地，进来个三青子：哎哟喂，鲜花儿插在驴屎上，带美妞儿到这么个狗食馆来也不嫌丢人！说着，上来摸王萍的脸。张虎火冒三丈，狮吼一声扑上去——

开打!

一仗下来,那厮才知撞上了武林高手,满地找牙不说,还差点儿被抓瞎了眼。

接警出现场的正是凌峰。

你啊,哪壶不开提哪壶!

凌队长,我错了……

张虎被以伤害罪判刑八个月。因为刑期短,就留在看守所服刑。亲属可以来探视。所里通知了王萍,她没来。凌峰来了。

张虎红着眼圈儿说,唉,这回彻底吹了,她又回娘家啦!

凌峰说,你打人犯法,该吃官司。王萍也要想想你这回为谁。

张虎说,我真心想改啊,出去说啥也不动手啦,求你再帮帮忙!

凌峰跟张虎要了王萍娘家的电话,回去就打。

哎哟,电话不是她家里的,是离她家不远的一个小卖部的。

劳驾,请您帮忙叫叫王萍,谢谢啦!

凌峰客气得不行。谁知对方连哼都没哼,吧嗒一下就给挂了。热脸贴上冷屁股。难道这主儿对警察有气?可我也没亮身份啊。凌峰苦笑笑,又拨通——

麻烦您帮忙叫叫王萍,谢谢您啦!

他对着电话直鞠躬。人家也看不见呀。也别说,好像管点儿事,小卖部这回没有吧嗒,听声音像是把话筒放一边儿找人去啦。凌峰笑了,看看,文明礼貌,管事!他边等边琢磨,怎么对王萍讲第一句话呢?你好,打扰了……您好!真对不起,打扰您了……

正琢磨呢,吧嗒!小卖部那边又给挂了。耍人哪。

嘿,耍人哪,我还打!凌峰又打通第三遍。这回,他也不客气了,你别挂我电话!我是警察!找王萍了解点儿事儿,你快去给我叫!

小卖部的人吓一跳,啊?对不起,对不起!麻烦您等等……

得,轮着他给电话鞠躬了。

结果是,等也等了,叫也叫了,但是王萍没来接电话。没接就没接吧，还让小卖部传了个话，她说，知道啦，回头给您回电话！

她知道什么啦？我也没留电话，她给谁回啊？没辙，凌峰又主动鞠了个躬，把自己的电话号码留给小卖部，麻烦人家转告王萍。

一天过去了，两天过去了。电话左等不回，右等不回。凌峰吃不下，睡不安，脑门儿还直发烫。照镜子看看，可别在这儿生疖子啊，回头再落下个疤毁了颜值！干脆，直接到家里找她去！

凌峰查到了王萍娘家的地址，收拾收拾就要出发，一拍脑门儿又站住了。不请自到太突然。再说，这又不是办案子，穿警服不好，不穿警服也不好。人家是离了婚的，我一个男人去敲门，街坊四邻议论起来再把事儿搞砸了。她不回电话，说明心里有想法。操之过急，会适得其反。不能急，不能急啊！等等，再等等啊！

凌峰又沉住了气。

日月如梭。眼看离张虎刑满释放的日子越来越近，王萍还是没回电话。

凌峰这回真急了，仿佛要复婚的不是张虎，而是他。

他抓抓脑壳，向小卖部发起新攻势——

你把我的电话号码给王萍了吗？

给了，给了！

那为什么她还没回话？

啊，她还没给您回话？哎哟喂，这不是害我吗，我的小姑奶奶！我这就给您喊去！

不多时，电话响了。凌峰抓起来就叫，是王萍吗？

想不到电话里传来一阵哈哈大笑——

你呀你！你不方便去找，心里就没想到我？

啊，晨丽！我怎么就没想到你？

不打自招了吧？

唉，我冤死了！我……

得，回头再表白吧！我刚从王萍家出来，跟她说好了，张虎还有两天就释放了，她要是同意复婚，后天早上八点就去看守所接人。

哎哟，她会来接吗？

那谁知道。这种事儿啊，强按牛头不喝水！

转眼到了日子。一大早，凌峰就来到看守所。张虎已经办好了释放手续，坐在传达室里正等呢，一见凌峰来了，两眼顿时冒出泪。凌峰说，这才六点，还早呢！

张虎忐忑不安，你说，王萍会来吗？

凌峰说，我说会，你踏实等吧。

说完，自己心里也嘀咕。

传达室里静如死。

时间一分一秒过去了。

眼看八点了，大门外好像来了公共汽车。两人同时站起来，跑出去一看，果然，车来了！

可是，没有人下车。只有风声嗖嗖。只有枯叶抖抖。

张虎小声说，兴许，家里有事走不开？

凌峰点点头，兴许，家里有事走不开……

张虎一卷衣服，蹲在了大铁门下。

凌峰一卷衣服，蹲在了张虎身旁。

两个爷们儿，两双大眼睛，一个汽车站。

九点了。离约定的时间整整过了一个小时，王萍还是没来。

凌峰站起来，天这么冷，她不会来了，我们走吧。

张虎没动。

凌峰眼潮了，又坐了下来。

两个爷们儿肩靠肩。

又过了一个小时。

风刮得邪乎，天越来越亮。

这时，车来了

车上下来一个人。

只下来一个人。

一个女人！

43. 天网

这天晚上，喜酒喝干，参加婚宴的宾客醉醺醺地离开饭店。新郎任贵送客出门，转身刚要回房，突然拥上来几条汉子。

叫什么名字?

任贵下意识地说出名字，双臂已被反剪。

干什么抓我?

你自己知道！走！

瞬间，一个黑布头套隔绝了婚庆的霓虹。任贵趺趺撞撞地上路了。他担心新娘受不了这意外的打击，痴情地喊着，红红，红红……

他的担心是多余的。

他的新娘也不叫红红，而是叫梁雁。

一个月前的一天傍晚，梁雁从大连来到本市。入住宾馆后，她下楼出门，一辆出租车驶到面前。捷达，九成新。

小姐，您去哪儿？司机探出大光头。

我头一回来，给你200块，带我转转！

哇塞，200块！大光头嘴咧成碗，想不到碰上了大买卖。他拉着梁雁到处瞎转。路过一家烧烤店，梁雁说，我饿了，咱们在这儿吃饭吧，我请！大光头一听，差点儿把车开上树。

两人停车进店。梁雁点了一桌子好菜。大光头美透了，一通胡吃海塞。饭后，他把梁雁拉到宾馆。梁雁下了车，不走，拿眼勾大光头。大光头一看有戏，说，我也上去坐一会儿？梁雁说，温饱思淫？大光头笑起来，哈哈哈！跟着上了楼。进了屋，梁雁打开一瓶矿泉水递给他，自己也来一瓶。大光头接过来，咕咚咚！喝完，马上就迷糊了。

水里事先下了药，这是他万万想不到的。

梁雁拿起车钥匙，下楼，把车打着火，开到郊区藏起来。

第二天，她找到热恋中的任贵，说，我有个开出租的朋友不想开了，想把车卖了。你打听打听有人要吗。捷达，九成新。卖了我们能拿回扣。准备办喜事的任贵一听就乐了，正好有哥们儿托他买车。可是人家要自己开，不跑出租。梁雁说，那好办，见见新就行。俩人把出租车的标志刮下来，重新烤了漆。车以八万成交，梁雁给了任贵一万，剩下的自己全笑纳了。

麻醉抢劫是要案。凌峰接到报警后，捷达车就被挂了号。车卖出没一个月，买车的倒霉蛋就落网了。他连叫冤枉，供出了任贵。因为大光头报案时心虚，说是一个男人下的药，任贵当然成为抓捕对象。

动手这天，正赶上任贵办喜事。出于人性化，凌峰叫队员们一直在现场盯着。直到酒席散了，这才瓮中捉鳖。可是，突审三分钟，凌峰就暗自喊糟，主犯是新娘！再回头，人已不知去向。

梁雁当晚就坐上了开往郑州的火车。下车后，她安顿妥当，打扮一番，走进一家五星级酒店的咖啡厅。幽暗的灯光，神秘的氛围。圆形小舞台上有两个穿透视装的菲律宾女歌手，弹着吉他唱英文歌。

梁雁点了一杯最贵的洋酒，坐在沙发上，悠闲地听着根本听不懂的洋歌，耐心地等待前来买单的男人。

当歌手唱到第三支曲子时，一个长着金鱼眼的男人走了过来。

小姐，一个人喝酒多寂寞啊，让我陪陪你？

梁雁最恨这种男人，脸上却嫣然一笑。

金鱼眼一屁股坐下了。

两人各怀鬼胎，却越说越投机。三生有幸，相见恨晚。没多一会儿，金鱼眼就喊买单，然后带梁雁上了楼。

进了房间，喝上咖啡，金鱼眼就要灯下抱美人。手才刚伸出去，眼皮就不给力了。

梁雁多利索啊，趁着往咖啡里加糖，多加了一味东东。

这东东很拿人，谁用谁知道。

这不，金鱼眼用了，还没怎么着，就灯下抱枕头了。

梁雁从随身带的坤包里拿出绳子，把金鱼眼捆成大肉粽，又用胶带封住嘴，然后，撸下金表，从手包里翻出了现金、手机。清点现金，小五万。得，不少！她走出房间，随手把“请勿打扰”的牌子挂在门把手上，出了酒店，打的直奔火车站，随便上了一趟马上要出发的车。

车是到威海的。她下车后，租了一间公寓住下。

夜深了，月光如水，屋里屋外笼罩在梦中。

梁雁睡不着，走过的人生如电影一幕幕——

她是爸爸与初恋情人偷偷生下来的，两岁的时候，生母因病去世。之后，她就成了后妈打骂下的可怜虫。小学毕业后她没再念书，混入社会，有了第一次犯罪。那天，她跟几个混社会的一起吃饭，一个叫老江湖的去厕所，一起身，皮夹掉在地上。梁雁动了念，捡起来就跑，一直跑到外省。包里有好几万块，让她过了一个多月潇洒的日子。想不到，有一天竟然与老江湖狭路相逢。老江湖报了警，法院判了她两年刑。她进了监狱，也改造了，也学坏了，知道了最龌龊的事，也懂得了麻醉抢劫。刑满释放后，她才知道爸爸已经不在了。她在爸爸的坟前摆了两瓶酒，自己一瓶，爸爸一瓶。打这以后，她成了没家的人。

抢了大光头，抢了金鱼眼。今后怎么办？不知道……

这样想着，她流泪了。

忽然，咚咚咚，有人敲门。

你家漏水了，都漏到我家了。你开开门，看看哪儿漏了。

梁雁刚一开门，冲进一帮警察，用枪抵住她的头。

来的是郑州刑警。梁雁趁乱把戒指吞进了肚子里，疼得直不起腰。可是，警察并没有放过她。豆油，韭菜，折腾得死去活来，到底把戒指拉出来了。在接下来的审问中，梁雁听出了门道儿，就把抢金鱼眼的事痛快招了，咬死说没干过别的。

因麻醉抢劫，她被判刑六年，送进郑州女子监狱。

为了早日减刑出去，梁雁发狠劳动，每天盯着缝纫机，眼都直了，有时一口气加班两天两夜，累得趴在机器上就睡着了。

寒来暑往。她的表现得到一致认可，获得减刑一年的奖励，年底，就能走出监狱了。

就在梁雁差五天释放的时候，监狱外来了警车。

劳教队队长对她说，你把缝纫机关了吧，公安局来人找你了。

梁雁一听，哇地哭了。

走进监狱的正是凌峰。

知道我们为什么找你吗？

知道。

六年前始于新婚之夜的追捕终于画上句号。

谁能说得清，凌峰和他的弟兄们为此吃了多少苦？

44. 新坟静静睡

凶器是一把刀！

倒下的是两个年轻人。男的叫向青，女的叫冬玲。

他们的血淌在一起，凝成暗紫色的溪流。

凌峰叫起来，马上抢救！

向青被救活了，睁眼第一句话就说，冬玲呢，冬玲救活了吗？

凌峰说，救活了。

说完，心里一沉。

向青又说，如果冬玲死了，我也不活了！

凌峰话题一转，你老家是哪儿的？父母都好吗？

一句话，把向青带到郁郁葱葱的湖南乡下，他情不自禁讲起来。

其实，凌峰全都知道，但还是惊喜地说，哎哟，咱俩都是南方人，算老乡呢！你走南闯北，真不简单！

向青说，我还到过广州呢！说着，又讲起广州。

凌峰看他情绪有缓，转入正题：你和冬玲是怎么认识的？

我和冬玲？向青眼圈儿一红，又沉默了。

哎，我听说湖南人吃辣子可凶呢！

对啊，炒一个鸡蛋放半斤辣子！

冬玲喜欢吃辣吗？

开始不喜欢，喊辣，后来……

就这样，向青顺着凌峰的路子，回忆起他和冬玲——

三年前，向青来南京讨生活，干起了厨师，用衣袖抹着汗把马勺敲得山响。饭馆不大，生意不错。每到饭口总会挤进一个姑娘，她从不点菜，只要一碗最便宜的面。从皱着眉头嫌辣，到喊着多放辣子，姑娘渐渐走进向青的心。他不但多放了辣子，还偷偷放点儿肉，用面盖住。姑娘的筷子翻出了秘密，瞪大眼睛往厨房找。一天，向青下了班，一出门看见了姑娘的笑脸。她递上一条新毛巾，说，别老用袖子抹汗了。

这就是冬玲，在隔壁复印店打工。那是个多么狭窄的小店啊，却让她对未来充满希望，因为，她天天可以听到锅勺响。而向青呢，看看墙上的钟，噢，快到中午了，今天往面里藏点儿什么？

就这样，两个年轻人相恋了，甜美如梦。

在一个月圆的晚上，两人相拥着唱起《丁香花》——

……那坟前开满鲜花是你多么渴望的美啊，

你看那漫山遍野你还觉得孤单吗？

冬玲忽然问，如果我走在你前面，你会在我坟前栽满鲜花吗？

向青捂住她的嘴，不许乱说！要死，咱俩也死在一起！

清凉的月光下，冬玲满脸是泪。

她为什么难过？因为父母不同意她找乡下人。她想，如果带个大活人回去，父母也许会喜欢。

可是，当她带着向青从南京回到家的时候，父母连屋都不让向青进。冬玲没了主意。向青问，你愿意跟我回湖南吗？冬玲说，愿意。向青说，那我们逃跑吧！冬玲说，好！

冬玲从后窗跳出来，两个难舍难分的年轻人跑进了火车站。

开车，快开车！

但是，意想不到的事发生了。时间到了，车没开。

这时候，站台上挤进两张扭曲的脸，冬玲的父母瞪大两眼到处找。畜生！他们发现了向青，枯手隔着玻璃向他脸上挖去。

逃跑失败了。冬玲被扭走了。

天，下起了雪。

向青孤苦伶仃像个鬼。

街的尽头亮着一盏灯，那是一家杂货店。有吃的吗？没有，只有酒。来一瓶！向青接过酒，又往货架上看。突然，他看见一把刀！店主说，也拿上吧，路上防身。好！

好大的风雪，好远的路。向青一步一口空肚酒，冬玲，我要去找你！谁敢拦，我就杀了谁！你要不愿意跟我走，咱俩就同归于尽！

赶到冬玲家，酒喝干了，心碎完了。

他轻敲窗户。冬玲一拉窗帘，啊？

向青从窗户钻进屋里，冬玲，你快跟我走！

我……

你不想走啦？

嗯。

向青突然爆炸了，那咱俩就一起死！

话音未落，刀已捅进冬玲的胸口。紧跟着，拔出来又往自己胸口上捅。隔壁大人听到动静，一切都晚了……

听到这儿，凌峰叹口气。案件经过和杀人动机了然，不可挽回的结果让人扼腕。

他倒了一杯水递给向青，我要坦白地告诉你，冬玲没有救活。

啊？！向青瞪大双眼，紧跟着，涌出了泪。

凌峰说，你要哭，就痛快哭吧！

向青抱头痛哭，冬玲，是我害了你啊！我，我要杀了他们……

你要杀谁？

冬玲她父母！是他们……

凌峰一拍桌子，你这样想就大错特错了！说明你还没认识到自己犯了罪！你杀了人家女儿，给人家带来多大痛苦？现在，冬玲走了，她父母没人养老送终了，你还要杀人家，你还有良心吗？冤冤相报何时了？你要认我这个老乡，就听我说，冬玲是个孝顺父母的好孩子，她后来不想跟你走，完全是为了父母。你要真爱她，就不该恨她父母，而应该替她照顾父母。如果法院留你一条命，你以后出来了，就要用实际行动赎罪，用实际行动表示对冬玲的爱！

向青再次放声大哭。

法院开庭了。凌峰坐在旁听席。

向青陈述完毕，突然朝冬玲的父母跪了下去，大声叫着，爸，妈，让我这样叫一声吧，我对不起你们！现在后悔已经晚了，就让我拿命赎罪！我死前，求你们原谅我；我死后，求你们清明替我为冬玲烧点儿纸。如果法院能给我一个机会，爸，妈，我出来以后一定好好服侍你们，为你们养老送终……

声泪俱下，凄惨悲切。

在场的人全哭了，连法官都掉了泪。

冬玲的父母说，我家冬玲已经没了，就留这孩子一条命吧！

说完，两个老人就哭昏过去。

向青被判处死刑，缓期两年执行。

去监狱服刑前，他提出请求，要去坟上看看冬玲。

九月的山林，开满了野花。

向青戴着刑具，在武警的押送下，向山上爬去。

凌峰和晨丽搀扶着冬玲的父母跟在后面。

领路的乡亲说，到了！

只见不远处，一座新坟静静地睡着。

向青大叫一声扑上去，扑通！跪了下来，发出人间最悲怆的哭喊，冬玲啊，我对不起你！该死的是我，不是你啊！我们说好要死就一起死！冬玲，我来了，你等等我，等等我……

他大声哭喊着，头使劲儿往土里扎。

新坟静静睡着。

坟前开满鲜花。

45. 贩毒的女人

高鼻梁儿，大眼睛，一张美丽的脸。

这个贩毒的女人叫唐玉。

情报说，在电影城交易毒品的是外号“老玉米”的男人，想不到却抓住了她。凌峰以为抓错了，后来从她身上搜出一小包儿冰毒，才把她铐起来。在她住处又起获了500多克同类毒品。

要审的是女人，凌峰把晨丽叫来了。

是陪审吗？

凌峰抓抓脑壳，知道你预审测评回回满分。得，你主审，我陪，行了吧？

唐玉被带进来，话还没说，先哭了，眼泪大颗大颗掉下来。

晨丽给她倒了一杯水，别哭了，来，喝点儿水。咱们都是女人，有什么话好说，就像聊天一样。听说你是做生意的，就从这个说起，好吗？

唐玉喝了一口水——

……我要强，总想把日子过好点儿，让丈夫在别人面前体体面面。我嫌上班挣得少，就做小买卖。一开始卖瓜子，一天下来能挣十来块钱，比上班强。可就得吃苦！有没有人买都要喊，一天下来嗓子喊得出不了声。冬天风把脸撕掉一层皮，夏天热得像狗，还被人看不起。都是女人，我卖瓜子，人家吃瓜子。有的光尝不买，吃半天还说不好吃。我心疼也得忍。后来我又卖菜，起早贪黑，吃不上喝不上，根本没觉睡。但是我不怕。看别人卖咸菜挣钱，我也腌，辣白菜什么的，腌好拿早市去卖。第一天就卖了三十多块钱，我高兴得直跳。就这样，人累得没样儿了，钱也多起来了，就不卖咸菜了，租了店铺卖皮鞋。因为货好，卖得也好，接着又开个饭馆。天天有钱挣，我也成了钱的奴隶。可我不小气，碰上一起做生意的手上困难了，我就帮他们，先从我这儿拿点儿吧，有了再还！后来，听人说东北边贸生意好做，我就跑到了黑龙江，饭馆让丈夫管着。我每年回家一趟，把挣的钱都带回来。我想趁年轻多干干，所以一个人没黑没白地干。我守信用，能吃苦，很快打开了局面。服装，电器，什么都做。有一年，我干得特别好，挣了不少钱。我每年回家，都是提前告诉丈夫，他就来接我。这回我挣的钱多，想给他一个惊喜，就没告诉他。可是，一进家门，就发现不对了，屋里挂着女人的睡衣！我说，这睡衣是谁的？你马上给我扔出去！他躲不过去了，就让我原谅他，说是店里的女服务员，还说他喝多了！我说，什么喝多了，睡衣都挂家里了，不是一天两天！他只好承认跟那女的好两年了。我一听差点儿昏过去。再一问，我这几年挣的钱，好几十万，他全给这女的了，一分没剩！他是人吗？我大风大浪好几回都死过去了才挣的钱，他知道吗？我怎么能原谅他？别说了，离婚！就这么离了。孩子八岁，他说他养不了，我说我养！我就一个人带着孩子过。经过这么一打击，我人没死，心死了，干什么都没劲儿，每天就想，要让我重新找个男人，我就找一个老老实实的，我什么也不干，就在家洗衣服做饭……可到哪儿去找呢？这世上谁都不能相信。我没了精神，开始吸上冰毒。这一回，人家欠我的生意钱，说要拿冰毒顶，卖了也是钱。我也没多想，就说行。对方送来一个要修理的机器，一打开，里面藏着冰毒，有600多克。我就联系找买主，找到了“老玉米”。他说，正好有人要跟他买100克，他没有，就把这单让给了我。我刚到电影城，就……

晨丽问，你以前还卖过吗？

唐玉说，没有。这是第一次，还没卖就被抓了。我错了……

说着，她又哭了，再怎么劝也不行，肩膀抽得像拉风箱。

晨丽没了主意。凌峰叫人进来，说，把她送看守所！

临走，唐玉哭着问晨丽，我还没卖就被抓了，会枪毙吗？

晨丽愣了一下，量刑是法院的事。你要相信法律！到看守所好好想想，还有什么没说的，随时报告我，争取坦白从宽。

唐玉大哭起来，我说的都是实话，就卖过这一次啊……

唐玉被带走了。晨丽说，凭我感觉，她说的是实话。

凌峰说，审案可不能光凭感觉。抓进来谁都喊冤，别信！

后来，晨丽又提审几次，没有新的口供。

凌峰说，你的感觉还真准，服！

晨丽把材料上报检察院。检察院经审无疑义，转到了法院。

凌队，你说，法院会怎么判？

凌峰抓抓脑壳，以往贩卖冰毒 500 克就判死刑。唐玉涉案总数已经超过。但如果按她实际卖出的，当然也没成交，本人又有悔罪表现，有希望判死缓或无期。我这可是瞎说啊！

晨丽笑了，你怕什么啊？我问过律师，跟你说的一样。

哎哟嗬，你还真上心了，还去问律师了？

还不都是跟你学的，人命关天！

喂蜜给我吃是不？

美的你，还怕你咬了手呢！

半年后，一审判下来了。死刑。

看守所传来消息，唐玉偷偷用布条编成绳子要自杀。

晨丽马上赶过去。唐玉，你这是干什么？你死了，孩子怎么办？父母怎么办？既然做了，错了，就要敢于面对！哪怕最后真的要走，也要走出样子。为自己应该承担的，也为警示后人，堂堂正正走，不能偷偷摸摸走。再说，这才是一审，还有二审，还有终审。你该上诉就上诉，这是法律给你的权利。说不定就有希望！我为你请了律师，免费帮助你。你不能自杀，要活下去！

唐玉的泪，凝固在脸上。

不久，二审下来了，维持原判。

再不久，终审下来了，还是。

唐玉被执行当天，看守所转来她的遗书——

晨丽警官：

我走了。

老天没给我报答你的机会，这是我一生最大的遗憾！

请你告诉活着的人们，毒品害人，千万不能沾，千万！

晨丽看了一遍，又看一遍，哭了。

在当天的日记里，她这样写道：

面对罪犯执行我本不该流泪，因为我有我的立场。有人说，同情罪犯就是对好人的亵渎。这话我同意。但是，在直面死刑时，我仍然会感慨生命的脆弱和死亡的残酷！

46. 红雨伞

刘娟是自首的。

我杀人了，她说。

凌峰问，杀谁了？

邻居王老太。

在什么地方杀的？

她家。

人呢？

她家。

她家在什么地方？

在……

凌峰立即带人赶往现场，同时叫上救护车。

王老太仰脸躺在床上，已经没救了。

晨丽的勘查结果，与刘娟的供述相吻合。

说起来，这是一起简单的杀人案，听完了，却让人百味杂陈。

刘娟是个苦命的女人，一生下来就因为是女婴被父母丢弃在医院，多亏被一对无儿女的老夫妻抱走，含辛茹苦养大。后来，刘娟结了婚，有了孩子。为了让养父母过上好日子，她跟邻居王老太借钱，买了一辆二手车，起早摸黑开出租挣钱。谁知，屋漏偏遭雨，越穷越刮风，刚开半个月就出了事故。人没伤着，车完了。王老太一看断了后路，天天上门催债。刘娟拿不出钱又躲不了，一急眼，掐死了王老太。她走投无路，就找公安自首了。丈夫随后离家出走。养父母年老多病又贫困交加，实在养不起五岁的外孙，说，谁要谁抱走吧。可怜啊，两个老人从捡孩子到扔孩子，真是迫不得已。

刘娟在口供上按完手印，苦着脸说，晨警官，我想求你个事，不知道行不行？

晨丽说，什么事，你请讲！

刘娟迟疑了一下，说，我这回完了，等死了，后悔也晚了。我没别的可想，就是想见见我的亲生父母。这么多年了，我不知道他们是什么样，也不知道自己有没有兄弟姊妹。我想见见他们，求他们在我死后帮助照顾我那可怜的孩子！说完，她就哭了。

晨丽听了很难过。刘娟的养父母明摆着没能力养活孩子，真要送了人，孩子走了妈妈的老路，那就太可怜了！如果能找到刘娟的亲生父母，说不定能改变孩子的命运。

刘娟，我答应你！

可是，刘娟对亲生父母的情况一点儿都不知道，要找起来真如大海捞针。晨丽白天要上班，只能下班后去找。这要找到猴年马月啊？

凌峰知道了，追着问，你就没想到我？

晨丽笑了，我心里就没你！

凌峰抓抓脑壳，也没队里的弟兄们？

晨丽说，那是谁的兵啊！

于是，凌峰登高一呼，响应者众。

再于是，兵分几路，风尘仆仆。

可是，几天下来，收获甚微。

晨丽在郁闷中忽然开了窍，也许刘娟的养父母能知道一些线索？人家愿意说吗？事已至此，无论如何也要去碰一碰，相信人心是肉长的。

她来到刘娟的养父母家，才提个话头儿，养父母就哭了，说知道早晚会有这一天，到底是抱来的！又说，为保住这个秘密，我们前后搬了五次家。唉，唉，现在，也没有必要了，就满足孩子最后的要求吧……

这是一条多么宝贵的线索啊：刘娟的亲生父母住在老场胡同，父亲姓蒋。

这时，天飘起了雪花。

晨丽和凌峰迎着风雪，深一脚，浅一脚，把老场胡同里里外外问了个遍。终于，当他们敲开一家大门，问是不是姓蒋时，开门的老人愣了一下，说是。

面对刘娟的骨肉亲人，晨丽话还没说，泪就下来了。

刘娟的亲生父母怎么也没想到，被自己早年遗弃的孩子竟然犯下死罪。他们号啕大哭，他们肝肠寸断，他们喊着，天杀的啊，当初不丢下孩儿，她不会走到今天啊！他们拉着晨丽的手，哭叫着马上就要去见刘娟。

可是，终审判决没下来，案件还属于审理期间，不能会见律师以外的人。而且，按照规定，还要完成一系列鉴定手续，确认刘娟与亲生父母之间的直系亲属关系，才能在终审下达后会见。

谁也没想到，第二天，终审就下达了。

死刑。立即执行。

一切都来不及！

晨丽得知消息，急忙赶到看守所。

已经到了最后时刻。

囚车停在大门口，法警进了屋。

迎着晨丽的是一双期盼的眼睛。

刘娟，找到了，找到了，你的亲生父母找到了！他们都很好！你的兄弟姊妹也很好！他们答应照顾你的孩子，你就放心吧！我来的时候都安排好了，你的家人会在半路上等着你，你会看到他们！天下着雪，他们打着一把红伞站在路边。伞下的两位老人就是你的亲生父母，再有的就是你的兄弟姊妹！

刘娟一听，哭得不成人样儿，大把大把地揪下自己的头发。

这时，管教走过来，要给她上绑。

刘娟突然跪下了，晨丽赶紧拉她。

你别拉我，别拉我！我有话要说，你让我说！我杀了人，我有罪，我认罪，我杀人偿命！我感谢你，感谢看守所的管教们，你们把我一个犯了死罪的人当人看，在我死前还帮我找到了亲生父母和兄弟姊妹，帮我安顿了孩子！我现在无牵无挂，就是欠你们的太多，我没法儿还，没法儿还啊……

刘娟，你别哭了，好好的，你的家人还等着你呢，快别哭了！

晨警官，我要走了，我再求你一次，行吗？

行，你说。

你，你，你能不能不嫌弃我，让我叫你一声妹妹！

晨丽再也忍不住泪，姐，你叫吧……

妹妹啊，我的好妹妹，我的亲妹妹！

刘娟大声叫着。

刘娟大声哭着。

……

为了能看一眼孩子，刘娟的亲生父母早早就赶到了路边。

漫天飞雪。大地一片白茫茫。

一家人，挤在一起，抱在一起，哭成一团。

风雪中，那一把颤抖的红伞！

刘娟被五花大绑着，一上了囚车，她就瞪直两眼找。

车上路不久，她就找到了，她就看到了——

红雨伞，红雨伞！

风雪中，那一把哭泣的红伞！

刘娟看见了红雨伞，看见了亲人们。那伞下飘飞的白发，那伞下模糊的泪眼。

她像疯了一样大声叫着，爹呀，妈呀，快来救我，快来救我呀！

伞下的老人早已哭昏过去。

孩子，爹妈对不起你，爹妈害了你！……

风中，雪中，车开向刑场。

雪中，风中，一家人哭着，叫着，没命地跑，没命地追。

47. 花花

古老汉其实并不老，才五十出头。因为姓古名乐寒，长相又显老，就被人叫顺了嘴。他孤身一人，靠在火车站帮人背行李讨生活。有时候找不到行李可背，就去工地干糙活儿。就是这么个穷人，还遇上了“碰瓷”的。这天，他帮人家扛箱子，“砰”的一声，身后什么东西摔地上了。回头一看，是个花瓶。一个秃子揪住他衣领，你瞎了？我这是大清国的玩意儿，你赔！张口就要十万。古老汉说，我有十万就不在这儿扛包了！你“碰瓷”也找个有钱人啊！秃子抬手就打，古老汉一膀子撞倒他，捡起砖冲他头上一拍，就出了人命。

古老汉吓得一躲三个多月，也没躲过去。

凌峰说，这叫过失伤人，你跑什么？

古老汉说，我怕抓住了枪毙。

凌峰笑了，什么事都枪毙，那得多少子弹啊？你过来看看记录，有没有不对的？

古老汉说，我不识字。

那我给你念念，不对的你就言语一声。

对，都对！

急什么啊，我还没念呢！

凌峰念完了，古老汉又说，对，都对，秃子碰我瓷，我拍他秃子！

凌峰忍住笑，叫人把古老汉送看守所。

古老汉不走。

怎么，你还有什么要说的？

古老汉的眼圈儿突然红了。凌峰让他坐下，有话慢慢说。

原来，被抓前，古老汉在农村租了间房子，租金提前交了半年的，衣服、被褥全放在里头。他要是进了看守所，外面也没人帮他，租期到了以后，房东会不会把东西扔了？再说，自己连个换洗衣服都没有。

凌峰听完，半点儿都没犹豫：走，现在就带你去拿！

真的？

可不真的，你带路！

好几十里呢。

那不叫事。走！

当下，凌峰喊上人，带着古老汉上了车。车都开了，古老汉还不相信这是真的，简直跟做梦一样。

当车开进村里时，凌峰忽然发现古老汉的脸上起了变化，由兴奋企盼，渐变成忧郁愁苦。

他应该高兴才对啊，这是为什么？

一行来到古老汉租住的院子。

一看，傻眼了。房子换了一把新锁，住进了别人！

古老汉呆若木鸡。

凌峰火了，房东哪，给我出来！

房东赶紧从正屋里钻出来。

古老汉给你房租了吗？

……给了。

给了多少时间的？

半年的。

租期到了没有？

没到。

没到，那你凭什么又租给别人？啊？你这不是欺负人吗？

……

古老汉的东西呢？

房东往煤棚里一指，我，我放那儿了。

古老汉的衣服、被褥被卷巴卷巴堆在了破煤棚里。要不是来得及时，一下雨就全完了。同来的人七手八脚帮助收拾起来往车上装。

这时，古老汉两眼望着凌峰，有话要说，没敢说。

凌峰早就看出他心不在焉了。

古老汉，你还有什么事吗？

我，古老汉浑身哆嗦着，我还有一只狗……

什么，狗？

没错，古老汉还有一只狗，一只叫花花的小狗。

花花是一只流浪狗，浅黄色的京巴串儿。七年前，它才巴掌大的时候，被古老汉从垃圾旁边捡起来。他可怜它，正像可怜自己。它还是个孩子，就学会翻垃圾吃了。它缩在垃圾里，看着来来往往说说笑笑的人们，没有谁关心它的命运。古老汉看见了它，收养了它，为它起了个名字叫花花。从此，相依为命，风风雨雨，形影不离。

三个多月前，古老汉因为出事躲了。

花花呢？花花还在吗？

古老汉四处看，看不见它摇着尾巴的小身影。

他问房东，我的花花呢？

我扔出去好几次，扔多远它都跑回来！

啊，花花还在！花花在哪儿？

在那个烂鸡窝里。

凌峰听房东这样说，马上走向对面的烂鸡窝，探头朝窝里一看，看到了一双惊恐万分的大眼睛。

古老汉叫了一声，花花！

叫声没落，花花就从烂鸡窝里钻了出来，饥饿肮脏，骨瘦如柴，摇摇晃晃，一出来，就扑到古老汉怀里。它没命地舔着主人，望着主人，委屈地摇着尾巴，摇着尾巴。

花花啊，花花！古老汉早已哭成泪人。

他紧紧地搂着花花，不知道这几个月它是怎么过来的。

花花也不明白主人发生了什么事，不明白主人为什么突然离它而去。但是，它坚信主人会回来。主人一定会回来。它坚守，它坚持。白天出去翻垃圾，夜晚回来守破屋。星星，月亮；凄风，苦雨。

花花啊，我的花花！古老汉哭叫着，悲痛欲绝。我对不起你，对不起你……

凌峰拍拍他的肩头，别哭了，我们把花花一起带走！

啊？古老汉没听清。

我们把花花一起带走！

古老汉抱着花花就给凌峰跪下了，菩萨啊，这是真的吗？真能带花花走，我什么都不要了，只要花花！我没别的心事，就是舍不得它。没了它，我连死的心都有！

花花的命真好。它遇到古老汉，又遇到了凌峰。

凌峰看见看守所的空地被开发成菜园，所长跟他说过，结的小南瓜都被刺猬给咬啦，要是养一只小狗就好啦！

现在，所长如愿了，凌峰带着花花来了。

搭起小房子，垫上小褥子，花花在菜园里安了家。

周日，是家属会见在押人员的日子。所长也带着花花来到监室会见古老汉。每次会见都难舍难分。花花知道主人就在自己身边，监室天窗上常常闪动着它寻找的眼睛。

晚上，它会冲古老汉的监室轻轻叫几声。

古老汉说，听，我的花花又叫了！

后来，古老汉被判了刑，要离开看守所，前往监狱服刑。

就在他要上车的时候，花花像疯了一样从菜园那边儿冲过来，一头扑在他怀里。花花啊，我的花花！古老汉抱着它号啕大哭。

花花舔着他的泪。舔着，舔着，它也哭了。

所长说，你放心去吧，我们会好好照顾它。你安心服刑，争取早日回来，我们和花花都等着你！

古老汉走了。

花花不明白发生了什么事，每天仍旧从监室的天窗向下张望。

天黑了，它就冲监室轻轻叫几声——

汪汪，汪汪！

48. 姐弟俩

雨夜。凌峰敲开门，探出一个女人。

叫什么？

于霞。

你弟弟于兴来过没有？

没有。

说实话！

没有。

这是什么？凌峰把手里的东西一亮。

于霞傻了。是弟弟刚换下的血衣。她藏在屋外柴堆里，打算天亮找地方埋了。

带走！

警车在山路上颠簸，于霞惦念着弟弟。

弟弟于兴四十好几还没媳妇，后来人家给说了个离过两次婚的女人。还好，没孩子。就是名字有点儿别扭，潘银莲。两人见面，潘银莲看于兴还顺眼，不像整天土里刨食的猪，就同意了。于兴美疯了，好不容易有了媳妇，就拿她当花儿侍候。没太阳怕冻着，有太阳怕晒着。在外面打工挣的钱，回家全掏给她。谁知这潘银莲好吃好穿，还好勾人。于兴整天在工地累得土猴似的，回家倒下就打呼噜。时间一长，潘银莲就守不住了，跟来村里收土鸡的小老板勾上了。小老板天天来，村里叫他闹得都听不见鸡打鸣了。有个叫大圣的眼贼，说，这不就是潘金莲吗？于兴听了很堵心，又想，回去跟她摆明，只要她跪下认个错，日子还是好好过。谁知潘银莲打着滚儿闹，说根本没有这回事。结果，于兴反倒给潘银莲跪了一晚上，回过头还跟大圣吵了一架。大圣不服，给你蜜吃还咬我手！一天，于兴正干活儿，他跑来了，快回家看去，又开场啦！于兴跑回家贴门一听，登时五官乱了功能，一脚踹开门，手起刀落，两个人都被切了瓜。于兴连夜跑到姐姐家，姐，我杀人了！于霞叫起来，天啊！父母走得早，姐弟俩相依为命。现在弟弟闹出事，这可怎么好？她说，快把你姐夫的衣裳换上，先在姐家里躲躲。于兴换了衣服说，不能连累了姐，我就是来跟姐见一面，到死忘不了是姐一手拉大的！于霞哭得接不上气，你跑哪儿去啊？于兴扑通跪下，姐，你就当没这个弟弟吧！说完一头扎进雨里。于霞哭倒在地上……

于兴能跑哪儿去呢？第三天，就让凌峰带着人堵在山上。于兴一看没了路，叫了一声，我活够了！从山崖上跳下来，摔得断了气。

警笛响起，夺人眼球；警车飞起，路人闪开。往哪儿开？医院！车还没到电话先过去了。救护车迎头出来接，也叫得哇哇的。两车相会，抬下抬上。手术室早等着了。凌峰问，大夫，怎么样？大夫说，还好。腿摔断了，命保住了，多亏来得快！

手术后，于兴睁开眼。凌峰还没问，他先说上了。

人是我杀的，两个都是。

为什么？

奸夫淫妇，灭了他们省得再害人！

知道这样做的后果吗？

知道，就是死。你们干吗救我？我不想活了！

后来再问什么，他都不说了，来来回回就一句，我不想活了！

凌峰突然瞪起牛眼，你死了，你姐咋办？

于兴叫起来，我姐咋啦？

还不是因为你！

啊，我姐也让你们抓啦？

你不想活了，对得起你姐吗？你的事她到现在都没吐一个字！

于兴没了动静。眼泪滚下来，大颗大颗的。

我看你下手时胆儿够大，过后咋啦？敢做就要敢当。像你姐一样，进来就没掉过泪！死啊死的，哪像个男子汉？不为别的，就为你姐，你也要活着，对不？将来判你什么，那是法律的事。不管判你什么，你都要勇于承担。就是死，也要坦然面对，不能带着仇恨，带着怨气。你想想，被你杀了的人，不管他们犯了什么法，也不管怎样对不起你，他们也没有死罪啊。现在，他们已经死了，换句话说，你这口气也出了，你干吗还要恨他们？

于兴点点头。突然，他大哭起来。

别哭了，明白就好。你现在需要安心养伤，什么也别想。

于兴的伤势很重，看守所不能收。他躺在医院，刑警队的弟兄们轮班照顾。凌峰来得最勤，水果点心，问寒问暖，成了他的亲人，最终抚平了他心中的仇恨。凌队长，你说的对，事情再怎么恼人，还有法管着呢，我不该杀人。我害了自己，也害了姐姐。现在后悔也没用了。我这辈子没机会了，下辈子重头来！

于兴能下床自理了，被转送到看守所。

不久，法院下达了判决。于兴因故意杀人罪被判死刑，于霞因窝藏罪被判三年。

执行前，于兴请求见姐姐最后一面，获得批准。

这是怎样的最后一面啊？

泪流成河，哀恸天地。

日日思念夜夜想，谁知相见时刻，竟是生离死别。

于霞抱住弟弟，弟弟，我的弟弟呀……

于兴抱住姐姐，姐啊姐，我对不起你，我求你好好活着。等你出去以后，一定替我报答凌队长……

法警等不及了，走啦！

于兴走了。脚下的铁镣哗啦啦，哗啦啦！

弟弟走远了，于霞哭干了。

想起弟弟的临终嘱托，她揪心揪肝，失魂落魄。

这天，转送监狱服刑的手续下来了。于霞和一批同时被判了刑的女犯人就要离开看守所，转到女子监狱服刑。

她提出申请，要求见凌峰。

凌峰赶来了。

于霞掉泪了。

凌队长，我就要去服刑了。我被你抓住的时候，为了弟弟死扛着。我错了，请你原谅我！

凌峰笑了，这是哪朝的事了，你还记得。我理解你当时的心情，你们姐弟情深也让我感动。

一说起弟弟，于霞更忍不住了，凌队长，弟弟临走前，说让我报答你，我答应他了。可我拿什么报答你呀？我想来想去，怎么也报答不了。我今天请求见你，就是想当面给你磕个头……

说着，她扑通跪下了。

凌峰急忙拉她起来，头就别磕了，咱们握握手吧！

说着，伸出手来。

于霞握住凌峰的手，哭成了泪人。

两天后，于霞要去监狱了，已经上了车，忽然看见凌峰赶来送行。她不顾一切从车上跳下来，扑倒在地，一连磕了好几个头，凌队长，我谢谢你！谢谢你！

她用自己唯一能做的，也是想了许久的方式，完成了弟弟的遗愿，也了了自己的感恩。

49. 梁丽杀人案

梁丽杀人案被检察院退回了。

案件递交给检察院，说明公安侦查已经结束，报请检察院追究嫌疑人的刑事责任。但人家审查后又给退了回来！

理由：犯罪事实不清、证据不足，需要补充侦查。

凌峰抓抓脑壳。

本来不该他抓脑壳，因为这个案子不是他办的。可是，经办人调走了。去哪儿了？西藏。哎哟，有点儿远。

结果，补充侦查由凌峰接手。

他抱着几大本卷宗看了三天三夜，接着，又四下走访。

认识梁丽的人都不信。家人不信，朋友不信，邻居也不信。

梁丽三十出头，因为丈夫有外遇离了婚，自己带着八岁的女儿过。弟弟看她很苦，就帮她开了个小饭馆。开饭馆就要有厨师。招厨师的广告一贴出去，头大脖子粗的马腾就来了，拧开火，支上锅，当当当，掂了两个菜。一看，真美！再一尝，真香！梁丽同意了，留下了他。想不到，半年后的一天晚上，梁丽杀了他！

一个是文弱女子，一个是操刀壮汉。

梁丽为什么要杀他？

凌峰去看守所提审梁丽。

梁丽说，我做了该做的，要枪毙就枪毙！

凌峰问，你该做什么？

杀马腾！

为什么杀他？

他该杀！

为什么该杀？

说了还有用吗？人都死了。他该死。我杀了他，死也够本了！

咱们换个话题。你怎么杀的他？

掐死的！

那刀是怎么回事？

……

梁丽不吭声了。

再问，又回到第一句：我做了该做的，要枪毙就枪毙！

提审暂停。

刀是本案的关键之一。在卷宗里，梁丽交代，刀是她从家里带的，目的就是要杀马腾。这就构成故意杀人，而非激情作案。后来，她没用刀，说是掐死的。法医鉴定，马腾死于窒息，脖子上也有掐痕，符合梁丽的交代。

而恰恰是这把刀，让凌峰发现了梁丽交代中的破绽。

因为，这不是一把普通的刀！

凌峰拍下照片，走访肉摊。几个卖肉的都说，这是剔骨刀，一般人家用不着，只有他们用，要不就是厨师用。还说，这刀用得有年头儿了。凌峰又把刀拿给马腾的老婆和孩子分别辨认，两人都说，刀是他家的，是马腾这些年当厨师的家伙什儿。

也就是说，刀不是梁丽的。

凌峰觉得，本案还有一个疑点：梁丽是初犯，可杀人后却不害怕，既没躲，也没藏。抓她的时候，她正准备带孩子睡觉呢。当办案人员说马腾死了，她还吃了一惊，真的？

刀明明不是自己的，却说是自己的；杀人后又镇定异常。

这是为什么？

晨丽说，凌队，我与她同为女人又同名，你不觉得答案有可能在我这儿吗？

凌峰抓抓脑壳，本来我想自己立功，想不到还有人惦着。

晨丽笑了，给你蜜吃还咬我手。得啦，本姑娘很忙，拜拜！

凌峰连忙作个揖，有请专家密丝儿晨！

晨丽同样抱着卷宗看了三天三夜，然后，推心置腹与梁丽谈了N多次，一口一个姐，到底打开了这可怜女人的心锁。

梁丽亲笔写下血泪的控诉——

马腾是个禽兽！

只要饭馆里没人，他就对我下手，先后三次强奸了我。我想告他，又觉得没脸。因为我丈夫跟别的女人乱搞，我跟他离了婚，想不到我反而成了罪人，遭人家白眼，被人家指点，受尽歧视。如果我再说出这件事，不知天要塌成什么样，我就真没活路了。可是，马腾却一再欺负我。我要是不同意，他就说，先弄死我，再对我孩子和我弟弟下手，弄死他们。我想，这个饭馆开不下去了，还是关张吧。他知道了，就打电话给我，说，不管你干不干饭馆，你都得听我的。我先跟我老婆离婚，回头就跟你结婚。你要不答应，我就把你们全家都杀了。我说，咱们好好谈谈，好来好散，别动不动就你死我活的。我本来的想法是，跟他好好说说，稳住他，然后我就搬家，离开这里。惹不起，躲得起。他说，好吧，你明天晚上到我家来，咱们好好谈谈。

第二天，也就是他死的这天晚上，他安排老婆带着孩子回娘家去了，家里就他一个人。我去他家前的确有准备，没有带刀，而是带了两片安定。我为什么要带安定？因为怕见他，怕和他单独在一起。为了这次谈话，我几乎一宿没睡，脑子里不停闪现他强奸我的恶行。我准备在与他谈话时，先把药偷偷放水里，一旦发现他动手动脚，就想办法让他喝水，等他迷糊了，我就跑。

这天晚上，他看我来了，炒了四个菜，又开了白酒。话还没怎么说，自己就先喝醉了，完了就来拉我。我吓得浑身一哆嗦，说家里孩子还等着呢！他说，你先等会儿，我去个厕所。他出去后，我觉得该把药给放上了，不然他回来我就会倒霉。我刚把药片碾碎了，还没来得及放进他的酒杯里，他就回来了。我看他袖子里好像有一样东西，我问，你袖子里是什么？他说，我让你看看！说着就从袖子里拽出一把剔骨刀。我说，你怎么个意思，想杀我吗？他说，我不杀你，你老实把衣服脱了！我害怕极了，也气极了。想不到，这时候，他酒劲儿突然上来了，一把揪住我。我也不知哪儿来的力气，就掐他脖子。才一掐，他就倒下了，嘴里还乱骂。我扭身就跑回家了。后来，警察来抓我，说他死了，我还吃了一惊。我没有跑，跑哪儿去啊，连台湾都对大陆开放了。这就是我的命。我除了恶人，解了恨，被抓住枪毙了也值了。

以上就是案情发生的经过。

以前我对于这些情节，始终保持沉默。我认为死者为大。不管怎么的，人都死了就不要再把他的那些丑事抖搂出来。抖搂出来，我也没脸活了，也是个死。还不如说我杀了他，死也值了。所以我编了瞎话，说现场留下的那把刀是我从家里带去的，是蓄谋要杀死他。我这样说，为的是加重罪行，以求速死。我的做法，干扰了办案，也害了自己。我很后悔，对不起办案人员。

根据梁丽的供述，凌峰请法医重新解剖分析马腾的死因。

法医最终结论：马腾系酒后呕吐窒息而死。

50. 芙蓉花

小院里的芙蓉开花了，粉嘟嘟的让人爱怜。

黄源五十岁得女，起名儿蓉花，心肝儿宝贝得不行。

想不到，蓉花长到七岁，突然得了癫痫病，刚去学校报上名，回家就倒地上了，全身抽得像过电。

这种病只要治疗及时，一般都能治愈，但也有厉害的，因抗癫痫药无效而丧生。

蓉花的病就是厉害的。

老天爷啊，你可怜可怜我的孩子！黄源抱着孩子哭得死去活来。

为了给蓉花治病，夫妻俩花光积蓄，又借了钱，就差卖房了。为了找钱，黄源跟随一伙盗车人，走上犯罪的路。时间不长就被抓了现行，关进看守所。他一下子跟家里断了音信，悔青肠子不说，惦念蓉花更如万箭穿心。白天哭，晚上哭，就想得到孩子的消息，说蓉花要是没了，他也不活了。看守所的管教小魏急得嘴上起了泡。他很想帮助黄源打听打听蓉花的情况。

可是，案子还在审理中，按规定管教不能跟在押人员亲属联系。这怎么办？小魏想来想去，想到警校同学。谁呀？晨丽。

于是，看望蓉花，带她去医院，发动大家捐款，把蓉花的情况通过小魏随时传递给黄源，就成了晨丽的功课。日子久了，连凌峰都有了心病。队里一不忙了，他就说，晨丽，你去看看蓉花吧！

最近，因为跨省追凶，晨丽随凌峰一起离开了本市。在外奔波的日子里，她一得空儿，就跟蓉花妈通电话——

蓉花怎么样？

……挺好的。

真的？

真的……

转而告诉小魏，你跟黄源说，蓉花挺好的。

听说孩子挺好的，黄源笑了。小魏也笑了。

过了两天，晨丽又跟蓉花妈通电话——

蓉花怎么样？

挺好的……

真的？

……真的。

黄源听到消息，放心了。小魏也放心了。

又过了两天，晨丽再跟蓉花妈通电话——

蓉花怎么样？

想不到，电话里“哇”的一声大哭起来。

晨丽急了，蓉花妈，蓉花怎么啦？

……晨警官，你惦记孩子，你是好人，你是菩萨！我对不起你！从你在外地第一次打电话，我就没跟你说实话，就怕黄源在里边受不了……呜呜……他受不了……

蓉花妈，蓉花妈，你别哭，蓉花怎么啦？

……晨警官，你原谅我，我没跟你说实话。你走了以后，我带蓉花去了医院，医生把我拉到一边儿说，认命吧，这孩子治不好了，她想吃什么，想穿什么，就随着她，让她活一天高兴一天吧！听医生这么说，连我都不想活了！可我要是没了，蓉花怎么办？她爸怎么办？我得活着！蓉花这孩子真惨啊，病犯得越来越勤，犯一回死一回。我一分钟都不敢离开。可是，我还要出去找钱啊。我要出去，又怕她犯了病。后来，实在没办法，就把她送敬老院了……

啊？晨丽叫起来，送哪儿了？

……晨警官，你别怪我，我实在没办法，就把孩子送敬老院了。敬老院有床，有医生，犯起病来比在家好。想不到，才送去三天，敬老院就来电话，说孩子不行了。我赶紧跑过去，蓉花已经抽得不像人样儿，舌头都咬掉了，吓得大家谁也不敢动，就这么眼看着她活活抽死了。我苦命的蓉花啊……

蓉花妈的哭声忽然断了。电话那头乱起来，有人叫着：蓉花妈昏过去了！

晨丽两手抱着头，眼泪大颗大颗地掉下来。

这时，小魏打来电话，喂，喂，老同学，蓉花怎么样？

晨丽抹抹眼泪——

挺好的……

真的？

真的……

太好了！黄源的情绪一天比一天好，不光话多了，还抢着给大家读报。谢谢你啊，老同学！

放下电话，晨丽找了个没人的地方，放声大哭。

跨省追凶完胜。晨丽刚回来，小魏又来电话问。晨丽把他约出来，讲了实情。小魏当时就傻了，这可怎么办？

晨丽叹了口气，你还记得在学校学过的《最后一片落叶》吗？

小魏当然记得。

那是欧·亨利笔下凄美绝伦的故事——

深秋，重病的少女琼珊，望着窗外砖墙上依附着的常春藤，数着一片又一片的落叶，自言自语地说，等最后一片叶子落下来，我就要死了。她一片一片地数，一颗准备走上死亡之路的心，维系在常春藤残留的叶子上。当晚，风雨大作，枯藤上还剩下最后一片叶子。琼珊说，明天一早，最后一片叶子不在了，我就死了。

可是，万万没想到，第二天一早，当她在晨曦中睁开眼睛，那最后一片叶子依旧在枯枝上傲然高悬。风吹雨打，不屈不挠！琼珊被感动了。哦，你这勇敢的叶子！有你，就有我。你不落，我就不死！

就这样，奇迹出现了。最后一片叶子一直没落，琼珊的病却一天天好起来。当她恢复健康走出院子时，才发现这片叶子竟然是画在墙上的！朋友这才告诉她，老画家贝尔曼知道她在数着落叶等死，就在那个狂风暴雨的深夜，把梯子支上院墙，站在上面，紧挨着枯枝画了一片永远不落的叶子。这片叶子挽救了琼珊，可贝尔曼却因为那晚上着了凉，得肺炎死了……

晨丽说，蓉花，是黄源心中的最后一片落叶！

小魏点点头，老同学，我明白。

回到看守所，望眼欲穿的黄源立刻迎上乞怜的目光。小魏脸上挤出笑，你放心，孩子……挺好的。

真的？黄源睁大血红的眼。

真的。小魏心惊肉跳。

黄源笑了，愁云散尽。

小魏也笑了，愁云满天。

没过多久，法院判下来了，两年。

黄源接过判决书，笑笑：魏管教，你放心，犯了法就该受罚。我到了监狱好好改造，争取早点儿出来。等我出来以后，蓉花长大了，给她找个老实人家。只要蓉花过好了，我就没白来人世。

小魏忍住心里的泪。

黄源去监狱服刑了。

当小院里的芙蓉又一次开花的时候，蓉花妈接到监狱来信，说黄源因为表现好获得减刑，再有半年就出狱了。

蓉花妈锁上老屋的门，踏上探视亲人的路。

芙蓉花开得粉嘟嘟的，让人爱怜。

小院静悄悄。人去，屋空。

51. 活着

对凌峰来说，徐冬的案子很简单，没费什么工夫就破了。

租住在滨江路七号院的打工妹阿丽被掐死在床上，头上还压着枕头。租住在同院的徐冬很快落网。

羞羞答答，脸紫成茄子。

这是个撩人的春天，阿丽暴露的春装让徐冬抑制不住，这个年轻的大三学生脑瓜一热，强奸并掐死了挣扎的姑娘。

审讯中，徐冬几次说，对不起阿丽，对不起捡破烂儿供他上学的父母，还说，他不想活了。

听得出，他说的是真话，特别是最后一句。

这样涉世不深的读书人，自尊心极强，犯了“丢人”的案子，很容易动念自杀。

一旦发生，后果难料。

审讯要进行多次，以核对事实或找出破绽。在接下来的审讯中，凌峰没有再问作案经过，毕竟难以启齿。

徐冬，你本质并不坏，因为青春期一时没控制住。你知罪悔罪，对非法侵害并剥夺他人性命的行为有深刻认识，这是很好的表现，我会提供给有关方面考虑从轻处罚。

听凌峰这样说，徐冬的脸放松了。

凌峰又说，你到了看守所，不要跟同监室的人讲你的事。他们素质有高有低，有人专门爱打听别人的案情，要不取笑，要不瞎分析。你是大学生，跟他们不一样。如果有人非要问你怎么进来的，你就说是交通肇事。

徐冬的眼圈儿一红，泪水唰地冲出来。

他被带出审讯室，送往看守所了。

凌峰拨通所长高亮的手机，人给你送过去了，交通肇事！

所长高亮是凌峰的警校同学，两人在学校时好得皮裤套棉裤。

也就是你！高亮笑起来，得嘞，你放心吧！

我放不了。事到如今，是死是活，要听法院的了。程序再快，也要两年，其间要确保人不出事，真够你一梦！

谁让我干看守呢！哪儿像你啊，把人一铐，往我这儿一撂就喝酒去了！

哎哟喂，瞧你说的，咱俩换换？

下辈子吧！

下辈子就下辈子。眼下你对徐冬可要多留心，有什么情况通个气。

得嘞！

高亮也有高招，带着徐冬来到监室，铁门一咣当，他先进去了。你们谁是大学生？举手！

一屋子人大眼瞪小眼。

高亮说，没有是吧？那好，今天我给你们带来一个大学生，他叫徐冬。虽然他犯了错误，嗯……交通肇事，但是他刻苦学习的精神值得你们学习，值得你们敬佩！你们要关心他，帮助他，谁也不许说怪话。你们好好想想，当初进来的时候，我有没有瞧不起你们？

没有！

这就对了。你们每个人都有长处，人与人相处就是要多看人家的长处。对不对？

对！

现在，我开始提要求，徐冬是怎么交通肇事的，你们谁也不要问。谁都有自尊心，谁都不愿意说自己犯的事，大家好好相处就是。你们都是我的朋友，你们的表现为所里增了光，所里获得优秀全靠你们努力啦，我要感谢你们，把大学生交给你们我放心！

好家伙，这高帽戴的，一屋子在押人员像寒冬跳进了热澡池，个个大嘴乐成了瓢。所长，你就放心吧！

高亮这才让徐冬进来，大学生，进来吧，别怕，他们都是你的朋友。来，大家鼓掌欢迎！

监室里的人都鼓起掌来。有的递拖鞋，有的问吃饭了没有，还有的说，这儿有热水，你先洗个脚！

徐冬差点儿又哭了。一切都超出他的想象。

但是，白天好过，夜里难熬。日子一长，想死的念头又冒出来。他躲在被窝里装睡，偷偷把一件衬衣撕成长条编成绳子，才编了一半，就被暗中监视他的“老乡”发现了。趁着放风，“老乡”把半根绳子从他的铺下偷出来，交给了高亮。

高亮吓了一跳。按规定这是要重罚的。他想来想去，先通报给凌峰。

什么？想上吊？凌峰问，监室有地方挂吗？

没有。

凌峰笑了，先别惊动，我这就来！

凌峰风风火火地赶到看守所，把徐冬叫到所长室。

徐冬，这儿就咱俩，我问你什么，你要说实话。监室里的人对你好不好？

好。

怎么好？

我没有牙膏、香皂，没有卫生纸，他们都给我，处处关心我。

你想不想感谢大家？

想，可我什么也没有。

谁说的？你是大学生，你有文化啊！我带来几本法律书，你领大家学好不好？

好！

还有，放风的时候可以散散步，还可以跳跳绳。说着，凌峰拿出一根跳绳，这根跳绳由所里保管，跳后收回。你用衬衣编的不行，太轻了，甩不起来！

徐冬一下子愣住了。

凌峰说，愣什么？心里明白就好，快回监室带大家学习吧！

打这以后，徐冬成了监室里的法律教员，带着大家逐字逐句学习。

凌峰掐着指头算日子，心想，就是学也不能一天到晚学啊，学累了就要休息。一休息，一静下来，难免还会胡思乱想。

他问高亮，徐冬怎么样？

有时候发呆。

凌峰笑了，我一天要发三百次呆。

他买了几大本计算机编程的书，风风火火地赶到看守所，又把徐冬叫到所长室。

大学生，你是学计算机的，是专家。我现在正在学计算机编程，老伤脑筋了！我想请你帮帮我，行吗？

行啊。怎么帮？

这些书你先好好看看，有什么心得就写上边儿，咱俩随时交流。书有点儿多啊，麻烦你了！

不麻烦，不麻烦！徐冬兴奋极了，接过书来，笑开了花儿。

这是他的最爱。这个最爱占据了他所有发呆的时间。他边读边在书上批写心得，密密麻麻，还夹着英文。

凌峰不时跑来跟他交流，听他讲解。

其实，对编程他门儿清，可装得比傻还傻，徐冬更提起千百倍的兴趣，一门心思当起老师。

直到有一天，法院下达了死刑执行令。

徐冬要赴刑场了，凌峰赶来送他。

凌队长，对不起，你给我的书没看完。我还以为有时间，想不到来得这么快。我还有许多心得要给你写，可惜没时间了。

听徐冬这样说，凌峰很难过——

他真以为我在等他的心得，最后的日子他在为我活着啊！

52. 雾

这是一条重大线索：明天，贩毒团伙的重要头目刘田准备乘坐长途汽车前往深圳购买毒品，返回后，在高速路西出口与邻省毒贩交接。

为了这个动静，凌峰带着弟兄们苦守三个多月。

现在，机会终于来了。

本市开往深圳的长途汽车每天只有一班，凌峰决定全程跟踪。

谁跟我去？

晨丽说，真的假的啊？问完了就死盯着我。

凌峰笑了，有请老佛爷！

晨丽也笑了，我长得有那么着急吗？

两人化装成去深圳旅游的小夫妻，手拉手上了车。

不料，车都开了，也没见刘田上来。

晨丽一看扑空了，刚想起身叫停车，被凌峰一把按住。

汽车驶离车站，往前开去，开着开着，路边忽然有人拦车。

正是刘田。

刘田上了车。

晨丽一个飞眼给凌峰。

快到终点站时，刘田提前下去了。凌峰按兵不动。

另一组弟兄早已赶到深圳，做好了继续跟踪的准备。

很快，凌峰与弟兄们会合，死死盯着刘田，直到他买好了毒品，仍旧坐长途汽车返程。

因为交易诡秘，毒贩上家没有暴露。顾不上了，先抓一头吧。

凌峰不能再跟踪了，怕让刘田发觉。他重新安排了跟踪人员，带晨丽赶往高速路西出口。当然，那里早已设伏。

凌峰赶过去指挥，一锅端。

就在这时，技侦部门突然截获了一条短信——

马到成功，勾起回忆，接踵而至，吾心酸楚。

短信是刘田从长途汽车上发给邻省接货人的，读起来怪怪的。

凌峰收到短信，抓抓脑壳，搞的什么鬼？写起诗来了？

晨丽端详短信片刻，在手心写了三个字：藏头诗！

凌峰眼前立刻亮了——

马勾接吾！勾乃沟也。

马沟是距离高速路西出口十公里开外的一个小镇。

临时改变交货地点是毒贩惯用的手法。

好啊，跟我玩起文化了！凌峰随即重新布局。

尽管刘田改变了交货地点，束手就擒的命运却没有改变。

人毒俱获，马沟完胜。

好笑的是，接货人根本没有理解藏头诗，一直在高速路西出口傻等。凌峰仰天大笑，他们跟我一样，语文是体育老师教的！

故事到此并没有结束。

审讯中，凌峰坦诚相劝，苦口婆心。刘田认罪悔罪，不但交代了自己的所作所为，而且主动说出了毒贩上家的子丑寅卯。凌峰遂布置警力，在当地警方配合下，将遗漏的毒贩一网打尽。

刘田，你有重大立功表现，我们要报请检察院在量刑时考虑。

说出这句话后，凌峰心里一沉。

毒品数量太大了，远远超出判处死刑的标准。刘田再有立功，也难逃一死。

谢谢你啦，凌队长，我知道自己活不了。我没别的想法，只有一事求你……

什么事?

孩子，我想看看我的孩子……

凌峰一愣。

原来，在返程路上，刘田得知妻子早产，生下一对双胞胎，都是男孩儿。一个不幸夭折，另一个保住了。在此之前，他妻子流产过三次。可以说，保住的这个男孩儿，是他唯一的后代。

凌队长，我没别的想法，就想在死前能看看孩子，哪怕看一眼也好……

凌峰沉默了。

刘田的请求合情合理，抛开他犯罪不说，也令人同情。

然而，这是眼下不可能做到的事。

在案件审理阶段，犯罪嫌疑人不能跟外界接触，只能关在看守所。就是关在看守所，也要与同案分开，防止串供。

但是，罪归罪，罚归罚。不管刘田犯了多大罪，不管他应该受到怎样的惩罚，他毕竟是孩子的父亲。孩子无辜。他的两个孩子已经没了一个，剩下的一个，如果临死前不能见一面，这不是人间悲剧吗？

刘田，你有悔罪，也有立功，我答应你！

刘田“哇”的一声大哭起来，紧跟着，扑通，跪下了。

凌峰急忙搀他起来，快起来，你……你要给我时间……

刘田被带进看守所。

凌峰拨通所长高亮的手机，跟老同学絮叨絮叨。

得嘞，凌峰，你有心病我肚子疼。我支持你，咱哥俩儿一块儿努力，让刘田早一天看上孩子。这样，他关这儿也安生。

凌峰开始到处找人了，一次又一次，局领导，法治办，检察院，法院——

我知道，法律规定，在案件审理中，要避免因犯罪嫌疑人会见外人，以防出现串供翻供。可是，一个不会说话的孩子，不会发生上述问题，请网开一面；

就算罪大恶极，在等待宣判的日子，也要让他们生活在希望中。人没希望就成了绝望，就会出事。哪怕判了死刑，也应该满足他们的合理愿望，让他们带着感恩去死，而不是带着怨恨离开这个世界，请法外施仁……

终于，奔波有了回应。局长告诉凌峰，局里同意安排刘田与孩子见一面。

见面这天，大雾弥漫。多少年也没见过这么大的雾！

这是见面的日子，也是判决下来的日子。

判决结果：死刑。

沉重的铁门缓缓打开。

晨丽从刘田妻子的手里接过孩子，抱进看守所，抱进所长室。

生离死别的一幕令在场所有人失声。

刘田搂着孩子，哭成了泪人。

孩子睁大眼睛，看着眼前的陌生人，不知道他是谁，也不知道他为什么哭。

儿子，好儿子，我是你爸爸，我是你爸爸啊！你看看我，看看我！我是你爸爸。爸爸犯了罪，爸爸对不起你……

父子相见，是第一眼，也是最后一眼。

会面时间一延再延，父亲儿子紧紧相连。

终于，要分手了。

一直没哭的孩子突然大哭起来。感天动地，撕心裂肺！

刘田拼命抢上前去，要再亲亲，要再抱抱，要再看一眼。

脚下的镣铐，哗啦啦，哗啦啦！令人心惊，叫人心碎。

儿子走远了。哭声消失在走廊黑暗的尽头。

刘田扑通一下，栽倒在地上。

凌峰没有去看守所。

一个人坐在刑警队办公室里。

静静地，点燃了一支烟。

他根本不会抽。

吐出的青烟飞出窗外，融进雾中。

53. 狼哥

> 我是一匹来自北方的狼
> 走在无垠的旷野中……

刘沙，东北爷们儿，人高马大。他爱唱这支歌，弟兄们就叫他狼哥。他豪爽仗义，肚子里不藏话。为打抱不平，进过两次班房，出来后河山依旧。他文化不高，也没有正式工作，凭着一双粗壮的手，吃苦受罪，四十多岁才娶了媳妇美娟。

破船偏遭风雨。婚后不久，美娟查出乳腺癌，不动手术人就没了。

拿什么动？

刘沙一夜急白了头。老天爷，你还让穷人活不？

弟兄们你拿点儿我凑点儿，好歹做了手术。接下来还要服药，还要钱。都是穷哥们儿，谁的钱不是命换的？无论如何不能再给弟兄们添累。刘沙急于找钱，慌不择路。

这天夜里，从云南开来的列车徐徐进站，一个身着米色风衣的男子下车后随人流出了站，按照事先约定，在一家旅店跟小胡子接上头，把手里提的黑皮箱给了他。小胡子随后钻进一辆金杯面包。他开着车在路上转了好几圈儿，确认没人跟踪，这才开进一家造纸厂。厂里机器轰鸣，夜班干得正欢。他停下车，提着皮箱走进经理室。胖经理正等得心焦。两人还没说上话，“嘭”的一声，一干人破门而入，领头的正是凌峰。

枪顶在脑门儿上，黑皮箱被打开。白花花一箱冰毒！

两个毒贩怎么也没想到，“米色风衣”是凌峰的卧底。

就地突审，胖经理交代了他的几个同伙。

其中有一个，住在河田街三号。

凌晨，河田街三号的门被一脚踹开，枪口对准屋里的人——

叫什么？

刘沙。

侦查员从屋里搜出一包冰毒，打眼一看，怎么也有200克。

带走！

刘沙被带到了刑警队。

他急于找钱，他慌不择路，他一脚踏进了万丈深渊。

说说吧，凌峰问他，你现在有什么想法？

我错了，家里有病人。

干几回了？

头一回，前两天才拿到，还没找到下家。

真的吗？

骗你是狗！

好，我相信你。

家里有病人，我需要钱。

这个钱不能挣啊！

我知道，我错了。说什么也晚了。

我理解你的处境，也了解你的为人。你只要坦白，可以从宽处理。我问你，你手里还有多少货？放哪儿了？

真能从宽吗？

党的政策不是儿戏。除了我们已经拿到的，你手里如果还有，现在交代出来，就算你自首。我报上去，对你量刑肯定会有帮助。

当真？

当真！我们有笔录，也有录像，都可以证明是你主动交代的。

好，我说……

你说吧，要相信政府！

另外有人给了我500克冰毒，也还没出手……

放在哪儿了？

鸽子窝里。

按照指点，凌峰带人从房顶的鸽子窝里如数起获了毒品。

当然，供货人也随后落网。

这些，都是凌峰没有掌握的。

凌峰说，刘沙，谢谢你！你的表现我一定如实反映。

刘沙被送进了看守所。

监室里的老号对他说，贩卖冰毒500克就判死刑。

刘沙心里很踏实。自己被抓住只有200克，另外500克是主动坦白的。再说，都还没卖，怎么判也死不了。

这天，法院开庭了。法官起立，宣判——

被告人刘沙贩卖毒品700克，判处死刑！

刘沙一下子愣了。

旁听席上，凌峰也愣了。

法官说，被告人如不服本判决，可在接到判决书的十日内，通过本院或直接向省高级人民法院提出上诉。

审判庭里静如死。

法官问，刘沙，你上诉吗？

刘沙没出声。

你上诉吗？

不上！

哇！——

旁听席上突然爆发出撕心裂肺的哭声。痛入骨髓！

是刘沙的妻子美娟。

第二天，美娟红着两眼来队里找凌峰，说她给刘沙写了一封信，想请凌峰帮忙带进去。凌峰接过信一看，眼圈儿就红了。

可是，案件审理期间，谁也不能给被审对象写信写条子，就是写了也不许递进去。

听凌峰说递不进去，美娟又哭起来，气都快哭断了。

凌峰说，美娟，别哭了，你的信没毛病，我答应你！

凌峰找到律师严军，严律，我求你个事儿，你先看看这封信。

严军看了信，说，美娟写的正是我想跟刘沙谈的，应该没问题。当然，按规定信不能带进去。规定要不要执行？肯定要执行，目的是防止通风报信串供翻供。可是，刘沙的情况不同。一审宣判了，家人也旁听了，情况都是明的，现在的问题是要不要上诉。人命关天，上诉是法律赋予被告的权利，也是防止错判发生的有力措施。每个被告都应该行使这个权利。这样吧，凌队，为了不违反规定，信我就不带进去了。但是，信里的内容我都会转告刘沙！

严军的记性真好。在会见刘沙时，他不是转告，而是一字不漏地背了出来——

老公，你好！见字如面。

我知道你心情不好，我跟你一样难过。你说你不上诉了，我听了如刀剜心！你被抓走的时候我上前拦着，你还大声说，你爱我，那你现在为什么说不上诉了？你知道不上诉就是死吗？你死了我怎么办？谁来照顾我？谁来心疼我？不如让我和你一起死！我还看什么病啊？

老公，我们夫妻一场生死不离。别说你冤枉，就算为了我，为了你爱我，我也求求你，一定要上诉！

你要相信，法律是长眼的！

不管多少年，我都会在家等你。

你要死了，我就跟你一起死！

永远爱你的美娟

听到这里，刘沙“呜”的一声大哭起来，像个可怜的孩子。

刘沙上诉了。他恳请二审法院，念其初犯又有主动坦白情节，且毒品未流入社会，给他一次重新做人的机会。

在苦苦期盼中，二审判下来了——

本院认为，上诉人刘沙虽然所贩卖的毒品没有流入社会，又有坦白情节，但其贩卖毒品数量大，毒品纯度高，且曾因犯罪被判过刑，不思悔改，刑罚执行完毕五年内又犯应当判处有期徒刑以上刑罚之罪，系累犯，应予严惩。因此刘沙及其辩护人提出的要求从轻处罚的上诉理由及辩护意见，不予采纳。

驳回上诉，维持原判。

对上诉人刘沙依法报请最高人民法院核准死刑，剥夺政治权利终身，并处没收个人全部财产。

刘沙没有掉泪。

他坚信，最高人民法院会认真审核。

放风了。他望着被铁网分割的天空，唱起自己最喜欢的歌——

我是一匹来自北方的狼
走在无垠的旷野中
凄厉的北风吹过
漫漫的黄沙掠过
我只有咬着冷冷的牙
报以两声长啸
不为别的
只为那传说中美丽的草原……

54. 绑完，这个人就去死了

在换岗培训中，凌峰被分到看守所工作一个月。

所长高亮笑了，培训完了，你干脆别走了，就留在我这儿吧。

凌峰抓抓脑壳。

高亮一脸坏笑，要不，把晨丽也摊派来？

我掐死你！

两个警校老同学，说笑归说笑，培训起来可不含糊。

看守所非同寻常。关在这里的人，要么活着出去，要么走上刑场。

一般情况下，他们都不戴戒具。如果谁被判了死刑，就要戴上脚镣，成为重点监管对象。最高法院一旦核准死刑，当天就要执行。

执行时，法警来提人。走前，要卸下脚镣，改用尼龙绳绑上。绑完，这个人就去死了。

这个活儿叫绑小绳。胆小的，干不了！

在凌峰的培训项目中，就有绑小绳。

高亮对他说，以前绑小绳，绳子从脖子前头走，锁喉，以防死刑犯乱喊乱叫。现在不了，从脖子后头走。七米绳子分两截，抹肩头拢双臂，上身六个扣儿，下身两个扣儿，全是猪蹄扣，越拉越紧。上身拴住胳臂，下身拴住脚脖子。两脚之间留二尺，能走小步，不能跑。被执行的人事先不知道，早上起来刷牙洗脸，还准备打饭呢，其实外边儿早安排好了。我走进监室对他说，今天天气不错，太阳高照，是你的好日子。他就明白了，就跟我出来，卸脚镣，绑小绳。绑完，法警就到了。这些年，我绑了三十多个，基本没哭的。他们都知道自己的罪过，知道自己不能活。他们等来等去，等到了这一天，也算解脱了。反正活不了，早晚都会死，说不上害怕不害怕。再说，执行来得突然，还没反应过来。倒是同监室的人受不了，大家相处一年多两年，谁没感情？这个才说，我走啦，谢谢大伙儿这两年照顾我，没别的，我给大伙儿鞠个躬吧！话没说完，同监室的人就哭开了，一起说，走好，走好！那场面叫人看着挺难受……

说到这儿，高亮忽然提高声音——

但是，想想他们犯的罪，想想被他们害的人，你的立场就会改变！

凌峰说，我抓人，你绑人，你比我承受了更多冲击，辛苦了！

想不到，第三天，冲击就让凌峰赶上了。

这一天，要枪毙两个人，一个叫盛朋，一个叫张铭，都是凌峰抓的。这两个人没作案的时候，凌峰就见过。他们总在一家小旅店门前打牌，凌峰上下班经常看见。事情就发生在打牌上。他们打牌带彩，张铭输多赢少，手头儿紧了，就跟盛朋借钱。借了又打，打了又输，结果欠下盛朋好几万。盛朋天天催着要，张铭走投无路，说，我有个邻居叫刘霞，有钱，家里就她一个，咱俩把她绑了吧？盛朋急着要钱，当下就同意了。这天晚上，两人下手了。张铭敲响刘霞家的门，说有事商量。都是邻居，刘霞就没在意，刚一开门，张铭就冲进去，一下搂住她脖子，把她拖进里屋，脸朝下按倒在床上，逼她拿银行卡，说密码。刘霞拼命挣扎，一脚蹬烂了暖气罩，伸手又挠他的脸。盛朋看大势不好，扑上去死死掐住刘霞的脖子。可怜一个无辜女子，就这样被活活掐死。之后，两人把尸体抬进张铭家，用了三天时间，拿菜刀肢解了尸体，把肉块和内脏剁碎，扔进卫生间的坐便器里冲掉。冲不掉的手、脚和骨头，装进编织袋里胡乱丢掉。最后，只剩下人头。张铭把人头装进书包，夜半三更提着到处走，走来走去，走到了河边。他本想捡几块石头塞书包里再往河里扔，突听见书包里叫了一声，吓得他头发根儿都竖起来，扑通通！把人头扔进河里就跑。其实，叫声出自树上的乌鸦。几天后，人头浮起，冤魂叫冤。凌峰接警出击，案件随即告破。晨丽在张铭家卫生间和阳台的瓷砖缝儿，找到了血迹和脂肪粒。杀人碎尸，铁证如山，凶手被判死刑。

执行这天，凌峰和高亮一人绑一个。

这是凌峰第一次给要枪毙的人绑小绳。尽管事先练过，绑起来还是手忙脚乱。而张铭呢，这个半夜提着人头到处走的恶魔，竟然吓得瘫倒在地，揪都揪不起来……

一个月的培训转眼结束了。就在凌峰要走的头一天，高法核准了毒贩桂婆子的死刑。

桂婆子年纪并不大，才四十出头，可大伙儿都这么叫她。她有个没过门的儿媳妇，叫杨兰。桂婆子去广西取货，留了几小包毒品在家，骗杨兰说是药，说如果有人来买就帮她卖卖。杨兰就帮着卖了。桂婆子回来后，杨兰把钱如数交给了她。凌峰得到线报，很快抓获了她们。因为是同案，两人分关在不同监室。

桂婆子被判死刑，杨兰被判五年。

这天，要执行了，高亮让凌峰再绑一次小绳。

凌峰还没动手，桂婆子已哭成泪人。

哭着哭着，扑通一声跪了下来——

凌队长，我求求你，你让我见见兰兰吧，让我跟孩子说声对不起吧！我要不能对孩子说这句话，我死也闭不上眼！

凌峰急忙拉她起来。她不起来。

凌峰问高亮，怎么办？

高亮反问，你说呢？

凌峰说，都到这时候了，人说话要死了，如果还不让见，那也太没人性了。让她见！

凌峰话音未落，高亮已喊了起来：提杨兰！

就这样，两人相见，抱头大哭。

兰兰啊，兰兰，姨对不起你！姨害了你！姨走了，你一定要好好活下去啊……

桂婆子的哭喊撕心裂肺，现场没有不掉泪的。

直到法警来了，凌峰才给她绑起来。

行前，桂婆子一脚踩着车，一脚踩着地，扭过脸对凌峰说，凌队长，你是好人，我临死前再求你一件事，兰兰身体不好，你能不能帮我跟监狱的领导说说，给她找个轻点儿的活儿？

凌峰说，桂婆子，我答应你，你走好！

桂婆子走了。杨兰被送往监狱服刑。

凌峰向监狱长提出请求。

监狱长同意了，安排杨兰在监狱超市当售货员……

55. 大眼睛

这只小狗在小区里流浪好几天了。晨丽每天出门去上班，小狗都要冲她摇尾巴。她下班回家，还离老远，小狗就摇着尾巴跑过来。她进家了，把小狗关在身后，小狗委屈地叫两声。晚上，晨丽睡不着，趴窗一看，它没走，它还在，在惨白的月光下，在呼呼的寒风中，可怜地缩成一小团儿。

不行，这大冬天的！再说，它吃什么，喝什么？到处都结了冰。

晨丽再也受不了。走吧，跟我上班去，有我吃的，就有你吃的。她对小狗说。

狗狗的到来让队里莺歌燕舞。大家都喜欢它，纷纷拿好吃的给它吃，张罗着给它起名儿。有人说，它来到刑警队，就叫“刑警”吧。凌峰叫起来，它叫刑警，我们叫什么？大家都笑了。凌峰说，你看它眼睛多大啊，就叫“大眼睛”吧！大家都说好，然后，看看狗狗的大眼睛，又看看晨丽的大眼睛，再一起叫，大眼睛，眼睛大！

晨丽说，去去，都看我干吗？要我说，叫它“峰峰”。

凌峰笑了，是凌峰的峰吗？

晨丽说，疯子的疯！

啊？我有那么疯吗？

一致表决，“疯疯”没通过，狗狗就叫“大眼睛”了。

没过多久，“大眼睛”生孩子了。七个！大家都说，晨丽当姥姥了。

啊？这姥姥是怎么当上的？

晨丽在微信里这样写道——

半年的集中学习结束了，真想“大眼睛”。今天一早，我刚回到队里，就看见走廊一堆人，还听见吱吱吱的叫声。过去一看，哎哟，“大眼睛”生宝宝了！多得数不过来，一个比一个能叫。

“大眼睛”当初被我抱来的时候，浑身是土，也不知是男生还是女生。后来，给它洗了澡，哇塞，原来是窈窕淑女！

现在，它突然生了七个宝宝，这是谁干的好事？食堂孙师傅说，前些日子外面跑来两个小公狗，整天跟“大眼睛”在一起玩。具体哪位玩出了感情不知道，也不负责任，跑啦！

队里的爷们儿，一个比一个心软，选了一处不漏风的地方，搭了个窝。“大眼睛”很满意，带着宝宝住进去。不用首付，也不必当房奴。

自从当上妈妈，“大眼睛”腰板儿直了，说话气儿也粗了，脾气见长。汪汪汪！神气活现。它要保护孩子们的安全，整天撵得前来探班的流浪猫没地儿躲。

有一天，传来十万火急的消息：“大眼睛”缺奶，宝宝饿得直叫！

凌队第一时间响应，马上去市场买来鲫鱼，让孙师傅给“大眼睛”煮汤，说女同志生了孩子喝鲫鱼汤能发奶，狗狗也应该可以的。我问他，你怎么知道的这么多？他抓抓脑壳，呵呵，我，我这也是听人家说的。我笑了，快去食堂煮汤吧，我先给“大眼睛”喂点儿牛奶。我对“大眼睛”说，喝吧，快喝吧，喝完有奶了好喂你的小宝宝。孙师傅送来生花生，剥给“大眼睛”吃，说这样也能下奶。我看“大眼睛”吃整个儿的花生很费力，就嚼碎了喂它。我嚼，“大眼睛”就等着，嚼一口，喂一口；再嚼，再喂。嚼得费力，吃得快，还供不上呢！牛奶，好喝。花生末儿，好吃。一会儿，凌队又端来了鲫鱼汤。孙师傅小跑着跟在后面说，我说我煮，凌队还不放心，生怕我偷喝了再兑水。哎哟喂，我又不下奶！

就这样，高干待遇让“大眼睛”很快有了奶水。

一天下午，我正在整理资料，忽听走廊那头儿“吱吱呀呀”叫得厉害，赶紧跑过去。一看，原来是两个小宝宝从窝里掉出来了，“大眼睛”正搂着其他的小宝宝开饭。它着急地看着我。我说，啊，叫我帮忙是吧？这俩宝宝不听话，眼睛还没睁开就往外跑，真调皮！我赶紧把掉出来的两个宝宝送回“大眼睛”怀里。宝宝饿坏了，一头扎进去就争着抢奶吃。“大眼睛”连忙舔它们，让它们慢点儿吃，奶有的是，管够。

自从做了母亲，“大眼睛”更当家做主了。只要队里有生人来，它就大喊大叫，什么来路？有没有证件？直到来人进了办公室，它一看有人接待，这才善罢甘休。一向四门大开的刑警队办公楼，突然来了个看门的“大眼睛”，虽然吵闹了些，但也给人安全感。最起码，外边来人报案什么的，我们在屋里就能听到，尤其是夜间值班的时候。

有一天，我值夜班，晚上快十二点了，忽听外边“大眼睛”叫得厉害，赶紧跑出去，一看，它拦住了一个貌似丐帮的人，棉衣破处露棉花。原来是后院烧锅炉的郭老头儿来查暖气。他很少过来，所以“大眼睛”不认识。郭老头儿说，这真是，人敬有钱人，狗咬穿破衣呀！把我笑得肚子疼。

“大眼睛”除了爱管闲事，整天都高高兴兴的，给宝宝喂奶，搂着宝宝睡觉。“大眼睛”啊，你就没什么愁事吗？

由于义务看门和养育小宝宝，“大眼睛”劳累过度，身子明显单薄了。有一天，它突然抽搐起来了，两腿伸得直直的。我吓得叫起来，凌队冲过来，二话没说，抱起“大眼睛”就上了车。来到宠物医院，医生诊断为产后风，起因是孩子太多，“大眼睛”营养不良所致。要打点滴，每天两次。凌队马上掏出钱来，打！“大眼睛”还真听话，一动不动地躺着，一打就是两个钟头。医生说，不能让七个宝宝一起吃奶了，今天这几个吃，明天那几个吃，要错开来，不然还会犯病。我担心没奶吃的宝宝会饿着，就去医务室找来注射用的针管儿，把分开喂的小宝宝一个个抱着，小心地用针管儿喂牛奶。就这样，一连几天分开喂养，再加打点滴，“大眼睛”终于恢复了健康，把大家高兴得什么似的。

凌队刚抱起一个小宝宝看，有人就喊，快叫姥爷，快叫姥爷！

这是谁呀，真坏！

晨丽的微信写好了，想想，没发，收藏在心里了。

眼看小宝宝一天天长大了，可爱得不行，她担心有人来要。

凌峰说，谁也不给！警犬基地就在旁边，回头让“大眼睛”带小宝宝过去。它当不了警犬，打打杂也好啊，还能偷着学两手！

56. 秋叶

富华公司命案虽然侦破了，触目惊心的现场仍留在凌峰眼前：

在一楼过道至楼梯地面上遗留着波浪形花纹带血足迹；二楼楼梯口墙壁上有大量喷溅血迹；走廊地面上有一具女性尸体，呈仰卧位，尸体下及周边有大片血迹。

法医尸检——

死者头面部、胸腹部及四肢周身可见锐器刺创共37处，系生前被他人用锐器刺入胸腔、腹腔、脖颈，致心脏、肝胆破裂，双侧总动脉破裂，失血性休克死亡。

同事刘宁证言——

我跟死者是同事。当天上午8时40分，一戴眼镜男子到我们办公室找她，两人进屋说话。说着说着，就听她“啊”地大叫一声，我回头见那眼镜男搂着她的腰，右手拿把尖刀，女同事肚子上全是血。她喊，快打110！在我报警时，眼镜男还不停地用刀捅她。

报案人杨宇证言——

我是物业保安。案发当天8时50分左右，一个满身是血的男人跑进物业公司，说他杀人了，要自首，让我帮忙报案。我打电话报案后，警察过来把他带走了。

上述材料还原了整个案发经过，客观，真实。

37刀！好狠的手，好深的仇！这究竟是为什么？

杀人者陆洋，被杀者朱萍。

死者不能开口。面对凌峰的审问，陆洋这样供述——

我永远不能忘记朱萍的第一个眼神。快乐，清纯。

那还是我读高三的时候，有一天学校组织军训，齐步转正步，高三示范，高一高二观摩。我没走好，被教练吼起来，一边站着去！就在我被叫出来罚站的时候，一个女生的眼神从高一观摩队列中飞来。后来我知道，她叫朱萍。当时，我俩几乎同时吐了吐舌头。我俩就这样认识了，好上了。我心中有她，她梦中有我。

高中毕业后，我因家贫辍学，朱萍考上了外地的大学。我深爱她，但也清楚我们之间的差距。我多少次想说咱们分手吧，可是开不了口。我痛苦再三，中断了跟她的联系，甚至借故没去为她送行。朱萍走后也没了音信。校园初恋，就这样风平浪静了。

转眼到了寒假，朱萍像燕子一样飞回来了。想不到她居然到我打工的网吧找我。我不敢相信这是真的，但她的确就站在我眼前，说，想我，爱我！她的话像阳光一样照亮了我卑微孤寂的心。我决定，今后用自己打工挣来的钱支持她读书。因为她家同样贫困，她在外读书、生活都需要钱。给她钱，就是给她温暖给她爱！

我每晚在网吧里几乎干通宵，为了多挣钱，又找了一份在浴池给人搓澡的活儿。我每天出网吧，进浴池。在收拾网吧卫生时看见客人吃剩不要的东西，就背着人吃掉；睡觉只能趁没人搓澡时在板凳上打个盹儿。就这样，省吃俭用，豁出命干，把打工积攒的钱，全都寄给她当学费、生活费。我爱朱萍，我为她活着。

可是，想不到，她一毕业就变了心！

我听说她回来了，却没有她的消息。

后来，我终于找到了她，才知道她在富华公司上了班，而且有了对象。看她突然变了一个人，我咽不下这口气！

你狠，我更狠，背叛是要付出代价的！

当天早上，我到她上班的地方找她，想跟她最后谈一次，谈不拢就杀死她。她死了我也死。我见到她后央求她，她说，不行，她已经要结婚了。我说，你别做梦了！说完就拔出刀。她喊起来，我一刀割开她脖子，跟上去一顿乱捅。刀捅在她身上拔不出来了，我换了另一把接着捅。不知捅了多少刀，我看她活不成了，就要自杀。可是刀弯了，自杀不成了。我就跑出去找了个保安，让他帮忙报警。

人是我杀的，仇是我报的。

我活着也没劲，快让我死了吧！

说完，他大哭起来。

凌峰劝他别哭了，问他还有什么要说的。陆洋好像忽然变了一个人，目光恍忽，像一个老人絮絮叨叨——

我和朱萍是高中同学，有一次军训我没走好，被罚站，她看了我一眼，我没走好，她看了我一眼，我被罚站，她看了我一眼，那次军训我没走好……

凌峰没有打断他，就让他这样絮叨。

絮叨了一阵，陆洋的目光又正常了，我说的句句都是真话，朱萍对我变心了。那天，是她说她要跟我分手，我气不过，才动了杀心。

凌峰问，她怎么说的？

陆洋说，我说了你也不会相信。但是 QQ 不会说谎。

你们之间有 QQ 留言？

有！

凌峰马上打开电脑，来吧，陆洋。

我？

对，你。

陆洋浑身都在颤抖，按在键盘上的双手像患了帕金森。

案发当天早上 8 点 10 分，朱萍的确给他留了言——

> 陆洋，我承认我很冷血。不过怎么说呢？我觉得我们真的很难走到一起。我知道你是个好人，也给了我很多帮助。但是，我很想独立。而且，在现在这个时候，我觉得自己可以独立了。我也说不清我今后的人生到底是什么样的，只是希望会好一些。
>
> 让我们分手吧！

留言的每一个字，都像钉子一样钉进凌峰的心。

他回看往日的留言，吃惊地发现，三年多前，当两个人爱得死去活来的时候，陆洋竟然会给朱萍写下这样刻骨铭心的诗句——

> 秋天叶在落
> 明年有谁能想到

今年秋天落的叶
有谁会记起你
记起你死去的生命

这时，晨丽进来，递给他两份材料。

一份是侦查员刚刚获得的，一个叫马召的男人写的证言——

朱萍是我三周前刚认识的女朋友。案发前三天，她都住在我家。我每天早上开车送她上班，案发那天也是。

经查，马召就是朱萍选定的结婚对象。本人离异，商人，有钱。到朱萍被杀，两人才认识三个星期。

另一份是晨丽自己整理出来的。

陆洋去富华公司找朱萍是坐出租车去的。到达后，他跟司机借笔，在出租车票背面写了一行字。这张出租车票后来遗留在案发现场，上面沾满了血。晨丽清理干净，辨认出上面的字如下——

我银行卡里还有9000元，留给朱萍的爸妈。

57. 审讯中断

张雪是被她丈夫顾桐告发的，不但告发她杀了王萍，还说，她让他帮着分尸，他没有同意。

归案后，王萍却说，王萍是自愿让我杀的。

自愿的？凌峰愣了，那你让丈夫帮着分尸是怎么回事？

张雪说，没有的事！他这是想要我的命！

你丈夫想要你的命？为什么？

你别问了！好吧，人是我杀的！要崩就快崩吧，让我跟王萍一块儿去死！

说完，张雪“哇”的一声哭起来。

审讯中断。

因为嫌疑人是女性，凌峰主审，晨丽陪同。

晨丽说，凌队，让我陪陪她吧。

一壶热茶，两个女人。

张雪，这儿就咱俩，你比我大，是我姐。姐，你能告诉妹妹，王萍为什么要让你杀她？

张雪迟疑片刻，突然说，因为她爱我！

啊？

……我也爱她！

说完，张雪放声大哭。

……我和王萍都是制衣厂的缝纫工。有一天，我看见她好像被谁打了，鼻青脸肿，就问她是怎么回事。她说，碰到了打劫的抢她的包，我就拉着她去派出所报案。走出车间，她才告诉我，是她丈夫打的！她说，她被这个男人强奸后怀上了孩子，说出去怕丢人，只好嫁他了。她恨他，跟他没感情。她丈夫三天两头打她，还用烟头烫她，用针扎她。她一说离婚，她丈夫就说要杀了她，还要碎尸。她说，她生不如死。我一听就掉泪了，因为我丈夫也打我，一喝多了就往死里打，揪住我头发往墙上撞。我说离婚，他就说，先砍死女儿再离。我女儿才四岁。为了孩子，我只好忍气吞声。我说出自己受的罪后，王萍就抱着我哭。我们两个苦命的女人就这样好上了，分不开了。

一天，王萍又挨打了，头发都被揪掉一把。她说，我受够了，咱俩远远地走吧，永远离开这儿。我说，好！

我们决定离家出走。走前我抱了抱孩子，抱着抱着就哭了，想到王萍在车站等我，狠狠心，走了。

我们就这样私奔了。

我们商量好，要走就不回来了，死也死在一起。

我们坐火车来到合肥，在郊外的小旅店租了个房间，住了二十来天。这二十来天，可以说是我一生中最快乐的日子。

但是，接下来，我们就落魄了，身上只剩下二三百块钱。我说，咱们还是回去吧。王萍说，我知道你跟我走不到底。但是，我心里除了你就没别人了。要走，你自己走吧！我说，你等着我，我回去看一眼孩子，拿点儿钱就回来，我这辈子也不离开你。

王萍送我到车站，拉着我的手说，你真要回去吗？你真舍得我吗？我说，我去去就来，你放心吧。她看我真的要走了，眼泪哗地下来了。这时，正好有一辆小车开过来，她转过头就去撞，我一把抱住她。我一看她想寻死，就跪在地上求她，王萍，你别死，要死你带我一起死。我哭着求她，她受不了，就同意跟我一起回去。

我们走在回家的路上，天很热，路边有一片玉米地。王萍说，我累了，咱们进去坐一会儿。

我们刚一进玉米地，她捡起一块石头，就往自己脑袋上砸，血哗地冒了出来。我扑上去抱住她，抢下了石头。

王萍倒在地上，说，雪，你别拦我，你让我死！反正我回去也是死，你就成全我，把我掐死吧！死在你的手里，是我今生最大的幸福，你就送我一程吧！

说这话的时候，她像疯了一样，实在可怜。

我哭着说，王萍，都是我不好，拉你后腿了。我爱你，真的爱你，你不能死，不能死啊！

王萍边哭边说，我活够了！如果你真爱我，你就掐死我。两个女人相爱，没人容得下，这就是我们要面对的现实。我绝望了，对一切都绝望了。你不掐死我，我也会自己死。你就快掐吧！

我哪能忍心呢？但是，我却真的动了手。

我想让她知道，死有多么难受。不管多难，活着总是好的。

我掐了一会儿，看她呼吸困难了，马上松开了手。

王萍，你看，死多难受啊，我求求你，别死了……

雪，你别心疼我！回去让我男人折磨死我，我更受罪。那罪不是人受的！你还想让我再受罪吗？你要是不想，就快掐吧！

我狠了狠心，又掐她。看她难受，手又松开了。

不行，我不能让你死！

我今天死定了，你就算把我扔在玉米地里，我也会死！

听她这样说，我真是左右为难，就想再吓唬吓唬她。我开始第三次掐她。我边掐边哭。她喘不上气，眼睛直翻，我又害怕又心疼，再次把手松开。

王萍醒了过来，说，雪，我不怨你。我死了以后，你找个地方把我埋了，谁也不会找我。你要真爱我，你就成全我。要不，你说的就是假话，你就是在骗我！

听她这样讲，我就第四次掐她。

这一次，她再也没有醒过来。

王萍，王萍啊——

我抱着她，大声哭着。

她软软地躺在我的怀里，没有出声，没有睁眼。

我疯了。我一生一世都对不起她。我哭叫着，王萍啊，我就是想吓唬吓唬你，你怎么就死了啊？

我抱着她，一直哭到她的身子没了热气。我决定跟她一起死。我说，王萍，我回家看一眼孩子就回来追你，你千万等着我啊！

我跑回家，一看见孩子就抱着哭。

顾桐瞪着两眼进来，好啊，野人，你跑哪儿去了？

我没理他，扭头就跑。

顾桐一把揪住我……

张雪的案子移送到了检察院、法院，晨丽一直揪着心。

她在日记中写道：

弱者，你的名字是女人。

我为这两个苦命的女人做最真诚的祈祷。

法院开庭了。晨丽坐在了旁听席。

庭审后，法官宣判——

被告人张雪因同性恋对象求其帮助自杀，明知长时间扼压他人颈部可能致人死亡，仍以扼颈手段杀害他人，其行为构成故意杀人罪，判处有期徒刑十年。

法官问，被告人，你上诉吗？

张雪说，我杀了人，我有罪，我不上诉。但是，十年太长了，我要去找王萍，我不会等这么长！

58. 凶手

物资公司总经理陆飞被害，地点在他原先住的老房子里。法医认定，他是被人用锐器刺破心脏，引起失血性休克死亡。

现场勘查后，凌峰问晨丽，你有什么感觉？

晨丽说，我要讲出来，你不许说英雄所见略同！

凌峰抓抓脑壳，你别堵严实了，好歹给留条缝儿！

晨丽打开笔记本，老房子里什么东西都没有，就一张床；陆飞口袋里的钱包好好的；门窗没有被撬；现场没留下任何痕迹。这些都说明，凶手是有预谋地尾随被害人进屋作案，不是仇杀就是情杀！

英雄所见略……

打住！

继续侦查的结果，公司卫生室女医生杨云有重大嫌疑。杨云虽已三十五六，仍显得年轻漂亮。丈夫三年前去世后，她带着读小学四年级的儿子过，没有再嫁。凌峰在陆飞的办公室里发现了她写给陆飞的信。通过研判，认定她与有妇之夫陆飞关系不正常。信中透露出她对陆飞近期有意躲避自己感到很愤怒，甚至说，不行就一起去死。

杨云虽然有重大嫌疑，但她会是凶手吗？凌峰摇摇头。

想不到，杨云被传唤到刑警队，一坐下就说，陆飞是我杀的！

凌峰说，好吧，你先回答我几个问题。

凌峰的所有问题，都与案发现场细节有关，什么时间、什么凶器、伤的哪些部位、人倒向何方，杨云的回答都对不上茬儿。

凌峰突然又问，你认识余力吗？

……谁？杨云瞪大一双充血的眼睛。

余力！

啊？你们不能抓他，不能抓他，跟他没关系……

杨云惨叫一声，昏了过去。

医生赶来，抬走了她。

就在杨云被传唤来队的路上，“110”指挥中心接到余力要自首的电话，及时转告了凌峰。

杨云前脚被抬走，余力后脚就赶到了。

余力是个送煤工，个儿不高，又黑又瘦，一坐下来就说——

陆飞是我杀的，跟杨云没关系，你们枪毙我好了！陆飞是个流氓，但他是属于道德上的事，法律制裁不了他，顶多给个处分。他照样当官，照样利用职权玩弄妇女。可被他欺辱的杨云又该怎么办？我杀了他，一是为杨云出口气，二是想到他这种人留着还会害更多的人！我知道，你们不会放过杨云，我不愿意让她为我受连累。她身体不好，还有孩子。所以我自己来了，来承担我应该承担的法律责任，来解脱杨云。因为……我爱她！

余力的最后一句话，让凌峰心头一震。

你爱她？

是的，我爱她！已经到了这种时候，我不愿意再谈什么爱不爱了。我所爱的，我所追求的，都已经失去了，永远也找不回来了！杀人偿命，我到枪毙的那一天，也不怨政府。我唯一请求，我杀陆飞，是瞒着杨云干的，她根本不知情，你们放过她，千万不要冤枉她！

凌峰说，谢谢你来自首，我明白你的心情。你先下去平静平静，我们回头再谈。

余力被带下去，凌峰匆匆赶到医院。

杨云从昏厥中醒来，晨丽正陪伴在她身边。

明白大势已去，杨云泪流满面——

……我对不起余力，我害了他。我所以说是我杀的陆飞，就害怕你们查出余力。我没良心！在这个世界上，只有两个人真正爱过我，一个是我丈夫，另一个就是余力！我丈夫在世的时候，处处体贴我，我们的日子本来过得很好，想不到三年前他得了肝癌，家里只有我一个人照顾他。余力因为给我家送煤，看到了我们的困难，就常常来帮助我照顾，帮我做体力活儿。后来，我丈夫出现昏迷了，临终前拽着我的手说，让我一定要带好孩子。就这样，我和孩子成了孤儿寡母。我们娘儿俩的日子实在难过。因为看病欠了债，连孩子的学费都交不起了。这时，余力来了，把他刚拿到的工资全都塞给了我。他同情我，帮助我，时间一长，我们就产生了感情。余力也是个苦命的人，父亲去世以后，他一个人要养活没有工作的母亲，经济上很吃紧，加上人又黑又矮，又是送煤工，被人瞧不起，所以一直也找不到对象。我知道他是真心爱我，可我比他大七岁，又带个孩子，我心里顾虑重重，不知流了多少泪。就在这个时候，陆飞突然闯进了我的生活，他说，他早看上了我，还说，只要我答应他，他就跟他爱人离婚，说他们是父母包办的，没感情。他的花言巧语迷住了我。我有了私心。我想，嫁给余力不如嫁给陆飞。他是总经理，说一不二，我有这样的大树好乘凉。再说，我们俩的年纪也相配。可是，这个老流氓，他欺骗了我，在他的老房子里玩弄了我……才两个多月，他就开始冷淡我了。我发现他跟公司新来的女大学生又搞上了。我恨啊，我哭得死去活来。余力追问我为什么哭，我说，我对你有罪，我对不起你，我没脸再见你了！我哭着把我跟陆飞的事告诉了他。他一听，也哭了。他本来是一个很坚强的人。可是，他所爱的，他所追求的，都已经丢失了，永远也找不回来了。想不到，出事这天晚上，余力来找我，进门就说，仇报了！我吓了一跳。他又说，我到底在老房子门口守到了他，把他杀了！……余力是为我杀的陆飞，你们要枪毙就枪毙我吧！只有用我的死，才能赎回我的罪……

根据两个嫌疑人的供述，凌峰带人从河里打捞到余力作案时用的刀及衣服、鞋套、手套等物品。

至此，凶手找到，案件告破。

凌峰逐项填写了结案报告，移送检察院。

不久，检察院向法院提起公诉。法院经审理后宣布了判决。

正在外地办案的凌峰打电话给晨丽——

法院怎么判的？

余力因故意杀人罪，判处死刑。杨云构成包庇罪，因情节较轻，免予刑事处分。

余力上诉了吗？

没有。

杨云呢？

杨云……

杨云怎么样？

她……自杀了。

啊？你说什么？

59. 警花借调

城西派出所的三个女民警，两个休产假，一个生病，局里打算借调晨丽去支援。

晨丽问凌峰，你同意吗？

凌峰抓抓脑壳，不同意行吗？

晨丽说，痛快啊！得，干顺手了我就不回来了。

凌峰说，那可不行，我这就找局长去！

晨丽笑了，瞧把你吓的，逗你玩儿呢。

凌峰说，惊吓变惊喜！

晨丽说，你少来！

晨丽来到派出所，才发现这儿比刑警队还忙。可以说，没黑没白。

昨天半夜，一家服装店外的喇叭突然叫起来：甩货啦，走过路过别错过！吓死人。晨丽正巧值班，接警后爬起来就往外跑。经理手机关机，她只好找开锁师傅。开门一看，嗨，是老鼠踩了开关！处理完天都快亮了。刚说眯一会儿，又出事了，她拿个凉馒头就跑了出去。咋啦？

北街开了一家超市，夏天要是不装空调，顾客就像进了澡堂子。工人正安装，杨大妈叫起来，这不要我老命吗？整天嗡嗡嗡，喷出的热气能蒸包子。超市凉快了，我家成澡堂子了！原来，两个室外机正对她家后窗。工人可不管，说，超市让装这儿，我们就装这儿！杨大妈急了，抓起电话找派出所，你要不给解决，我就去县政府！晨丽说，可别，我们干小民警的不容易，您一去我制服就得脱。您消消气，我这就来！她赶到现场，杨大妈正要拿砖头砸室外机。晨丽扑上去拦住。这一砖头下去，就成治安事件了。她看看地形，心头一亮，如果把两个室外机分开，向东西各移十米，就能躲开大妈家的窗户。她一说，杨大妈也认了，丫头，看在你是新来的，就这样吧！

一头儿说好了，晨丽又去超市找主管王经理。路过消防通道，看到里面堆满了货，她用手机拍下来。王经理听说室外机安装不妥，跟着晨丽来到北街。一看，哎哟喂，有瑕疵！晨丽说出移机的设想，王经理直嘬牙花子，工钱不说了，料贵啊！要不，让居民也出点儿？晨丽说，这不合适，你再考虑考虑。你先拿上支票，跟我去交罚款！王经理吓一大跳，啊，罚什么款？晨丽一亮手机，消防通道当仓库，想到后果了吗？王经理一脸苦瓜相，哎哟喂，有瑕疵！给我们一次改正机会吧。我这就叫厂家移机，费用我们出，就当罚款了。晨丽笑了，两码事！不过，这回算警告，下回别再让我抓住！王经理说，没下回啦！

问题解决了。杨大妈来超市购物，一进门，美了，还是有空调好！

杨大妈美了，晨丽却皱起眉。又咋啦？

赵大爷找来啦，说他种的树被人拔了。社区老旧，没物业，房前屋后，你种个瓜，我点个豆。赵大爷说，他买了棵桃树苗，刚种下，第二天就被人拔了。晨丽说，您别生气，气坏身子没人替。我帮您看看监控。赵大爷说，得，我等信儿啦，是骡子是马你给我揪出来！晨丽调出监控一看，哎哟，是赵大爷楼上的邻居刘大爷！刘大爷半夜睡不着起来溜达，溜达到地里下了手。深更半夜的，怪不得没人看见。事关邻里，不可声张。晨丽借口家访，带着水果去看刘大爷，谈笑中，有意说起种瓜点豆。刘大爷说，长荒草还不如种点儿啥，我也撒了点儿葱籽儿。嗨，不等冒尖儿，谁在上面种了树！太欺负人啊，我就给拔了！

噢，也许人家不知道。

嗯，不知者不为过。

大爷，回头我写块儿牌子提个醒。

那敢情好啊！

晨丽离开刘大爷，从集市买来两棵桃树苗，挪了个位置栽上。她刚栽完，赵大爷就找来了，监控查到没有？

大爷，监控出毛病了，没查到。这样吧，我换了个地方，给您种了两棵。

啊？怎么能让你花钱？又被人拔了咋办？

大爷，您放心，警察种的没人敢拔！

过了两天，树长叶了，葱冒尖儿了。老头儿大嘴乐成瓜。

可是，晨丽没跟着乐，种完树就出差了。跑上海，去贵州。干啥？

派出所破了一起盗窃案，抓到的嫌疑人中有个女人，带着两岁的女儿妞妞。要走法律，就得先把孩子安置好。一问，妞妞连户口都没有，只能先上户口。晨丽领了任务当天就脚底抹油，先跑到孩子的出生地上海，从医院调取了记录，然后连夜赶往嫌疑人户籍所在的贵州农村。天下着大雨，泥水没鞋，晨丽跟头打滚儿来到派出所，好话说了一箩筐，人家同意落户了。可是，嫌疑人的父母却不愿意抚养孩子。吃了上顿没下顿的，谁要给谁吧！得，嘴说破了也没用。没辙，晨丽只好跟当地救助站联系，求爷爷告奶奶，人家总算答应暂时接收，不过，要让派出所把人送来。

送妞妞当然少不了晨丽。

晨丽看着妞妞的大眼睛，心里很难过，要把她从妈妈身边带走，要把她送到很远很远的地方，真下不了手。

可是，又有什么办法呢?

晨丽给妞妞买吃的，买玩具，买衣服，跟她一起玩，一起闹，一起说说笑笑。她试着带妞妞出去玩了一会儿，又送回她妈妈身边。终于，孩子跟她有了感情，常常要她带到派出所外面去玩。

晨丽心里数着日子，害怕送走妞妞的这一天。

可是，这一天，还是来到了。

她对妞妞说，妞妞，阿姨带你出去玩!

妞妞高兴地扑上来，晨丽抱起她就走，直奔火车站。

上车，下车，转车，晨丽紧紧抱着妞妞，生怕被人抢走。

阿姨，我们去哪儿玩?

我们去坐火车玩。

阿姨，我妈妈呢?

……你妈妈，抓小偷去了。

阿姨，你是警察，你为什么不去抓?

阿姨要带妞妞玩……

晨丽忍不住泪了，就给妞妞讲故事哄她。

从前，有一只青蛙……

阿姨，我要听古代的。

好吧，在宋朝，有一只青蛙……

就这样，一直到把妞妞交给救助站——

妞妞，阿姨去办事，你先在这儿玩，阿姨一会儿就来接你。

阿姨，再见!阿姨，你快来接我啊!

哎，妞妞，阿姨一会儿就来。再见，再见!

转过墙角儿，晨丽放声大哭!

60. 董阿姨

再有一周，晨丽借调到派出所的日子就要结束了。

这期间，凌峰来探过几次班。

晨丽说，不放心吗？

凌峰笑笑，哪里，哪里，队里真的很忙啊！

晨丽说，呵呵，将在外，军令有所不受。

凌峰抓抓脑壳，那是。那是。

晨丽说，我给局里打报告申请延长了。

凌峰叫起来，啊？不批准！

晨丽说，你晋升局座啦？

凌峰又抓抓脑壳，不想当局长的警察不是好警察。

晨丽笑了，等我当了厅长就提拔你！

说笑归说笑，讲实在的，晨丽还真有点儿舍不得走了。近两个月的派出所生活，让她跟社区老百姓打成了一片，社区里的大爷大妈都把她当亲闺女。

一天，家住城郊的孙阿姨打电话给派出所，要找晨丽。值班民警说，晨丽姐开会去了，您有什么事？孙阿姨说，这姑娘人漂亮心又好，我想给她介绍个对象！一屋子人哈哈大笑。谢谢阿姨，晨姐是借调来的，还有一个星期就回原单位了。孙阿姨说，借调来的怎么啦？又不是从外国来的。你就说说，她有没有对象吧！这下可给值班民警问住了，这个……回头我给您问问。说完又抓起腮帮子，这事怎么好问呢？电话那头儿孙阿姨还着急了，那好，你快抓紧问啊，我等着听信儿了，社区好多人都想给她找对象呢！

你看，晨丽多招人喜欢。

刚来派出所的时候，她脸圆圆的，正是大爷大妈心仪的类型。

所里的小伙儿们也说，晨丽姐，你笑起来像花一样。

晨丽问，什么花？

葵花！

啊？我脸有那么大吗？

可是，一个多月下来，她成了葵花籽。

有人说，准是为找对象减了肥。

孙阿姨一噘嘴，去去去，人家姑娘肥什么肥？

回过头对晨丽说，孙女，原来你那大脸盘子多好看啊，你可要多吃点儿，整天怪忙的！

哎，奶奶，我听您的，一顿吃八个大包子！

孙阿姨说，啊？那也别撑着啊！

来到派出所，晨丽当过多少人家的孙女？桃树开花数不清。哎，奶奶，我来啦！哎，爷爷，您别急！她总是这么甜得可人疼。她说，老百姓的要求真不高，就是在他有事儿的时候，你能坐下来听他说说，能帮他解解疙瘩，或者能给他两句贴心话儿，他就记你的好。在百姓眼里，民警就是党和政府。得，咱也别躲别闪，就担当起来，像歌里唱的，“用我的心倾听你的忧伤欢乐”。你看晨丽这言行，大爷大妈怎能不疼她？闺女，瞧你那一脸汗，快来歇歇！哎，来啦！晨丽自带板凳，扎进老人堆。她爱跟老人聊天，爱看老人脸上的笑纹儿像盛开的菊花。她不能看人哭，人家一哭，她的眼泪也守不住。

想不到，这天傍晚，她忽然接到一个恐吓电话——

今天你不要出门，有人要害你！

晨丽先是一惊，马上听出这是董阿姨。

董阿姨是打过仗的老革命，老伴儿去世了，女儿嫌她“迂魔”，就是唠叨，搬出去住了。也不让她带孙子，怕孩子也“迂魔”了。老太太独居向隅，常生怪念。

晨丽笑着说，董阿姨，您放心，您说的情况我已经掌握了，我是警察，我有枪，谁也害不了我。您等着，我马上去看您啊！

她一面安慰老人，一面准备水果。

这时，手机又响了，还是董阿姨打来的，孙女，你快来吧，这里有好多人要害我！

晨丽说，这些人我都列出来了，我要把他们一个个全逮起来！

董阿姨说，好啊好啊，这回我能睡个安生觉了！

自从晨丽发了警民联系卡，董阿姨就抓住她不放，一天能给她打几十个电话。夜里打，凌晨也打，二十四小时不间断，不是吓唬她，就是吓唬自己，真让晨丽头大。

可是，老编瞎话儿应付也不是事啊，到哪儿算一站呢？

这天，她拿着水果去看董阿姨，老太太很高兴。晨丽就说，您总待在家里多闷啊，干脆跟我去派出所吧，我不忙了就跟您聊天儿，行吗？董阿姨说，行啊！打这以后，她就成了晨丽的“老尾巴”，晨丽去哪儿办事都带着她。工作不忙了，两人就来到居委会，嗑上瓜子神聊。董阿姨说，她以前在部队是文艺兵，在前线唱歌跳舞。晨丽就说，阿姨，您给咱唱一个！董阿姨就唱，嘿啦啦啦啦，嘿啦啦啦啦，天空出彩霞呀，地上开红花呀……这叫什么歌呀，南腔北调，唱得实在不好听。可晨丽坚持听，边听边鼓掌，还把大伙儿都喊来听。董阿姨人来疯，孙女儿，咱俩合唱一个！晨丽就跟着瞎唱。董阿姨唱的都是老掉牙的歌，她连听都没听过。为了逗老人高兴，她就记下歌名，上网搜出来恶补。所里的一个小伙儿说，晨丽姐，你唱的什么呀？革命军人个个有脑筋，没脑筋不成脑残粉啦？晨丽说，拜托，姐唱的是革命军人个个要牢记！小伙儿一吐舌头，我的妈呀！

董阿姨的心情越来越好，像换了一个人。

晨丽又去做她女儿的工作。

女儿被感动了，主动把母亲接走。

晨丽听不到董阿姨的“午夜凶铃”还挺寂寞，好在要干的事太多，渐渐地忘了。

转眼一周过去了，晨丽结束了借调，又回刑警队“受令”了。

一天下午，晨丽勘查现场回来，凌峰说，刚才有个老太太找你。

啊，人呢？

你不在，她放下东西就走啦，我拦都没拦住。

晨丽急忙走进里屋，只见桌上放个布包儿，打开一看，一包瓜子和一条手工缝的裤子。她的脸一下子麻酥了，是董阿姨！

她狠狠捶了一下脑壳，拨通老人的手机——

董阿姨，您，您怎么不等等我……

话没说完，泪已奔出。

手机里传来老人慈祥的笑声，孙女儿，我怕你忙！我没事儿，就是想你了，打听道儿去看看你。我知道你喜欢嗑瓜子，给你带了点儿。裤子是我缝的，我年轻时缝得可好啦，现在不行啦，瞅不准啦，你别嫌弃啊……

61. 取证

一块布，一只碗。骗子拿起碗，放三粒瓜子在布上，让在场的人看清是三粒，然后用碗一盖，就叫大家押钱。大家押好钱后，骗子就问，碗底盖了几粒瓜子？如果押钱的人猜中，押一百返三百。没猜中，那对不起，押的一百就没了。蹲在旁边押钱的七八个人都是托儿。这些托儿百猜百中，大把赢钱。围观的人就眼红了，也纷纷掏出钱来押，结果，百猜百错。其实，这是近景魔术。骗子盖碗的刹那，就拿走了一粒或两粒瓜子。他手疾眼快，很难被看破。

对这样的街头诈骗，只有受害人报了案，证据链全了，才能给骗子定罪。然而，抓人容易，取证难。

这天，凌峰着便装混在人群中围观，一个胖子眼看人家大把赢钱，忍不住了，一下子掏出三百押上去。骗子放了四粒瓜子，几？胖子果断开口，四！骗子把碗一翻，咦？碗底只有三粒！胖子两眼成牛蛋。骗子把三百抓走了，又问，还押吗？胖子连想都没想，押！又押上三百。骗子放进五粒，问，看清了吗？胖子说，看清了。骗子把碗一扣，还拿脚踩着，几？胖子大叫，五！脚抬起，碗打开，胖子再次傻眼，碗里只有四粒！胖子说，我就不信了，再押五百！当然，还是输。直到身上带的两千块输得精光，脸肿成猪，胖子才退场，嘴里还念叨呢，今天撞到鬼了！

看他走远了，凌峰就跟上去。

老哥，你刚才是不是输钱了？

你干吗？不要烦我！

他们是骗子。

关你什么事？

我是警察。你被骗了，我们要帮你把钱追回来！

愿赌服输，我不要了！

你不是输了，是被骗了。你快去报案，我们帮你把钱追回来！

我不报！说完，胖子加快了脚步要跑。

凌峰急了，两千块钱的受害人如果不落实，自己也太笨了。他上去一把拽住胖子，你看看我的证件，我真的是警察。

我就不报！

今天你不报不行！说着，凌峰就打电话叫警车。

胖子一听，拔腿就跑。好像他不是受害人，而是犯罪分子。

警车赶到时，胖子已经拦了一辆出租车跑了。追！

警车闯了几个红灯，把出租车逼停。

胖子哭丧着脸下来，我错啦，我以后再也不赌啦，你们饶了我吧！

凌峰笑了，我们不是抓你，真是想让你报案啊！

胖子彻底傻了，啊？

对骗子要取证，对贼更是。没有证据，拿不下贼。

在这个阴冷的早晨，凌峰和队友们要跟踪一个扒窃团伙，在他们作案时伺机密拍取证并说服被害人报案。

来到菜市场，一个贼先下手了，偷的是一老头儿。老头儿只顾挑菜，一点儿没感觉。贼得手后，转身就走。凌峰急忙凑到老头儿身旁，轻轻一拍他肩头。

你干吗？

大爷，您钱包被偷了。

哎哟！

您小声点儿。

谁偷的？

小偷啊！

小偷呢？

跑啦！

你怎么知道的？

我刚才看见的。

啊，你看见为什么不说，小偷跑了才说？你是干什么的？

我干什么您就别管了，您赶快报案吧！

不行，你跟他们是不是一伙儿的？

我要跟他们是一伙儿的，干吗还让您报案啊？

你们黑吃黑呗，电视剧里就是这么演的。

大爷，您别扯远了，求求您快报案吧！

我先跟老伴儿商量商量。说着，老头儿掏出手机。

哎哟，报案还商量什么啊？您早点儿报案，我们早点儿把犯罪分子抓到，也好给您挽回损失啊！

听这话儿……你好像是警察？

跟您说实话吧，我就是警察。

你是警察刚才为什么不抓小偷啊？

您就别问了，赶快报案吧！说着，凌峰一把抢过他的手机，拨通“110”，又递给老头儿——

您就说，在哪儿被偷的，偷了多少钱。

得嘞！

凌峰看老头儿报案了，赶快就撤，因为这伙贼又转移到一家包子铺去了。这家包子铺生意很好，人满为患。

凌峰刚跟着挤进去，就看见贼下手了，偷了一个女人的手机。

他赶紧盯住被偷的女人。女人买了包子扭头就走，凌峰急忙跟上，小声说：大姐，你手机被偷了。

女人回头瞅了他一眼，你说什么呢？我手机拴着绳儿呢！

凌峰说，绳儿被小偷剪断了，不信你摸摸！

女人也不摸，死羊眼瞪着凌峰，你起开，别挡着我！

说完，她就往旁边儿闪。周围人很多，凌峰害怕声音大，引起人们围观。如果被窃贼团伙发觉，他们就会收手，取证就中断了。

他拦住女人，带她往人少处走，边走边说：我是警察，我刚才都看见了，你的手机真的被偷了，你赶快报案吧！

女人站住脚，报什么案？你是哪儿的警察？拿证件我看看！

到底是上班族，提出看证件啦。凌峰没辙，只好把证件掏出来，又不敢大张旗鼓，将就着藏在袖口里打开，小声说：你相信我，你看，这是我的警官证，这是我的警号……

他的话还没说完，女人突然叫起来，谁相信你啊，警察有你这样儿的吗？贼眉鼠眼的！现在什么东西没假的？别说你这破证件了，穿警服开警车还有假的呢，你快点儿滚！

说完，她就要往人群里扎。凌峰一看，扎进人群就麻烦了，上去一把拽住她，大姐，你别走，听我说……

女人突然大叫起来，抢劫啊！抢劫！

这一喊可不得了，惊动了贼不说，买包子的人们呼啦一下子全都围了过来。有机灵的人扯起脖子叫，快，拿手机打“110”！

女人这才去摸手机，哎呀，我手机没了！

她叫完了不说，还死死揪住凌峰。这真是火上浇油，围上来的人还以为是凌峰偷的，上来就揪住他。

凌峰说，不是我偷的，我是……

女人叫起来，他是假警察！

说完，给了凌峰一鹰爪。

这一鹰爪，正抓在脸上，血当时就下来了。

包子铺取证失败。

还好，这伙贼在菜市场的偷窃行为不但被密拍，而且有被害人报案。当他们最终被一网打尽时，面对证据，只好低头。

62. 拔出萝卜带出泥

最近，医院里来了一个拎包贼。每到中午吃饭时间，病房都有点儿乱，送饭的，打饭的，人来人往，拎包贼就趁机下手。病床边的手机，抽屉里的钱，还有陪床家属带的提包，眨眼工夫像长了翅膀。

凌峰说，还是按老方法，先从视频里找。

找来找去，锁定了一个嫌疑人，四十岁左右，身材魁梧，帽子口罩。在中午时间段的视频里常常能看到他。走路姿势，眼神，怎么看都不对。

凌峰安排了警力，轮班蹲守。抓贼抓赃，一定要逮他个现行。

这边下了套儿，那边却不来了。一连几天，如同旱地盼雨。

这天，队员们吃了午饭又出发了。凌峰因为去局里开会，回来后没跟上大家，端起碗才吃了几口，突然吃不下去了。第六感让他觉得，今天情况不对，很可能碰上这个贼。他扔了饭碗，开车直奔医院。

到了医院，先进监控室看看兄弟们是不是到位了。一看，哎哟，没人！马上打电话给带班的队员。一打，不接。再打，还不接。他立刻感到出事了，放下电话就往七楼跑。那是医院废弃不用的一层，拎包贼经常在这里出现，这里也许就是他藏匿的老窝。

他一口气跑到七楼，一推门，只见桌子椅子翻了一地。凌峰急了，冲出来就往楼下跑，刚跑到五楼平台，就听到里面动静，一看，队员们已经摁住贼了。凌峰冲上去铐，贼突然用头一顶，正顶在凌峰的心窝上，疼得他一蒙，他冲上去再去铐，贼拼了老命，就是不给铐。凌峰掏出辣椒水往他脸上一喷，这才下了他的劲儿。凌峰忙叫，快，快，快把他的手扳过来！队员说，扳不动！另一名队员上来，两人一起才把这家伙的手扳过来，合在了一起，铐上手铐。这一拨下来，累得大家汗流满面。

按照以往习惯，人铐住了，把他揪起来坐在地上就没事了，没想到，这家伙突然从地上蹿起来，又拿头一顶，把一个队员撞倒了。大家又手忙脚乱一阵，制服了他的反抗，第二拨才算结束。

凌峰说，老伙计，怎么回事？就算拎个包，也用不着这样玩命啊！

贼躺在地上，闭着眼，点点头。

凌峰以为没事了，就让他坐起来。谁知，贼刚坐起来就发起第三拨，拿头往墙角儿上一撞，“咣”的一下，血就下来了。

凌峰大叫，快，快，不能让他自残，今天我们遇到大对头了！

大家七手八脚把贼拖到平台中间，他“啊啊啊”地一直乱吼，声音大得惊人，把整个医院都惊动了。医生、护士、病人全都跑过来看热闹，连保安也来了。凌峰对保安说：兄弟，你帮忙控制一下场面，别让人靠近，我搜搜他的身！

一搜，吓了一跳，贼的腰里有一把匕首！

随后打扫战场，又在地上发现一把刀！

凌峰一想，不对，这家伙随身带了两把刀，他肯定还有大事！

归案后，把贼的 DNA 送到公安部一比对，果然有情况！

好啊，我找你好久了！凌峰抓抓脑壳。

两年前的深冬，本市出了一桩命案，案发于某国企总经理石明家。

石明很忙，顾不上家。夫人刘芳做全职太太。这天晚上，命案发生，刘芳被杀死在卧室。当时，社会舆论很大，说石明有了外心，雇凶把老婆杀了。石明喊冤叫屈，恳请公安机关尽快破案，给刘芳申冤，也还他一个清白。

凌峰面对舆论压力，找石明谈了几次，把案发前后他的行踪、通联也调查了个底儿掉。综合到手的情况研判，从哪方面分析，刘芳都不是他雇凶杀的，遂把他排除。可是，社会舆论仍不依不饶，一说石明是拿百万年薪的老总，天生就该有问题；二说家里没丢东西，凶手就是为杀人去的；三是房屋门窗完好，是石明给凶手配的钥匙。

凌峰几次来到案发现场，与勘查现场的晨丽一道分析，认为犯罪嫌疑人原本是以盗窃为目的，进屋后遇到反抗便杀了人，杀人后心态发生了变化，没心思再偷，便开门跑了。他们认为，这起案件的性质是，入室盗窃转化为杀人灭口。

凌峰布置展开大范围排查。当时，这个案件本身条件比较好，提取了鞋印，也提取了指纹、DNA。但不利因素是，案发地民营企业发达，且多属劳动密集型，外来人口密度大，排查起来难度本来就大，又加上临近年终，打工的人都要回家，人员流动空前，更增加了排查困难。刑警队废寝忘食，干得很苦，可老百姓包括该国企职工却不理解，说，明明是刘芳她老公雇凶杀人，为什么不把姓石的抓起来？是不是因为他有钱，公安就袒护他？

大范围排查没有结果。公安部特聘的刑侦专家也赶到了。各种手段、各种办法都想了，最多的时候专案组上了百多号人，一直干到大年夜，可是，案件还是没破。

凌峰和老百姓一样，在不安中过了年。

过了年，刑警队接着干，仍然没有破案。

这桩命案成了凌峰的心病，一挂就是两年。

专家们分析，犯罪嫌疑人要么是流窜犯，杀人后远走高飞了；要么就是本地人，作案后也逃跑了，不会留在本地。

现在，想不到，拔出萝卜带出泥，DNA 把命案嫌疑人给对上了，真应了那句话：天网恢恢疏而不漏。

嫌疑人姓蒋，就是本地人。他早先帮人家安装防盗门，安着安着，自己也开了一个小店，安装各种防盗门，自称“蒋门神”。石明家的防盗门就是他安的。安装时，他看到这家很有钱，就动了偷念。案发当夜，他用私配的钥匙进屋行窃时，不料被刘芳发现。刘芳认出他是“蒋门神”，大喊大叫，他遂起意杀人灭口。

凌峰问，你杀人后没跑吗？

没跑。

为什么没跑？

本来我想跑，但算命的说我命中注定，我就没跑。

谁给你算的？

算命软件！我一连算了两次，都是说我活到头了，命该如此，我就不跑了。

凌峰哭笑不得。

63. 反扒能手

晨丽听说，“反扒能手”唐明、彭玲夫妻跟她同住一个社区，高兴极了。凌峰说，别光顾高兴了！警力有限，民力无穷，你去好好采访采访，把他们的先进事迹带回队里，给大家上一课！

当晨丽见到这对年近五十的夫妻时，吃了一惊。

唐明还好，高大魁梧，彭玲则出她意料，娇小娟秀。这哪儿是反扒能手啊？活脱脱一幼儿园小班阿姨。

唐明是个闷葫芦，坐下来一声不吭。彭玲正好相反，像打开了自来水龙头，哗哗哗，没有节水观念。

结果，话都被她一人说了——

我们俩是城西派出所反扒队队员，不算正式编制。警察是八路军，我们是游击队。我俩在家没有话说，一说就是抓小偷。我爱人先干的，我说，我也要跟你学。他说，我免费收你当徒弟。我说，我要交学费就没钱给你买菜吃了，让你白开水泡饭。

就这样，我跟他跑了半年，都能当他师傅了。

这时候，正赶上庙会，这是抓小偷的旺季，一个庙会一天可以抓很多。刚把这个送到派出所，一出门儿，又看到有人在偷了。派出所登记的人都忙不过来了，说，你们坐下来喝口水再走，别急着出去！

你问我怎么抓？不难。我教会你，你出门也能抓。主要是看眼神。他眼神不对，专盯人家口袋。你就跟上，你别直着两眼看他，要假装看别处，用余光扫他。别跟太近，太近就惊了，他就不偷了，光抹桌子不上菜，让你干着急。当然，我是个女的，跟在他后面，他不会上心，这么个小女人风都能吹倒，不可能是抓小偷的。要是个大男人往他身边儿一靠，他就当心得不得了。他东张西望，就是在看旁边儿是不是有人盯着他。我靠他越近，看得越清楚。他刚一下手，就被我拽住，我爱人扑上来一铐！得，完胜！我的老朋友说，彭玲，你的胆儿怎么那么大？我要是看到小偷早就吓死了！

我俩总是一起行动，相互依靠。有他在我身边儿，我也有安全感。小偷呢，一看，这是两口子，一点儿不会多心。我俩走到哪儿都不出声，出声会招人。要是今天出来能抓到两个小偷，心里就特别高兴。抓不到也没关系，明天再抓。我们抓小偷，一个是赶庙会，一个是在公共汽车站。等车的人很多，车来了，一哄而上，小偷就混在里面趁机下手。我一眼就能看到他手伸进人家口袋，还没拿出来，我上去就按住他。他一回头，我爱人已经挤上来，把他的手往外一拽，手上拿的是人家的钱包。我问，你干什么了？他说，摸人家口袋了。我说，你承认就对了。我们铐住小偷就往派出所送。我还要提醒失主，你看看口袋里少了东西没有？他说，不知道。一摸，哎哟，我钱包没了！我说，人已经抓住了，你快点儿跟我们到派出所做个笔录。

他连声说，谢谢，谢谢！

我说，我还要谢你呢！

他都听傻了，你干吗要谢我呀？

我说，你让我又抓住一个小偷，让我又高兴一回！

说老实话，你别看我瘦小，我的胆子很大，不怕小偷。小偷身上带刀的挺多，我们去抓，都很注意。抓的时候一定要先抓住他的手，不能让他动刀。很多时候，小偷身上就是有刀，一般也不会拿出来用。南方小偷跟北方的不太一样，有心眼儿，知道一动刀性质就变了，就成抢劫了，弄出人命，就是死罪。所以他们很少用刀。刀带在身上，就为壮胆儿。不要说动刀，动手还要跟被偷的人商量——

阿要，弄只尼光你搭搭？

这话是什么意思？我要不要打你一个耳光啊？

你看，打人还要先商量。

我们每天都要出去抓小偷，闲不住，闲下来就手痒。有一次抓到小偷，我问他，你干吗要偷？他说，不偷手痒。把我说笑了，我说，不抓你我也手痒。听我这样说，小偷也笑了。他说，你把我放了吧。我说，干吗要放你？小偷说，放了你再抓，再让你解回痒！

我说，别想美事儿，快走！

抓小偷这活儿，精力都在眼上。一天盯下来，两眼累得不行，睡觉都不能闭，一闭就疼。我每天晚上回家都要滴眼药水。

有个电影叫《天下无贼》，那是瞎话。小偷总是有的。他们每天都出来偷，每天都在害人，所以我们每天都要出去抓。

有一天晚上，一伙小偷开着汽车来到人民路，在酒店门口转悠。我爱人骑摩托带着我，假装兜风，跟着他们。后来，他们看准目标停下来，下来四个人，撬开一辆好车的后备厢偷东西。得手后，要逃，我急忙给派出所报警。我爱人加大油门冲过去，别在小偷的车前，大喊一声，派出所的，别动！

车一下子停下来，从里面钻出一个小偷，手里拿着刀。

我不是正在报警吗，巧了，所长他们开着车正在附近巡逻呢。我一看小偷拿着刀，就喊，所长，小偷有刀啊！我刚喊完，警车就拉响了警笛，呜呜呜！这是所长的精神战术。小偷吓得扭头就跑。我爱人上去，先把汽车钥匙拔下来，然后就去追。我也跟着追过去帮他。车里的小偷就留给所长他们吧。

小偷翻过路边的护栏往小山上跑，我爱人紧追上去，我跑在第三名，连爬带滚也翻过了护栏，裤子剐开一长条儿。过后一看，哎哟喂，那么高的护栏我是怎么翻过去的？下次开运动会我可以报名了。

我刚跑到山脚下，只见他们两人抱着滚下来，谁也不放手，真是要死了。三个人都没有力气了，瘫在地上乱喘气。

谁也翻不回护栏了，只能等警车开过来。

我爱人问小偷，你还跑吗？

小偷说，不跑了，我跟你们走。

我说，你要是不跑，大家也不会这么累了。

这个小偷，手里有刀没敢用，半道儿把刀扔了。

我问他，为什么？

他说，害怕。

其实，我们也害怕。

但是，害怕归害怕，小偷照样抓！……

晨丽正听得来劲儿，凌峰来电，采访得怎么样？什么时候结束？

你急什么？三天三夜！

64. 小倩倩的故事

一包饼干，两盒烟。

这是刑警队捉到的所偷物品最少的小偷。

这个衣衫褴褛的小偷，看到一辆面包车停在路边没锁门，车里有一包饼干，还有两盒烟，他上去就拿。东西刚拿出来，车主就到了。马路对面就是刑警队。车主不由分说，拽着他走进去。

小偷叫林杰，来自邻省农村。

当凌峰带人搜查他的住处时，眼前的一幕，让他大吃一惊——

在黑洞洞的地下车库里，一个蓬头垢面的小女孩儿，坐在垃圾堆里，正啃着半个发霉的馒头。

那双惊恐的眼睛，让凌峰一辈子都不会忘记！

小女孩儿叫倩倩，才四岁，是林杰的孩子。

当她被带回队里的时候，晨丽哭了。

小倩倩真的太可怜了！7月，天都热了，她还穿着长袖秋衣破裤子，身上脏得发臭。木木的，话都说不清，好像猫叫。后来才知道，她整天一个人躲在黑洞洞的地下室，没人跟她说话。偶尔进来一只流浪猫，她害怕，猫也害怕。猫喵喵地叫，她也跟着叫。她爸爸白天出去捡垃圾，晚上回来给她带来吃的东西。没有钱，买不起，就捡人家吃剩的，有什么就带给她吃什么。没有，就给她喝凉水。每天唯一的户外活动，就是爸爸夜晚回来后，带她爬到楼顶上去看星星。爸爸很内向，也不跟她说话。两个人就坐在楼顶上看星星。看困了，就回地下室。有时候，走着走着，就睡着了，“咚”的一声，头撞在墙上，撞醒了接着走。回到地下室，在垃圾里翻翻，看有没有没吃完的东西。没有，就钻进捡来的脏被子里睡觉。

第二天，饿醒了，一睁眼，爸爸已经出去了，地下室里又剩下她一个人了。她爸爸被抓的这天晚上，没带回来吃的，她实在饿了，哭起来。爸爸没办法，只好又出去给她找吃的，看到面包车里有饼干，就下手去偷，结果被车主抓个正着。

晨丽领小倩倩去洗澡，她身上的泥搓了不知多少遍才搓干净，光洗澡就洗了一个多小时。洗澡的时候，她发现，小倩倩的右腿有一大道伤疤，触目惊心！增生的皮已经皱巴巴地连起来，影响了腿的活动，所以走起路来一跛一跛的。如果不医治，就会成了残疾。晨丽问她，这是怎么弄的？她说，是妈妈烫的！

原来，小倩倩曾经有个家，住在出租房里。有一天，她妈妈在电脑上玩游戏，她过去看，两脚没站稳，碰到了插头，电断了，电脑一下关了机。她妈妈正玩在兴头上，气得乱吼乱叫，随手端起刚烧的开水就泼在她腿上。可怜的小倩倩，惨叫一声昏了过去。她妈妈还踹她，说她装死。再后来，她妈妈突然离开了家，丢下她，丢下她爸爸，还卷走了家里的钱。当时，她爸爸在工地打工，没办法带她，只好把她一个人关在家里。有一天，小倩倩踩到插线板上，插线板漏电了，一下子把她击倒，烧伤了脚。爸爸回来后，急忙带她上医院。这以后，爸爸不敢把她一个人关在家里了，想带她去工地打工。包工头说，这可不行，出了事我可担负不起。你别干了！得，工作没了，房租也交不起了，在一个寒冷的早上，父女俩被房东赶出来，流浪街头。半年前，他们流浪到此地，找到这间废弃的地下车库，两个人钻进去，直到被抓……

饥寒交迫的日子，终于熬到了头。

苦难的父女俩怎么也没想到，来到刑警队就像回到了家。

一年多了，小倩倩第一次洗上了澡，换上了新衣裳。

白白的皮肤，大大的眼睛，黑黑的头发，好可爱啊！

晨丽给她买来好多好吃的。她抓起来就吃，吃着，吃着，困了，两眼睁不开了。她不敢躺下，怕弄脏了床。

晨丽说，小倩倩，你睡吧！

她这才躺下，刚躺下，又爬起来，睁大眼睛看着晨丽，看了一会儿，突然叫了一声——

妈妈！

那么清晰，那么稚嫩，那么可怜。

她在叫妈妈。

哎，晨丽答应她。

孩子真的太可怜了，她才四岁啊！

在晨丽的泪水中，小倩倩睡着了。

那样安稳，那样甜美，像一只蜷缩在灶边的猫。

从这以后，小倩倩就叫晨丽妈妈了。

晨丽呢，也当起了她的妈妈。

队里的男同胞们也多了心事，给小倩倩买好吃的，买玩具。

小倩倩开始了新生活。

那，她的爸爸林杰呢？

林杰的确偷了别人的东西，违反了《治安法》，按理应该拘留处罚，也可以遣送原籍。凌峰说，林杰为生活所迫偷了东西，属于轻微违法，对社会危害不大，应该给他一条活路！

局领导同意凌峰的意见：批评教育，免予处罚。

父女俩抱在一起，不知流了多少泪。

林杰对凌峰说，求你帮我找个工作吧，我能养活孩子！

林杰要工作，倩倩要治伤，还要上幼儿园，为了救助这对不幸的父女，刑警队决定，发动全社会的力量，让好心人都伸出手来。

晨丽联系了媒体，见了报，上了广播和电视，还开通了微博。

哎哟，几天来，办公室的电话从早到晚响个不停，每天都有无数个电话打进来。老百姓用爱心为这个四岁的小女孩儿编织着美丽：送衣服的，送食品的，联系幼儿园的，捐款捐物的，还有要领养的。很多厂家都欢迎林杰去工作，工资优厚。当地一家茶厂的王厂长还让出自己一套多余的房子，免费让父女俩去住，厨房、卫生间一应俱全；解放军医院决定免费为小倩倩医治伤疤，同时承诺，为她提供从小学到大学的全部费用……

面对如山似海的爱心，晨丽嘴里说着谢谢，眼里流出了泪，止都止不住，就好像她是小倩倩……

不久，小倩倩上了幼儿园，再过两年就要上小学了。解放军医院成功地为她做了第一次手术。她的爸爸林杰在一家物资公司上班。当他领了第一个月的工资后，无论如何要给王厂长交房租。

65. 年货

说话要过春节了，凌峰出差回来，路过菜市，看见摊儿上堆满水果，红的黄的逗人口水。他停下车，打算买几箱回去慰劳弟兄们。

凌峰转了两圈儿，相中苹果和橙子，正要出手，忽见二楼有间屋子窗户大开。奇怪，天冷得刀割脸，家家门窗紧闭，这家怎么回事？再看，窗口隐约向外吐烟。再闻，哎哟喂，屋里有多少人抽烟啊？他们在干吗？凌峰动心了。

他回到车里，取出茶杯，打开盖子，把杯口扣在墙上一听，好家伙，人声嘈杂，牌九哗啦，细听话语，赢钱输钱。啊？楼上在聚众赌博？违法不说，急了眼能出人命，最近破的三起命案，起因都是赌博！

凌峰打算上楼去看个究竟，一抬脚，傻眼了——

楼门口安了一道卷帘门，关得严丝合缝儿。

哎哟，进不去！

他正为难，忽见旁边饭店的老板提着竹篮来送饭了。

凌峰打眼一看，一盒摞一盒的，少说也有二十盒！

只见老板来到卷帘门前，掏出手机跟里边儿通了个话，不一会儿，上面就下来一个人，哗啦啦，把卷帘门打开一半。老板一猫腰钻进去了。卷帘门没再合上，看得出是为老板留的，等他结账出来，回手往下一拽就合上了。

凌峰紧走两步，也钻进楼里。他这才想起，身上除了证件，什么也没带。楼上人不少啊！不管啦，先上去再说！

他刚一抬脚，身后起风，卷帘门被吹得哗啦啦。好嘛，万一门自已落下来，就把退路堵死了。凌峰拿眼一扫，见墙脚有一个拖把，伸手拿过来，把半开的卷帘门顶住。试了试，很结实。行了，上！

往上一爬，又傻了——

通往二楼的楼梯口上居然安了一道防盗门！

一看门禁，还是人脸识别系统，不是熟脸别想进去。

如此固若金汤，屋里一定有鬼！

要是进不去，就别打草惊蛇，干脆退出来，叫弟兄们过来蹲守。

凌峰正要退出，突然，嘎吱吱，防盗门开了，从里面出来一个人。

两人打个照面，都像见到了鬼。

不容对方叫出声，凌峰扑上去一把捂住他的嘴，别动，我是警察！

想不到，这家伙竟然叫了一声，凌队！

叫声挤出指缝儿，虽然像蚊子哼哼，却惊出凌峰一身冷汗！

他定睛一看，原来是刑警队聘用过的辅警周强，因为吃拿卡要，一个月前被凌峰开除了。

好你个周强，跑到这儿混来了！屋里人在干吗？

周强吓得只顾哆嗦了。

凌峰放开他，周强，看在你我共过事，我给你一次机会。你配合我，就放你一马！

好，好，我配合，我配合！

屋里人在干吗？

在赌钱。

大不大？

大！上百万！

你出来干吗？

头儿听说卷帘门没放下来，让我下去放。

好啊，还有头头脑脑的，组织严密啊。

凌队，你别上去了。

为什么？

他们人多。

有多少？

不算我，还有二十个。

凌峰火了，我今天非要上！

说着，抬手就敲门。

只听屋里有了动静。凌峰拉住周强，把他往人脸识别系统上一贴，“吧嗒”一声，门就开了。

门一开，就像电影里演的一样，空气瞬间凝固，一屋子人都像是泥糊的，保持原有态势不动。有拿钱的，有摸牌的，大眼瞪小眼。

尽管凌峰身着便装，可气势摆在那儿呢！

再说了，猛地闯进一个生人，魑魅魍魉不吓一跳才怪。

可是，凌峰心里清楚，瞬间的惊恐，对双方都是机会。毕竟自己是一个人，既没着装，也没有枪，这些人一旦回过神来，呼啦啦往外一冲，场面就乱了。别说抓人了，弄不好连自己都得搭进去，被他们冲倒，踩个半死也说不定。再说了，楼梯狭窄，这伙人夺路而逃，一旦前边儿摔倒两个，后果难料。

凌峰鹰眼疾扫，发现人群中有一个盗窃案的取保人员张虎，更意外的是，还有一个网上追逃的犯罪嫌疑人赵顺。好啊，踏破铁鞋无觅处，得来全不费工夫！

凌峰亮出证件，大吼一声——

我是警察！张虎，赵顺，你们两个给我老实点儿！我要找的就是你们，没其他人的事！

这一声吼，地动山摇，一屋子人心惶惶。但是，大家很快就把目光一起转向张虎和赵顺，像看怪物一样看着他俩。

张虎早已哆嗦成一团。他的取保候审正是凌峰经办的，这下全完了！而赵顺呢，心有不甘，贼眉鼠眼，蠢蠢欲动。

凌峰冲他一指——

赵顺，你敢动，就会连累一屋子的人跟着你倒霉！

这样一说，赵顺成了众矢之的，一屋子的人眼睁睁看着他。

赵顺没辙了。

这时，凌峰把周强往门外一推，暗中掐了他一把，周强，你下去，叫弟兄们别上来了，屋里没事。我在这儿跟大家说说，下回别赌就行了。你知道怎么做吧？

周强说，知道，就出去了。

屋里人都傻了，心说，周强不是被公安开了吗？哎哟喂，敢情是来卧底的呀！

周强到底在刑警队干过，明白凌峰叫他出来，一是让他走人完事，二是叫他戴罪立功。于是，他一出门就跟刑警队报了警。

屋里呢，凌峰计算着时间。他相信周强会报警，可弟兄们来到还有一段时间，不能让这帮人闲着。夜长梦多。

他笑了笑，给自己倒了一杯茶，说，马上要过春节了，家里人都盼着你们平平安安，别生意外。现在，我请张虎给大家讲讲，他以前做错了什么，有哪些感想。他讲完了，大家就下楼去，回家好好过日子。张虎，你来给大家讲讲……

张虎一听，这是强按牛头把水喝啊，没辙。

张虎正支支吾吾地讲着，凌峰的手机来了短信：凌队，我们到了！

凌峰回复：别上来，人马上下去！

回完短信，凌峰对屋里的人说，好了，张虎就讲到这儿，大家可以走了。楼梯窄，一个一个走！赵顺，你等等！

事后，看守所高所长来电，我的妈呀，凌队，说话过节了，本来想喘口气歇歇，你一下弄进来二十个！

66. 现场勘查

现场在一个山坳里。

本来，这里山清水秀。但是，如同神州大地多处被破坏得满目疮痍一样，因为山里有石头就开进了施工队，把山清水秀变成了疯狂采石场。一个山坳祸害完了，再找一个。谁去找？队里的勘查员。说是勘查员，其实就是一工人。结果，好石头没找到，他发现了一具烧焦的尸体。

勘查员“嗷”的一声，从山上跌下来，要不是被树挡住，也成了尸体。

接到报警后，勘查员出动了。谁呀？晨丽。

说起工作，晨丽真没的挑，只要电话来了，深更半夜也没二话，开车就走。勘验、检查、调查、访问、寻找、发现、提取，手忙心不乱，活儿多眼有准儿。

报案人说，是不是尸体我也没看清，又像一段木头……

晨丽一进山就说，看都不用看了，就是尸体！

凌峰问，何以见得？

晨丽说，见没见得，鼻子闻得。

凌峰使劲儿一闻，没臭味儿啊。

不是臭，是香！

啊？！

以前我也不信，后来，法医带我参与了一个案件的勘查，凶手碎尸后把人肉炖在锅里，我一进楼道就闻到香味儿，这才信了。那是炖的，这是烧的，都一样。只要是刚烧的，就香。

凌峰抓抓脑壳，让鼻子再给力，还是没收获。

一行人来到现场，一看，果然是尸体。

这是一具男尸，躺在山坳下的一个土坑里。坑上是一条斜斜的山路，西南向东北，上面有很多血迹，中间最大的一摊被土盖上了。地上除血迹外，还有打斗及拖拉的痕迹。凌峰分析，嫌疑人就是在山路上与被害人发生了打斗并杀死了对方，然后将尸体拖进土坑里焚烧。

晨丽首先查看尸体的喉咙，里面没有炭灰。

没错，是死后被烧的。如果生前被烧，就会吸入炭灰。

凌峰点点头。

晨丽又说，尸体脂肪多的地方烧得很严重。我闻出来，嫌疑人还用了助燃剂，不是汽油就是柴油。

晨丽边说边在尸体四周搜寻。

忽然，她惊叫起来，快看，这是什么？

她找到的东西让凌峰眼睛一亮——

一小块儿手机残片！

而且，是主板残片。

主板残片上留有手机串号，通过这个串号，可以查出被害人手机的相关信息，从而确认被害人。

对于无名尸，现场勘查的首要任务是确认被害人是谁，也就是尸源。知道是谁了，破案就有了方向。

凌峰马上把串号报给技侦人员。反馈很快回来：可惜，被害人用的是山寨机，山寨机的串号不是唯一性的，有可能两部机子用一个。而且，当时买号也不用实名登记，所查出的机主身份不见得就是被害人。但通话记录、常用联系人可以查到，技侦人员还要做进一步研判。也就是说，被害人的身份不能马上确定。

晨丽说，没关系，让技侦先干着。现场有血迹，我们还可以通过 DNA 查找。

案发时间不长，路上又没人走动，现场保留得比较好。特别是血迹这块儿，数量多，形态完整，对破案有很大帮助。晨丽找到一处血迹，就采用一个标签，前前后后一共提取了九十多处！

她当场检测出，这些血迹来自两个人，也就是说，嫌疑人与被害人在打斗中都流了血。那么，哪些血迹是被害人的，哪些血迹是嫌疑人的？

凌峰说，从理论上说，大部分血迹都应该是被害人的。

晨丽说，推理成立！如果不错的话，被土盖着的那摊血就是被害人的，也是致人死命的。这摊血是怎么来的？嫌疑人使用的是什么凶器？

晨丽又在这摊血附近重新搜寻。

忽然，她又叫起来，凌队，有了！

凌峰赶去一看，在不远处的草地上，有一个土窝，呈三角形，里面的土很新鲜。显然，土窝里原本有一块三角形的石头。现在，土窝空着，石头不见了。

土窝很大，石头不小。

凌峰说，这块石头很可能就是凶器。嫌疑人在打斗中就地取材，抓起石头砸死了被害人。以石毙命，肯定要往脑袋上砸！

果然，晨丽在尸体头部找到多处重创。

凌队，给你点赞！

凌峰抓抓脑壳，贪你之功为我所有。

晨丽说，少来！快找石头吧！

好！

找到这块可能是凶器的石头很重要。一，它是作案工具，是案件证据链中不可或缺的一环；二，上面一定有被害人的血迹，是确认尸源的宝贵材料；三，对案件的起诉、判刑是至关重要的证据。

嫌疑人作案后，把石头带走的可能性不大，很可能随手扔了。

扔起来容易，找起来难！

他一扔，很简单，按说也扔不了太远。可这里是深山老林啊！草高树密，随手一扔，如流星划过夜空，再想找，如大海捞针。

凌峰叫了增援，当地政府又发动了几百号民兵，大家排起队来，以现场为中心，呈放射状向外围扩散，进行拉网式搜寻，但从早上一直找到太阳快落山也没找到那块石头。

凌峰说，先封起来，明天再找！

话音刚落，林子里忽然传来叫声，凌队，有了！

最终找到这块石头的，还是晨丽。

整个山坳都沸腾了。这真是，舀干河水现出鱼啊！

这块三角状的石头足有四公斤，上面不但有血迹还有头发。

晨丽将两种血样所产生的 DNA，放到数据库里一比对，结果大吃一惊：两个 DNA 居然都比对出来了！

就是说，两人都有案底！

被害人叫黄丁。嫌疑人叫董成。两人曾因欠银行的钱被拘留过，在进拘留所时留下了个人的相关信息，输入了数据库。

锁定嫌疑人后，凌峰连夜带人抓捕。

董成没有跑，还在家睡大觉呢。坟地里，稻草里，全是他扔的血衣。他用石头砸黄丁的时候，血溅了他自己一身，他一路走一路扔血衣。他家门口有一个水塘，水塘边堆着石头，石头中放着两个油桶，里面装的是柴油。他杀人后，先回了家，又拿上油桶返回现场把尸体烧了，手段残忍，其心理素质强于一般人。

原因呢，为争一个女人。

67. 真悬

陈校长的孩子刚上一年级，这天放学后跑到同学家去玩。同学家条件不好，没厕所。孩子出去找厕所，一去不回。同学以为他回家了，就没理会。可是，天都黑了，陈校长见孩子还没回来，他就挨家找，找到这家一问，说早走了。陈校长的脸当时就成了一张纸。

这时，他的手机响了——

想要孩子就准备三十万，你敢报警就咔嚓！

陈校长魂飞魄散，喂，喂……

对方，吧嗒。

陈校长思来想去，还是报了警。

凌峰说，绑人这么大的事，开口只要三十万，说不定是新手，有可能还是小孩子干的。无论如何，要保证人质安全。

嫌疑人在暗处设计，被害人在明处急死。

可是，再急也没用，只能等嫌疑人来联系。

嫌疑人为要赎金，又肯定会联系。

果然，对方又给陈校长打电话来了——

钱准备好没有？

我实在拿不出那么多钱，能少点儿吗？

又不是买菜！

我真的拿不出来。

好吧，二十万！一分都不能再少了！

行，行，怎么给你们？

等电话！

吧嗒。

陈校长按凌峰教的砍价，没想到还真砍下来了。

其实，凌峰的目的是拖延通话时间，以便锁定嫌疑人。想不到一下子砍下了十万，实在出乎意料。他经手过几起绑架案，这是唯一能砍价的。而且，要的本来就不多，一砍就去了三分之一。凌峰再次判断，嫌疑人可能是新手，甚至是小孩子。

很快，交付赎金方式来了，嫌疑人指定陈校长把车开到家乐福地下停车场。

我的孩子呢？

我们也带去，一手钱一手货！

你们可别骗我。

骗你是小狗！你也别骗我们，敢叫警察就咔嚓！

保证不叫！

凌峰立即研究行动方案。

晨丽说，我是“福粉”，那个地下停车场我很熟，里头面积很大，车停得很多。进来的，出去的，车来车往，到处有探头，嫌疑人指定在那里交换，胆儿也太大了，不怕进出口一堵，被瓮中捉鳖？

凌峰说，所以，我分析嫌疑人不是新手就是小孩子。

有队员说，干脆，我藏在后备厢里，到时候来个里应外合，连救人质带抓人。

又有队员说，这个主意好，让我去吧！

凌峰抓抓脑壳，谁也别去，这样太冒险，有可能威胁人质的安全。我还是那句话，无论如何，要先救出孩子。

方案很快定下来，让陈校长带上钱去接头，队员们事先在停车场设伏，连收费亭里都换上自己人。

约定交换的时间到了，陈校长开车进了地下停车场，队员们也早已就位。

万事俱备，只等嫌疑人入瓮。

时间一分一秒地过去，停车场车进车出。

可是，没有嫌疑人的动静。

等待是最熬人的。

过了半点钟。又过了半点钟……

还是没有动静。

难道设伏被对方发现了？

凌峰仔细回想着设伏的每个细节：先后开进来的几辆地方牌照的车里，后座藏了两名队员，停下后，驾驶员下车，锁门走人。有的车连同副驾走出两个人，他们有的空手，有的拎包，佯装去购物。收费亭里的工作人员，也是在饭口换班时间调换的。所有这些都是提前半天完成的，应该没问题。可是，嫌疑人为什么不露面呢？

他正在疑惑，嫌疑人突然给陈校长打来电话——

陈校长，对不起，我们有事来晚了。现在，为了你孩子的安全，我们要检查你报警没有，带人来了没有。请你立即下车，把四个车门全部打开，把后备厢也打开！快点儿！

陈校长只好听命，下车，打开四个车门，又打开后备厢。

埋伏在附近车里的凌峰惊出一身冷汗，幸亏车里没藏人，真悬！

陈校长按指令做完后，前看看，后看看。

他认为嫌疑人会马上会露面。

凌峰也是这样以为的。

然而，车库静悄悄的，嫌疑人仍未露面。这是怎么回事？

空气再次凝固，让人难以喘息。

突然，陈校长的手机响了——

很好，你很听话，没带人来。现在，你把钱拿出来，放到地上，打开包，让我们检验一下！

陈校长照着做了。

装钱的黑包打开了，二十万亮相了。

当然，钱不是陈校长私人的，是坐镇指挥的局长特批的办案公款。

这时，手机再响——

好的，陈校长，请把钱收好。今天不交换了，你再等消息。

啊？为什么？陈校长着急地问。

吧嗒！

凌峰感到被耍了，牙齿咬得山响。

嫌疑人成了隐身人。他们躲在什么地方操纵这一切呢？

他查看陈校长的手机，发现对方每打一次，手机号都不同。

嫌疑人如此阴险狡诈！

凌峰开始怀疑自己的判断了：他们不是新手，更不是小孩子，切不可掉以轻心！

两天后，嫌疑人再次联系陈校长，让他把钱带上指定的列车，在列车行进中，听电话把装钱的黑包从窗口扔出去。还说，他的孩子也在这列车上，只要陈校长把钱扔出去，就告诉他孩子在哪节车厢。

如果你报警，如果扔的不是钱，马上就咔嚓！

这一招真毒！

列车行车的线路很长，在哪个地段扔钱，除了嫌疑人外，谁也无法掌握。

稍有不慎，人财两空。

列车开动了。

双方都按预定方案进行了。

装钱的黑包在列车沿途一处被扔出窗外后，立刻就有人捡起来。他打开包，看到了钱，马上用手机通知关押孩子的地方——

放人！

盗亦有道。

孩子根本没在车上，而是被关押在一个秘密小屋里。嫌疑人尽管多次换卡换号，最终也没逃出技侦人员的监控，就在其最后一次通话瞬间，刑警队员冲进小屋，救下了孩子。

案犯全部落网后，凌峰才知道，这个团伙的五个人都是年轻的打工仔，在此之前已经作案十几起，没有一起不成功。他们绑架前都不踩点儿，没有目标，抓到谁算谁，再根据其家里的经济条件谈判。他们怕要多了家里给不起就报案，最少的一次只要了八千。

68. 我不给你戴铐子

这个挂在网上的逃犯，凌峰已经盯了很久了。

他叫梁山，涉嫌一起盗窃案。同案犯落网后都被判了，他却溜了，一溜三年，无影无踪。他的照片，挂在网上，还贴在凌峰的案头，他没事儿就看，深印脑海。随着时间的流逝，人的形象可能会发生变化，比如，胖了，瘦了，但是其眉毛、耳朵和鼻梁不会变。凌峰相信，走在街上，不管有多少人，只要自己跟他打个照面，不用多，一眼就行，准错不了，是他！追逃务求准，就怕抓错人。

瞌睡来了碰到枕头。这天，凌峰突然得到线报，说有人在城关卫生防疫站看见梁山的老婆了，好像是带孩子来打防疫针。

梁山的老婆叫陈秀珍，是东北人。为了抓梁山，凌峰也一直关注着她的去向。两年前，梁山消失了，她也消失了。他们原来租住的房子也换了主。凌峰一直以为梁山逃到外省去了，现在突然得到这个消息，浑身一下子热起来，像冰天雪地有人给了个火盆。

他赶紧叫上晨丽，两人着便装前往卫生防疫站。

哎哟喂，防疫站里人很多，大都是妈妈带着孩子来打防疫针。

晨丽说，凌队，我进？还是一块儿进？

凌峰抓抓脑壳，咱俩没孩子……

掌嘴！

哎哟，息怒，给个改正的机会呗。

哈哈！

别人都带着孩子，咱俩没带，一起进去目标太大，还是劳您大驾吧。

晨丽进去后，看到护士正在登记造册，借口查自己的外甥女，把登记本扫了一遍，果真看到了陈秀珍的名字。但是，别的家长都留了地址、电话，而陈秀珍只留了电话，没留地址。

防疫针不止打一次，要打几次，中间要隔半个月。

晨丽指着陈秀珍的名字问，我外甥女哪天还要来打？

护士看了看，噢，这拨孩子都是泉月社区的，下星期二或星期四来打第二针。

晨丽转身出来。凌峰说，有泉月社区就行啦，不能再问了，外甥女家具体住哪楼哪号你还不知道吗？再说了，还有手机号呢。任务完成出色，中午奖励烧鸡！

说着，他看了看手机号，对晨丽说，你以防疫站的名义打过去，就说她漏填住址了，让她电话里说一下，代填就行。

晨丽说，好主意！

她找了个公用电话，一打，嘿，通了。

可是，半天没人接。

正犹豫，对方接了——

找谁？

陈秀珍。

陈秀珍？没有这个人。

您这儿是……

烧鸡店！

晨丽两眼瞪如鸡，手机号是瞎写的。

凌峰说，也不瞎。你再打电话问问地址，中午就请你去那儿吃了。

晨丽说，吃不下。

凌峰说，人是铁，鸡是钢，中午不吃馋得慌。手机号不对，正说明这个陈秀珍不是重名重姓，她就是梁山的老婆。吃了饭我们去泉月社区。

晨丽说，万一地址也是假的呢？

凌峰说，也不怕，下星期二、四，咱们再来。

结果，他们到泉月社区翻了个底儿朝天，查无此人。

只好等了。

一周很快过去。凌峰坐镇防疫站保卫科。他请保卫科出面配合，不论哪个护士接待了陈秀珍，立即发信号过来。晨丽着便装挤在人群里，一旦陈秀珍露面，就盯上，尾随她到住处。

星期二。一天过去了，陈秀珍没来。

再等星期四。

星期四。一天过去了，陈秀珍也没来。

凌峰抓抓脑壳，陈秀珍难道就不顾孩子了？按医生的说法，第二针很重要，必须在指定时间内来打啊！

他正在不解，保卫科传来消息，说有个星期三当班的护士是陈秀珍的老乡，陈秀珍嫌星期二、四人多，星期三找她给打了防疫针。

这真是：柳暗花明又一村。

晨丽马上找到这个护士，问陈秀珍的联系方式。护士说，电话没有，只知道住日新社区，具体几号就不知道了。

日新社区与泉月社区相连，有上万户，里面外来租户很多，有来有走，片儿警登记得又不到位，查找陈秀珍从哪儿入手呢？既要快速，又要保密，否则会草动蛇惊。

凌峰来到社区所在派出所，调看报警纪录，说不定陈秀珍为什么事报过警。一查，巧了，她放在楼下的电动车被偷过，因此报过警。她的车没找到，住址却留下了，只是简单了点儿：三号楼，没说具体哪个单元，哪个房间。

凌峰说，太知足了！

他便装来到社区，想看看三号楼所在位置，一抬眼，面前正是三号楼。哎哟，巧了。目标找到，不可久留。他扭头要走，正好门洞儿里出来一个老太太，胳膊上戴个红袖标，一看就是居委会的“小脚侦缉队”。

同志，您找谁？

凌峰一想，也别躲闪了，再让老太太给揪住，就说，找个东北老乡，忘记几号了。

男的女的？

女的。

噢，是不是姓陈的，叫陈秀珍？1 单元 302！

哎哟，不姓陈，姓吴。

姓吴的？那没有。

凌峰谢过老太太，脚底板儿抹油了。

之后，布控，蹲守。但一连三天三夜，也没见梁山出来。

不知道人在不在，不能贸然进去。

凌峰想了几招，查煤气，楼上漏水，假装有快递，都不行，都不妥，万一惊动了他，他如果跳楼自杀或打开煤气都会很麻烦。

没办法，只能死守。

这天是母亲节，只见陈秀珍带着两个小孩出来了。

哎哟，居然是一男一女，一对双胞胎。凌峰不由得想，梁山要是安稳过日子多美啊！

出乎凌峰意料的是，陈秀珍竟然领着孩子朝停在院里的一辆奇瑞轿车走去。她把孩子抱上车，开起来走了。

啊，她还会开车？

凌峰随后开车跟上。

奇瑞开出社区不久，忽然停在路边，一个男人飞快上了车。

凌峰一眼认出，此人正是梁山！

原来他根本没有住在家里，幸亏没有进屋惊动他。

陈秀珍接梁山去看她的老母亲。

看完老人后出来，梁山走在前面。一直等候在门外的凌峰迎上去，悄声对他说，梁山，等你多时了。孩子、老人都在后面，只要你配合我们，我不给你戴铐子。

69. 刨地动作

这天晚上，刘建接了一个电话就走了，都没跟家人说去哪儿。

他这一走，再也没回来。打他手机，老关机。老婆急了，跑到派出所报案。所长一听，大事啊，马上报刑警队。

凌峰说，先查查当晚那个电话。

一查，对方是个女的，叫张英。

在此之前，两人通话频繁，短信频发。

再查张英的话单，当晚，她不仅与刘建通了话，还与其夫王兵通了话。

晨丽很快了解到，王兵是一个建筑工地的电工，当晚工地加班，他没在，有作案动机和时间。她又走访刘建家人，他女儿提供了一条很重要的线索：几个月前，她无意中看见了张英发给他爸爸的暧昧短信，想你啊什么的。晨丽推测，两人之间可能有不正当的男女关系。

凌峰在研判会上说，刘建失踪，王兵与张英有重大嫌疑。

两人随即被传唤。

张英一进来，就要上厕所。晨丽陪她去了，紧盯不放。

张英从厕所出来，还没坐稳，“咕咚”一声，摔倒在地，两眼紧闭，嘴吐白沫儿。

得，谈不成话了。

凌峰叫了一声，快起来，别给我装！

晨丽说，她不是装的。

凌峰一愣，马上送医院！

来到医院，把人平放在床上，她还是一动不动。

大夫刚要做检查，突然，张英“嗷”的一声坐了起来，像诈尸一样，两手向前直伸，吓得一屋子人乱窜，生怕被她抓住。

紧跟着，她两手做刨地状，刨来刨去，边刨边叫，刨，刨，刨……

两眼空洞，睁开也像是看不见人。

凌峰抓抓脑壳，这是怎么回事？她神经了？

精神科大夫赶来，张英两手还在刨，嘴里也不停，刨，刨，刨……

样子极为恐怖，谁也不敢靠前。

大夫说，这叫应急性精神障碍，就像突然做了噩梦，自己把自己吓出了病。现在，她不能配合你们了，先打一针安定吧。

安定打下去，张英安定了。可凌峰不安定，这女人做了什么噩梦？她刨地干什么？是要挖什么，还是要埋什么？

晨丽说，张英的噩梦跟刘建失踪有关。

张英住地派出所王所长向凌峰报告说，这几天她接连报了三次警，每次都是在半夜，老觉得有人敲她家的门，咣咣咣！要派出所出警。王所长说，我带人去她家一看，一个人也没有，周围也没有发现异常情况，安慰她两句就走了。第二天晚上她又报警，还是说有人敲她家的门，咣咣咣！我们又去，还是没情况。蹊跷了！她儿媳妇跟她住在一起，什么都没听见，就她听见有人敲门。后来，她跟老公说，我不能在里面住了，我害怕。她老公说，咱们还有房子，干脆搬家吧。她刚搬走，就被你们带来了。

凌峰说，张英的报警跟刘建失踪有关。

张英的精神障碍一直持续了两个多星期才恢复了一些，能慢慢说话了。问起刘建的事，她说，她是以前跟刘建一起在哪个厂子里打工时认识的，又说，刘建先强奸了她。很明显是在瞎编，错漏百出。她跟刘建的关系肯定不是强奸与被强奸的关系，查出的暧昧短信，很多也是她主动发给刘建的，内容不堪入目。现在，显然她知道人已经死了，死无对证，就想瞎编。当然，刘建是否强奸了她，这要法院去认定。凌峰就想问出她是否知道刘建死了。如果她知道，那就跑不了她！

审讯中，凌峰忽然问，刘建呢？

张英说，不知道。

真不知道，还是假不知道？

真不知道。

你说刘建先强奸的你，是真的吗？

是真的。

你敢不敢跟他当面对质？

啊?!

你敢不敢?

……他不可能跟我对质。

为什么不可能?

……

难道他死了吗?

……

问你话呢，刘建为什么不可能跟你对质?

嗷!——

张英突然又犯病了，猛地站起来，两眼空洞，两手向前直伸，做刨地状，边刨边叫，刨，刨，刨……

审讯进行不下去了。

凌峰只好中断审讯，叫救护车把人拉走。

王兵不是也到案了吗?凌峰为什么不审他?

不是不审他，而是他一句话不说。

王兵从一进来就不说话，问什么都跟没听见一样。每天都审他，每天他都不说话，像个聋哑人，往那儿一坐，两眼一闭，死不开口，能急死谁。可是，他有权沉默，又能拿他怎么样呢?

豆腐掉在灰堆里——吹也吹不得，打也打不得。

审讯遇到了困难，只能耐着性子，每天提来，不说，又提走;第二天，再提，再不说，再提走。

越是这样，凌峰越坚定自己的判断:王兵跟刘建的失踪有关。

如果刘建被害，跑不了他!

这天，把王兵照样从看守所提出来。想不到，凌峰还没开口，王兵突然说话了，你们把我父母请来跟我见个面。

你说什么?

把我父母请来跟我见个面，我就说。

凌峰抓抓脑壳。按规定，案件审理中，嫌疑人不能见外人，以防串供或其他影响办案的事情发生。

他耐心向王兵解释说，你想见父母可以，先把事情谈清楚了就让你见。

王兵就一根筋，你们不把我父母请来跟我见个面，我就不说。

凌峰还要解释，王兵说，别说了，把我送回看守所吧。

得，先有鸡还是先有蛋，凌峰没辙了，只好请示局领导。

局长说，见！

特案特办，晨丽把王兵的父母接来了。

王兵一见父母，当时就跪下了——

爸，妈，儿子不孝，儿子杀人了！儿子咽不下这口气，儿子杀了人，儿子也没命了，不能尽孝赡养你们，儿子对不起你们。儿子死了以后，你们要好好照顾自己，别伤心，别难过，就当没养我……

一家人抱头大哭，泪流成河。

案件告破。

王兵发现奸情后，让张英把刘建约出来谈谈。张英说，求求你放过他，都是我的错。王兵说，你放心，没事。想不到一见面，王兵一棍子就打爆了刘建的头。刘建连吭都没吭。王兵让张英一起帮着埋尸，张英已经吓得剩下半条命。王兵说，你不帮，我连你一起埋！

张英只好动了手。

从那天起，她就坐下了病。

70. 回马枪

两个入室盗窃惯犯，一个叫胡汉，一个叫王胜，最近联手在丽都社区作案，搅得人心惶惶。管片儿派出所警力吃紧，请求刑警队支援。

凌峰带人前往，蹲守到第三天半夜，发现了动静——

两个家伙一进社区就分开了，各自寻找目标。你到这边儿转悠，我到那边儿转悠。凌峰果断出击，当场抓住了胡汉，而分工抓王胜的派出所警员失了手，让他逃脱了。

尽管布控周密，抓捕却不完美。

凌峰连夜追查，发现王胜名下有一辆汽车，他逃脱后开车上了高速，向南方窜去。得，南下了。就是挂网追逃，暂时也抓不到。没辙，只好先审胡汉。

胡汉来了个好汉不吃眼前亏，问什么，说什么；没问的，主动说，一下子交代了十几起案件，都偷了什么，卖给谁了。

凌峰很得意，大冬天的，满面春风。

事后一核对，全是胡说八道，根本没有的事！

可当时哪有工夫核对啊，时间紧迫，先把人刑拘了，送看守所。

想不到，胡汉不等核对，一进看守所就把自己的头撞破了，然后大呼小叫，找到检察院驻所办公室，全面翻供，说自己根本没偷东西，是刑警队刑讯逼供，他屈打成招，还点名说，凌峰拿警棍砸了他的头。

凌峰一听，气得五官乱了营，鼻子听声耳朵出气儿。

审讯有全程录像啊，谁动他一指头了？

胡汉说，录像造假谁不会？眼下平反的冤案还少吗？

行！凌峰就去找证据。一核对，胡汉交代的全是胡说八道，说被偷的，一样没少；说卖给谁了，查无此人。

检察官问胡汉，那你跟王胜半夜进社区干什么？

胡汉说，我俩想合起来经营快递，进社区认地方去了。不信去问王胜啊！

凌峰抓抓脑壳，跑啦，哪儿问去？

检察官说，赶紧上网追逃啊，抓回来两个人相互印证也行！

凌峰说，谁知道什么时候能追到呢。

得，事情僵了。

转眼羁押到期了，检察官又来过问，凌峰只好先放人。

胡汉办了取保候审，笑歪了鼻子。

他临走时，凌峰问他，我什么时候拿警棍砸你头了？

胡汉说，这是谁说的？没有的事！

你……凌峰气歪了鼻子。

眼睁睁看着胡汉扭着屁股走了，他一拍桌子——

我非抓住王胜不可！

这时，有情报来了，说在江西赣州发现了王胜。这家伙一口气跑了这么远，都到赣州了。追！

不抓到王胜，就拿不下胡汉。以后再抓到嫌疑人，他胡扯一通，进看守所后就翻供，翻供就走人，这不是放纵犯罪吗？再说，也打击民警办案的积极性啊。事儿审不出来，赃追不回来，就把人放了，还说民警刑讯逼供，还要追究民警责任，以后谁还愿意办案？

不行，不管花多大代价，也要把王胜抓回来。

凌峰带人赶到赣州，跟当地公安部门一联系，说目标不在城里，在下面一个县区。他们赶到县区，人又跑了，跑到广州去了。凌峰没有马上跑广州，心想，广州离赣州很近，万一我们追到广州他又回了来怎么办？他决定，在赣州多待了一天，看看动静。

结果，从广州传来消息，说王胜又奔昆明方向去了。

当天，在百色高速公路上监控到他的车，一直奔昆明方向开。最后，车到了昆明，不动了。怎么办？去！

凌峰打“飞的”赶到昆明，当地公安说，人又跑了。

王胜一定知道有人在追他，否则为什么跑得那么快？

事后才弄清，王胜并不知道凌峰一直在后面紧追。他在路上认识了一个做代购生意的老乡，老乡想用他的车带货，王胜当然愿意了，一方面能有收入，另一方面还能躲公安。

这可真是：一个跑，一个追；追的知道跑的，跑的不知道追的。虽然阴差阳错，就是死活追不上。

要说事情就这么巧，追着追着，技侦截获了一个电话，是王胜家人打给他的：老爸病重了，可能不行了，你快回来看一眼。王胜说，我回去怕警察抓。家人说，抓什么抓？跟你一起干的胡汉都放回来了！王胜听了一愣，啊，他被放啦？家人说，可不是，早放啦，昨天还来家里问有你消息没有。王胜喜出望外，真的？家人说，骗你是小狗！王胜说，好吧，我这就赶回去，看老爸一眼再走。说不定这是欲擒故纵！家人听不懂……什么琴？

凌峰笑了，打道回府。

王胜跟老乡结了账，也打道回府了。

他开车上了高速公路。

凌峰在收费站守株待兔。

王胜一路更换假牌套牌，但车没法儿换。

然而，同款的车太多了，抓他也是个麻烦事，只有请交警配合了。

于是，收费站进闸口前排起了长龙，所有车都限行，一个个查驾驶证、身份证。

王胜来到闸口前一看，队如长龙，急也没办法，前后都有车堵着，只能等。他正等呢，只见一个交警朝他走来，心里突然一阵紧张，完了，车牌对不上！他正上火呢，却见交警停下了，对他前面的车进行检查。他猛然想起来，自己换来换去，换乱了，又换回自己的车牌了。哈哈，天助我也，命不该绝。

这时，交警来到他的车前，熟练地给他敬个礼——

请您出示驾驶证、身份证。

王胜摇下车窗，递出两证。

交警看了看证，又还给他，说，请您下车，我们要检查车里有没有违禁品。

王胜说，没有。

交警说，对不起，请您配合我们的工作。根据上级指示，每辆车都要检查，看有没有携带违禁品。

王胜一听，踏实了，心说，我车里没有，查就查呗。

他熄了火，打开车门，从车里出来。人还没站稳，猛地被交警摁倒，紧跟着扑上来两个人，一左一右扭住他的胳膊，铐上了。

干净利落脆，也就是眨眼的工夫。

王胜还叫呢：干吗抓我？干吗抓我？

交警说：干吗？你自己知道！

说着，他扭过身，给另一处蹲守的弟兄们下令：抓捕胡汉！

他不是交警，是凌峰。

71. 女贼

这两个女贼都五十多了，奶奶级的，一个叫徐平，一个叫李红，两人搭手行窃。作案的时候，徐平从家出来，骑上摩托，再到另外一个小区接上李红。

知道她是贼，也得抓现行。不然，我偷谁了？啥时候偷的？哪儿偷的？偷什么了？能把你问傻。所以，必须要抓现行。

晨丽说，我报名！

凌峰笑了，本来就有你，不能算主动。

你少来！

徐平家住二楼，她的摩托车放在楼下，说明她还没走。如果守到中午她还不出来，就完事了，说明她今天就没想出去。贼也不是天天偷。太累！

还好，徐平出来了，骑上摩托就走。她贼得很，骑着骑着，忽然不见了。凌峰他们也骑着摩托，不能跟得太近，也不能扎堆儿，只能单兵作战，相互拉开距离。凌峰骑在前头，一看目标没了，正感到奇怪，余光中发现，徐平正躲在一辆货车后面朝外看。凌峰不能停，只好先往前骑过去，同时告诉后面的队员。不一会儿，徐平从车后出来了，接着往前骑。每到一个拐弯路口，她都停下来往后面看。她停，跟的人不能停，一停就被她发觉了。就这样，被她闪了好几回。晨丽心说，怪不得凌队要上这么多人，一两个还真不行，不够接替。

终于，徐平接上李红了。她没把车停到李红家楼下，而是停到一个早点摊儿边，打了一个电话。晨丽都没看见李红是从哪儿钻出来的，她就上了徐平的车。两人出了巷子，上了大路。大路上，人多车也多，摩托车，电动车，蝗虫似的，徐平从后视镜也认不出谁是谁了。凌峰叫弟兄们都撤了，只留下他跟晨丽。

女贼骑到了长途车站，把车存上，买了去安徽方向的票，上了车。这是要干吗去？去串亲戚？还是要在车上下手？凌峰犹豫了一下，上！也买票上了车。一男一女，土汉村姑，一点儿不招眼。

女贼如果在车上下手，立马将其拿下。她们没有接应，凌峰一个电话警车就能赶来，往车里一塞，完事。

可是，她们没有下手，而是说说笑笑，像去春游。

啊，陪游啦？白跑啦？

虽说抓贼白跑是常有的事，但动静这么大，凌峰多少有些窝火。

车越开越远，穿过了农村。

凌峰正不安，只听司机喊，羊肠镇到了，下车的往前挪！

女贼有了动静，看样子要下车。

下车的人不少。

凌峰一下来就乐了——

羊肠镇今天逢集！

农村逢集，像城里赶庙会，人山人海。女贼是为这个而来啊！

晨丽说，哥耶，俺要买个红棉袄！

中啊，再给妹配个绿棉裤！

两人跟着女贼挤进人流。看得出，跑这么远了，女贼警惕性就差了，没那么防备了。凌峰也放心了，只要不太露，女贼很难认出他们。女贼之所以远道来农村，一是因为农村人防范意识差，好偷。另外，她们也不相信城里的警察会跑这么远来，多辛苦啊。

哎，这回让她们碰上了，警察里就有不怕辛苦的。

女贼来到一卖衣服的大棚，有个老头儿正在里面看衣服。李红随手拿起一件上衣，放在老头儿身上，拿他当样子，平姐，我父亲跟这老人长得差不多，你给看看合适不？徐平凑上去，合适，就是颜色暗了点儿。两人这样说着，李红就隔着衣服摸老人的口袋。农村上了年纪的人都朴实，哪儿防备这两个老女人是贼啊。还好，老人口袋里没钱。凌峰看得清楚，李红的手又收了回来。

女贼又走到另一个卖衣服的大棚，还是这套活儿，拿衣服瞎比画，趁机把人家口袋摸个遍。农村男人一般都穿中山装，口袋在明处，都爱把钱装口袋里。可是，这回怪了，女贼几次下手，都扑了空。

女贼给了个差评，这儿真穷！

她们离开卖衣服的，又转到菜市。

赶集的人，也爱顺便买点儿菜。就连卖菜的，不管卖完卖不完，也要去集上买点儿什么。女贼尝过甜头，就奔菜市来了。

正是卖小香瓜的季节。一个妇女的电动三轮车上都是小香瓜，买的人很多，里三层外三层。女贼也挤上去。一个骑自行车的姑娘也来买瓜，车把上拴的坤包吸引了女贼。一般女的买菜两眼只顾盯菜，不就是买个菜吗？看好了，一称，一交钱，也就是两三秒的事，包又是拴在车把上的，摘都要摘半天。贼恰恰就等这两三秒的机会，根本就不摘包，剪子一剪，包就下来了。贼一般都带个大空包，把你的包往大空包里一塞，拉链一拉。得，你一转脸东西就没了。贼就在你身边，你也不知道。有的贼还帮忙说，快打“110”！

还好，女贼刚要下手，包里的手机突然响了，姑娘转过身，李红收起剪子。悬！

包保住了，凌峰既感欣慰又感失落。

这么好的抓捕机会！

女贼好像也很失落，马上离开瓜摊儿。刚巧，从旁边过来一辆空的电动三轮，小伙子卖完菜正打算回家。徐平说，搭我们去车站，给你五十块！好家伙，一车菜都没卖这么多，小伙子拉上两人就走。

凌峰一愣，没得手，撤啦？

晨丽说，不，得手了！

她挤上去一把拽住卖瓜的妇女，大姐，您少东西没有？

妇女叫起来，哎呀，我的布袋没了，里头有钱包，还有手机！

晨丽说，小偷跑了！您看，这是我的证件，我是警察，您把车借我用用！

凌峰抢上一步，我去追，你在这儿陪着大姐！

电动三轮，飙车大战，羊肠集市，眼界大开。

凌峰狂喊：站住，我是警察，你拉的是贼！

小伙子一听，来了个急刹车。

由于刹得太急，三轮侧翻。两个女贼，连滚带爬。

徐平说，这么远了，你们还抓？

凌峰说，这么老了，你们还偷？

72. 远山

晨丽在办案走访中，意外接到一个举报，说春光社区的王芳以前没有小孩，邻居也没见她怀过孕，现在忽然有了小孩，都几个月大了。举报人怀疑，小孩是拐卖来的

凌峰说，先接触下，如果有问题，就做亲子鉴定。

晨丽一接触，王芳就怕了，说，别做鉴定了，孩子不是我生的。我生不了，想领养一个，有人牵线，我出了钱，人家就把孩子送来了。晨丽说，这不叫领养，叫买卖儿童，是犯罪行为！王芳哭了。

顺藤摸瓜，查出上家叫董林。半年来，仅在本市，他就拐卖了六个孩子。

董林是云南人，家也在云南。他把拐卖儿童当成生意，把孩子当成小猫小狗。在云南边远地区，特别是大山深处，有的人家生了孩子养不起，有的人家怀了孕不想要。董林闻腥上门，或仨瓜俩枣儿买走现成的孩子，或给孕妇预付定金，等孩子出生后再抱走。然后，他分发给各地下线，由下线再去寻找买主。有时，是下线提供情报，说谁谁家想要个孩子，男的女的，多少钱。董林就根据情报，“私人定制”。上线下线形成了产业链，轻车熟路，各赚各钱，说是领养，纯属贩卖。

凌峰带人连夜出动，抓捕本市人贩子，解救被拐儿童。

接收的，贩卖的，魑魅魍魉悉数落网。案件收口的重要一环是抓捕董林！

一行三人赶到云南时，正好是雨季。天上下雨地下流，老天留

人，案件却等不了。上家落网，董林闻讯肯定要远走高飞。

飞抵春城，他们马不停蹄，直奔红河州。董林家在绿春县。他们沿途问路，当地人管绿春叫陆春，管说话叫宽画，管吃饭叫掐碗。方言难懂不可怕，路上难走才吓人。

因为雨大，路上常发泥石流，从红河州前往绿春的中巴车停运了，一是怕砸着，二是怕过去回不来。

凌峰说，找出租车！

找来找去，磨破嘴皮也没人去。要在平时，这肥活儿抢都抢不着。现在个个说，谁爱送死谁去！

凌峰说，多给钱！双倍！

有钱当然好。有钱能使鬼推磨，就怕石头砸了鬼！

最后，有个儿子也当警察的师傅接了活儿。他拿手机跟绿春那边儿打听，得知路还通，就赶紧开车赶路。

盘山路。山连山，雨连雨，天地浑然。眼看快到绿春了，突然，山呼海啸，泥石流下来了，摧枯拉朽，势不可挡。真悬啊，他们要是早到三分钟，一车人就顺流而下了，而路下是万丈深渊。

师傅急刹车，惊出一身汗。

得，过不去了！你们也跟我回去吧，钱我不要了。师傅说。

凌峰下车看看，回头问晨丽，怎么办？

晨丽说，芝麻酱拌！

另一个队员说，要回你陪师傅回去吧！

凌峰抓抓脑壳，都豁出去啦？我真没挑错人！

他硬给师傅塞了车钱，让师傅打道回府了。三个人坐在路边，边和绿春公安联系边等。绿春方面说，可以派个车过来接他们，可中间还隔着五六十米宽的泥石流哪，急人不？

眼看对面车过来了。凌峰又问，怎么办？

一回头，只见晨丽早把鞋脱了。

泥石暂不流了。三个人背起行囊，手拉手，一起蹚进泥石中，一步一滑，扭着秧歌往前走。

他们刚刚走过去，轰隆隆！一块巨石从他们身后滚了下去。紧跟着，泥石又开流，千军万马，哗啦啦！

当他们突然出现在董林面前的时候，董林大吃一惊——

你们麦石飞来的？

麦石，当地话，难道是？

他已经上了越野车，正准备从另一条路逃跑。

嫌疑人抓捕到位，还得就地取证，找到孩子的亲生父母。如果找不到，贩卖环节不完全就不能诉讼，光有口供不行。董林交代了几家孩子的源头，并愿意配合前往。其中，最远的一家住在大山深处的寨子里。

翻山越岭去山寨，走的全是牛路。一脚踩到牛粪上，一不留神就会滑倒。山路崎岖又险要，为了防止董林脱逃，凌峰把手铐一头铐在自己手上，另一头铐在董林手上。董林说，两人铐着不好走，你放心，我不跑。凌峰说，你是山里人，说跑就跑了，麦石让我们飞起追？得，他也会说当地话了。结果，当真出现了险情，走到一处悬崖边时，路又窄，雨又大，凌峰一脚踏空，一头栽了下去，幸亏董林死命挡住才化险为夷。凌峰对董林说，谢谢你！董林说，谢哪样？我罪过太大了！凌峰打开手铐，好了，听你的，这样好走些！

走进山寨，晨丽吃了一惊。因为偏远，又没交通，这里穷得没法儿说。大人小孩好多都没有鞋穿，一家人就挤在一个破土房里，窗户上没有玻璃，里外都是通的。鸡也在屋里养，猪是一半养在里，一半露在外。

孩子的生母对凌峰说，难为你们来找我，我不识字，我说什么你们就写什么，写完了要按手印我就按。孩子是我生的。我家已经有三个孩子了，我真的养不起了，是我主动要送人的。你们别怪老董叔，是我找的他，我自愿让他把孩子带走，带到城里去，找个好人家，能吃饱，能上学，有病能去医院，比在山里好，我愿意。这不是害孩子，是为了救孩子。老董叔给了我八千块，我谢谢他。你们别把孩子送回来了，我养不起，我不要了，谁爱要谁要！

一时间，大家无语。大山沉默。

办案归来，凌峰急忙回家，一进家门就说，老妈，把咱家穿不着的衣服帮我收拾收拾，多找找，我要寄给人家。

老妈问，寄哪儿去啊？

凌峰说，您别问了，我有事先走了。

出了门，他直奔商场卖鞋的摊位，大人的，孩子的，买了一堆。

卖鞋的笑成了大牡丹，今儿个是什么日子啊，我的买卖这么好？

凌峰拿着单子去交钱，远远看见有个人正排队呢。

谁呀？晨丽！

凌峰放慢脚步，轻轻走过去，只见收银员接过晨丽的单子——

哎哟，买这么多？大人的，孩子的，都有！

73. 鹤鸣

这个小伙子是被砸死的，砸他的石头就扔在旁边。

案发现场在半山坡，晨练的大爷报的警。

死者二十多岁，没有身份证什么的，尸体周围没有厮打痕迹。晨丽在离现场不远的地方发现了一些随身衣物、洗漱用品，还有一小瓶儿白药片。瓶盖打开过，包装也掉了，药吃剩了一半。

不管药是不是死者吃的，先送检，看看是什么药，哪儿生产销售。然后，把随身衣物、洗漱用品收集起来，查找出处，为寻找尸源提供帮助。

侦破无名尸，首先要查找尸源。什么人？哪儿来的？有了这些，就能从被害人社会关系等方面入手追凶。

死者随身携带的物品中，洗漱用品很特别，不是自己家的，是宾馆免费提供的小包装洗发液，还有含小牙膏在内的一次性牙刷，质量很一般。两样东西都还没拆封。经了解，不是所有的宾馆都配洗发液，有的只配牙具和一小块儿香皂。

凌峰决定先从洗发液查起，因为包装上有联系电话、厂址。产地在扬州。他来到扬州，很顺利地找到了生产厂家，一核对，正是他们生产的。再查销路，好家伙，多了去啦，全国各地都有。凌峰又把牙刷拿出来，人家一看，说，我们也生产牙刷，但这不是我们的产品，很像无证小厂生产的，所以包装上连联系电话、厂址都没有。光查到洗发液不行，查不到牙刷，形成不了交集就没有侦查方向。

凌峰请厂长把厂里的老师傅都找来，说，大家既然都做这一行，把这个样品传着看看，可能是哪家做的？有个姓郑的师傅说，看包装的样子，很像一家小厂做的。你们去了解下，可别说是我讲的，说着，给凌峰指了路。后来才知道，原来那个小厂的厂长是郑师傅的发小。小厂设备不全，只能生产牙刷，生产不了洗发液。可是，单卖牙刷不好卖，宾馆嫌麻烦，就让他们把洗发液配齐了。发小就找到郑师傅，让他跟厂长讲讲，给他们进点儿洗发液，配齐了好卖。厂长本来不答应，一是自己厂里就生产牙刷，二是怕小厂的产品质量不过关，搭配起来会影响自己厂的信誉。郑师傅好说歹说，厂长才同意了，但是，有个条件，小厂不能全国走货，一旦发现就“断粮”。

凌峰按郑师傅的指点来到了小厂，果然是家庭作坊。厂长还以为来了质检的，连声说，这个牙刷不是我们生产的。凌峰拿起他们的产品，从内到外，怎么看都一样。他笑了，你放心，我不是来检查质量的。这把牙刷涉及命案，你要跟我讲实话！厂长一听，差点儿跪地上，说，牙刷是我们生产的，我们可没杀人！

好了，找到了牙刷生产厂家，再一了解，因为洗发液进的数量有限，对方又不许他们全国发货，所以，配齐洗发液后，他们只发了两个地方——

一个是苏州，一个是蚌埠。

范围一下缩小了！

凌峰立即把人分成两组，一组去苏州，一组去蚌埠。

蚌埠远些，他就带人去了。他去后把蚌埠的情况一摸，人家说，这个货以前进过，但是很长时间不进了。原来进的货消耗很大，一客一换，现在已经都用完了。凌峰一看没戏，马上调头去苏州，与另一小组二合一。

现场遗留的洗漱用品档次太低，只有很普通的宾馆才会用。要排查，就查小宾馆，尤其是城乡接合部。

凌峰依据生产厂家的情报，把待排查小宾馆分成三个条件，一是有同品牌洗发液的，但牙刷不同；二是有小作坊所产的牙刷的，但洗发液不同；三是重点，就是所用洗发液和牙刷都与案件物品相同的。只有这样仔细排查，才不会有疏漏。

苏州的小宾馆多如牛毛，似大海捞针。可想而知，工作量有多大。

终于，有了线索！

在一家所用洗发液和牙刷都与案件物品相同的小宾馆，一对父子的入住登记引起凌峰的怀疑。这父子俩来自河南信阳农村，只有父亲登记了身份证，儿子没登记。

这是怎么回事？凌峰问老板，不是一人一证吗？

老板抹抹汗，有漏洞，有漏洞！

监控录像留了没有？

留了，留了！

幸亏，宾馆虽小，录像还好。往回一倒，不多不少，录像正好保存到父子俩登记的那天。

凌峰一看，死者正是儿子！

相貌、身材和所穿衣服，都对。

这时，跟踪药检的晨丽传来消息——

药据称是治脑瘤的，其实根本治不了，就是止痛药，在脑瘤发作时服用能缓解疼痛，属于假药。生产厂家在河北，现已被查封。销售地区广泛，其中包括河南全境。

凌峰立即带人赶到河南信阳。

杀人者正是儿子的父亲王松枝！

——没有办法啊，没有办法！

这个老农一下子蹲在地上，两手捂着他这个年纪不应有的满头白发，因操劳而干裂的两手像柴火。他喊了一声“没有办法”，就半天不出声了，突然，像旱天打了个雷，“嗷”的一声，哭了起来。

那哭声，撕心裂肺。

那泪水，大坨大坨。

——你们都看到了，我这叫个什么家，猪狗不如。老伴儿躺床上小十年了，儿子又得了要命的病，根本就治不好。再说了，我哪儿还有钱治啊，就差把这老屋卖了住野地里。那天，我弄来农药，一家子活不到一起就死在一起。儿子说什么也不让我喝，抢过碗给扔了。他说，他得了绝症，让他去死。又说，他长这么大也没出过门，让我带他出去走走。我就借钱带他去了苏州。过后，他说他要上山，要再往远处看看。我带他来到山上，他忽然说，爸，我生不如死，你就让我死了吧。他拿起一块石头就往脑袋上砸，我拦都拦不住。他没有死，血淌得哗哗的，躺在地上叫我，爸，爸，我难受，你快让我死了吧………

王松枝砸死了儿子。他正想要埋，忽听远处有人声，就扯了几把草，盖住了儿子。

案件告破。沉默返程。

死者叫鹤鸣。

返程路上没有鹤，凌峰却听到一声凄楚的叫声。

74. 留门

这天夜里，要动手了，方玲没有插门，给王金留着。

院子在荒郊野外，附近除他们两家，没有其他人住。说是两家，也不太准确。院子里搭了好几排兔子窝，人住的房子就两间。方玲跟丈夫吴军，带着四岁的孩子小石头住一间；另一间，住着王金。王金单身一人，会养兔子，被吴军当专家请来。两间房子中间就隔一道薄墙，喘气的声音都能听到。

老实巴交的吴军没发觉，王金与方玲，一来二去勾搭成奸。

俗话说，自古奸情出人命。

半夜。一个留门，一个夺命。

王金摸进屋里，大炕上并排躺着三个人，吴军、方玲和小石头。王金“啪”的一斧头砸下去，正砸在吴军的太阳穴上，吴军连哼都没哼。王金一把把他拉到炕下，接连又砸了几斧头，一个活人就成了尸体。这时，炕上的小石头听到声响，动了动，睁不开眼。王金一看不好，马上把尸体往自己屋里拖。他拖着费劲，方玲就上去搭把手。来到自己的屋里，王金就开始分尸了，用的是平时剥兔子的刀，又尖，又快。刚要下刀，门突然开了，两个人吓了一跳，抬眼一看，是小石头！方玲马上迎上去，用身子挡住尸体，然后一把搂住小石头，抱起来回到屋里，哄孩子睡。小石头问，你们干吗呢？方玲说，杀兔子呢，怪吓人的。你别看了，快睡吧。小石头又问，我爸呢？方玲说，跟着一块儿杀呢！她在这屋哄着孩子睡，那屋王金就动手了。

预谋杀吴军时，方玲问，杀完人咋办？王金说，埋在院子里。说完了，又觉得不妥。一是死人老在院里陪着“硌硬”，二是天长日久臭了怎么办？干脆，烧掉！又一想，也不行，骨头烧不烂怎么办？烧起来味道大怎么办？最后，决定分尸，就当他是兔子！

头、四肢、躯干，分开了。这时，孩子睡了，方玲又过来，用蛇皮口袋帮着装。这个女人狠啊，不动声色地把自己丈夫的胳膊腿什么的，分别装进几个袋子，头单独装一个袋子。

王金连夜用他的老式摩托把几个袋子拉出去，扔进山后的水塘里。

扔的时候，他还往袋子里装了石头，以为万事大吉。

可老天有眼，过了几天，一个袋子漂上来了。

有老百姓上街赶集，发现了袋子，往岸上拉，打开一看，说是猪肉，再一看，怎么还有肚脐眼！

凌峰接警，带人赶往水塘。再一打捞，又捞出几个袋子。

把尸块儿一拼，除了没头，剩下的都齐了，名副其实无头案。

马上，立案找尸源，贴寻尸启事。

寻尸启事还真起作用了，吴军的哥哥吴海找到凌峰，说弟弟失联好多天了。问弟媳妇，弟媳妇说，去山东买种兔了。可手机为什么总不通？

你弟弟身上有什么特征吗？

他右腿有一块儿白癜风。

凌峰心里一咯噔，完了！

接下来，做DNA，确认死者正是吴军。吴海当场哭昏过去。

谁杀的？为什么？说财，他穷得叮当响，就几只兔子；说仇，人老实巴交，无冤无仇；那么，就是情！

杀人、碎尸、抛尸，凶手太残忍了。

凌峰说，通知管片派出所，控制方玲！

方玲被叫到派出所。她是带着小石头来的，孩子太小，她走了屋里没人看着。

凌峰的问话，直截了当——

吴军呢？

去山东买兔子去了。

走几天了？

好几天了。

来过电话吗？

他出门从不打电话回来。

你也不给他打？

不打。

为什么？不担心吗？

不担心，习惯了。

听说他右腿有一块儿标记，是吗？

我不知道。

这么多年夫妻，你不知道？

……不知道。

说这话的时候，她抱孩子的动作起了变化。

抱在怀里，越抱越紧。

不知道你也别害怕。我再问你，吴军真的去山东了吗？

是。

没有吧？

……

凌峰突然提高了声音——

你想他吗？你想去看他吗？想看我马上带你去看！

方玲浑身一颤，两只眼睛像狐狸一样，直勾勾地盯着一个地方。

就那么盯着。

是凶光还是绝望的光，凌峰说不清。

他从没见过女人眼里会有这样的光！

屋子里安静如死。

小石头冷不丁叫了一声，妈！

方玲抱紧了他。

大哥，方玲忽然这样叫。

凌峰愣了一下，没想到方玲会这样叫他。

大哥，拜托你，你能帮我照顾照顾我的孩子吗？我是活不成了。

哇！——

小石头突然大哭起来。

哭声撕碎人心。

方玲交代了。

凌峰马上带人赶到地处荒郊野外的院子。

那里是杀人的第一现场。要勘查，要取证，要找作案工具，要核对方玲的口供。当然，最重要的是抓捕王金。

方玲被派出所叫走，肯定惊动了王金。他现在跑到哪里去了？如果他骑摩托走大路还好抓，只身逃进深山老林就麻烦了。

让凌峰吃惊的是，王金并没有跑，就坐在屋里，半闭着眼睛。

我知道你们会来抓我，我跑也没用，跑哪儿去都是绝路。我对不住吴哥，对不起方玲和孩子。现在，说什么都没用了。听说你们还没找到人头，我带你们去找吧！

王金带着凌峰一行人，来到山里，一直走了好远，来到一条小河边。那天夜里，他把头扔河里了，故意跟身子分开。

队员们下河，把头从水里提出来。泡了好多天，早不成样儿了。

可怜的吴军！

方玲和王金是一起被枪毙的。

他们从看守所里被提出来的时候，凌峰也去了。

方玲三十岁刚出头，头发原来是很密很粗的，黑黑的。这时候，完全变了个人，满头白发，好像白毛女。

凌峰说，小石头我会照顾好，你放心走吧。

方玲点点头。眼泪不是滴下来的，像没关严的水龙头……

两年以后，杀人现场成了风景区。那个养兔子的院子早夷为平地，种上了花草树木。山清水秀，游客纷至。

有一天，朋友约凌峰去钓鱼，想不到是来这里。

凌峰脸上的笑容一下就没了。

75. 怪病

英山村突发怪病，人心惶惶。

什么怪病？人走着走着，忽然躺倒了，走到哪儿躺在哪儿，不挑地方。家人朋友正着急，又好了，又起来了。

郑秀的丈夫是这样，郑秀的儿子是这样，郑秀也是这样。

开始，村里人说，这家人得了怪病。说说而已，并没走心。

可是，忽然，生产队的队长张华也这样了，张华的女儿也这样了。过了几天，张华一家人都这样了。

村里人一下子紧张起来。这两家离得不远，一个住路东，一个住路西，斜对着住。村里人就说，郑秀家的怪病传染到张华家了。

一时间，家家户户乱了营。省卫生系统闻讯来人，查个底儿朝天，没发现什么，排除疫情后撤了。可这两家人仍不见好，一犯就送医院，吐沫又抽搐，住一段时间好了，过一段时间又犯。

反反复复一年多，出问题了。死人了！

郑秀本人刚犯病住院，她丈夫就死了。紧跟着，她儿子和张华也死了。

凌峰赶到殡仪馆，制止了火化。

解剖，化验，折腾一溜够，也没发现什么。

晨丽说，如果是传染病，怎么别人家没传染，就他们两家呢？

会不会是投毒？

凌峰抓抓脑壳，什么毒才能让人慢慢死掉又查不出来呢？

晨丽说，这个谜恐怕要投毒人解了。

凌峰打开笔记本，立案侦查，放出风去！

侦查是公开进行的。专案组进村，大兵团作战，围绕死者家的社会关系调查取证，并放风说，有人投毒。

调查正进行，村主任董成忽然跑到专案组报案，一脸恐慌，说他家的几头大猪躺倒死了。

凌峰赶紧出现场，一查，是毒鼠强！

董成蹲在地上哭起来，是哪个龟孙子干的啊……

董成是郑秀的姐夫。听说他家的猪被毒死了，一石激起千层浪，百姓议论纷纷。晨丽扎在大姑娘小媳妇中，听到了这样的传言：郑秀和董成不清楚。当地话，不清楚，就是有男女关系。最初听到这个传言，晨丽没往心里去，以为老百姓在说笑话，或是作为村主任的董成得罪了什么人，人家就给他撒烂药。可是，当死猪事件发生，人们都在议论是谁投的毒时，晨丽又听有人说郑秀和董成不清楚，这回她走心了，当成重要线索。

凌峰说，男的我来，女的交给你了！

郑秀得怪病住在医院，晨丽一进门就被主治医拽住，很神秘。

有事？

有事。

什么事？

郑秀怀孕了。

晨丽一惊，哦？

刚查出来的。

她本人知道吗？

我们没说，可她本人心里应该有数。她怀过。

晨丽清楚地记得，郑秀的丈夫做了绝育手术。法医解剖尸体时她在场，这个细节她不但关注了，还做了笔记。法医判断，手术至少做两年了。那么，郑秀是怎么怀孕的？

晨丽走进病房，从关心看望开始，跟郑秀聊起来。家长里短，马拉松式，但绵里藏针——

你有几个孩子？

就一个。

真可惜。听说你丈夫也不在了。

也死了。

怎么死的？

生病。

什么病？

怪病。我也是这个病，一年老进医院。

你们就一个孩子，是响应计划生育吧？

是。

你做绝育了吗？

没有。

丈夫做了？

……做了。

唉，就是他不死，你也不能生了，除非你再找人。

那是。

你好像胖了，看你那肚子！

每天打吊水打的。

哈哈，不可能。会不会有喜了？

你可真会开玩笑。

平白无故的，女人不会怀孕，对吗？

当然了。

我听大夫说，这回你不能马上出去，至少要十个月！管你吃，管你喝，管你住，你可别住着住着生出孩子来啊！

郑秀一下子愣住了。

晨丽突然提高了声音——

纸里包不住火！你以为你不说，他也不说吗？你怕难看，他可不怕！明告诉你吧，他全说了，把罪过全推你身上了。我不相信他说的，我同情你，才来找你，谁让我们都是女人呢。

郑秀哭起来，边哭边说，我怀的是董成的。收玉米的时候，他帮我，我俩经常在外面干农活儿。偶尔没人的时候，他就拉一拉，抱一抱，到后来……我们就有了感情……

说到这儿，她不说了。

晨丽说，接着说。

没了。

不对！还有！大事还没说呢！

没大事了。

都什么时候了，你还死扛着？这样吧，我们把董成带到医院来，你听听他怎么说，好不？

啊？你们把董成抓起来啦？

你以为呢，村子里发生这么大的事，不抓行吗？

……

你也别死扛了，听我一劝，是怎么就怎么，事情已经做了，后悔也挽回不了。你自己争取个好态度，我为你争取个好出路！

晨丽的话，听起来有鼻子有眼，好像一切都在掌握之中。其实，她说的都是模棱两可的话，绕山绕水，一点儿真的也没有，一点儿毛病也抓不着。可当局者迷啊！郑秀心里有鬼，从怀孕被抓住，越听越真，越听越崩溃。

于是，怪病之谜破解——

董成与郑秀勾搭上后，两人老想在一起。可郑秀有丈夫，自己有老婆，怎么办？董成说，先把你丈夫灭了，回头再收拾我那个。郑秀问，怎么灭？董成说，投毒！不一下子毒死，慢慢来，跟得病一样，这样人家才不会怀疑。你不会，我教你。

郑秀按董成教的，自家吃饭前，把毒鼠强往锅里滴一滴，搅开，一家人都吃，她也吃，吃完就躺倒了，被送到医院，说是食物中毒。过一段时间，她再滴一滴。历时一年多，她把丈夫搞掉了，儿子也死了。她跟着吃毒饭的次数少，偷着吃没毒的，所以活下来了。张华好色，趁人不注意常搂抱郑秀。郑秀就跟董成说了，董成恨恨地说，连他也办了。郑秀就假装串门，往张华家的盐里、油里滴一滴毒鼠强，甚至把液体毒鼠强抽到针管里，往张华家菜地的茄子、黄瓜里打一点儿。张华去摘菜，就把毒带回家了，一家人就慢性中毒。张华爱生吃黄瓜，所以先死了。凌峰带队进村后，放风说有人投毒。董成为转移视线，便毒死了自家的猪。

凌峰说，人心得了怪病更可怕！

76. 七个黑塑料袋

路边，有七个黑塑料袋。

谁把垃圾扔路上了？

打扫卫生的杨师傅不高兴，提起来就往三轮车里扔。

哎哟，很沉。

解开一看，哎呀妈呀，人肉！

法医随凌峰一起赶到。他把塑料袋全部打开，拼成一个完整的人。

女人！

年龄三四十岁。什么都不缺，就是被刀切碎了。

扔尸地点很奇怪。虽然很偏，但还有人路过。如是人迹罕至，碎尸早就腐败甚至成了白骨。而现在，状态还好。

凌峰抓抓脑壳。城区的监控早已安装到位了，外围的监控却还不健全。抛尸的地方恰恰没有监控。现成的科技手段没了，查找尸源只能土法上马。

一个，张贴寻人启事。照片太血腥，没法儿上，只能说，此地发现了命案，死者性别，大约年龄段。

再一个，调查失踪报案。围绕抛尸地向周边放射，看之前有没有报失踪的。

寻人启事很快收到效果。第三天早上，有人来报警。

扔尸地属城乡接合部，周边村子里有不少小厂子，其中有个纸盒厂，厂长叫王宝。这天早上他去上班，惊见一包垃圾堵在厂门口。谁他妈缺了八辈子德！王厂长边骂边提起来，想把它扔进垃圾场。

哎哟！是一包衣服。

再一看，血！

他立马想起寻人启事，果断报案。

凌峰赶去一看，衣服上的血又多又新鲜。

晨丽说，不用化验都知道与碎尸有关。

王厂长又骂起来，操他八辈儿祖宗！哪儿有扔在人家门口的？

凌峰四下一看，往北几十步就是垃圾场。

哎？会不会原来扔进了垃圾场，哪个拾破烂的拾起来，边走边看，看见衣服上有血就扔了？

走，去垃圾场再看看！

一去，收获惊人！

又找到四包衣服，里面装着内衣、袜子、皮鞋。

其中，皮鞋也是用黑塑料袋装的。

经检验，衣物上的残血正是死者所留。

于是，围绕这些衣物，分组展开全面调查：衣服品牌、价位、产地及销售商；黑塑料袋是哪个厂家生产的，什么地方使用的？

晨丽报告：黑塑料袋是本市一家超市副食品柜专用的，而且，只有这家超市用。经理说，这是我们的品牌袋子，内部使用，不给顾客。

凌峰一听，有戏！你没再接着往下问吗？

晨丽说，没有。

不对，这不是你！

晨丽笑了。

她从上衣口袋里掏出录音笔，打开，里面传出跟经理的问答——

你们内部干什么用？

运到我们店的冷鲜鱼肉，还要分送给一些小超市。我们的员工把货分割好，就用这种袋子包装起来，再发出去。

你们管分割包装的员工，最近有没有没来上班的？

没有。

你再想想，有没有请假的？

（一拍脑门）哎哟，有一个女员工，罗霞，她请假了。

是跟你请的假吗？

是啊，不过，是发短信请的，说老家有点儿事，要带孩子回老家一趟。她老家是铜山的。对了，昨天晚上她还给我发短信说，老家的事情没忙完，回不来，再请几天假。

你接到短信回过她吗？

我没回，直接打电话了，想问问她老家有什么事，需不需要帮忙。

她怎么说？

她没接我电话。她可能忙着呢，没听见。

罗霞多少岁？

三十多不到四十。

家里什么情况？

她离婚了，带儿子过。

录音到此结束。

凌峰叫起来，死者就是罗霞！

晨丽说，能小点儿声吗？

凌峰立刻变成蚊子，嗯，嗯，案发后，她没在本地；用短信请假不合常理；经理打电话她不接，过后也不回，不合常理；她有条件接触黑塑料袋；她离异，年龄段与死者相符……咱们再来个直接的！

凌峰把带血的衣物拍下来，发给经理。经理一看，确认是罗霞的。

死者确认了。

凶手在哪里？

他能用黑塑料袋包血衣，说明有可能认识罗霞。

凌峰设法找到了罗霞的儿子。不料，孩子的话让他大吃一惊——

今天我还收到妈妈的短信，说单位组织她到南京去学习了。

是谁用罗霞的手机发短信迷惑孩子？

给经理发短信请假的肯定也是他！

罗霞的儿子告诉凌峰，我妈妈找了一个田叔叔。

凌峰很快查出，这个姓田的，叫田利，也是离异的，带个女孩儿。罗霞跟他认识后，很投脾气，两个人就拧在一起生活，没领结婚证。

问题来了，罗霞失踪，田利应该第一个报警。

但是，他没来。

不但没来，还编发短信骗人，干扰侦破。

可别让他跑了！

凌峰当即带人赶到田利的居住地，情况再次让他大吃一惊——

他是个瘸子！

自己走不了，必须拄双拐！

嫌疑人是他吗？

但是，在搜查中，晨丽发现床腿下有血迹。那是打扫不到的死角。

审问不到两个小时，田利就交代了：

他以修摩托车为生，老婆死后，认识了罗霞。两人同居后，开始还是挺滋润的，也谈了领证结婚。但是，一年前，他出了车祸，腿撞断了，拄起双拐，罗霞开始烦他了。出事这天，两人为琐事吵架，罗霞上去就扇他。田利被扇几下，一来气，抄起锤子把她砸死了。怎么办？家里不能藏，一天就出味了。他想来想去，用菜刀把尸体切成碎块儿，用塑料袋装起来。这些塑料袋是罗霞从超市偷拿回家的。凌晨一两点，田利爬上电动三轮车，把碎尸拉出去扔了，因为行动不便，没扔得太远。回家后一想，衣服不能放家里，他又收拾起来，骑上车，把衣服扔进垃圾场，回家后，趴在地上打扫血迹。

其间，为掩人耳目，他用罗霞的手机发出几个短信。

田利被枪毙那天，凌峰去了。

因为是他办的案，法院就来通知，说田利要被执行死刑。

早上八点多，凌峰就到了看守所。法院规定，枪毙前给田利十分钟，让他跟亲人见个面，只有两个名额。他女儿和哥哥就去了。

最后一面，生离死别，尽管负罪，人之常情。

女儿进屋就哭，死去活来。

这种场面让人受不了。

十分钟很快到了。法警拉田利起来，五花大绑，抬上刑车。

他在上车的瞬间，回头看看下面所有的人。仇视！

法官告诉凌峰，尽管是激情杀人，但碎尸在量刑上与杀两个人等同，因此判他死刑。

77. 鸟儿从麦田飞过

一个十二三岁的小女孩儿，静静地躺在麦田里。

风从她身边吹过，她没感觉。

鸟儿从她眼前飞过，她没看到。

她死了。生前，惨遭性侵。

鞋被扔得很远，直到收麦子才被找到。

晨丽流着泪，在案发现场提取了精液。

DNA 鉴定结果很快出来了。数字无情，恶魔可憎。

一比对，哎哟，竟然与去年发生的另一起强奸案对上了！

凌峰说，嫌疑人或以强奸为主，杀人只是偶发。现在对上了号……

晨丽说，你也别省略号了，要我做什么直说！

凌峰抓抓脑壳，对不起，你是最佳人选。

于是，晨丽再次走访去年那起强奸案的受害人黄秀花。可以想象，重揭伤疤，再忆受辱，走访有多难。

你们问多少回了，也没抓到人，我不说了！黄秀花一口回绝。

晨丽到底是晨丽。掰开揉碎，苦口婆心，讲到惨死在麦田里的女孩儿时，她声泪俱下，引得黄秀花跟她抱头大哭。

最终，黄秀花不但开口了，而且说出了重要的线索——

当时他也想杀了我，我说，你强奸就强奸了，别害我，也别给人说。你给我留个电话，我可以跟你保持这种关系。他真的就留了电话。当然，他留的电话是假的。一拨，没有这个号码。我俩在聊天中，他还说了矿山医院。还有，他是南山口音，骑摩托车。

矿山医院？晨丽一愣。

别说她了，专案组这么多人，也没一个知道矿山医院的。

晨丽再下功夫调查，才知道本地南山有个小铜矿，矿上有个医务室，当地人叫矿山医院。也只有当地人这样叫。

由此判断，嫌疑人不是流窜犯。

这让侦查少走多少弯路！

南山口音说明嫌疑人是本地人；他知道矿山医院，或许他就在矿上工作。摩托车也是重要的线索。

依据到手的条件，大规模排查开始！

知道矿山医院的，南山口音的，有摩托车的，有作案时间的，在矿区工作的，一一排查，一个不漏。

夜以继日，千辛万苦。

结果，一无所获。

事后才知道，排查本来应该有收获，因为嫌疑人就在被排查的人群中！

他叫陈林，是专门给井下送饭的。

案发当天，他不在井下，但他填了一个当班的单子。时间长了，谁也记不住他当天上没上班，所以从作案时间上把他排除了。漏了！

经过第一轮排查，对形成重点的人，都做了DNA和血型检测，结果都排除了。

知道矿山医院，又是南山口音，他能躲在哪儿呢？

凌峰一拍大腿，不信找不到他，做“Y”！

“Y”是染色体，是男性的遗传物质，只对男性遗传。比如说一个人，他的儿子和他的孙子的“Y”染色体都应该和他的一样，除非出现变异。不变异的情况下，他的兄弟的“Y”和他的“Y”也是一样。

要做“Y”染色体，就做一个家族。

要先锁定嫌疑人是哪个家族的，再通过家族排查，范围就缩得更小了，一个家族最多几千口人。警方把现场提取的DNA做了“Y”染色体鉴定，然后在数据库进行比对，结果，比对上了陈姓家族。

不过，只比对上15个点位。“Y”染色体是16个点位。

结果一出，技术上就分为两个观点——

一个观点认为：15个点位和16个点位一点儿关系都没有，因为15个点位对上很正常，16个点位没对上，与这个嫌疑人就没关系。

另外一个观点认为：在一个小区域范围内，比如说在南山范围内，就是15个点位对上了意义也很大。有可能在哪儿出现了1个点位的变异，但还是陈姓家族的。

凌峰说，既然分两派，说明两派都有道理。为什么我们不能考虑可能是陈姓家族的观点呢？咱们干刑警的，只要有一点儿可能，就不能放过！

于是，找家谱，列家谱，将陈姓往上的族系都列出来，在南山几个镇都有，都列了出来。在列家谱的基础上，找有代表性的人物抽血做DNA鉴定。

结果，对上了！找到了一个与 16 个点位全对得上的陈姓家族。

接下来，在这个家族里，对年龄、表现进行排查，因为嫌疑人跟受害人有过面对面交流，受害人说，他大概 40 多岁。

果然，排查到了陈林。再查老的排查底子，说这个人排查过了，他当时在上班，没有作案时间。

凌峰说，那不行！他没有作案时间也要找他做 DNA！

可是，一找，人不在了。

排查惊动他了。

他不在，还有亲属在！

侦查员找到陈林的孩子，给他抽血做 DNA 鉴定。

一比对，认定同一。

在麦田作案的嫌疑人就是陈林！

凌峰说，想跑？没那么容易！

侦查员很快查到，陈林跑到武汉去了，在地铁工地打工。

凌峰马上带了几个人赶到武汉。

陈林没用手机，只是在工地上登记过。后来，他给家里打过一个电话，用的是公用电话，只说了一句，我在地铁找到工作了，然后就挂了。

电话位置在地铁工地附近。

凌峰围绕地铁工地排查，没查着！

那也不能放弃，这是唯一的线索！

通过观察陈林的照片，他的形象已经深深印在刑警队每个人的脑海里，可以说入木三分了！

他最明显的特点是鼻子尖，特别尖！

凌峰决定不离开工地。全部人员化好装，就是在工地里外——溜达，寻找。乱找！

哎呀，老天可怜凌峰。这天傍黑，凌峰和晨丽假扮恋人，手拉手在工地附近溜达的时候，突然，晨丽说，你看！

凌峰就看她。

看我干吗？那儿！

凌峰顺晨丽眼神往前一看，一个戴着草帽的人让他眼睛一亮！

草帽下的鼻子特别尖！

凌峰说，你站着别动，我过去看看！

晨丽说，想甩我？

凌峰抓抓脑壳，一起！

两人紧走两步，跟上尖鼻子。

哎，师傅，问你个事？

啥事？

——南山口音！

凌峰二话没说，一个背摔，把他撂倒在地。

晨丽上去就铐，咔嗒！

案件告破。

晨丽远望麦田，一只鸟儿从她眼前飞过。

78. 周大锤报案

深夜 11 点多。

路边的一个烧烤摊上，周大锤和几个哥们儿一起喝酒瞎聊吃烧烤。国内外，党政军，天地人，没有他们不聊的。因为天热，周大锤把上衣一脱，脖子上挂的粗粗的金链子就露出来了。

俗话说，不怕贼偷，就怕贼惦记。

周大锤不怕贼偷，也不怕贼惦记，他在当地是个没人惹得起的主儿。

酒喝得半醉，人聊得半傻，周大锤站起来，说，散了，明儿见！

狐朋狗友鸟兽散。

周大锤骑上摩托车，驶离烧烤摊，行走到僻静处，忽然感到后面有车尾随。

谁敢尾随我？

周大锤减速回头，不等他看清楚，一辆面包车就冲过来，逼停了他。车上下来两个人，阴着脸，黑着眼，一声不吭走过来。

周大锤哪儿吃这套，一踢车支子，下了摩托车。

怎么的？想找捶啊？

周大锤眼瞪如牛，酒力四射。

来人闷头逼近，突然一声虎吼，跪下！

周大锤愣了一下，刚要上手，想不到对方亮出了枪！

周大锤酒还没醒，居然没看出那是枪。

拿个棍子吓唬爷，去你个娘！

上去就要抢。

拿枪的这主儿也不含糊，“砰”的就是一枪。

周大锤立刻醒了酒，哆嗦成一堆。

这一枪是往天上打的，否则周大锤就没命了。

命保住了。金表、金链子、大钱包没了。

就你这眼神，还出来混？

抢劫的边说边把周大锤的手机掏出来，往水沟里一扔，又把摩托车钥匙拔了，然后，上车，打火，从容而去。

手机别说捞不着，捞着也不能用了。

周大锤是走着来报的案，推着摩托车走更慢。路上腿软，摔了两跤。

问他怎么回事，他话都说不清了——

枪，枪！抢，抢！

什么？

枪，抢，枪……

凌峰带人来到现场，没有找到弹壳儿。

周大锤坚持说，他们有枪，还开了枪。

尽管没找到弹壳儿，凌峰决定仍按持枪抢劫案件开展工作。

周大锤高度紧张，什么也说不清，唯一能说清的是，抢他的是两个人，有枪，开一辆面包车。

通过海量的监控图像追踪发现，嫌疑人从东边邻市进来，往北跑到外省去了。

这一跑，复杂了。

为什么？因为嫌疑人反侦查意识非常强，这点从他们把周大锤的手机当场扔水沟里就可以看出来。两个人都是作案老手了。事后得知，他们在抢劫之前，总要先偷一辆车，作案一得手，就把车扔了。作案中，他们不光换假牌照，连车前窗右侧贴的年检标志都做手脚，这回把年检标志竖着贴，下回就横着贴，再下回，多贴几个假的年检标志。车前摆的内饰，今天作案时摆个铜佛，明天作案时摆个香水瓶，后天又换个别的东东，就是监控照下来了，也难以判断是不是他们，无法串并侦查。

凌峰把人分成两个组，一组在本市继续追查，另一组由他带队赶到邻省，跟随监控追到了一个无名社区。

这里是城乡接合部，鸡飞狗叫，乱七八糟。凌峰反复推敲，认为这儿有嫌疑人的落脚点。事后证明，他的判断正确。

无名社区的监控条件很差，找了十几天，才发现了作案使用的面包车。哎哟，没白找。一查，偷来的！

车主大喊冤枉。凌峰综合各方面情况，确认他没有参与抢劫，只好把车还给他。

失而复得，车主美得蹦高，凌峰哭笑不得。

以车找人找不下去，线索戛然中断。

就在这时，另一组传来坏消息：本市两地又发生两起类似的持枪抢劫。

啊？凌峰眼都绿了。人还在外省，后院又起火，隔靴子抓痒急死个人！

这两起新发的持枪抢劫案，嫌疑人所驾的车型都是桑塔纳2000。作案手法一样，车牌不一样。但是，侦查员分析监控后发现，车为同一辆。为什么？车前引擎盖左侧有一个较长的擦划痕迹，车后的右侧倒车灯有破损。

这两个细微痕迹，暴露了两次作案用的是同一辆车。

桑塔纳2000！桑塔纳2000！

凌峰咬牙切齿。

怎么办？后院起火，案发突然，要不要把人撤回去？

撤！

不撤！

弟兄们争论不休。

局长来电，凌峰，撤不撤，你定！

好！

放下局长电话，凌峰说，既然咱们判断嫌疑人在此地有落脚点，又找到了作案用的面包车，就不能轻易放过。不撤，接着干！

凌队，你想好了吗？

想好了！这样，咱们以抛面包车地点为中心，向四周扩散侦查。人手不够，请求当地支援，天下公安是一家！

当地公安很配合，调了几十个人，在多个自然村进行排查，把有前科劣迹的，有桑塔纳2000的，都划进排查范围，见人见户。

同时，凌峰把邻省的市中心画出十字，将东西南北四个方向的监控全都管控起来。

咱们大胆赌一把！凌峰说，赌什么？嫌疑人在此有落脚点，说不定作案后还会返回来。邻省的这个市中心，相当于北京的王府井，咱们赌嫌疑人有可能偶尔会开车进城，转一转，买点儿东西什么的。只要他进城，被照下来就跑不了！

就这样，弟兄们白天在自然村排查，晚上回来就调看市中心的监控录像。市中心有几百个摄像头，每个摄像头都是24小时监控，海量啊！500G的硬盘几十个，这边儿拷贝完那边儿看。人轮流歇，电脑不歇。

一网不捞鱼，二网不捞鱼，三网四网接着捞！

终于，这天，在市中心一个超市门口的监控中，发现了这辆桑塔纳2000！

凌峰说，车是嫌疑人开进城来买生活用品的，很有可能用的是真牌照。

弟兄们马上调出车辆信息。

果然，是当地的真牌照。

有了该车特别是车主的信息，他的一切活动就在握了。

事后发现，嫌疑人一共四个，车主是其中之一。他既有枪，又有车。

凌峰选中时机，趁四个嫌疑人聚在饭馆里喝酒，一次抓获。

枪是嫌疑人改装的霰弹枪，打的是钢珠。

所以，当初勘查现场时没有找到弹壳儿。

79. 鬼节

进入 10 月，民间俗称的鬼节快到了。

人死为鬼，为鬼过节。讲究的人家，为这个节日忙碌起来，准备各种祭品，在节日当天用烧纸钱等方式祭奠早去的先人和亲人，表达思念。通过仪式，招回死去亲人的“善鬼”之魂来享用祭品，并祈求鬼魂保佑和降福。随着岁月更换，所烧冥品也不止纸钱了，纸房子、纸汽车甚至纸用人。礼物再丰富，也捎不完活着的人对远去亲人无尽的绵绵哀思和深深的怀念。

这天晚上，社区居民黄丽也在自家客厅准备祭品，为年初患癌症去世的丈夫剪纸钱，边剪边掉泪。

黄丽家住五楼，有两间卧室，她一间，16 岁的女儿彬彬一间。

夜深了，彬彬关上卧室门先睡了。

黄丽剪累了，没回自己的卧室，就在沙发上睡着了。

她没有想到，未来的节日正毫不留情地向自己走来。

凌晨两点，“善鬼”没来，“恶鬼”却提前来了。

飞贼陈东从楼下攀爬上来，一直爬到了五楼。他从楼下看到，五楼没安防盗窗，对他来说，等同通途。

爬到五楼，他很容易就钻进了黄丽家，轻得如针落地。

陈东是从黄丽的卧室进来的，一看，没人，就胆大地来到客厅。

他看见客厅沙发上睡着一个女人，进门位置的鞋柜上放着一个包。他轻手轻脚摸到鞋柜前，伸手把包拉开。一摸，还真有钱，而且不少。他一阵小激动。可是，就在他往外抽钱的时候——

啪哒！

一串钥匙从包里掉出来，砸在地上。

在寂静的凌晨，像一声鞭炮炸响。

黄丽一下子惊醒了。

思念丈夫，她本来睡得就浅。

她一睁眼，啊，鬼！

鬼在拉她的包。

这时候，她犯了个大忌——

没有假睡，而是大喊大叫，并且，爬起来要去夺包！

陈东一看败露，打开门就想跑。

如果门开了，他跑了，也就平安了。

恰恰，黄丽有个习惯，晚上睡觉前门要插门。

陈东一把没拧开门，黄丽已扑了上来。

厮打！拽包！

陈东掏出匕首，一刀捅翻了她，拔刀出来，血溅一地。

这时，彬彬被吵醒了，她听到厮打声，拿了个凳子冲出来。

陈东捅倒黄丽，又反手捅彬彬。

彬彬举起凳子就砸，也砸着人了，也挡了刀。

不过，刀还是捅进了她的腰。

陈东杀红了眼，跟上去还要再捅。

彬彬转身退回自己的卧室里，反手锁上了门。

好机智！

陈东拽了两把，没拽开，担心惊动邻居，打开大门跑了。

彬彬忍着伤痛，打电话报警。杀人了！快！

凌峰带人赶到后，黄丽已经断气。彬彬被送医院，还好，无大碍。

报警时间，就是犯罪嫌疑人作案的时间。

凌峰调取案发时间段的监控，发现一个人影匆忙跑下楼，沿甬道从社区门口逃跑了。

由于天黑，光线很暗。从小区出来，就是一个大路口。大路口有路灯，有监控，能看到一个黑影跑过去。但是，再往前，有个小巷子，黑影似乎融进巷子里，踪迹全无。

可以确定这个黑影就是犯罪嫌疑人。可惜光线太暗，其体貌特征不明显，进没进巷子也看不清。

晨丽对嫌疑人跑动的地方进行勘查，发现小巷子里没有监控，而巷子外的一个拐角与巷子交叉的地方，有一个私人店铺安装的监控。户主说，装监控是为拍自己停的车，怕被人破坏或偷了。调出监控一看，很遗憾，因为角度有点儿偏，只是在屏幕上方两寸的地方，拍到了嫌疑人的一双脚，慌慌张张从巷子里跑过。

但是，这个监控还是帮了大忙。

只见嫌疑人从巷子的另一头跑出来，一直跑到了火车站附近。

火车站的夜晚，灯光明亮，人也多了。嫌疑人进入人群以后，不慌了，走得很淡定。

这时，在车站明亮的灯光下，晨丽在监控中抓住了嫌疑人一张清晰的图片，还原了他的本来面目。

嫌疑人没有进火车站，而是径直往一个小巷子去了。

小巷子错综复杂，岔路特别多，也没有监控，又找不到嫌疑人了。

目标再次消失在晨丽急切的目光中。

人消失了，但相貌留下了。

第二天，凌峰和队员们的手机里都存上了嫌疑人的小照片。大家便装前往，分头在附近走访。

走着走着，凌峰的耳朵直痒痒，一摸，头发老长了。眼前正好有一家小理发店，干脆进去理个发，说不定会有意外收获。

果然，老板一看凌峰出示的小照片，说，这人我见过！

是他吗？

没错，这人两天前在我这儿做过头发，剪了一个新发型。

什么新发型？

嗨，他又烫又染！

又烫又染?

对，人看上去老土的，偏偏又烫又染，所以我有印象。

知道他住哪儿吗?

住哪儿不知道。不过，我有可能还会见到他。

哦?!

我跟他说了，过几天你再来，我给你免费保养一次。他说，好啊!

意外收获，让队员们兴奋不已。

打这以后，理发店成了宝地，每天来人守着。

第四天中午，又烫又染的真来了，当场被拿下。

得，也别保养了。

看似偶然，其实必然。

人在做，天在看。

一审，知道他叫陈东，邻市人。

作案当天，他从邻市过来找事做，想不到钱被偷了。贼不长眼偷了贼。身上没钱了，他跟表哥借，表哥不借给他；跟熟人借，熟人也不借给他。他有盗窃前科，借给他等于白送。

怎么办?他想到了老本行。

入夜，他在各个社区溜达，看谁家没安防盗窗。

他来到黄丽家楼下，一看，没安防盗窗，戴着手套就上去了。

结果，偷窃变成抢劫杀人。

陈东落网后，往看守所送。看守所给他体检，说这人不能收。肺结核，传染!可他杀人了，又不能放，只好把他送到传染病医院。凌峰抓抓脑壳，没辙，每天安排两个队员，24小时看守，一直到治好了他的病，无传染性了，再送看守所。

队里人手本来就紧，辛苦找谁说?

当然，陈东最后难逃一死。

可是，被他害的这家人多可怜。

彬彬的爸爸才去世，妈妈又不在了。一个未成年的孩子，就这样成了孤儿。

凌峰心里不是滋味。晨丽也是，想起来，就难过。

80. 不陪他玩了

吸毒人员董飞再次落网。

他是本市第一例开颅戒毒的，就是把头盖骨掀开，破坏大脑里的中枢神经，然后再弄个塑料头盖骨盖起来，缝上。听着都吓人。就是这样，他还吸，结果又被抓了。

凌峰问他，你都开颅戒毒了，为什么还吸？

他说，我控制不了自己。

董飞吸毒不贩毒。他提供了一条重要线索：本市有一个贩毒网络，头儿叫马川。他定期开车到武汉去进毒品，然后分装、贩卖。

经过两个多月的跟踪侦查，这个网络所有人的线索都捋出来了。凌峰决定收网，先拿下马川。

抓毒贩一定要人赃俱获。

抓捕时机选择马川开车去进毒品，跟踪他到武汉。

马川贩毒也吸毒，很清楚，自己一旦被抓就是死路一条，所以反侦查能力很强。他的车总是在路中间开，要往左拐时，打右转向灯，然后突然往左拐，就为看看后面有没有人跟踪。他还会把车开到修车厂，支起来，把底盘检查一遍，看看有没有人在底盘安装GPS定位。行驶到中途，他还会把车停在服务区，睡两小时再走，走走停停，非常谨慎。

他谨慎不要紧，凌峰一行跟在后面可犯了难。

跟了一段，差点儿露马脚。再跟下去，百分百会前功尽弃。

怎么办？

凌峰说，不陪他玩了，到前面去等他！

知道马川的目的地是武汉，凌峰就带人在进入武汉前的一个服务区等。他什么时候来了，再接着跟，省得中间跟出麻烦。

这个“不陪他玩了”，其实也很煎熬。

傻老婆等汉子。一行人在服务区足足等了半天，才把人等到。

这家伙停停走走，没准点儿，急死个人。

得，既然等到了，就别想脱钩！

凌峰带人继续跟踪，只见马川来到了一家五星级宾馆。显然，毒贩上线已经为他开好了房间，他停车下来，直接进了房间。

房间号：9706。

凌峰抓抓脑壳，毒贩交易时，是撞开房间门，还是让服务员打开门？

五星级宾馆的门能撞开吗？如果撞不开，惊动了毒贩，他把毒品往马桶里一扔，或往窗外一扔，说我是来见朋友的，那就麻烦了。

不行，凌峰说，在隔壁开个房间！

他们在隔壁开好房间后，一研究房门，哎呀妈呀，五星级就是五星级，门是实木的，不但质量超好，而且门上有三道保险。除了刷卡，还有一个锁链和一个电子扣，很难撞开。叫服务员开也不行，从外面刷不开，还得另想办法。

通过宾馆监控发现，房间里只有马川一个人。

不多会儿，来了一个人。光头。

但是，他没带毒品。

马川要的量大，都是两三公斤以上，而光头空着两手就来了，口袋也不鼓。他按门铃进去以后，凌峰冲队员摇摇头。

不多时，光头提着一个纸袋出来，走了。

纸袋里应该是钱！

这时，晨丽就坐在大厅。她接到楼上指令，站起身，佯装去前台，与光头擦肩而过时，眼一斜，就看出纸袋里是成捆的钱，马上发信号给凌峰。

行了，钱拿走了，毒品很快就会送过来。

只能守株待兔，不能跟踪光头。第一，对武汉环境不熟悉，容易把人跟丢；第二，万一有人暗中保护他，难免打草惊蛇。

两小时后，光头提个布袋回来了。

布袋有分量，应该是毒品！

光头进房间的速度很快，没法儿跟上去抓。

门撞不开，服务员也不能一下打开。

凌峰摆摆手，带队员出了房间，贴在 9706 房门两旁，等待开门瞬间。

光头进房间时已是五点半多，两人交接完，就到晚饭时间了。

开门瞬间必须秒杀冲进，否则他们再把门关上，可就功亏一篑。

紧贴在房门两边，手心直冒汗。

过了十分钟，没有动静。

又过了十分钟，还是没动静。

正在这时，电梯开了，有一个客人走了出来。

一看见楼道里站了两排人，他吓了一跳。不容他开口，一个队员就扑上去捂住他的嘴。

就在这时，9706 房门突然打开——

别动，警察！

凌峰大喝一声。

队员一拥而上。

两个毒贩当场被摁住，人赃俱获。

凌峰马上给队里发出指令，把本市所有下线全部抓捕归案！

那边儿开始动手抓人，这边儿就地突审。

一审，取钱和送毒品的光头是个马仔，上线毒枭叫孙铁。

凌峰问光头，房间是谁开的？

孙铁。

他还来吗？

来。我刚才打电话告诉他了，钱拿了，货交了。我问他，房间还留吗？他说，留，有用。

凌峰一听，坏了，赶紧回宾馆，把房间恢复原样！

这时，手机响了，是负责断后的晨丽打来的，凌队，房间已经收拾好了。

凌峰一愣。

晨丽笑了，我到前台查了，孙铁交了三天的押金，他肯定还会来。

凌峰说，服！

除恶务尽，孙铁一定要抓。但是，手上已经抓了两个，再抽出人蹲守，警力吃紧。可不蹲守，谁知道孙铁什么时候来呢？

凌峰一急，倒急出办法了：这家宾馆跟当地派出所的关系非常好，安保主任还在派出所挂了职。警力有限，民力无穷。凌峰跟安保主任说，你负责帮我盯住这个房间，如果有人入住，立马打电话给我。主任说，行，你放心！

当天夜里，没人打电话来，凌峰他们固定已到手的证据，也忙了一夜。凌晨四点多，电话响了，是安保主任打来的，说有人进房间了。

凌峰赶紧带人杀回宾馆。

同样的房间，同样的门，同样的问题出现了。

进不去怎么办？

凌峰跟安保主任商量，能不能让服务员以楼上漏水为由敲开门？

安保主任说，万一里头起疑心呢？

正在商量对策，巧了，房间里有人往总台打电话，说要一套洗漱用品。

天助也，机会难得！

原来，好色的孙铁带了一个歌厅小姐过夜，小姐打电话让总台送一套洗漱用品。

得，洗漱用品送来了，房门开了。

孙铁还没反应过来，就被铐上了。

81. 跨海追踪

这个人叫孙木子川，听起来像日本人，实际上是本市人。出事之前，他被判过两次刑，1988 年一次诈骗，1998 年一次也是诈骗。每次被打击处理后，他就改一次名字。这次改成了日本名字，成立了所谓的合资公司，以投资收购热电厂为名，搞高息非法集资，数额上亿。资金链断裂后，他带着老婆、孩子跑到日本去了。此案涉案金额高，社会影响恶劣。公安部对此高度重视，积极部署追逃，并通过国际刑警发出了红色通缉令。案情及涉案嫌疑人的简单情况就是这样的。

你们的任务，配合公安部专案组，把孙木捉拿归案。

局长说完，冲凌峰一笑：配合，明白吗？孙木手中持有日本签证，东窗事发后他跑了。调查他具体躲在日本什么地方，是你们配合工作的重要一步！

凌峰领受任务，刚回到队里，就接到命案报警。

他眉头一皱。

晨丽说，脑门儿上开麻花儿店，看你愁的。

凌峰抓抓脑壳，罪过啊，我怎么忘记了花木兰？

你少来，人命关天，快去吧！

就这样，晨丽接过调查孙木行踪的重任。

隔海相望，从何入手？

晨丽反复看孙木公司的执照，的确是中日合资。他为此往返两地，在日本最长时间住过半年。哎，他在日本期间是如何与国内联系的？有无信件往来？

晨丽走访曾在该公司打工的人员，有了意外收获！

当过翻译的张鹏说，孙木在日本期间，我给他寄过两次包裹。

哦，寄到哪里？

寄到他家。

你还记得地址吗？

寄完以后我没留，但是邮局我知道，日子我也记得，是在我生日那天寄的。

晨丽马上赶到邮局。

邮局员工说，单据不在我们这儿，在总库。

到了总库，员工说，哎哟，海量啊！没法儿找！再说了，单据也不是老留着，没地方放。过几个月就销毁一批，好腾地方。万一你要找的早销毁了，那就白费功夫了。我看算了吧，你们也别找了，再想别的办法吧！

这样一说，真像大冬天的把人扔冰窖里。

晨丽笑成一朵花儿，你们忙，不麻烦你们，我自己找行不？

当真要找？

当真要找。

当真？

当真！

对话听起来像古人唱戏。

总库的员工没辙了，好吧，那你自己去找吧！

一开仓库门，哎呀妈耶！天上地下，大口袋连二口袋，堆得山一样，脚都没地方下。

怎么办？

找！

只有一个字。

一个个口袋打开，一张张单子查看。

包裹单上写的肯定是日文，晨丽哪儿懂日文啊。好在地址、姓名中还夹着中文，凑合着认吧。

就这样，大海捞针，捞啊捞。

几天几夜下来，“孙木子川”，愣是被找到了！

地址：熊本县。什么市，什么街，多少号，清清楚楚。

立即，通过专案组发给日本。

接下来，洗澡，换衣，吃肉！

日本警方很认真，接到资料后，很快发来信息，不但有文字，还有照片。照片照的正是孙木的住宅。

他们说，孙木的确在这里住过，但是很遗憾，他现在已经不在这里住了。

哎哟喂，打击很大。

其实，也在意料之中。既然他是逃跑，不可能再在原址居住。

怎么办？

俏得玛德，对方说。

翻译过来是：请等等。

这一等，等来了好消息——

日方说，正因为有了这个老地址，他们顺藤摸瓜，摸到了孙木新的住址，并且已经掌握他的行踪。他在新址开了个小饭馆。生意惨淡，难以为继。

这可真是，山重水复疑无路，柳暗花明又一村！

下一步，怎么把他弄回来？

如果像弄赖昌星那样，是不是犯罪？该不该遣返？一旦进入司法程序，也许多少年都弄回不来。

公安部专案组指示，不纠缠孙木犯没犯罪，那样会陷进怪圈儿。查他出入境手续是否合法。如果出入境非法，日方就会按照有关法律很快把他送回来。

得，又有事干了！

晨丽通过日本领事馆，找到孙木的出入境申请表，在“有无违法犯罪记录”一栏里，他填写的是“无”。

呵呵，明明有犯罪，居然填写“无”！

不如实申报，就是非法入境！

晨丽立刻跑到法院查找。找来找去，不但找到了1988年对孙木的判决书，还找到了1998年的判决书。

以这两个判决书为依据，她又去监狱找服刑记录。

监狱方面说，以前的记录还没归档，不好找。

晨丽又抓出老药方，你们忙，不麻烦你们，我自己找行不？

监狱方面没辙，派人一起翻箱倒柜，最终找到了孙木的服刑记录、出狱证明及入狱出狱的照片，转发给日本警方。

日本警方就把孙木找来，问他，这是怎么回事？

孙木先是吓一跳，扭脸又说，假的，全是假的！我没有违法犯罪记录，我有公证书。

他出示了公证书，公证书证明，派出所为他出具的“在国内没有违法犯罪记录”是真实的。

日本警方一看公证书，愣住了。欧嘎西！

奇怪！

消息传来，晨丽又跑公证事务所，你们凭什么给他公证的？

事务所员工说，凭派出所的证明啊！

说着，翻出底单。

一看，果然是派出所开的。

晨丽再看，证明上写着：未发现该人在我辖区居住期间有犯罪记录。

得，问题出在“在我辖区居住期间”上。

晨丽说，孙木在这个派出所辖区居住的时间很短，才两年，怎么能概括他的以往呢？

随后，晨丽出示了所收集到的孙木的犯罪及服刑的记录，事务所的人傻眼了，当即决定撤销公证。

就这样，公证撤销，孙木违法犯罪记录成立。

公安部专案组带上材料来到日本进行交涉，日本警方决定以非法入境为由，终止孙木的在日签证，遣送回国。

孙木走投无路，通过律师表示，愿意回国自首。

东京，羽田机场。

日本警方把孙木带到机场，交给了公安部赴日工作组。

晨丽在总结表彰会上说，嗨，没啥，就是使笨劲儿！

82. 活不见人

命案逃犯阎金，一跑15年。

阎金是本市十里村人，老家山东德州，媳妇叫刘娟。刘娟有个女朋友，叫沙美。命案是这三个人共同犯下的。被害的女人陈秀，跟他们本来是好朋友，为钱翻了脸。阎金欠陈秀的钱，久拖不还，陈秀时时来讨，越闹越僵。阎金说，她再来闹，就把她干掉。结果，在15年前的一天，陈秀又来闹，三个人就在阎金家里把她给杀了。

怎么杀的？阎金拿锤子打死的。两个女人都在场，也知道要杀她。杀人后，两个女人又帮忙，弄个车，一起把尸体给扔到山里，还扒掉裤子，伪装成强奸杀人。

接到报案后，根据尸体查找，查到死者是陈秀。一做工作，发现她与阎金有经济纠纷。回过头抓人，阎金跑了，只抓到刘娟和沙美。两个女人一口咬定，人是阎金杀的，她们帮忙扔了。阎金没抓到，只能信她们的，按照毁灭证据罪，判了她们很短的时间。

为抓阎金，刑警队南上北下，但一直没找到。

有传说他躲在德州老家，刑警队前往数次，竹篮打水。

活不见人，死不见尸。

阎金老家人很多，他爹叫阎贵，弟弟叫阎强，还有老娘和三个妹妹。刘娟后来又和阎金的妹夫结了婚。关系捋都捋不清，乱套了。

阎金的小妹嫁到了湖南益阳，刑警队也去了若干次。

抓了十几年，跑了不少路，钱都捐给民航和铁路了。刑警队长换了几任，队员也换了数茬。不弃不离。

现在，轮到凌峰了。

研判追逃过往，凌峰感觉到，阎金家人情绪稳定，来言去语，不急不慌，肯定知道他在哪里。

凌峰带人再下德州。想不到，赶上了！

时运好了，挡都挡不住。

当地公安新成立了一个信息综合研判中心，一色儿的年轻人。凌峰突发奇想，能不能在这个部门找到一些线索呢？他出示手续后一问，年轻人感到很新鲜，很有兴趣，就在网上查。一查，逃犯阎金的照片、身份信息都有。可是，一输入阎金，却跳出来一个叫王冬的小男孩儿来，户口就在当地。再一查他爸爸妈妈，爸爸叫王安，妈妈叫程培。

凌峰赶到王冬户口所在地派出所，了解他爸妈的情况。村支书正好也在，说，程培是我接来的，她跟王安结婚我是介绍人。凌峰问，程培是哪儿的人？村支书说，跟阎金一个村。再问，原来王冬不是王安的亲儿子，是程培带来的。程培带着孩子跟老光棍儿王安结的婚。孩子他亲爹又是谁呢？再一查，这孩子是在南京出生的，爹叫阎金。

啊？阎金！

王冬是阎金跟程培生的。

凌峰上全国信息网上一查，果然，程培在南京租房子住过。

这个信息让他很兴奋，因为信息直指阎金。

凌峰没再惊动任何人，直奔南京。

王冬的出生证是南京的一家社区医院开具的，医院档次比较低，符合命案逃犯的身份。

凌峰找到租房子给程培的房东老宁。

老宁是当地派出所的保安队员。

你家的房子租过吗？

租过。

都租给了谁？

租给过两三户。

凌峰拿出程培的照片，认识这个女人不？

认识。

租给过她，对不？

对。

她叫什么？

想不起来。

还有谁和她一起住？

还有……肖三东。

老宁说着，摸出手机，一下子拨通了：喂，你那个媳妇叫什么？

对方说，叫程培。

凌峰“啪”一下把手机抓过来，关了。

你干吗？我刚才跟你怎么讲的？这是一个杀人案！

老宁傻了。

那个叫肖三东的，很可能就是阎金！

凌峰把老宁的手机收了，又找到派出所所长。

这个保安有毛病，我不抓他，但要把他带走！

回过头来，又吓唬老宁，你瞎打什么电话？通风报信吗？

老宁哆嗦了。

你认识肖三东？

认识。

凌峰把阎金的照片拿给他看，认识这个人吗？

不认识。

到底认识不认识？

……

你给我说实话！否则，后果你自己想去。

……认识，他就是肖三东。

好，你把刚才打的电话号码告诉我。

老宁就说了。

凌峰打开他的手机一对，没错。

这时，老宁主动说，肖三东不住这边儿。

住哪儿？

说了你们也不清楚，我带你们去吧。

好！

想不到，阎金住的地方离派出所很近，步行就过去了。

到了地方，老宁说，你看，楼下的三轮车是他的。

凌峰看见窗帘动了，屋里应该有人。

队员们很兴奋，凌队，上吧？

凌峰说，沉住气，稳扎稳打，不能让他跑了！

他安排人把整栋楼封锁了，连楼上的窗户都监视起来了。

一切就绪。他问，谁了解里边儿房屋的结构？

派出所跟去的一个便衣说，我了解，我先进去看看。

他进去一会儿出来了，说，就一道木门，能踢开。屋里有个光腚的男人正搂着个女人。

队员们摸上去，堵住那个门。

门边儿有个窗户，凌峰一推窗户，开了，屋里光腚的男人一下从床上坐起来。

凌峰叫了一声，阎金！

哎！

把门踢开！

队员们都没用脚，“啪”地一下，用肩膀就把门撞开了。

呼啦！冲进去，把光腚男人按住。

凌峰一看，阎金老了，不是照片上那个样子了。

但他的大模样是改变不了的。

床上的女人是他新搞上的。

阎金一辈子毁在女人身上。

他逃到南京后，化名肖三东，从没回过家，也不敢回。程培在老家的时候，是他的干妹妹。他联系上了她，程培就来到南京，两个人三弄两弄搞在了一起，打工，过日子。程培当时还是大姑娘，跟他在一起住，生了孩子。她知道阎金是逃犯，也知道他杀人了，觉得长此下去没希望，就想回老家。阎金说，你不想跟我就算了！程培就把孩子带回来了。孩子都两岁多了。村支书给她介绍了王安，孩子就叫王冬了。

有因就有果，有果就有因。

阎金逃跑 15 年，最终落网了。

把他一审，刘娟、沙美两人属于杀人共犯，要重新判。

83. 搂草打兔子

这是一起公安部挂牌督办的案件。

案情是，系列盗猎贩卖金雕及一批国家一级保护动物。

凌峰率队远赴云南西双版纳，把犯罪嫌疑人一个个抓捕归案。西双版纳是傣语：西双，十二；版纳，坝子，也就是平地。这里，除去十二块平地，全是深山老林。任务艰巨，战果辉煌。

后来，他们又转战文山，抓住本案最后一名嫌疑人，姓吴的老太太。

凌峰跟晨丽押解老太太返程，从文山开车上高速，赶昆明下午的火车。

车开到公路转弯下坡的地方时，他们看到一辆越野车侧翻在路边，人还闷在车里。

哎哟！凌峰停车一看，越野车里有一男一女。车整体侧翻，车门被挤压变形，打不开了。

凌峰敲敲车窗，你们怎么样?

男人说，我们翻车了。

这还用说吗，你们报警了吗?

没有，手机找不到了。

翻多长时间了?

两个多小时了。

啊?没有车路过吗?

有，没人停车。

凌峰摇摇头。

他报了救援，又拿出警示三角牌，放到公路上，提醒后面来车。

晨丽说，这可怎么救啊?

凌峰说，车里带了锤子，砸窗户！

晨丽说，等等，我录一下，别到时候赖着我们，说我们给碰的。

凌峰笑了，服！

他又扭脸对吴老太太说，我们救人，你不要添麻烦！

吴老太太说，你们是大善人，我不会添麻烦。

晨丽录像。凌峰开砸。

啪！啪啪！

挡风玻璃很快被砸烂，凌峰伸手把男人救出来。

再一看那女的，不行，整个人头向下被扣在前后座之间，拉也不能拉，拽也不能拽。

正束手无策，坡上来了一辆大巴车。车里坐满了人。

晨丽一招手，快停车！

司机一看是警察，赶紧停了。

快来帮着救人啊！

还不错，车上下来十多个，七手八脚，把车翻了过来。被扣在里面的女人得救了。不等感谢，这帮人就急火火地跑回车里，我们还要赶路呢！丢下这句话，车开走了。

路边，又剩下他们几个人了。

救援的交警来电，我们大约还有 20 分钟才能赶到，你们再坚持一下。

凌峰说，你们也别急了，人已经救出来了，没大事！

他又转过脸问男人，你是怎么开的？

男人说，困了。

你们上哪儿去？

昆明。

你们俩什么关系？

朋友。

一会儿救援就来，你们在这儿等着，我们还要赶火车。

行，谢谢啦！

凌峰扭头就走，晨丽忽然挡了他一下，使了个眼色。

哎哟，凌峰一愣，这才感觉有问题。跟这男人谈话的过程中，他胳膊始终夹着一个包。而且，女人被救出来，他好像也不关心。

哎，你过来！他对男人说。

男人没动。

听见没有？叫你呢！凌峰立刻翻脸了，从腰里拔出了枪。

男人挪过来，腿一瘸一拐的。

包里装的什么？

没什么。

我问你装的什么？

……

拿过来！

凌峰要过包。

你别动，动我就开枪！

凌峰拉开包一看，哎哟妈呀，里头装着一个小电子秤，还有一个纸包儿。凌峰眼毒，一看就知道是毒品，目测一下，有 30 克左右。

你干什么不好，干这个？

这……不是我的。

不是你的是谁的？不是你的你夹那么紧？啊？

男人不吭声了。

一旁的女人说，大哥，你别报警。

凌峰说，我就是警察，还报什么警？老实说，你俩是怎么回事？

女人说，我不认识他，他在歌厅里跟我说，假装他女朋友陪他到昆明去，到了给我两百块，我就上了他的车。我不知道他贩毒，给他当掩护了。

凌峰说，你还知道什么叫掩护。

又对男人说，到底怎么回事？毒品哪儿来的？车里还有没有？

男人还是不吭声。

凌峰说，兄弟，你不吭声就不对了。你想想，你翻车这么长时间，有人救你吗？有人停车吗？还是我们停下来救了你。不要觉得你不幸运，你已经很幸运了。这是一个大下坡，如果不是我们救你，再下来一辆大车，刹不住，“咣当”撞上你，你俩就全完蛋！你还跟我们赌气，不说这些毒品的来龙去脉。你这样做，对得起我们吗？别说对不起我们，连你自己都对不起！

男人叹了口气，对不起，我错了，谢谢你们救了我。这些毒品……

原来，他也是为毒贩运送毒品的，这是第一次。毒贩通过他朋友找到了他，知道他常从文山跑昆明，就想发展他偷运毒品，给他提成。他害怕，毒贩就说，你一个人跑目标大，到歌厅雇个女的一起走就安全多了。他就答应了。因为是第一次，毒贩就让他带了一点儿先试试……

他说，没想到，第一次干就翻了车。以前来来回回跑了四五年都没出过事，这是老天爷不让我干坏事啊……

凌峰说，哎，你说出来就对了，等会儿交警来了，你就跟他们回去，把文山和昆明两头交接的人都讲清楚，争取立功，从宽处理。

男人说，好，谢谢了，你放心吧！

这时，交警开车赶到了。凌峰说明情况，把人移交给他们。

晨丽说，我这儿还有全程录像，转给你们做资料。

交警一掀帽檐儿，瞪大了眼睛，哎哟，搂草打兔子，本来过来救援，赶上抓贩毒了！

凌峰说，我们也同样！不过，他态度还好，都交代了，说不定还能帮助你们破获一个贩毒网！

跟交警告别，又嘱咐男子要好好配合，凌峰就开车上路了。

路上，吴老太太忽然说，你们发善心，你们是好人，所以你们躲过一劫！

啊？凌峰和晨丽同时吃了一惊。

凌峰说，吴老太太，你说什么，从哪儿来的一劫？

从我这儿来的！

啊？从你这儿来的？

是啊，从我这儿来的。

你……

我本来打算，路上趁你们不注意就跑了，跑不了就不活了。我鞋窠里藏着毒药，沾嘴就能死。刚才看见你们下车救人，你们心眼真好，你们是好人。我想，我要是半道跑了或者吞毒药死了，就会连累你们，让你们受冤枉，吃官司，好人不得好报，我就打消了恶念。来，我把毒药取出来交给你们……

哎哟，我的老佛爷！凌峰叫起来，声儿都变了。

84. 金凤的魂

张少华是邻省永安乡人，有地不种，有事不干，游手好闲，吃喝嫖赌，还骗。这个家伙智力好。媳妇离他而去，只有女儿在家。三间破房子，一个小院子。他长期在社会上混吃混喝，平时就住澡堂子，那种破破烂烂的洗澡堂子。被褥、衣服什么都放在那儿。为了搞钱，他通过别人认识了一个女的，叫金凤。

金凤的丈夫是大老板。两人离婚了，女儿在北京工作。张少华听说金凤手里钱，想买一块地，就盯上她了，想办法跟她接近。

骗子会演戏。

终于，他找机会跟金凤搭上了话，先套近乎，喊大姐二姐的。取得对方信任后，他就牛哄哄地吹起来，说他自己怎么怎么能，没有办不成的事。然后，他感觉金凤差不多相信他了，就跑到合肥，买了一个电话卡，告诉金凤他的电话是多少多少，又吹，哪个朋友做什么生意，谁搞房地产，谁搞土地。大姐，您有需要帮忙的时候说话！

金凤上钩了，给他打电话说，兄弟，你能弄到地吗？他说，是的，我有一个朋友有块地，咱去看看。金凤说，行。在哪个位置？他就说，在哪儿哪儿。金凤说，那去看看。

约好以后，张少华提前找好一块地。今天拖明天，明天拖后天，一会儿说朋友没在家，一会儿说出远门了。跟钓鱼似的，一点儿一点儿的。金凤等不及了，他就说，那块地我知道在哪儿，要不先带你去看看？金凤到这个时候都晕了，就跟着去看地了，一看挺满意，问要多少钱。张少华说，你只要看中地就行。可能还有别人要，钱你就不要问了，只要有我在，这个事就好办。咱先办个手续，交 20 万定金，我然后叫朋友过户给你。金凤就把钱准备好了。

这天，张少华说，我朋友回来了，咱们去吧。

两个人约好，在一个理发店门前见。

张少华打的，把金凤带到自己家里。那叫什么家，破破烂烂。

金凤也傻，求地心切，背了 20 万现金。

张少华弄了点儿饭，两人一起吃了。

吃完后，天下雨了。张少华说，大姐，你不要出去了，你在家等着，我去找他，一会儿就回来，今天肯定能见着他。

他说完就走了，把金凤放在家里了。他在外边又是打牌，又是瞎遛，故意拖时间，拖到天快黑了才回来。

他一回来，又说，咱先吃饭，我跟他联系过了，一会儿他就来。

两个人又简单地吃了点儿饭。金凤烦躁了，说，我都等一天了！

张少华说，真是的，还不来。要不，咱们去找他，很近。

两个人就出来了。天黑了，什么也看不清。

金凤不愿意往前走了。

这时，远处来了一辆车。张少华说，来了，这就是他的车！

金凤一转脸，张少华就从袖子里抽出一根钢棍，“啪”地一下砸在她头上。金凤当时就过去了。

村口有一座桥。张少华把她拖到了桥底下藏起来，然后，又回到家，从破摩托车里把汽油抽到塑料桶里，拎到桥下，浇在尸体上，又抱些干玉米秸盖上，点火就烧。那条路很僻静，没有人走。烧火都没人发现。烧着烧着，“嘭”的一声，尸体腹部炸了，崩了一桥脂肪。张少华被吓个半死。尸体炸了，火也灭了。

张少华一看，没烧全，也没烧透，又回到家，把毛毯拿来，把残尸卷吧卷吧，用绳一扎，往摩托车上一放，戴着头盔，骑车往本市而来。他摸黑开了几十里，停下，把尸体抱下车，放在路边儿的河沟旁，又泼上汽油烧。还是没烧光。他把没烧光的尸骨往河沟里一推，把装汽油的塑料桶点火烧了。

就这样，张少华到手 20 万。金凤包里的购物卡、银行卡、美容卡什么的，他统统给扔进澡堂子的下水道里，放水冲走了。

河沟里的尸骨被钓鱼的人发现，报了案。

接案后，凌峰像过去一样，以常规的方法布置查找尸源，查寻失踪人口。本市找，邻省邻市也找。很快，金凤的管片派出所报来消息，说有时间没见到这个人了。金凤的手机有留底，一打，关机。通过技术手段查手机关机方位，哦，是在永安乡关的，这里就是张少华居住的地方。再调出金凤的通话单，有一个可疑的电话，是合肥的，没有姓名，跟金凤有过几次联系，然后就不用了。做串号处理，一串，机主是张少华。再查张少华是什么人。游手好闲，骗吃骗喝。

他是重点嫌疑人！

张少华到案。难审。说什么都没用。

凌峰问，这个女的你认识吗？

不认识。

不认识你跟她在理发店门前说什么话？带她上什么车？

张少华愣住了。

他没想到，理发店门前有监控。

没辙，他只好说认识这个女的。

她到哪儿去了？

不知道。

你知道！最后的电话就是你打给她的！

打电话怎么啦？

她银行卡里的钱也是你取的！

这句话，凌峰是故意瞎说的。

果然，张少华被逼急了，顺嘴冒出一句，我没取，扔澡堂子下水道了！

凌峰马上带着人去澡堂子找。

澡堂子的下水道要挖开。老板心疼。

凌峰说，挖坏了赔你！

费尽洪荒之力，下水道被打开了。所有的下水道都有沉淀坑，冲进来的杂物，过了这个沉淀坑还得到下一个沉淀坑。银行卡有重量，自己会下沉。如果没下沉，随杂物进入化粪池，那就全完了。凌峰用一个银行卡做实验，放在水里，看看比重怎么样，怎样下沉。就这样，从上游往下找，在臭水里淘，最后真的淘到了。到银行一查，正是金凤的！

凌峰把银行卡往张少华面前一亮，他服了。他想不到。他招了。

根据张少华的交代，他砸人的钢棍也被从河里捞出来了。

至此，证据链完整，案件告破。

钱呢？张少华又买彩票，又赌博，早花光了。

凌峰来到那座桥下，对冤死的金凤说，你闭眼吧！

桥下刮来一阵阴风。

风中好像有人声。

那是金凤的魂……

85. 大盗无踪

包工头郑秋去银行取钱，12 万，取完放车里，开起来就走。他要是一直开回家，也可能就没事了。偏偏开到半道儿，他想起来有一笔 4 万的账要还。他开到地方后，拿出钱，进去还账。喝口水的工夫，他出来一看，哎哟，车窗玻璃被砸了，钱没了！

8 万！

数字很吉祥，但成了别人的。

凌峰到现场一看，玻璃砸得很专业，是专干这行的。

马上调监控，发现一辆无牌照的可疑车辆——

这车就停在郑秋取钱的银行附近。郑秋取钱出来，这车就跟上了，一直跟到他还账的地方。得，没监控了。很快，又出现在路上。随后，郑秋报案，说他丢钱了。

继续跟踪监控，发现这辆车停在一个社区的东门附近，下来一个人，直接进了洗浴中心。

马上调洗浴中心的监控，看到了嫌疑人的图像，很清楚。只见他边往里走，边打电话。技侦调取同一时间段的通话，很快锁定一个东北口音的人，通话中说了个 8 万，与郑秋失窃的数额吻合。嫌疑人确认了后，再调出他的手机号，这人就在凌峰的掌控中了。很快查出，他叫赵刚，东北人，租住在一家小旅店。事不宜迟！当凌峰带人赶到时，他正在前台结账，准备转移。抓捕的时候，赵刚很野，把凌峰的手都咬破了。最后，他服了，说，在东北老家作案无数都没被逮到。

赵刚交代，他们一共有四个人，都是东北人。另外还有田野及董老大、董老二哥俩儿。

这四个人是什么关系呢？

赵刚与董老大是朋友，但是互相之间不说真实身份，他始终不知道董老大叫什么名字。田野是董老大的岳父，他与二董互相知道身份，而他们三个人都不知道赵刚的真实身份。四个人等于是两伙儿，要动手了，就电话约出来，干完各走各的。他们流窜全国，专盗车内财物。作案手法是，蹲守在银行门口，看到被害人空手进去，提个袋子出来，鼓鼓囊囊，他们就跟上。如果被害人中途不下车，直接将钱拎到单位或家里，他们就不动手，走人。被害人途中一旦下车，袋子放车里没拿，不管是放哪儿了，都逃不脱他们的贼手。

抓赵刚的时候，另外两个就在跟前，看见抓人了，转身跑了。

这个案子的难点在抓人。身份不清楚，地址不清楚，住哪儿也不知道。赵刚再也供不出什么线索了。

晨丽把有盗窃前科的东北籍罪犯的头像调出来，一张一张让赵刚认。看来看去，他都说没有。最终，还是技侦提供了一个与赵刚只有过一次通话的手机号。这个手机号，与鹤岗还通过一次话，从而确认是一伙东北人。

凌峰追着这个手机号，跑抚顺，跑鹤岗，跑哈尔滨，踏破铁鞋，终于抓住一个——

叫什么？

黄江。

到底叫什么？

田野。

田野家是鹤岗的。其间他回了一趟家，留下了手机信号。他交代，二董是他的两个女婿，已经跑了，媳妇、孩子也都跑了。

跑哪儿去了？

不知道，只说是长春。

长春地大无边，人海茫茫，何处寻踪？

凌峰赶到长春。这期间，大董给他妈妈打过电话，很狡猾，说了一句话马上就挂掉了。而且，事后得知，他是骑摩托车跑到荒郊野外打的，打完后骑摩托车再回家，所以，技侦想通过电话寻找他的藏身之地很难。

晨丽调取了海量的监控，哪几条路能通到他打电话的荒郊野外，把这几条路的监控全搜遍了，也没找到人。

越是找不到，越较劲儿。

终于，技侦又截获了一条手机语音留言，说话的是大董的老婆桂花。她说，她昨天带小孩儿在北亚商场买了件衣服。

就这么一句话！

凌峰说，找！

北亚商场有 11 个出口，每天要进出多少人？时间不确定，大董的老婆谁也不认识，每个出口的监控都得看两三天，要从中找出所有带小孩儿的妇女，然后让田野一个一个辨认，哪个是他闺女桂花。

这是多大的工作量！

凌峰叫队员连夜带十几台电脑赶到长春，把北亚商场的录像全部拷过来，所有人都投入看监控。一共 11 个出口，四人一组盯死一个出口，没日没夜地看！人休息，电脑不休息。一组看十个小时，再换另外一组接着看，再看十个小时。

就这样，几十号人，累死累活，把所有带孩子的妇女都挑了出来。

可是，把这些拿给田野一看，他说，这个不是，那个也不是，全都不是！

啊？全都不是？差点儿把凌峰气疯了。

田野，你少来这一套！人都在这儿了，不可能全都不是！我让你再认一遍，你再说都不是，就不让你认了。我们既然能挑出来，就能抓住你闺女！本来没你闺女多大事，你偏说都不是，这等于你把闺女给窝藏起来了，你把闺女给害了！

田野一听，脸上肌肉乱跳，说，你把那张图拿来让我再看看。

凌峰把让他指认的截图递过去。

他接过来，看了看，说，这个像。

好了，桂花找到了！

马上把她在商场的轨迹从监控中调出来。

这一调，有了重大发现——

桂花除了在楼下给孩子买了件衣服，还上楼去了几分钟。

她去干什么了？

凌峰跑到楼上一看，欧耶，是卖手机的！

他把桂花的图像拿给售货员看。

售货员认出来了，说，这个女的买了一个手机。

买手机，有底票，手机的身份号码也留下来了。

每个手机都有自己的身份号码。

有了这个号码，就能掌握她的手机了。

一看手机通话记录，全是租房的中介电话。

她要租房子！

凌峰把所涉及的中介一个个都找到，然后一个个落实，看谁家为桂花租了房子，租在了什么地方，终于在四平找到了桂花的租住地。

好家伙，她一租就是两套房，显然是两家人。

凌峰在她租的房对面，也租了间房子，暗中观察他们的动静。

最后，确认这两家正是二董，择良机一举将其拿下。

86. 缉毒微信

“6·26”国际禁毒日，报社记者要采访凌峰，请他讲缉毒。

凌峰正准备上一个案子，他在电话里说，这样吧，我用微信发你，一个微信一件事，行吗？

记者说，好啊，行！

放下电话又想，一个微信一件事，这可能吗？要打多少字才能说清一件事呢？

凌峰的微信陆续来了。

记者一看，微信虽短，但事件清楚，掐头去尾，全是干货——

微信一：

在禁毒会战期间，我们去外省抓毒枭刘安。抓到后，家属听说他被抓了，马上拥到当地公安局。来的人很多，他的姐姐、妹妹、弟弟，还有一大帮其他人员，有的还开着车。他们堵在门口，又叫又闹。我们面临一个问题：怎样把他带离当地？想来想去，想出个办法，先叫三辆出租车开进来，把刘安放到第三辆车里，让前头两辆先开走一辆，隔一会儿，再开走一辆，把人引开，然后再开第三辆。当地警方说，好主意，刘安在本地有名，我们处理都很难，支持你们带走他！结果，他们又出了两辆车。就这样，五辆车，一会儿出去一辆，一会儿又出去一辆，堵在门口的人也不知道该追哪辆，瞎追了一阵，也就算了。

微信二：

有这样一个毒品案，我们事先知道，嫌疑人谢山要去外省进货，就守在高速公路收费站等他回来。天下着雨，车都开得很慢。这时候，他的车来了，而且，紧挨着我们的车。惊险的是，他还看了看我们的车。一起去的侦查员说，怎么弄，抓不抓？我说，先别，再等等，跟上他再说。结果证明，不抓他是对的。当时毒品并没在他车上。真的去抓了，惊动了不说，当场翻不出毒品也很麻烦。我们就一直跟踪他，直到他回家了，也没看见他手里提着东西。像毒品这样值钱的东西，他不可能放车里过夜。第二天，他又出车了，沿出城的方向上了高速。我们继续跟踪，心说，他这是要去哪儿呢？我们正不解，他靠边儿停车了，停下以后，翻过护栏，走到公路外面去了。我还以为他尿急了，想不到他竟然从土里扒出一个黑袋子。这下，人赃俱获！原来，昨天回来开到这里，他把车停到应急车道上，然后，从右道翻越过中间的铁栏杆，再翻过左道的护栏，把毒品埋到了土里，做了个标记，又翻回来。一夜平安，他才去取。

微信三：

有一回，我带人去汕尾抓毒贩刘广，只知道他在一家叫金叶的宾馆里。我们赶到宾馆，发现了他的车辆，找对了！进去一看，前台没登记，不知道他在哪个房间。好吧，就把所有的房间信息都调出来，先除掉已登记的房间，再把没登记房间一个一个跟服务员对，住的什么人她们都有印象。最后，在五楼对出一个房间，很可能就是刘广住的。贴房门听了听，里面电视很响，有人！

我们想破门进去，宾馆老板不同意，只好用门卡刷。刷开门后，又用螺丝刀把门销子轻轻挑开。

好在电视很响，屋里人没听见。

我猛然冲进去，刘广伸手就往枕头下摸。我一个豹蹿扑上去，死死按住他的手。队员们跟着一拥而上，铐的铐，掀枕头的掀枕头。

一掀枕头吓一跳——

一把仿六四手枪，里面装了五发子弹！

微信四：

有一次，我们在高速收费站入口守候一个广东毒枭，他亲自坐大巴车送货上门。接货人开的是“马自达6”，也等在收费站入口。他们接货的方法是：“马6”停车不熄火，毒枭下了大巴车直接上小车。这些情报我们事先都掌握了。我们先赶到位置，不多时，只见“马6”也来了。果然，停车不熄火。我们不能离他太近，怕引起他怀疑，这些人警惕性非常高。这时，广东大巴车来了，一进收费站就停下了，客人纷纷下车。毒枭也下来了。我们假装接人就迎了上去。我正好走过“马6”，趁接货人不备，拉开副驾车门就进去了，一下子把车钥匙拔了下来。车马上熄火了。等接货人和毒枭都反应过来，我们的人一拥而上，把他们按倒了。如果不把车熄火，人跑了很麻烦。一旦干起来，有可能造成周围群众伤亡。

微信五：

我们每一次抓捕毒贩，都没有完全相同的场景。一次，抓一个贩零包的，就是从毒枭那里拿来货，一包一包贩卖，叫零包贩卖。抓他的时候，他已经上了自己的车，马上就要发动。我一看不行，就把我们的车直接开过去，顶在他后面，他前面是墙。我们扑上去拉他的车门，拉不开，就用警棍把车窗玻璃砸烂了，把他抓出来。我抓捕时，只要嫌疑人不离开机动车，或机动车没熄火，一般不主张去抓他，怕有意想不到的后果。但是，有时候战机稍纵即逝，能抓住他时也要果断出手。很多时候，嫌疑人在被抓捕的时候，会有一个很短暂的大概十秒左右时间，发蒙、迟疑。这个时机一定要抓住。

微信六：

那一回，我去抓一个网络贩毒嫌疑人，一进门，只见他一只手拿着刀，另一只手拿着一根棍，好像正在削一个什么东西。我过去把他拿刀的手一抓，刀就脱落了，然后再抓他拿着棍的手。他看我进去都愣住了，还没有完全反应过来，这就是最佳战机。抓住最佳战机，还要抓住要害，不能慌。拿刀的手是要害！对于我们干缉毒的来说，最大的考验就是，武装贩毒和暴力对抗执法越来越猖狂。我去年 3 月去东莞抓一个毒贩的时候，他腰里还别了一把自制的土枪，幸亏我下手快！我在缉毒干了这么多年，光是广东就去了四次，每次都把嫌疑人给带回来了。我的一个同行老大哥说，这真不易，那边情况很复杂！

你问我们的成就感是啥？把人送到看守所，十一二点回来，兄弟几个吃个烧烤，喝两罐啤酒，倒头一睡，第二天可能能给自己放半天假，这就是成就感！呵呵！

87. 拆迁款

这宗命案发生在刘集镇。

教师夫妻王忠和池红在夜里被杀。他们的孩子早晨起来，一看爸爸、妈妈都躺倒了，一个在厨房，一个在卧室。血流成河。真惨！

现场的脚印和指纹指向了两个有入室盗窃前科的嫌疑人。

一个叫刘瑞，一个叫安平。

案发后，刘瑞跑回湖南岳阳老家。凌峰去了以后，通过外围了解到，他没在家。正犹豫，来了一个情报，说他在梅花宾馆，你们抓紧去！凌峰带人冲进宾馆，抓了四个吸毒的，却没有刘瑞。是不是打草惊蛇了？人跑了？当地号称湘北小香港，社情很复杂。凌峰来到派出所了解情况。意外的是，刚进去谈了十来分钟，技侦就发来短信，说刚刚有人给刘瑞通风报信了。哎哟，派出所有内鬼！凌峰将计就计，跟派出所的人说，算了，既然找不到他，我们先回去了，你们发现他就给我们个消息，我们再来抓。之后，佯装撤走，趁夜色换了个宾馆继续！过了两天，风平浪静。外围来消息，说刘瑞回家了。凌峰摸过去敲门，我是你楼下的，你家漏水了！刘瑞刚一开门，一干人就冲进去，拿下。

紧跟着，安平也有了下落。侦查员说，在广东陆丰一个联排别墅区发现了他。凌峰随后赶到，侦查员说，无法确切定位他在哪儿，只知道他住在这一片儿。这时，网侦发现安平上网时留了一个地址，是联排别墅 11 号。凌峰就盯住这家，盯了一天，却发现不对，这家开了个儿童吉他培训班，出来进去的都是家长带着孩子。怪了，为什么网上留的是这个地址啊？按说电脑造不了假。后来，根据掌握的一个银行卡号，调取安平取款时的录像，发现他骑了一辆五羊本田摩托车。这个牌子的摩托车在当地很普遍。凌峰反复看录像，发现他的车有个很明显的标志，别人车后的保险杠都是亮色的，他是黑色的，而且前轮毂还有一块破损。通过这两个特征交叉比对，在联排别墅15号发现了这辆车。凌峰带人冲进去的时候，安平吓了一跳。原来，他蹭11号家的网，所以反映出的地址是那家的。

两个嫌疑人落网了。可是，通过分别审问，他们都承认，当晚合伙去过被害人家。他们听说这家得了拆迁补偿，想去捞一把，没想到一摸进去，发现一地血，吓得魂飞魄散。他们害怕说不清，受牵连，就连夜各自逃了。

凌峰抓抓脑壳，这可邪门了！

他重返现场观察，发现门好好的，窗也好好的。犯罪嫌疑人是怎么进去的？

晨丽说，应该是熟人作案。

凌峰说，我们失误了。现在大家分头做工作，看谁是他们熟人，谁有可能杀害他们。

凌峰走访受害者的家人。女方的家人住在下边一个村子里。

女儿被害，老爸见了他，没说话先流泪。

凌峰一面安慰老人，一面慢慢跟他拉话——

老爷子，您想想，您女儿和女婿认识人当中，谁可能干这个事？您女儿是什么性格脾气？女婿是什么性格脾气？平时与人交往怎么样？他们的熟人都是什么样的人？

老人没言语。

凌峰又说，包括您最亲的人，有没有能干这样事情的？

老人止住泪，亲侄子！就是我老二家那个孩子，他游手好闲，打爹骂娘，不孝顺，老缺钱花！

凌峰一听，这是个重点。又问，他跟您女儿关系怎么样？

老人叹口气，还行吧，就那么回事。

凌峰这边儿说着，信息就发出去了。

外面的人根据这个线索调录像，搜老人侄子的信息。

一看，不得了，这家伙案发当天在网吧，夜里11点多出来，身边儿还跟了两个人，往被害人住那个方向走。走着走着，监控没了，录像也就断了。

这家伙有嫌疑！

他叫张树松。

凌峰立即把他列到视线里，决定是不是都要先抓住他。如不是，就排除，再去寻找新的目标。

老人告诉了张树松的手机号，一侦查，哎哟，此刻人在火车站。再查火车票信息，他买了去哈尔滨的车票而且已经上了车，一块儿上去的有三个人。

要跑！

凌峰说，想跑？没门！分头追！

他将人分成几个组，有上高速的，有上高铁的。根据张树松所坐的车的行车时间对应，几点到哪儿，几点在哪儿停，设法在中途截住他。同时跟铁路上的乘警联系，让他们盯住这三个人。

凌峰坐的是高铁，如果正点，到沧州下车，就能赶上张树松他们坐的车，上车把他抓住。

铁路警方很配合，火车刚过德州，乘警就把那三个人给按住了。

抓住以后，在沧州交接。

凌峰就地突审：杀人了吧？想跑是不？

张树松低下头。

三个人穷凶极恶！

张树松跟两个同伙说，我姐得了拆迁款，少不了！咱们去弄。她肯定要报案。不管弄不弄得着，都要干掉她。两个同伙说，她是你姐。张树松说，管她呢！

他们事先分了工：张树松敲门，门开了都进去，一人看住一个，谁看大人，谁看小孩。

当晚，他们从网吧出来就奔了张树松他姐家。

来到住处，张树松敲门：姐，是我，你开下门，我找你有点儿事。

她姐一想，弟弟夜里来了，肯定有什么急事，就开门了。门一开，刀子、斧头就举上了。他姐一看不对头，想跑没地方跑。拿钱来！逼着他姐拿钱。他姐拿了几百块。张树松说，打发谁呢？拆迁款呢？拿银行卡来！他姐就反抗。这时，他姐夫出来了，张树松“啪啪”两下用刀就给他砍倒了，随后，把他姐也给砍倒。小孩儿要是醒了，同样，幸亏没醒，捡了条命。

他们年纪不大，太狠，太没人性。脚镣、手铐戴上以后，像没事人一样。乘警恨得直咬牙，这还叫人吗？不行，先出出气！扑上去给张树松架起来，往地上一扔！架起来，又一扔！这小子也算有种，就这样摔，连哼都不哼。

没有信仰，没有人性，就认钱！

88. 凌峰解纠纷

在“交换岗位爱民周”活动中，凌峰被分配到博望园社区当片警。不干不知道，一干难睡觉。光是邻里纠纷，就够热闹。这里陕北外来户多，他事先学的老陕话还真管了用！

得，也别谈感想了，顾老太堵上门了：气死我喽！气死我喽！

咋啦，大妈？凌峰忙迎上去。

顾老太今年六十七了，腿脚还利索，就是气性大。可有一样儿出彩，每晚七点必看新闻联播。

凌警官，你在哪儿呢？我要报警！

明明大活人就在眼前，她还以为自己在打电话，可见被气得够呛。

大妈，我就在您眼前呢。咋的了？

你说我今天气不气，倒霉不倒霉？

大妈，您别上火，啥事慢慢说。

你看，我刚洗了个澡，越想心里越不舒服。

咋啦？东西丢啦？

东西没丢。我洗完澡，出来一看，赵四婆姨给别人铺塑料纸，不给我铺。凭甚？我也掏了钱，又不白洗！

顾老太一说赵四婆姨，凌峰就明白了。

赵四夫妻在社区开了间浴室，简陋，便宜。洗个澡十块，搓个背五块，社区老小去得起。当然了，凌峰没去过，刑警队有。顾老太说的铺啥纸，他听着有些糊涂。

顾老太说，就是一张塑料纸，铺板凳上，洗完了坐着穿衣服。赵四婆姨给别人铺，不给我铺，我说她，她还厉害我。我有气，我报警。凌警官，你管不管？

您都报警了，我当然要管。您有啥要求？让她退点儿钱？

不是钱的事，我要这个理儿！赵四婆姨这是啥行为？我半天想不通，我掏钱了，这是我应该享受的，凭甚不给？中华美德哪儿去了？尊老爱幼哪儿去了？

大妈，这样吧，您喝点儿水，消消火，我去会会赵四婆姨。

你可加小心，那婆姨厉害，再咬了你！

哈哈，您放心。

别让她咬了！

您放心！

凌峰风风火火地赶到浴室。

赵四婆姨也一肚子理儿：不是不给她，给谁也不铺。谁要搓背了，我就拽一张，算成本哩。我看那女子带个娃来洗，娃小，洗出来坐板凳上穿衣服，我怕不卫生，就拽一张给铺上了，娃小啊！这就让她看见了，非要铺。我说，你衣服都穿好了，还铺纸做甚？她就不干，说，中华美德哪儿去了？尊老爱幼哪儿去了？一套一套给我开会，一屋子人光着屁股瞧热闹，你说说！

凌峰又问来洗澡的。

对着哩，我们都是自己带报纸铺。

兼听则明。凌峰有了数。

他跟赵四婆姨说，算了，顾老太快七十的人了，你去给她说明白，道个歉。不行，退上五块钱。

赵四婆姨说，说明白行，道歉也行，退钱不行。她洗都洗了，凭甚？

好吧，有你这道歉的话就行。大家有缘才做邻居，低头不见抬头见，日后见了顾老太别记仇，和气生财！

凌警官，您放心，我懂。

凌峰回到警务室，大妈长，大妈短，把原委讲了个清楚，又说，大妈，如果那浴室是您娃开的，您也舍不得拽纸，对不？

顾老太说，对着哩，舍不得。

这样说着，她脸上皱紧的纹，像下进热锅的挂面，四散开来。

看她顺溜了，凌峰从兜里掏出五块钱，您看，赵四婆姨忙，让我代她给您道个歉，退您五块钱。

顾老太的嘴一下子笨了，抖半天，说，这钱我不能要，是我没理，你退给她，谢谢她。下回我去，也搓个澡，合情合理享受一回塑料纸！

说完，两人都笑了。

顾老太刚走，社区又起纠纷。

有一拨老太太是麻将粉儿，饭一吃完就把桌子支门口，稀里哗啦，稀里哗啦！不玩素的，带几毛，为的找乐儿。她们打麻将本来就咋呼，碰！炸弹！胡了！嗓门儿赛过帕瓦罗蒂，生怕房顶不塌。旁边还有一帮老太太看热闹。看热闹不怕事大，瞎给评理，这个对了，那个不对了，扯着脖子叫。结果，搅了局，有个老太太输了钱。多少？两毛！那她也不干，就掐起来。鸡一嘴，鸭一嘴，谁也不让谁。正吵得飞沙走石，呼啦啦，楼里冲出一条汉子，手里拎个板凳，吵你妈个吵，吵得老子都睡不成！举起板凳就要砸摊子。这下天塌啦，本来还互掐的老太太一下子抱成团儿，同仇敌忾，要跟汉子死磕。

节骨眼儿上，凌峰飞身赶到，住手！

拎板凳的叫鲁金，砖厂工人，昨晚夜班，累得打晃儿，刚说睡一会儿，就被老太太们吵炸脑袋，气得冲将出来。凌峰吓坏了。这帮老太太，七老八十，别说挨板凳，弄出个心脏病躺倒就坏菜了。

他一把拦住鲁金，你这是干甚？要酷吗？要砸砸我！

鲁金说，凌警官，我也不忍心，谁家都有老人。我上夜班回来说睡会儿，叫她们吵得没法儿活！

凌峰对老太太们说，鲁金在理儿，换了咱的娃，上一晚上班回来，咱心疼不？咱还吵不？别说咱不吵，谁要是吵了，咱都会从屋里冲出来说，你们吵甚？吵我娃睡觉了！对不？鲁金是咱院里的娃，你们看着长大的，就跟自己的娃一样，对不？

老太太们息气了。

凌峰又说，你们打麻将带钱，本来我就该收，为啥没？就想着你们年纪大了，开心就好。可你们不能影响邻居。再说了，吵吵闹闹，心脏病犯了咋办？血压高了咋办？

鲁金听凌峰句句向着他，也觉得自己鲁莽了，对老太太们说，我骂你们不对，抡板凳更不对！

老太太们七嘴八舌，我们以后不在门口打了，换个地方。

凌峰说，对着哩，咱换个地方，我也帮呼吁呼吁，让街道出面盖个棋牌室。

听他这样说，老太太们兴奋成娃。

凌峰拿起一个麻将，哎哟，这麻将也太原始了，个儿这么小，胡了都看不清，现在谁还用这古董？走，跟我到警务室去，我那儿有一副人家淘汰的麻将，比这个儿大，奖励给你们！

好啊，好啊，老太太们咧着没牙的嘴，一窝蜂跟凌峰走了。

凌峰回头说，鲁金，你快去睡吧！

鲁金说，凌警官，你真好！

走在路上，凌峰对老太太们说，我这麻将不白奖励，你们在院儿里帮我留点儿心，来了乱七八糟的人就告诉我。

一定，一定，一定！

89. 凌峰再解纠纷

早上，凌峰刚走进博望园社区警务室，门就被擂得山响。

嘭嘭嘭！凌警官！

凌峰吓了一跳，急忙回头，正碰上张老太怒目如虎——

鸡吃菜了，你管不管？

凌峰哭笑不得。

昨夜，他就被惊吓了一回。两点多钟，正睡得忘我，手机突然炸响，一接，醒了：我楼上进贼了！啊？你住哪儿？西区 302！我马上到！多长时间？15 分钟！好！

十多里路，他 13 分钟就赶到了。报警的老胡一伸大拇哥，我掐着表呢，提前两分，你是说话算话的好片警！您省省吧，咋回事？老胡往楼上一指，翻箱倒柜呢！可不，轰隆，哗啦！这也太猖狂了。

凌峰急步上楼，来到 402，不能贸然敲门。那回抓毒犯，他上去就敲门，门一开，后面的队员眼疾手快，冲过去夺过一把西瓜刀！有过教训就不能盲动，凌峰轻移脚步，贴门一听，屋里不但轰隆哗啦，还唱上啦：你是我的玫瑰，你是我的花……这叫啥贼！他鼻子都气歪了。嘭嘭嘭！开门！门开了，一屋子租住的打工仔，下夜班回来，又唱又跳。一看凌峰来了，全傻了。要是你们爷爷奶奶住底下你们还这样吗？

噢噢，凌警官，下回不啦！

谁是负责的？明天到我警务室来写保证，再半夜闹腾就让你们搬走！

凌警官，您放心，没有再了！

事情处理了，老胡说，凌警官，真不好意思，半夜叫你来，我还以为进了贼！

凌峰说，没事。再说您也是为社区安全，我还要谢谢您！

凌峰一夜没睡好，早上又被敲门的张老太吓一跳，凌警官，鸡吃菜了，你管不管？

凌峰说，管！不管这门上的玻璃就别要了。

张老太笑了，我耳朵聋就敲得重。

凌峰也笑了，走吧，去看您的菜。

他跟着张老太走出警务室。

5月的阳光迷人。社区花园里的月季快开了，花骨朵儿争着咧开嘴儿。红的。黄的。

凌峰顾不上看，脚跟脚来到张老太门前的小菜地。

看看，全吃光了！

可不，才长出的小白菜，让鸡当了素食。

社区城乡接合部，养鸡人家不少。

凌峰左看右看，附近几家的鸡都扣在笼里。

大妈，您看见谁家鸡吃的？

张老太翻翻白眼，没看见！

那找谁家啊？

我不管，反正是院里的鸡。

您看，这样行不，我拿20块，您买菜籽再补种，这阵儿种还来得及。

不是钱的事，我要这个理儿。

行，我就给您这个理儿，您要是看见谁家的鸡又来吃了，就叫我，我随叫随到，让他赔。要是没有鸡过来，我赔您！

哪儿能让你赔？有这话就行啦。

大妈，我用树棍棍帮您把园子拦一下，鸡就进不去了。

好好，谢谢你啦，凌警官！

怒金刚变笑弥勒。

鸡吃菜刚了结，凌峰还没走回警务室，迎面碰上赵老爷子。

他老脸涨成红布，浑身直哆嗦。

凌警官，你，你……你管不管？

大爷，您这是咋啦？谁气着您啦？

谁？狗！

啊？狗气着您啦？狗咋的啦？咬啦？

咬倒没咬。

那咋啦？

你就说，这有多气人！电梯本来就不大，他俩进来还抱着个狗！抱就抱吧，还跟狗亲嘴儿。哎呀妈呀，臭不臭！亲嘴儿就亲吧，还管狗叫爸爸，叫妈妈，把我给气得啊！狗都成爸妈了，他自己的亲爸妈还要不？啊？活活把我气死！

凌峰听明白了，想笑不能笑。院里养狗的多，常有为狗瞪眼的。你不管吧，说你不作为；管吧，公说公有理，婆说婆有理。眼下，赵老爷子生气，就跟人家养狗的没关系，纯粹是看着不顺眼烦的。而且，他还听拧了。养狗的都爱自己的狗，把狗当家里一口儿人，管狗叫儿子，叫孙子。赵老爷子对门刚搬来小两口儿，爱狗爱得不行不行的，男的让狗叫爸爸，女的让狗叫妈妈，争宠。赵老爷子听拧了，听成小两口儿管狗叫爸妈了，气得昏天黑地。

凌警官，你管不管？

凌峰心说，这可咋管哩？

他眼珠儿一转，大爷，您先消消气，这事我管！我要问问他们有没有狗证，没狗证不行，不许养，拉走！再有，狗要是太大，二环以内不许养，我给养犬办打电话，拉走！

其实，凌峰见过这小两口儿的狗，不是大狗，是小京巴儿，可爱得不行不行的。他也问过，人家有狗证。他故意放狠话，就为让赵老爷子出气。

听他发狠，赵老爷子舒坦多了，好像看见养犬办真的来拉狗了。他嘟囔着，嗯，嗯，狗倒是不大……

看赵老爷子气顺了，凌峰又跟上，狗不大也要管好！住三楼不高，人又年轻，出来遛狗就别坐电梯了，走两步儿，对身体好，对电梯里的大人孩子也安全。狗带到小区，要拴好，拉粑粑要收拾，文明养狗，文明说话，文明做人，对不？

对着哩，对着哩，赵老爷子彻底顺气了，笑出一脸大菊花。

大爷，您多保重！

哎，凌警官，你也是。看忙的！

跟赵老爷子分手后，凌峰就跑到小两口儿家。巧了，都在，正准备带小京巴儿去看世界。见了凌峰，就说，快叫爷爷！小京巴儿汪汪汪！凌峰忙答应，哎，哎，乖。小两口儿乐成个啥。凌峰趁他们高兴，把跟赵老爷子许的愿说了。当然，他不会出卖老爷子，就说要文明养狗。小两口儿一百个赞，凌警官，您放心，往后我们遛狗走楼梯，拴狗链，带纸！小京巴儿也跟着表态，汪汪汪，没问题！

离开小两口儿，他一看表，得，一个多钟头过去啦！

你说这叫啥事，婆婆妈妈，鸡飞狗跳，尽跑这些憨腿、闲腿。哎，话说回来，憨腿不憨，闲腿不闲。在你说是小事，在老百姓说可是好大的事。把小事做好，社区就不会出大事，就平安。谁叫咱是社区民警，哪怕就是“爱民周”干一周，也要干出个样儿！

90. 凌峰三解纠纷

凌峰刚进社区，就接到报警，说3号楼有人烧纸闹事。

啊，烧啥纸？闹啥事？

还要上吊呢！

凌峰急忙前往3号楼。

原来，社区有两个复员回来的战友，王东和刘力，他们同时找到了工作，一高兴，就喝大酒。结果，刘力喝猛了，心口疼。赶紧送医院，没救过来。刘力的爱人小芬不干了，拿纸跑到王东家门口烧，还说，王东不赔，她就吊死在他家门上。

凌峰一听，这不是三言两语的事，必须要惊动法院，走法律程序，多方调解。他一面联络法院的朋友，一面做小芬的工作。

小芬啊，你听我说，人已经不在了，这样的事谁也想不到，谁都不愿意。你闹，人也回不来。咋解决？法官、检察官、律师，还有我，一起协商，办法总会有的。我还可以发动社区捐助。但是，你首先不能闹事，得有个度。你要吊人家门上，人家大不了不住这个房子了，卖了，是不是？但你的命还能捡回来吗？不能！听我的，我会帮你渡过难关。你还年轻，要往前看，日子长着哩！

苦口婆心，掰开揉碎，总算说通了。小芬收拾残灰剩纸，跟家里人去医院处理后事了。

小芬前脚走，后脚就有人跑来：凌警官，你快去，打起来了！

这又是谁跟谁啦？

捡破烂儿的王老汉跟打扫卫生的崔婶。

为啥？

破烂儿。

崔婶负责打扫院里卫生，垃圾台里有可卖的瓶儿啊罐儿啊啥的，她就捡出来卖。外人进来捡她不让，凭甚到我的地盘？王老汉不知情，进来捡，被崔婶撞见。她开口就骂，把人父母都捎上了。王老汉恼了，上去一掌，崔婶鼻子就冒了血。

真是，骂起没好嘴，打起没好手。

凌峰赶到，骂也骂了，打也打了。

咋办？只能调解处理。

还好，只是鼻子流点儿血，貌似无大碍。

凌峰忙掏手绢止血，崔婶不让，说，让它流。

你傻呀，血是自己的，流多了咋补？

她这才让堵了。

鼻血止住了。崔婶说，我头疼，我脑震荡了。

凌峰赶紧带她去医院，又拽上王老汉：你要跟着，查出大病你要管！

到了地方，大夫一看，没事，回去吧！

崔婶说，我脑震荡了。

大夫说，脑震荡查不出来，谁都可以说。

崔婶不干，要住院，要做 CT。

凌峰看她想讹王老汉，不高兴。人家就是个捡破烂儿的，讹人家干甚？再说了，捡破烂儿的能讹出个啥？

他说，崔婶，住院可以，做 CT 也行。这是治安事件，打人的先扣下，这期间看病你自己要先垫钱。如果做 CT，查出毛病钱由对方付；没有毛病，钱要你自己付！

崔婶一听，愣了，为啥我付？

凌峰说，治安处理就是这样规定的，你要先想好。

崔婶说，那算了，我缓缓再说。

回到社区，她又说，我总不能白挨打啊！

凌峰说，那当然，这不王老汉在这儿吗，一起商量。

他回头对王老汉一瞪眼，你看你，好男不和女斗，你动手干甚？你捡破烂儿，为养家糊口，不容易，出来要把自己照顾好，别惹事，把挣的钱拿回家去，老小都等着哩！你要把她一拳打死了，赔钱不说，还要赔命！

王老汉不吭气。

你去给人家道歉。

我不！我凭甚给她道歉？都骂成啥了？我捡破烂儿也有尊严。

你有尊严？你有尊严还动手打女人？你别说这个，说这个我不爱听。你不道歉，就跟我去派出所！

王老汉说，那我道歉。

这就对哩。你道歉，说两句好话，能给你省下钱。

好，好。

凌峰把崔婶叫过来。

王老汉说，大婶子，我错了，不该动手，我给你道歉！

崔婶白眼大元宵。

凌峰看不过，人家道歉不对咋的？你俩都在一个平台上蹦，都为捡破烂儿。你凭甚骂人家？你也太霸道了！这地方不是你个人的，是集体的，谁都可以来捡，咋就成了你家的？这事，首先你不对，你骂人就是挨打的坯子，把人家的父母都拉出来，挨打也该着，让你往后不敢随便骂人。再骂，你也别在这儿打扫卫生了！

崔婶脖子软了，凌警官，你说咋就咋，我骂人不对。

凌峰说，知道错就好。

又问王老汉，你打了她，咋办？

王老汉说，我赔偿。大婶子，你要多少钱？

崔婶又来劲了：你拿500！

王老汉一听要这么多，急了，凭甚给你500？你骂了我，你赔我几百？不行，你给我两拳，扯平！

凌峰说，你看你一个大男人，尿不尿？你叫女人打你，你精神气都没了！人家好男人手都不让女的往头上摸，再打你两拳，你值不值？你还说有尊严！

王老汉缩了。

凌峰又说，崔婶，得饶人处且饶人，人家一个大男人都给你道歉了，你也别500了。就是把他打死，他也拿不出。看看他穿的那两只烂鞋，两块都不值，不如破烂儿堆里捡的，他哪有500？

崔婶说，那少点儿，300！

王老汉说，还多。

崔婶说，你有多少？

王老汉掏了半天，皱皱巴巴掏出一堆，数数，17块。

崔婶说，这不行，少了100不行！

凌峰说，你也别逼他了，我拿100给你。

崔婶说，凌警官，我不要你的。

凌峰说，行，那你俩就在这儿打，我看着打！

崔婶瘪嘴了。

凌峰掏出钱：接着！就当我借给王老汉，等他挣了再还我。

崔婶眼圈儿红了。

王老汉也要掉泪。

事情解决了，凌峰松了口气，这才感到肚子饿了，忙往警务室赶，准备泡碗方便面。

远远地，看见赵奶奶站在门前。

凌峰并没有为老人做过什么，可是，老人就觉得他好。

她每天都来警务室门口转，瞅着屋里忙，瞅着屋里笑，啥也不说，啥也不做，上午转过了，下午还来转。

凌峰说，大妈，您进来坐坐！

老人摇摇头，不啦，耽误你！凌警官，我早上包了几个粽子，来几次也没看见你。我害怕坏了，放冰箱里冻着，刚才又拿出来蒸了，你快趁热吃吧！

凌峰接过粽子，叫了声大妈，泪就下来了。

91. 断片儿

“交换岗位爱民周”活动的最后一天，发生了两件事，让凌峰哭笑不得。

先是退休教师老董找上门，一进警务室，就夸起来：凌警官，你们公安局搞这个爱民活动真好。现在，网上老是说警察的坏话，哪儿又打人了，哪儿又死人了，吃瓜群众盲目附和。现在，你们走进社区，为群众做好事，大家看得见，摸得着。真好！你是模范警察，群众的贴心人！

哦，凌峰笑笑，董老师，您有什么事需要我帮助吗？

董老师说，对，我是有事。我想把孙子转到区重点小学。我托了人，人家答应了，好处费也拿走了，到现在还没结果。

凌峰一听，愣了，哎哟，您是不是被骗了？

董老师说，那人我儿子的同学，应该不会。

凌峰说，您现在首要的是把钱要回来，孙子转不转学没关系。

想不到，董老师突然翻脸了，你说啥？我孙子转不转学没关系？亏你还是来爱民的！本来我想着，你是刑警队长，面子大，想请你跟学校去说说，想不到你这样说，你爱个啥民？

凌峰说，董老师，您别误会。我是怕您被骗了，让您先把钱要回来。您既然把话说清楚了，我也告诉您，那个重点学校我不认识人，也说不上话，这事我帮不上，也不能答应。应人事小，误人事大。误了您孙子上学可是大事。如果您想把孙子转到离社区近点儿，我倒能帮上忙，咱们这儿有个翠园小学，我去说说。您看呢？

不去，不去，那是啥烂学校！董老师叫起来，你还是来爱民的呢，爱个屁！

叫完，他放了个响屁，走了。

凌峰抓抓脑壳，真想回一句，就为您这一件事，我就不算爱民了？

话到嘴边儿，又咽下。

不等他缓过神，院里又传来一声狮吼——

社区治安乱成个啥？我非叫媒体来曝曝光！

谁呀？

孙胜！

为啥？

车丢了！

啥车？

奥迪！

哎呀妈呀，这可是大事！

社区老旧，盖的时候，谁家有个电动自行车，都让人羡慕忌妒恨。哪想到，眼睛眨几眨，私家车就摆了一院！多少辆？2000 多！没有地下车库，只能见缝插针。车位不固定，你出我进。车辆虽多，管理有序，从没听说谁的车丢了！

现在，孙胜说他的车丢了，真是晴天霹雳。

凌峰一听头就大了。

汽车丢了，说明有人偷！人家保持多年的社区零发案坏在我手里啦！早不偷晚不偷，偏偏我来了偷，这是跟我叫板啊！

孙胜大嘴马猴，跳着脚吼，要叫本市快报，要叫电视台。

这两家媒体，都有栏目报道坏事，当天发生当天就报道。

这要是报道出来，出丑出大了！

凌峰冷静下来，得，事到如今，啥也别想了，找车要紧！

他安慰孙胜，你先别急。

孙胜一瞪眼，我能不急吗？

急也找不回，身体第一！

你说咋办？

你的车放哪儿了？

放西边儿了。

走，看看去。

走到西边儿一看，孙胜说的那地方停着一辆大众。

哎，这儿有车啊。你是放这儿了吗？

是，没错！

啥时放的？

昨晚，我从机场开回来放的。

孙胜在机场工作，干一天休两天。他说，他今天该轮休，昨晚把车开回来，就放在这儿了。下午他媳妇要出去办事，问他，咱家车放哪儿啦？西边儿。媳妇去了一看，没有。你放哪儿了？就放西边儿啦。死鬼，你下来找！孙胜下去一看，哎哟，奥迪变大众啦。媳妇说，这是咱家的车吗？你啥时候买的？给哪个小三儿买的？拧着他耳朵，满社区里找了个遍，也没找见。孙胜就炸窝了。

凌峰问保安，这大众是谁家的？

保安说，刘京家的。

孙胜说，准是有人偷了我的车，车位空了，刘京就把车停下了。

凌峰找到刘京的电话，一问，刘京说，我的车在那儿停三天了。

孙胜急了，胡说！我昨晚开过来时，这儿就没车。

凌峰又问刘京，你没开，家里人开没开？

刘京说，我媳妇出差两天了，儿子在外地上大学，没人开。

咦，这就怪了。

凌峰说，孙胜，你别急，咱们去看看监控。

社区有三个门，凌峰把全部监控都调出来，往回一倒，一搜，几双眼睛瞪得老贼似的。哎哟，问题来了，孙胜说，他昨晚开进来的，可三个门都没他的车影儿。把日子再往前推两天，哎，两天前有他开出去的图像。

肉包子打狗，有去无回！

这不可能！孙胜叫起来，这叫啥监控？哪国的？

凌峰说，监控还原，比啥都好使。你再想想，车开回来了吗？

开回来了！

放社区了吗？

放了。

可监控显示你没开回来。

这……

凌峰说，我分析，有两种可能：一个，你没开回来，车还在机场；再一个，你开回来了，没放在社区。

孙胜说，两种可能都不存在。

凌峰说，你先别下结论，我们按这两种可能往下走走。这样吧，我开上车，咱们先去机场找。

现在？

现在！

天说话黑了。

没事，找车要紧。

要是没有呢？

再走第二步，请求局里帮忙，发动沿线各地全力寻找。

孙胜抓抓脑壳，真要去机场，不如我先打个电话过去，报下车牌号，让同事帮着找找。有枣没枣三竿子！

凌峰说，那好啊，你快打吧！

孙胜拨通手机，老张，是我，孙胜。我的车昨晚开回家丢了，已经报案了。警察说，我没开回来，你帮看看，我的车号是……

你他妈神经病啊？

孙胜愣了。

你的车就在楼下！你小子昨晚喝醉了，根本就没开走，是我送你回家的！

啊?!

孙胜傻了。

凌峰笑了。

昨晚一顿大酒，喝得孙胜断了片儿。

凌峰的“爱民周”结束了，要回刑警队了。

他感慨万千，依依不舍。

晨丽来接替他，也要“爱民”一周。

社区老太太们围上来，哎哟，这姑娘真漂亮！凌警官，这是你媳妇吧？

凌峰抓抓脑壳……还没过门儿呢！

打你！

92. 标准间

这天，嫌疑人吕东要带着毒品坐长途大巴从广西过来送货，接货的高海正在一家旅馆里等他。因为大巴过来还有一段时间，凌峰就带人先摸到旅馆外，远远地察看地形。

这家旅馆是私人开的，说白了，就是当地农民自己盖的三层小楼。凌峰一看，从一楼到三楼都没有安防盗窗。哎哟，这可危险，嫌疑人急眼了会跳楼！楼房每层三米多高，三层就是十米，下面又是水泥地，嫌疑人一头扎下去，必死无疑。抓人可要加小心。

先抓哪个？旅馆里的，还是车上的？

凌峰想了想，旅馆里的人没见到吕东，肯定不会走。那就先抓车里的！

一行人来到长途车站蹲守。

不多时，大巴车来了。到站后，车上的人纷纷下来。

人都走干净了，哎哟，没有吕东！

大家拿着吕东的照片，再对照下车的人，就是没有！

难道他没来？还是半道下车了？

一个队员说，上车去看看！

凌峰一拦，别去，他真在车上就惊动了他。跟上！

果然，吕东就在车上。他使了个心眼儿，到站没下来，客气地问司机，还到哪儿去？司机说，去加油。他递上一支烟，说，我正要去加油站找我哥，搭您一段顺风车。司机说，走吧！

吕东没想到，凌峰他们开上车尾随其后。

大巴开到加油站，吕东下了车。

他刚一拐弯，被拿下。

凌峰问，旅馆里有几个人？

两个。

男的女的？

一男一女。

都叫什么？

只知道男的叫高海。

带走！

两个队员把吕东押进车里先带回去了，剩下的人立即赶回旅馆。

凌峰假装住店，把旅馆老板堵在了一间屋子里，亮明身份后，拿出高海的照片问，他在这儿住吗？老板说，在这儿住。几楼？三楼。几号？308。你在屋里别出去，也不许打电话。好，好，我不出去，不打电话。把楼上钥匙给我！好，好，老板拿出一大串钥匙，从中找 308 的。凌峰说，别找了，都给我，告诉我哪个是 308 的就行。老板照办了。

凌峰又问，308 是什么房间？

老板说，标准间。

凌峰的眼前立刻闪现出标准间的样子：一间屋子，两张床，一个床头柜，侧面是卫生间。

凌峰再问，旁边哪间没人住？

老板说，306。

这时，队员们也假装住客先后赶到了。

凌峰说，我考虑了两个抓捕方案，一个，就在楼下守，下来一个抓一个；再一个就是上楼强攻。两个方案各有利弊。楼下守着稳妥，但时间不好掌握，人什么时间下来是个问题，夜长梦多。再有，抓的时候不能保证不惊动楼上的人。一旦惊动了，他要是跳楼就坏了。上楼强攻有把握，我们人多，但要干净利索，同时注意安全，当心对方有枪支。大家说怎么办？

队员们都说，上楼！

好！凌峰做了分工后，一个人拿着钥匙先上去了。

一上到三楼，他就发现情况不对！

308门口站着一个光头男人，好像在等什么人。

让凌峰吃惊的是，这个光头不是高海！

难道接货的不是两个人？

这时，光头也看见凌峰上楼来了，一脸疑惑，两眼如钉。

凌峰没机会躲闪了，也无法通知身后拉开距离跟来的队员，他轻松地摇晃着手里的大串钥匙，照直走过去，好像是旅馆的服务员。

光头脸上的疑惑散开了，目光没了焦点。

这时，凌峰已经跟他擦肩而过。

与此同时，后面的队员也上来了。

光头突然感到不对，正要动手，凌峰回过身一把抱住他，抢先捂住他的嘴。队员们紧跟着扑上来摁住了他。

凌峰打开306房，一伙人就把光头推进去。

不许叫，叫就打死你！凌峰用枪顶住光头的脑袋说，屋里还有几个人？

光头说，没人了。

啊？凌峰一愣，什么？

屋里没人了。

人呢？

走了。

什么时候走的？

走一会儿了。

凌峰眉头一皱，难道风声走漏了？高海知道吕东被抓跑了？又一想，不对，要跑干吗还留下一个？

他正在思索，光头突然扬起头来要喊，凌峰抬手就是一枪把，光头当时就被打闷过去。

留下两个人看住他，其余的跟我来！

凌峰说完就走出去。

他来到308房外，贴门一听，房间里一点儿动静也没有。

奇怪了。标准间就是一间屋子，如果有人，无论如何都会有动静，门外应该能听见。难道真如光头说的人都走了吗？那他可白挨了一枪把！管不了这么多了，先进去再说。

凌峰把钥匙轻轻插进锁眼儿里，小心翼翼地一拧，门就开了。

门一开，凌峰大吃一惊，这叫什么标准间啊？

眼前所见分明是一个客厅，沙发茶几。左边儿一个门，右边儿一个门，两个门都开着。哎哟，标准的两室一厅！

凌峰蹑手蹑脚地进去，往右边儿门里一伸头——

啊！一对男女正在床上搂着睡觉。

男的正是高海！

也许是第六感吧，凌峰刚一伸头，本来睡着觉的高海突然睁开了眼，一看见凌峰，马上爬起来，顺床沿就去拉窗户。窗户一拉就开了。凌峰来不及拔枪，扑上去抱住他的腿。高海用脚使劲儿踢他，凌峰死不松手，他一松手，高海就会跳下去。

这时，女人也惊醒了，叫着扑过来，张嘴就咬凌峰的胳膊，疼得凌峰大喊，来人啊！咬死我了！

队员们冲进来，摁住这对男女。

高海说，你们是哪条道上的？有话好说，有话好说。

凌峰笑了，你说呢？

高海说，咱们都是吃这碗饭的，这单货都给你们行不？放我一马，日后说不定还会有生意合作。

凌峰说，你当我们是黑吃黑？就你这眼神儿还在道上玩呢？

高海被说傻了。

凌峰掏出警官证，看清楚了！

高海一看是警察，突然叫起来：啊？你们凭什么抓我？凭什么？

凌峰说，这个问题等会儿让吕东回答！铐起来，带走！

下楼时，迎面碰上旅馆老板。

凌峰说，你这叫什么标准间啊？差点儿出人命！

老板说，怪我，怪我，是标准套间。

93. 一案四命

这天中午，江燕的父亲来找，说他女儿没回家过年，也联系不上，想请凌峰跟他一起去女儿租住的地方看看。

凌峰头一回碰上这样的请求，走！

开锁匠把门一打开，凌峰就发现不对——

门口掉了三样东西：一卷卫生纸、一串门钥匙、一只女用手套。

果然，卧室窗下，惊现一具女尸。

正是江燕！

她死得很惨，头上缠了一个塑料袋，被活活捂死。

窗户是打开的，有风。她的两只手已经风干，都黑了。

法医判断，人已经死亡二十多天了。

凌峰说，尾随抢劫杀人！当被害人江燕开门进屋的时候，尾随者把她往里一推。她一挣扎，手上的包就掉下来。钥匙、手套、卫生纸，这三样东西应该是从包里掉出来的。

现在，包不见了。

父亲撕心裂肺的哭声，让在场人终生难忘。

晨丽在现场提取了一枚完整的鞋印，运动鞋。根据鞋印的花纹，侦查员找到了厂家。厂家说，同类花纹的鞋，其他厂家也生产。希望渺茫。

除去鞋印，还在现场提取了一枚指纹，但很遗憾，残缺得厉害。因为这是从那个致命的塑料袋上提取到的，塑料袋材质柔软，指纹变形残缺。

将这枚残缺的指纹做入库比对很难，需要相当的能力。没有人敢拍板。但是，晨丽拍板了。不过，这是后话。

回到被害人本身。江燕，三十五岁，离异，单身。她想再找一个，于是奔走婚姻介绍所。警方一查，她交往的男人很多，多是见过一两面，觉得不合适就吹了。

凌峰带着好几十人，排查一个多月，也没有进展。

侦破陷入僵局。

就在这时，辖区派出所接到一起报警，受害人是个女的，她说，刚才有个男人尾随入户要抢她东西，现在人已经走了。

尾随入户！

凌峰说，出发！

两分钟后，凌峰还没赶到，受害人忽然又打来第二个电话说，你们赶紧来，他马上还会回来！

怪异的报警电话，充满玄机——

人已经走了！

他马上还会回来！

这是怎么回事？

风驰电掣，赶到现场。

别动，警察！

屋里果然有个男人。

大惊失色，面如白纸。

报警的女人马上躲到凌峰的身后。

她叫杨梅。

男人叫刘旺。

刘旺万万没想到，他碰上了一个绝顶聪明的对手——

他尾随杨梅上楼。因为这里都是老房子，住户的简易防盗门里是木门，木门外挂锁。如果住户打开防盗门，再开木门外挂锁，就说明家里没人。杨梅家里就没人。

她刚打开外挂锁，刘旺就从身后扑上来，掐住她脖子推她进屋，别叫！

杨梅说，我不叫，你松开我。

刘旺把门关上，松开杨梅。

杨梅说，咱们是一家人，我老公也干这行。

刘旺当时就蒙了。

杨梅把钱包拿出来，兄弟，钱包里就这点儿，你急用，都拿走吧，哪天你来个电话，多给你准备点儿。

说着，她主动把电话给了刘旺。

刘旺说，行。也把电话留下了。当然，是假的。

两人又聊了一会儿，刘旺拿着钱下楼了。

他刚走，杨梅就打了第一个报警电话。

刘旺呢，走着走着，觉得这钱来得太容易了，忽然又动了邪念，想强奸杨梅。

他给杨梅打了一个电话：你等着，我上楼再跟你聊一会儿。

杨梅一听，就知道他起了坏心，顺水推舟说，好啊，来吧。

放下电话，她又赶紧第二次报警。

她刚报完，刘旺就来了，进屋就把杨梅往床上摁。

杨梅说，兄弟，你别碰我，我们家那口子在外边不干净，把我染上病了。

刘旺又蒙了。

就在这时，凌峰赶到了——

别动，警察！

刘旺哪儿敢动啊。

凌峰上去把他的脚抬起来，一看鞋底，就是他！

刘旺说，自己是第一次干。

凌峰也不急，先给他打指纹。

打了指纹，拿去跟那枚残缺的指纹进行比对。

包括晨丽在内，四个技术人员，在电脑前一坐，开始看指纹。

各看各的，一看就是四个小时！

这个比对，牵扯到杀人案，不能有半点儿差错。

看指纹要看特征点。有的特征是手上本身固有的特征，有的是在客体条件下形成的特征。技术人员得把这些特征分析透，看它到底是本身含有的本质特征，还是后期形成的不稳定特征，把所有的干扰排除掉才能得出正确的结论。

四个小时后，晨丽说，没错，就是他！

四个技术人员坐着看了四个小时，只有她一个人拍了板。

凌峰说，真看不出来啊！

晨丽说，咋的？我专治各种不服。

凌峰双手抱拳，拜托，指点一下，小生这厢有礼！

晨丽“扑哧”一声笑了，还小生呢，老黄瓜涂绿漆。

凌峰抓抓脑壳，我很丑，但我很温柔。

晨丽说，省省吧。你看啊，残缺的这枚指纹是左手食指所留，虽然变形了，但有个很明显的特征，这儿有一个伤疤！这个伤疤在客体体现出来很不明显，因为是在塑料纸上，材质软，体现出来的这块儿是一个空白，没有纹线。也有可能是塑料纸折叠了，所以这一块儿就没有显现。但是，他的这根手指头实际是有伤疤的。在正常情况下，人的手指是有汗腺的，可是伤了以后长出的皮肤就没汗腺。这块儿空白就是最好的特征。因此，我认定，杀害江燕的就是刘旺！

听罢，凌峰一个字：服！

指纹认定了。鞋印认定了。

凌峰说，带刘旺！

审了不到一小时，刘旺就交代了，我杀了一个女人……她乱叫，刺激了我，我就用塑料袋缠住她，掐她……

你都抢了什么？

……就几十块钱。

几十块钱，夺了一条命！

刘旺犯案时，家里已经为他订了婚，连房子都盖好了。他父母听说他因为抢劫杀人被抓了，当天半夜，双双上吊自杀了。

说起来也真惨，两个老人是在锻炼身体的杠子上吊死的。

他母亲先把他父亲吊上去，然后自己再吊……

最后，刘旺也被枪毙了。

一个案子，四条命。

94. 血溅恒天

徐宪死在恒天酒店 802 号客房的浴缸里，赤身裸体。

颈部被割了十多刀，墙上都是喷溅型血迹。

晨丽在现场的茶杯上提取到一个拇指指纹。

通过侦查得知，徐宪被杀前一天下午两点多登记入住，入住后，五点多出去了，七点多回来。酒店楼道里没有监控，他的进出是被大门口的监控录下的。凌峰分析，徐宪在这个时间段很可能出去吃饭了，七点多吃完饭回来后被害。

客房门的刷卡记录，也是五点多和七点多。他七点多回来后，就没有他的刷卡记录了。

也就是说，他入住后，只有一出一进两次刷卡记录。

奇怪的是，五点多和七点多他进出酒店大门的录像，显示的都是他一个人，没有别人跟着。

凶手是什么时间进他房间的？又是怎样进去的？

凌峰百思不解。

房卡记录误导了他。

事后才得知，如果外人敲门，住客从里面把门打开，房卡是不留记录的。

酒店楼道没有监控，所以看不到什么人在什么时间敲门进去了。

调查徐宪的手机，发现从案发当天早晨到晚上，他所接的电话，有好几个都是用公用电话打的，其中有一个就是用从恒天酒店对面的公用电话打的。

这是个可疑的电话。

守电话的老头儿说，一天恨不得有几百个人打，谁知道是谁啊！

走访没有收获，回过头再分析通话。通话时间不长，你来我往，也就两三句。但是，时间段让凌峰眼睛一亮，正是七点多钟后，徐宪回到酒店的时间。

打电话的人盯着他呢！

按照这个时间，重新调看酒店大门的监控。

一看不要紧，有重大发现——

在徐宪进入酒店后，过了五六分钟，也就是对面公用电话挂断后的时间，一个女人从酒店大门进入监控，直接往电梯方向去了。

她戴着帽子、口罩，看不到脸。

接着往下追录像，她在不到八点的时候，从电梯方向走来，然后出门去了。

可疑女人的出现，让凌峰把调查往男女关系上引。

凌峰在走访中得知，有人看见过他跟一个女人在饭馆吃饭，有说有笑，还拿勺子喂她。时间是今年 8 月。

把徐宪手机里 8 月及 8 月前后的信息调出来，发现他从 7 月底到 8 月中，除了跟家里的固定电话通话频繁外，还跟一个固定电话联系得比较密切。这个固话的主人是个老太太，有三个闺女。老二、老三的年龄与徐宪相当。进一步摸底得知，老大、老二都出嫁了，只有老三王艳跟老太太住在一起。

随后，密取到王艳的指纹。经比对，与杯子上留的指纹一致。

抓捕很顺利，审问不顺利。

你们为什么抓我？

你自己知道！

我不知道！

你认识徐宪吗？

不认识。

你去过恒天酒店吗？

没有。

如果她说认识徐宪，也去过恒天酒店，跟徐宪见过面，但见面后就走了。那……有指纹怎么了？见了面，喝了水，留指纹很正常！

但是，她说她不认识徐宪，也没去过恒天，就全盘输了。

凌峰说，好，那我带你去一次吧！

王艳想不到凌峰会带她去恒天酒店，而且，正是 802 号房！

一进屋，她愣了，像个木头人。

随同前来的晨丽看了凌峰一眼。真有你的！

凌峰抓抓脑壳，王艳，又来到这里了，好像做梦一样，对吗？

王艳没吭声。

凌峰接着说，要不要去浴室看看？一墙都是血！

王艳一下子瘫倒了。晨丽急忙扶住她，靠在床上。

凌峰说，王艳，我知道，你是一个重情重义的人，我们也是重情重义的人。今天能把你带来，是掌握了充足的证据，证明你做了这件事。你虽然现在不讲，终归还是要讲。而且，你不讲对你只有不利，法官会认为你实在太坏了，责任都在你。如果你讲出原因，讲出动机，那情况又不一样。你讲了，就有从轻的可能。你既然杀他，肯定有原因。你不讲，所有人都会认为错在你。只有你讲了，大家才会理解你，同情你。不管怎么样，杀人都是错的。但是你要讲！你不讲，就算被判死刑或蹲监狱，所有人都会认为你是个坏人。实际上坏的是你吗？你不讲，我们也能够感觉得到，是徐宪亏欠了你！

王艳受不住了，浑身发抖，我，我……

凌峰说，你别急，先喝点儿水。晨丽，你去服务台看看有没有泡面，要有，泡好了端来。

酒店当然有泡面。

晨丽把泡面泡好，又要了火腿肠。她把香喷喷的泡面端到王艳面前，又把火腿肠打开。

“哇”的一声，王艳哭了，像个受委屈的孩子。

我……吃不下去，我……

王艳泣不成声。

——他骗了我，哄我，说他没结婚，是单身。我轻信了他，也爱上了他。我的两个姐姐都嫁人了，我妈着急，整天叨叨我。我就说，我有人了，正处着呢。就这样，我跟他交往了好长时间，可以说被他玩够了。后来，我知道他不但有家，还有孩子。我很生气。他就说，他跟他爱人没感情，正准备离婚，离了就跟我结。我又轻信了他。后来，我发现他根本不会离，就想玩我。我很傻，跟他分手再找别人不就完了，可是我想不通。他凭什么？我是真心实意的，把什么都给他了，他还是人吗？我就想报复他。我做好了一切准备。他特别坏，我每次一打电话他就来，来了没别的，就要干那个事。这回我约他，让他先到恒天开好房间，然后一块儿吃晚饭。

我当时就下决心，今天一定要把他杀了！吃完饭后，我让他先回饭店，说去买个避孕套。因为饭店大门有监控，要分头进，不能跟他一起进。我看他进去了，就用对面公用电话往房间里打了一个电话，确认他已回到房间了。我戴上口罩、帽子进了大门，上楼敲门，他开了门。我说，你先洗。他就脱光进了澡盆。我把准备好的美工刀卷在毛巾里，假装给他按肩膀。他背朝着我，我拿出刀来就往他脖子上划，他连叫都没叫就倒下去了。我报了仇。他完了，我也完了……

95. 园山女尸

本市西郊有个小山包，老百姓叫园山。山上长满了柏树。

正是收玉米、大豆的时候，园山上发现一具女尸。

从外表上看，年龄应该在四十多岁。

凌峰感到这个女人有些不正常。穿着打扮，既不像农村人，又不像城里人，花里胡哨的，搭配怪异。下身穿着类似运动裤，上身穿的就像一个兜兜儿，看着像街头的卖淫女。衣服档次很低。从她的皮肤和手上的茧子看，不是干活儿的。可以说，四不像。不像城里的，不像农村的，不像档次高的，可要说档次低却穿得又很花哨，当然也不是流浪的。

她是干啥的？

怎么死在这个地方？

凶杀是肯定的，头都给打烂了。

晨丽说，这里像抛尸现场，又像第一现场。

凌峰刚要口头点赞，被瞪了回去。

后来证明，晨丽的分析很对，嫌疑人先在山下打了被害人，没有打死，又将其拖到山上，被害人在这个地方挣扎，又被打死。

现场什么也没有，到处都是乱石。

侦破先从寻找尸源开始。凌峰把人分了好几个组，四散开来。起初考虑，死者可能是路边站街的流莺，或是在工地卖淫的档次比较低的女人。

工作进行了好几天，没有结果。

凌峰愁成了个老太太。

这时，晨丽走了过来，老太太，别愁了。你看，这是什么？

啊？什么？

晨丽在死者衣兜儿缝隙里，发现一块儿很小的纸片儿，只有两个手指甲大，上面有两个电话号码。

一个是手机号，写在正面；另一个是座机号，写在反面。

凌峰喜出望外，脱口而出，亲爱的！

晨丽把纸片儿一攥，说谁呢？

凌峰口吃道，说，说……纸片儿呢。

晨丽“扑哧”笑了，把纸片儿一递，快去吧！

纸片儿正面的电话号码是安徽宣城的。

另一个号，是四川雅安的。茶马古道的源头。

凌峰马上派两个组前往——

一组奔赴宣城。人家说，这个号码就没放到社会，还在我们公司。

另一组奔赴雅安。到达后，发现这个号码很正常，是一个住户的座机电话。户主对外出租房子，满大街张贴广告，留的就是这个电话号码。

看上去，两个号码好像都没有什么实际意义。

应该说，宣城这个号码比较重要，离本市很近。但是，既然公司没放号，那就是写错了。

错在哪儿了？

凌峰费牛劲儿分析这个号，是138524？还是137524？还是139524？

错一个数就会差千里。分析来分析去，愁成了个老太太。

晨丽说，快拉倒吧，不是打击你！

那怎么办？

怎么办？芝麻酱拌。不是还有一个号吗？

凌峰抓抓脑壳，去雅安！

来到雅安，找到电话户主，是个女的，五十多岁。

她唠叨着，我也不出门，知道我的电话的人太多了，谁知道是谁啊？

这个女人在雅安郊区有个小院子，里头盖了好多房子出租。

凌峰让她把这几年的出租登记簿找出来，一页页地翻，发现来租房的人都是男的。

有女的来吗？

有。有个叫王江的男人，带一个女人在这里住过。

这个女的长什么样？穿什么衣服？平时打扮什么样？

结果，女户主所形容的，与死者的体貌特征、穿衣打扮差不多。

王江带来的女人，很可能就是死者。她身上装有这家的电话号码，绝非巧合。

凌峰让女户主再回忆下这个女人。女户主说，这个女的应该是从汉源那边来的，叫什么不知道。王江把她带过来，俩人住在一起。女的还带了两个女儿，一大，一小。大的十多岁，小的四五岁。后来，两人不知为什么闹别扭，女的就走了，男的还在这儿住。女的到哪儿去了，我就不清楚了。

王江登记租房时留了身份证号码。凌峰一查，他就是汉源人。

他马上带人赶到汉源，很快摸清了王江的情况。他有没有媳妇？家里几口人？媳妇是哪儿的？印证了他带的女人不是他媳妇。

那他带的是谁？

王江很快落网。一审，撕开了一个拐卖杀人的黑幕——

死者叫黄艳，本是王江的同乡高山的老婆，夫妻俩关系不好。王江与她勾搭成奸后，就把娘儿仨带到雅安租房过日子。高山还以为老婆赌气回娘家了，也没去找。黄艳好吃懒做，经常跟王江要钱，两人闹矛盾了。王江也玩腻了，就想把黄艳卖掉。他找到了张虎说，这个女的我不想要了，你想办法把她卖了。张虎眼珠儿一转，说，我给你联系联系。过了两天，他说，这女的没人要，倒是她大女儿有人要买去当媳妇，行不？王江说，能分到钱就行。张虎说，那当然了。王江又问，小的有人要吗？张虎说，没人要，先卖了大的再说吧！

王江就带上娘儿仨，跟张虎来到安徽萧县，说是玩玩。到了地方没两天，他就跟黄艳说，咱给大女儿找个婆家吧，人家不少给彩礼。黄艳爱钱，就同意了。张虎通过中间人刘坚，把大女孩儿作价卖了四五万。买的人三十多岁，说要看人听话才能给钱。黄艳不知道大女儿是被卖的，真以为是介绍的对象，整天闹着要彩礼。刘坚就起了恶念，对王江和张虎说，她再这么闹就穿帮了，咱钱也别想拿了。不行就把她干掉！两个男人说，行！

下手这天，刘坚骑着摩托车，带着黄艳和她小女儿兜风，一圈儿一圈儿地转，转到了园山山脚。天要黑了，他露杀机了。黄艳一看不对头，想叫，为时已晚，被刘坚抓过来拿石头砸死了。然后，他又把小女孩儿带上，开到半道给扔了。本来也想灭了，孩子一哭，他下不去手了，就给扔了。

老天可怜孩子，拿月亮照着她。

后来，有路人发现了她，把她抱到了福利院。

抓住王江后，很快又抓住了张虎。

抓刘坚费了劲儿，动用了大批警力。他在当地有一号，又住在大山里，要翻山越岭。

事后，凌峰和晨丽到福利院去看孩子。一看到孩子，两个人就掉泪了。孩子好像跟晨丽有缘，直奔她来。

晨丽蹲下来抱她，她“哇”地哭起来，叫着，妈妈，妈妈……

96. 高跟鞋

刚才还晴朗的天，一下子阴了。好像要下雪。

六月天，哪儿来的雪呢？

天上不会下雪，而凌峰的这个探案故事却与雪有关。

不但与雪有关，还有高跟鞋——

这是一个冬天，一个下雪天。

雪已经连续下了三天。这在南方实属罕见。近几年，气候反常，要么大旱，要么大涝，从不下雪的南方接连下起了雪。

在这个下雪天，本市发生了一起绑架案。

被绑架的是小学二年级的学生杨洋。

放学后，他没回家。每天都是妈妈来学校门口接他，这天妈妈临时有事分不开身，爸爸又出差了，事先说好放学后他自己回家，结果他没回，失联了。学校，同学家，都没有！有人最后看见，他在学校附近的公交站旁边站着，好像在等车。

可是，杨洋家离学校并不远，不需要坐车。

凌峰接到报案后，初步判断，杨洋被人绑架了。

杨洋妈哭得死去活来。

晨丽安慰她，才说几句，自己也哭了。

果然，当天晚上，杨洋妈接到嫌疑人的电话，索要 20 万。

第二天上午，嫌疑人又打来了。

两次电话都是一个女人打来的。

技侦一查，两次都是用公用电话打的，而且还换了地方。第二天上午的电话，使用的是农业学院旁边的一个 IC 卡电话。

这个电话安装在学院西门路边。

凌峰和晨丽着便装赶到现场，看能否从这个电话上提取到一些痕迹。

他们假装不认识，一前一后，朝电话亭走去。

天上下着雪，地上积雪厚。

远远看去，电话亭空无一人。

要不是下雪，打电话可能要排队。

来到电话亭前，哎哟，俩人同时发现——

雪地上有高跟鞋的足迹！

足迹的前掌和后跟是分开的。因为有些时间了，足迹下已经结冰。

打电话的是个女人，这足迹会不会是她留下的？

晨丽说，不管是不是都要取。

在冰面上取足迹难度很大。可对晨丽来说，小菜一碟儿。

她取了足迹，又在电话上提取了指纹。

这个电话亭在农业学院门口，可以说是为学生安装的，一排有六七个电话，供他们煲电话粥。

就在这时，一个女人走了过来，走得很慢，因为——

高跟鞋！

她穿着高跟鞋！

凌峰小声说，晨丽，注意！

说完，他就撤了。两个人目标太大。

晨丽已经看到了这个女人，当然，也看到了她的高跟鞋。

女人来到电话亭，找了靠中间一个电话准备打电话。

晨丽走到女人的隔壁，也做出要打电话的样子。

女人手里拿了一张纸，纸上写着什么看不见。

本来她要打电话，看到晨丽来了，又不打了，在那儿愣住了。

她愣，晨丽可不能愣。

晨丽拿起电话，插上了卡。

女人在观察她。

晨丽假装接通了电话，老妈，周末我不回家了，这里下雪了，好大，怕路上不好走。再说快考试了，我正好要温习。什么？没事的，您放心吧，我会照顾好自己。您跟老爸多保重啊！

她自说自话，像一个标准的农业学院学生。

电话不能没完没了啊，打了一会儿，她就挂了。

那个女人呢？还愣着。

不行，非要看她动起来，听她发出声音。

晨丽又拿起电话，再次自说自话——

美丹，听出我是谁了吗？哎哟，没打扰你的幸福生活吧？你俩进展得怎么样？啊？这么快啊，是不是有啦……

晨丽有一句没一句地说着瞎话，这时候，她看到——

女人动起来了。干什么？在按号码。

晨丽暗暗数着，根本不够位数。她在……瞎按！

两个人，隔着挡板，一个瞎说，一个瞎按。

晨丽又瞎聊了几句，“咯咯咯”地笑着，放下了电话。

她紧走两步，过了马路。

凌峰就在马路对面。

她使了个眼色，凌峰明白了。

这时，电话亭暂时没人了。

女人开始按号。

这回，应该是真的按号了。

凌峰马上接通在杨洋家蹲守的队员——

注意！家里电话响了没有？

响了。

好，你们正常操作，电话挂了告诉我。

不一会儿，队员传来消息：挂了！

凌峰一看，女人也挂了电话。完全同步。就是她！

女人挂了电话，离开电话亭。

凌峰开始跟踪她，同时通知队里增援。

离这个女人打电话的地方直线距离不过五六百米，有一幢老楼房，一楼是一家租房中介，二楼好像是个小旅店。

这个女人直接进楼了。

她与租房中介有没有关系？孩子在哪里？在楼里吗？她出来打电话，会不会有同伙控制着孩子？

情况不明，不能贸然行动。

这时，增援的队员赶到了。一商量，决定以租房的名义打探。

凌峰走进中介——

楼上还有房吗？

有。

我想租个房，上去看看行吗？

行，走吧。

事后才知道，小旅社和租房中介都是一个人开的。

凌峰跟服务员上了楼。迎面正好有一间屋子，门关着。

他随嘴问，这个屋子能看吗？

服务员说，这个屋子有人租了。

谁啊？

一个女的带个小孩儿。

哦，那就看看别的吧。

凌峰把每间房都看了，确认都是空屋子，里头没人，这才结束侦查。他下楼后，假装问租金什么的，说，我们租的时间长，能不能再便宜一点儿？

服务员说，我做不了主，得叫老板来。

那好，你叫吧，我出去等。

服务员打电话叫老板来，凌峰趁机出了门。

大家一碰头，凌峰说，屋里现在就有一个女的，楼上也没别人，时机不能错过。我的意见，先破门把小孩儿救出来，嫌疑人还有没有同伙以后再说！

好！

凌峰一声令下，大家冲上楼去，踹开房门，屋里果然只有那个打电话的女人和一个孩子。

你们干什么？女人叫起来。

没人理她。队员们扑上去把她摁住。

凌峰迅速把孩子抱出屋。

你叫什么？

杨洋。

说完，“哇”的一声，大哭起来。

好孩子，别怕，我是警察叔叔！

凌峰把孩子交给了晨丽，就地对女人突审。

一审，作案的就她一个！

独狼！

她曾是警校学生，毕业后没有归队，而是流入到社会。

97. 游戏币

本市西郊有座山，其实也算不上山，只是个小丘陵。可没别的叫法儿，老百姓就管它叫山。

山上有白云，老百姓就起名白云山。多美啊！

山下有一条路通向山顶，上面住的都是人家，还有一些小门面。

其中有个门面，是小两口儿开的。屋子不大，里外三间。一间住人，两间做买卖。外面卖饮料，里面是个小网吧，共有10台机器。外面卖饮料为掩护，进去里头是网吧。没有办证，黑网吧。

小两口儿结婚时间不长，还没孩子，靠小店过小日子。

端午过后，天热起来，站在树下照样淌汗。

好多天了，隔壁邻居也没见这小两口儿进出，看看他家的卷帘门拉下来，还以为他们旅游去了，也没在意。

但是，又过了两天，忽然闻着味儿不对，屋里发出一股股臭味儿，直熏脑袋。

哎哟喂，可别……

邻居不敢往下想，就报了警。

凌峰赶到后，先敲敲卷帘门，啪啪啪！屋里没动静。一拉，啊？卷帘门没锁上，一拉就起来了。

卷帘门一起，冲鼻的尸臭就出来了！

夫妻俩都被杀了。

一地血！

恐怖。悲惨。已经腐败成巨人状，开始生蛆了。

女的躺在地上，手脚都绑着胶带，嘴上也缠着胶带，身上全是刀伤。男的趴在电脑桌下，头上有击打痕迹。

人命关天，案情重大。

邻居说，来这个网吧的都是些小毛孩子。他们到正规网吧，没有身份证不让上网，所以就跑到这儿来上网，有时候还包夜。

因为是网吧，晨丽就把所有电脑里的东西都还原了，并将以前来玩的人在网上留下的 QQ 号，也都调出来了。

查看这些 QQ 号的聊天记录，晨丽突然惊叫出声，啊！

一个叫王铁的孩子，竟然聊过这起凶杀案！

——屋里很恐怖啊，好多血！

——两个人都死了。

——很臭，是不是腐烂了？

凌峰马上找到这个孩子。

叫什么名字？

王铁。

你看看，这些聊天是你的吗？

哎呀，是……

说说吧，怎么会聊这些？

我，我，我看到了……

原来，在邻居报警三天前，王铁上山来上网。他看见卷帘门拉上了，以为屋里的人还在睡觉，就绕到屋后去叫。屋后有个小窗户，他趴上去敲，喊屋里人开门。可是，没动静。他把窗户上的浮土一抹，妈呀，魂都被吓飞了。他没敢跟人讲，就在 QQ 里写了那些话。

凌峰在案情分析会上说，这起凶杀案，一个人很难完成。先杀男的，女的不会没反应；反之，先杀女的，男的肯定也要有反应。应该不是一个人作案。从现场看，家里被偷了一些钱。但屋里有个柜子，柜子里还有好几千块，嫌疑人没翻到。可见嫌疑人是新手，没经验。

这时，晨丽推门进来说，发现死者也有 QQ 号，他 QQ 里的游戏币也是用钱买的，其中 1500 块钱的游戏币被人转到一个人的账号里，怀疑是被嫌疑人转走的。

凌峰一愣，难道嫌疑人是孩子？

一查这个账号，主人叫黄明。

黄明，铁路职工的孩子，17 岁，长得人高马大。

把他带到刑警队，他一坐下就交代了：案子是他带着五个孩子一起干的，最小的一个才 13 岁。

这些孩子的父母都是下岗职工，其中还有一个是重组家庭。

有一天，一个孩子偷了家里的钱，就叫其他孩子一起下山吃羊肉串。钱少人多，吃完了，个个还馋。黄明说，改天我们干一件大事，多弄点儿钱，大家吃吃肯德基！有孩子问，上哪儿弄去？黄明说，网吧老板家肯定有钱！

几个孩子谋划完，就分头准备作案工具。黄明找了一把锤子，赵胜准备了匕首、胶带。作案当天下午，他们把这些工具藏在书包里，去网吧上网，一进屋就说要包夜。小店男主人说，好。晚上，刚过十二点，黄明就喊，老板，电脑坏了，你帮看看！男主人就过来了，先低头看主机。黄明趁机一锤子砸下去。毕竟是孩子，没什么劲儿，一下没打死。男主人就跟他撕扯。黄明手里有家伙，举起来又砸了几下，男主人就不动了。同时，赵胜跟另外三个孩子守在住房外，女主人听见动静刚一出来，几个孩子就死命抱住她，用胶带把她捆起来。拿钱来！女主人说，钱都在那个盒子里，就那点儿。赵胜又跟她要 QQ 密码。她不说，赵胜捅了她一刀。她还不说，赵胜又捅了她一刀。最后，她受不了了，密码说了，人也死了。

之后，几个孩子胡乱翻了翻，也没翻到大钱。黄明说，算了，快走吧！几个孩子出门逃走时，黄明顺手把卷帘门拉下来。

凌峰问他，你们跟谁学的杀人？

黄明说，电视剧。

啊？

……还有游戏，打打杀杀。

凌峰问不下去了。

当他把那个 13 岁的孩子从家里抓出来时，邻居们都指指点点。

想不到这孩子说，一群神经病，没见过警察抓人啊？

凌峰一愣，心说，孩子，你才 13 岁啊，你还有救吗？

因为作案的都是孩子，都不满 18 岁，审问的时候，他们的父母必须在场。笔录过后，父母也得签字。

凌峰对这些父母说，你们坐在后面只能听，不能说话。

几个孩子开始讲他们的作案过程，怎么谋划的，怎么准备东西，怎么杀人，怎么吃肯德基。父母坐在后面，吓得一颤一颤，不敢相信眼前的杀人犯是自己的孩子。

凌峰不由得叹口气，唉，犯罪年轻化，包括校园暴力，问题很严重，越来越严重。我们的宣传教育、法律法规，是不是有了问题？孩子们没有信仰，没有追求，不是崇拜明星，就是沉迷游戏。砍砍杀杀，以命通关，在网络里砍死个人是多大点儿事。他们从虚拟世界走不出来，觉得在现实中杀个人也是不多大点儿事。

为了一顿肯德基，要了两个人的命。

他们因为都未成年，尽管杀了人，最后也没有一个被判死刑的。

白云山，多美啊！

小夫妻，真可怜！

98. 出门冻傻

腊七腊八，出门冻傻。

南方又没暖气，屋里冰窖，屋外窖冰。

一大清早，城西派出所王所长就跑来队里了，一脸旧社会，说辖区近来发生多起夜间入院盗窃电瓶车案件，案值虽然不大，但百姓反映强烈。派出所当下人手紧张，请求支援。

凌峰很熟悉城西那一带，城乡接合部，鸡飞狗叫。老百姓的房子大多是在自家的宅基地上盖的，主屋外面有个院子，用院墙围起来。

院墙不高，只防君子。

如有小人翻墙进去，撬开车锁，再撬开门锁，偷盗易如鸡啄米。

好在，居民区里有监控。

凌峰调取多个监控录像，往回搜索，费尽移山之力，最终发现了嫌疑人。

这个家伙贪心又胆大，一个月内连续作案十多次，每次行动都是在夜里12点到凌晨2点之间。这个时间段，人睡得最香，大睡如小死，院里有什么动静也听不见，就是听见了，等穿衣爬起，人也早跑了。

但是，监控里看不到他是在哪家偷的，居民家里没有安监控的。只能通过外围监控，包围式地搜看。比如，这是一条巷子，巷子这头儿有监控，那头儿也有监控，就是中间居民住的地方没有。根据失主报案的情况，家在哪儿住，什么牌子的车被偷，车有什么特征，以此在相对应的位置搜寻录像，耐心，细致，费眼。但是，终于，在一家被盗人家附近的巷子一头儿，发现有人骑着电瓶车出来。把失主喊来辨认，失主明确说，这辆车是他家的。就这样，从发现第一起被盗车开始，凌峰锁定了嫌疑人——身高、体态、衣着、骑车的特征。然后，再搜索，又发现一起，还是他！继续搜索，再发现一起，仍然是他！由此判断，十几起盗车案都是他一人所为。晨丽也在几个不同被盗现场提取了脚印等证据，印证了盗窃案均属一人所为。

嫌疑人作案如此频繁，为什么就抓不到呢？

凌峰很快发现，这家伙非常精明。可以说，盗窃手法愚笨，逃跑方式却很狡猾。破案后发现，他就居住在案发现场附近，可每次偷完车以后，他都要骑着车去市区绕一大圈儿。三绕两绕，监控就把人丢了。这说明他知道有监控，也知道监控可能会发现他，绕来绕去，就为扰乱侦查视线，让人认为他不住甲地住乙地。

城西有个万方市场，市场后边儿是一片居民区，住了三四千人，本市的，外来的，都住小平房，典型的棚户区。里面没有监控，治安混乱，案件多发。盗车贼往里一钻，就找不到了。

难道他就住在棚户区吗？

凌峰带人摸进去侦查，但几天下来，如竹篓打水。

回过头来，又反复研判监控，直看得眼冒金花，才终于有了发现：有一次，盗车贼骑车钻进棚户区绕了二十多分钟后，从这个巷子口进去，又从那个巷子口出来了。出来以后，他好像放心大胆了。你们认为我在里面住，其实我又出来了。凌峰在监控里紧紧盯着他，只见他出来后，骑着车又绕回案发地附近，然后消失了。

这附近，有一个很大的院子，人又多又杂。院子里是什么情况？他为什么会在这里消失？

凌峰决定，深入院子去看看。

又一想，就是便衣前往，探头探脑的也会引人注意，毕竟自己是生人。

弄不好就会打草惊蛇。

怎么办？

晨丽说，暗的不行，就来明的！

凌峰抓抓脑壳，啊？

晨丽说，你忘了前两天谁来咱们队里查看水电表啦？

凌峰一脸坏笑，我早知道用这招儿啦！

你少来！知道你干吗不说？

哎，我就是不说！打死你我也不说！

打死你我也不说！

当然了，谁都没死。俩人双双换上借来的制服，假装入户调查水电表安装位置，说准备更换新型智能表。前两天来刑警队查看的师傅说过，今年全市要统一更换。

男女搭配，干活儿不累。

俩人一个查一个记，还真像那么回事儿。

调查进行顺利，居民喜大普奔。

凌晨二人，出这户，进那户，把棚户区查了个遍。

查到最后一家，没人。

凌峰扒着门缝儿往院里一看，哎哟，里面有两辆电瓶车！

晨丽用手机从门缝儿录了像，拿回去让失主们一辨认，其中两位立刻情绪失控——

是我的！

是我家的！

好了，被盗车有了下落，侦查也有了方向。

这个房子是谁的？住在里面的是房主还是租户？如果是租户，他与房主是什么关系？

本来，这些问题很好打听。

但是，不能打听！

棚户区情况复杂，屋里又没人，一旦打听，很可能打草惊蛇。

凌峰说，只能挨饿受冻了！

他找来一辆破旧的地方车，贴上深色车膜，又带上两床被子。

这是要干吗呀？

蹲守！

把车停在房子附近，哥儿几个躲在车里，守株待兔。

大冬天的蹲守，可真是个倒霉差事——

不吃，不喝，不上厕所；冻得打牙，不能打火。车打着火可以取暖，但外人一听车响，就知道车里有人；再困也不能闭眼，更不能抽烟。

晨丽当初还说要参加呢，凌峰说，服了你了，小姑奶奶！

可是，蹲守寒夜中，居然遇上这样一景，让凌峰想念起晨丽来。

什么一景呢？一男一女靠在车头谈起恋爱！

靠哪儿不行啊？

美丽冻人，爱情伟大！

凌峰心头一热，好想好想谈恋爱！

就这样，守了两天两夜。换班的时候都选在凌晨两三点，最冷最没人。一天三个班，一坐八小时。八小时之内不准吃不准喝，忍着，换班后再说。实在内急了，看四下没动静，从车里爬出去，像做贼一样解决了。

第三天，凌晨五六点，嫌疑人终于回来了！

他是一个人回来的。

他直奔那个院子，像回自己家一样，一边很自然地走过去，一边掏着钥匙。

动作，身高，体态……

凌峰说，没错，就是他！

车门一开放出虎，瞬间扑倒猎物。

99. 指纹

这具尸体，已经被烧得没了样儿。

无法辨别面貌特征，甚至无法判断身高，人因被烧而缩小。

侦破杀人案件的第一要素是甄别尸源。

晨丽的担子不轻。

昨天晚上，她刚在日记本上写下这样的一段感想——

从辛普森案件开始，我就知道刑事技术在侦查办案、刑事诉讼中的作用不可替代。从案件发生，我就要赶赴现场，勘查现场，搜集物证，助力破案。而破案以后，刑事技术在量刑中的作用尤其重要。法庭三大证据：证人证言、刑事技术、法医技术。

刑事技术是破案的半壁江山，我一定要守好！

想不到，今天一早，“半壁江山”就突现眼前。

甄别尸源：一是采集指纹，二是采集 DNA，三是发协查通报。

前两项，都是晨丽的活儿。

现场有一个监控，离得比较远，在三四公里之外，只是看到了一辆车，一辆黑色的桑塔纳 2000，但是搜索得不全。监控条件很差，搜索到半路就没了。因为距离远，也没法儿看清车牌。请车牌专家来掌眼，专家分析比对两天，对出了车牌号，一追，是套牌。真正的车主是法院的一个法官，人生病住院了，车已经停在地下车库半年，落了很厚的灰，弄不好连电都没了。这个车跟现场的车完全两码事，以车找人行不通。但晨丽把这个证据也保存了。破案时没用上，但后来作为法庭证据用上了。

协查通报发出一个多月，电视、广播、报纸全上了，仍没有半点儿音讯。这也难怪。人烧焦了，身高、面貌都不能描述清楚，只是从尸检认定死者是男性，年龄大概 40 多岁，通报介绍得很模糊。

再有，杀人案的现场特点不同，远抛近埋。远抛，杀人后把尸体抛得远远的；近埋，就近随便找个地方埋了，或者有个水沟，把尸体绑上石头沉下去，所以很难确定死者来自何方。

于是，聚焦晨丽，期待于她。

指纹！DNA！

晨丽来到停尸房，从死者左手取下两枚指纹。

这是唯一能取到的指纹。

遗憾的是，指纹很残缺。入库比对，没有任何收获。

DNA呢，也入库比对了，同样没有收获。

现在有一个时髦的词叫接触性DNA，也就是脱落细胞。人到什么时候都会脱落细胞。犯罪分子不可能把全身武装到位，总会有脱落细胞，所以DNA很好采集。况且本案尸体还在，尽管烧焦了，也不妨碍采集。遗憾的是，入库比对仍没有结果。

晨丽二进停尸房，再次寻找线索。

哦，有收获！她发现一颗假牙，而且是比较高端的种植牙。

晨丽取下这颗牙，来到市人民医院牙科，找到了主任。

主任，咱们医院能做这样的种植牙吗？

主任说，种植牙在咱们医院刚刚起步，还不能做。像这样比较高端的种植牙，我判断是成都华西医科大医院做的。

晨丽马上飞成都，来到华西医科大医院。

如果这颗牙是在这里做的，医院病历上会留下死者的信息。

结果，院方的回答使晨丽很失望。他们说，这种高端种植牙在全国已经推广开了，大城市和很多地级市都可以做了。他们举办过多次培训，同样的先进技术早已传授到各地。

也就是说，晨丽要寻找的范围无边无沿。

追踪假牙，走到了死胡同。

怎么办？

晨丽三进停尸房，在被解剖得吓人的尸体上再次搜寻。

当她打开一块儿因皱褶而没被烧焦的皮肤时，眼前突然一亮——

刺青！

死者身上有刺青！

晨丽第一感觉，这人生前是混社会的。

如果他是混社会的，就有可能被处理过。为什么全国指纹系统没有他的信息？DNA 库里也没有他的信息？

也许他没有被判过刑？或者指纹采集遗漏了？或者他被判刑时间较早，那时还没有采集指纹，也没有采集 DNA？

晨丽有一百种设想。

怎么办？

重来！重新比对指纹！

这回不用电脑了，人工检视，用眼！

因为指纹残缺严重，人眼比对起来更准！

只是，太麻烦，工作量太大！

这叫事儿吗？

晨丽来到看守所和监狱，调出所有嫌疑人和服刑人员的指纹。

看守所的老所长闻讯赶来，说，有一部分老旧指纹，的确没录到全国指纹库里。

晨丽喜出望外！

大海捞针，沙里淘金。新旧指纹，一个不落！

当然，目前仍在看守所关押的和在监狱里服刑的人肯定不是，重点是已无罪释放和刑满释放人员。

指纹残缺，关键点要对准，小勾、小点、小桥、小线……

一个个翻，一张张过。

终于，有一天，晨丽叫起来，对上了！对上了！

她从看守所的没入指纹库的老旧指纹中，对上了一个涉黑伤人案中的指纹，罪犯的名字叫郑棋，曾因为涉黑伤人被判了五年刑。

晨丽不放心，又把指纹送给各路专家鉴定。

专家们一致认定晨丽的结论，死者就是郑棋。

有人说，巧了。

凌峰说，巧了？你给我巧一个！

哎哟喂，凌队，看把你心疼的！

的确，很多案件的侦破有巧合，但巧合背后是千辛万苦。

千辛万苦。苦中有乐。乐在其中！

尸源找到了，晨丽解脱了。

凌队，没我事了，下面该看你的了！

凌峰说，指定对得起你的火眼金睛！

一个队员说，抓到人了，我们要喝你俩的喜酒！

晨丽说，打你！

队员吓跑了。晨丽不饶，还追。

哎呀妈呀，我说错啦，不是喜酒，是庆功酒！

凌峰说，没说错，是喜酒！

晨丽回过头，美的你！

凌峰说，我也该美美了！

晨丽笑了，你说吧，什么时候？

凌峰说，听你的。

晨丽说，考验期还没完呢！

凌峰抓抓脑壳，我的那个妈呀，太长啦！

有了尸源，侦破见了亮儿。郑棋的各种信息都出来了，个人的、社会关系的。仇家也出来了。

原来，郑棋无亲无故，原是这片儿的黑老大，犯事被抓后，他的地盘儿被人占了。他刑满出来，想重当老大，对方不服，他说，不服就单挑，不料单挑时中了对方的暗器。

螳螂捕蝉，黄雀在后。凌峰出马，一网全收。

100. 爱情长跑

凌峰与晨丽的爱情长跑终于要到达终点了！

局长说，我做你们的证婚人！说吧，什么时候办？

晨丽一笑，问他！

凌峰说，再破个案子就办，不管大小。

局长说，要不你当刑警队长呢，行，连同庆功一起办！

话音刚落，报警电话就响了，郭庄派出所急报，辖区刚刚发生一起持枪抢劫案。

涉枪案是大案，凌峰立即率众赶到现场。

报案的是货车驾驶员和货主，两人被打得血头血脸。他们原准备去邻省买化肥，车开到郭庄附近，水箱没水了。路边正好有条河，驾驶员停车加水，货主也下来帮忙。这时，从南面飞快骑来三辆自行车，车上的人，一个拿着枪，另外两个拿着刀。他们冲过来就按住货主，拿钱！货主刚说没钱，脑门就挨了一枪把。打他那人对同伙说，老四，上去翻！叫老四的人就进了驾驶室。驾驶室里有个小箱子，老四一抠抠开了，里面有一件破褂子，包着十万现金。老四把褂子一兜，从副驾出去了。另外两个还不知情，又抓住驾驶员，身上有钱吗？驾驶员没经验，说，我就带三百块，还要加油。拿枪的家伙上去就给他一枪把，打掉门牙打豁了嘴，抢了钱就跑。

凌峰说，往哪儿跑了？

驾驶员捂着嘴说，往南！

往南是两省交界地。

凌峰又问货主，拿枪的长什么样？

货主说，猪腰子脸，穿皮夹克！

驾驶员说，三个人都喝了酒！

问话工夫，晨丽提取了不同的脚印和指纹。

将指纹入库比对，哎哟，比对上一个！

谷昆，邻省金钩乡人，有持刀抢劫前科，是个狠主儿。当年犯案时，警察抓他，他跳窗就跑。正是麦子打场的时候，他夺过一把叉子就扎向警察。警察一躲，他上去还扎。警察回手一枪，他倒下的时候还把叉子扔出去，扎伤了警察的胳膊。这一枪打在他肚子上，肠子都出来了。他被送医院抢救，伤好后被判了七年。

针对报案人所说三个都喝了酒，凌峰带人一路往南搜寻，但见道路两旁都是酒店饭馆农家乐。他们见店就进，进店就问，有没有三个骑车的男人来喝过酒？其中有个穿皮夹克的？

终于，在一家“来一碗”酒馆，发现了三人行踪。酒馆门口的监控，清楚地还原了他们的狰狞面目。穿皮夹克的正是谷昆！

这家伙，蹲过大狱扎过人，现在手里又有枪，太危险了！

另外两个劫匪，因为头像清楚，很快也有了下落。两个家伙都是本市人，一个叫薄司，就是案中的老四，曾因盗窃罪被判过刑，刑满释放出来时间不长。按说指纹库里应该有备案，为什么没比对上？晨丽感到很奇怪。另一个叫王树行，杀猪匠，没前科。

嫌疑人确定了，马上布控。第二天晚上就有情报，说薄司和王树行在一家洗浴中心出现。凌峰立即带人前往，一举拿下！

谷昆呢？

回老家了。

钱呢？

分了。

带走！

将两个案犯抓获，起获了他们瓜分的五万块，并拿到了谷昆的手机号。

凌峰准备带人赶往邻省。

晨丽说，我也去！

不行，谷昆有枪，你不能去。

我不怕！

不行。在家等我，听话！

好吧，我等你，你要多加小心！

放心，等我回来，咱们就结婚！

晨丽说不出话。

明月照她泪两行。

有情人星夜分手，风萧萧地冻天寒。

凌峰追到邻省，报请当地公安配合。当地公安一听涉枪，也紧张了，抓捕大网四下布开。

当晚就接到情报，说谷昆正在金钩河里的一条渔船上赌博。

金钩河水深河宽，水中设赌，既隐蔽又安全，抓赌很难。当地公安借了两条渔船，谁知刚驶近，赌船里就炸了窝：警察来了！赌徒们纷纷跳水，其中就有谷昆。天黑浪急，跳水人多。就算打开强光灯，也看不清谁是谁。

抓捕失败。谷昆逃脱。

老天有眼，罪恶难逃。第二天一早，有线人说，在一处拆迁工地发现了谷昆。凌峰马上出动。当地公安说，你人生地不熟，那地方才拆了半截儿，你别去了，我们布置人先把工地包围了再说。凌峰说，事不宜迟！再说，谷昆身上有枪，人去多了很危险，容易造成伤亡。还是我带人先去！

拆迁工地一片破败，遍地屋框子。所谓屋框子，就是东西搬完了，门窗没了，房顶也没了，只剩下光秃秃的四壁。

凌峰带领队员持枪搜索，缓步前行，小心地通过一排排鬼屋。

寂静。阴森。恐怖。

凌峰刚靠近一处断墙，屋里突然蹿出一个人，他手举木棒，劈头就砍，不容凌峰开枪，木棒呼啸而落，“啪”的一声，正打在凌峰头上，一块头皮被当场削掉，鲜血呼地冒出。手枪掉了。木棒速度快，凌峰惨叫一声，第二棒又砸了下来。凌峰赶紧抱头，“啪”的一声脆响，几个指头应声被打碎。第三棒紧跟着下来……

啪！啪！啪！

几声枪响，偷袭者中枪倒地。脑浆打爆，红白乱溅！

正是谷昆！

击毙他的队员们冲过来，抱起凌峰。

凌队，凌队！

凌峰听不见。

凌峰闭着眼。

救护车赶来了，队员们赶紧把他抬上车。

一个队员搜遍谷昆的全身，也没找到枪。

昨夜跳河时，他的枪掉水里了。

也因此，避免了一场屠杀。

谷昆参赌是假，企图血洗赌船抢赌资是真。

凌峰在昏迷中被剃了光头，推进抢救室。

局长发疯似的喊，上最好的大夫，用最好的药，一定要把他救活！

没有人敢告诉晨丽。

没有人敢惊动晨丽。

但是，她感应到了。她知道了。她冲进医院，冲向抢救室。

让我进去，让我进去！

护士们紧紧抱住她。

大夫，大夫，他怎么样？他怎么样？

大夫忍住泪，只有万分之一的存活率……

为什么？为什么？

大夫摇摇头。大夫流下泪。

凌峰，凌峰，你别死！我等着你，我等着你——

晨丽撕心裂肺地哭叫。

抢救室里，凌峰一动不动。

突然，护士们吃惊地看到，他的眼里流出了泪……